# 古文字入門

朱歧祥 著

臺灣學生書局印行

# 序

這份書稿原本是 2021 年出版的《殷虛文字丙編選讀》的一篇序文，如今擴大書寫成為一部古文字導讀的論著，權作我多年研治古文字知識的道白，提供對漢字有興趣的朋友參考。

中國文字是單音節的方塊字，一形表一音表一義，它是語言的載體，也是了解文獻和文化、尋覓民族根源的工具。中國文字經歷陶文、甲骨文、金文、古籀簡帛、篆文、碑石隸楷四千多年一脈相承，交織出整個民族密不可分的精神和物質文明。古文字的學習，正是認識古文獻和上古文明的必要手段。甲骨、金文是漢字的源頭，其中的甲骨文是殷商卜祝巫史刻寫人神關係的詢問內容，金文是兩周王侯貴族物勒工名、傳諸久遠的鑄刻文字。竹簡文則是戰國讀書人傳抄的精神讀物和求治方案，更是目前古文字研究的熱點。因此，甲骨文、金文、竹簡文是掌握古文字流變的三個重要階段。

全書總計十九章，附圖三種，建構出先以全面學習甲骨文，由古而開今，作為正確了解古文字的入門路徑。第一章分別概述甲骨文、金文、竹簡文的內容特色和研究重點。第二至四章參照附圖，導讀甲骨、金文、竹簡的實例，提供讀者具備古文字的基礎知識和解讀的方法。第五、六章介紹甲骨學史的一些重點學人，讓讀者明白近百年甲骨學的傳承發展。第七章歸納甲骨文的詞句類型，強調由句而論詞、由詞而論字的逐層分析方法。第八、九章介紹甲骨的成套、對貞、正反面卜辭，掌握閱讀卜辭順序的知識。第十、十一章以「其」字為例，說明了解虛字對通讀卜辭句例的重要性。文中推翻所謂「司禮義規則」的定律，強調需由完整句對應檢視省略、移位等變異句型，才是研治卜辭語法的正確態度。第十二章糾正近人用字形組類研究甲骨斷代的風氣，指出字形並非甲骨分類的絕對標準，反而早年董作賓開創的五期斷代和十個斷代準則，才是研究甲骨最有系統的入門方法。第十三章應用卜辭商榷《史記》〈殷本紀〉的歷史價值，從而肯定王國維「二重證據」的研究方法。第十四至十八章，分別由字、詞、句和文意的對勘，討論清華大學藏竹簡中的〈金縢〉、〈越公其事〉、〈管仲〉、〈四告〉、與《逸周書》相關的簡文，都並非常態戰國文字所書寫的作品，從而質疑清華簡文的可靠性。第十九章檢討安徽大學藏竹簡《詩經》的〈牆有茨〉一篇，詩的用字遣詞和句型文意都和習見的兩周詩篇並不相同。這些缺乏考古出處的「戰國」簡文，孰真孰偽，仍是未來研讀古文字值得注意的課題。

古文字學是理性求真的學科，字裡行間都待客觀的分析解碼，處處要求證據。古文字又是數以億計的人類日以繼夜書寫文字的源頭，它盛載著歷代無數民族的情感。這是一門既冷且熱的學問，在點畫方寸之間背負著中華民族自勵自強的傲然，復傳遞先賢不降志辱身的「獨立之精神」。如何掀開千古之謎，還文字和歷史一本來面目，由甲骨而金文、由金文而竹簡、由竹簡而《說文》，環環相扣的了解古文字形音義的流變，以至於近代繁簡字的整合，建構規律，無疑是一代又一代讀書人傳承和開展的文化責任。

# 古文字入門

## 目　次

# 第一章　古文字簡介

所謂古文字，一般是指現今楷書以前的字。嚴格言是以《說文》、漢簡為研究下限的秦漢時期及以前的字，都屬於古文字，秦漢魏晉隋唐的碑石文字，已只算是中古文字了。考釋古文字的流程，首先是要掌握正確的隸定。由斷代或出現數量的多寡依序排出字形縱線，再據最早或習見的字例隸定。接著由上下文的語境觀察待考字的語義大類，由句而論字。最後才進行字形結構分析。目前，學界研治古文字主要有三支：甲骨文、金文、簡帛文字。

## 一、甲骨文。

清光緒廿五年（1899 年）河南安陽小屯村正式發現甲骨文，甲骨經過用藥、古玩、學人研究階段而普遍為世人所知曉。甲骨的名稱，有由最早殷墟農民俗稱的馬蹄兒（牛肩胛骨），中醫的龍骨，以至學界的契文、卜辭、殷虛文字、殷文、龜甲獸骨文字等。近世統稱之為甲骨文。

殷墟甲骨主要是由盤庚遷殷，以迄帝辛（紂）滅亡之間 273 年的占卜記錄。經考古科學挖掘的甲骨資料，主要有：

中研院史語所 15 次的發掘殷墟(總計有字甲骨 24918 片,其中第 13 次的 YH127 坑出土字甲 17756 片，字骨 48 片）

小屯南地甲骨（有字甲 70 片，字骨 4959 片，牛肋條 4 片；經綴合共 4612 片）

花園莊東地甲骨（出土 1583 片，其中有字的甲骨 689 片）

小屯村中、南甲骨（有字甲骨 514 號）

山東濟南大辛莊甲骨（甲骨 14 片）

陝西岐山周原甲骨（有字甲骨 293 片）、周公廟甲骨

甲骨出土地以河南安陽小屯為主，東至山東，西至陝西，形成一條可東西對比觀察的甲骨流播橫線。

近百年甲骨主要拓印的資料，有：（一）羅（振玉）王（國維）時期：屬於個人的收藏時期。如：劉鶚《鐵雲藏龜》、羅振玉貞松堂本甲骨的《殷虛書契前編》、《殷虛書契後編》、《殷虛書契菁華》，日人林泰輔《龜甲獸骨文字》、加拿大人

明義士《殷虛卜辭》、英人哈同《戩壽堂所藏殷虛文字》等的編著。（二）羅王以後：拓大為個人和研究單位的藏甲。如：劉體智《善齋藏契》、貝塚茂樹《京都大學人文科學研究所藏甲骨文字》、許進雄《懷特氏所藏甲骨文字》、李學勤等的《英國所藏甲骨集》、濮茅佐《上海博物館藏甲骨文字》、葛英會《北京大學珍藏甲骨文字》、中國社會科學院考古所編《甲骨文合集》、《甲骨文合集補編》、《小屯南地甲骨》、《殷墟花園莊東地甲骨》、《殷墟小屯村中南甲骨》、《周原甲骨》等。

甲骨文百年研究的脈絡分類，有：（一）釋字。由清末孫詒讓《契文舉例》開展甲骨文字的釋讀，至羅振玉的《殷虛書契前編考釋》已掌握了五百多字的釋文，而關鍵甲文的破解亦由王國維開始進行。目前超過十萬片的有字甲骨，掌握的甲骨字形超過四千，而明確認識的甲骨文形音義的則不過一千字左右。釋字，成為研究甲骨最核心也最困難的一個待攻堅領域。（二）考史。由王國維〈殷卜辭中所見先公先王考〉一文開始，運用甲骨印證殷王世系，肯定《史記》〈殷本紀〉的可靠；郭沫若的《中國古代社會》，透過甲骨建構殷商的社會型態；胡厚宣的《甲骨文商史論叢》，更落實甲文對於研究上古史料的價值。王國維的「二重證據法」，成為研治古文化文獻的普羅方法。（三）分期分派。自董作賓撰《甲骨文斷代研究例》，科學的標示出十個斷代準則和五期的劃分，創造出文字縱線對比、分堆研究甲骨的先河。董作賓復對五期的分王斷代，提出舊派新派相互更替的觀念。（四）分組類。陳夢家《殷墟卜辭綜述》嘗試用卜人分組取代董作賓據商王年代的分期，首先提出𠂤組、賓組、何組等組類的區分。同時，日人貝塚茂樹發現王卜辭以外，有屬於非王的多子族卜辭。（五）兩系說。1978 年李學勤站在貞人分組的基礎上提出「兩系說」的名稱，至 1996 年李學勤、彭裕商的《殷墟甲骨分期研究》統其成，認為甲骨是由𠂤組開始，發展在小屯村北的𠂤賓間組、賓組、出組、何組至黃組，復另由𠂤組發展在村南的𠂤歷間組、歷組、無名組、無名黃間組而回歸至村北的黃組。二系分自村南北並行發展。此說得到林澐、黃天樹等的大力支持，遂成為今日研究甲骨分期的主流，甚至唯一的框架。及至 2020 年常玉芝《殷墟甲骨斷代標準評議》一書始展開全面的駁議，認為：甲骨正確的組的流變，是賓組（包括𠂤組、子組、午組）—出組—何組—無名組—“歷組”—黃組，殷墟甲骨自始至終都只有一系一脈的發展。（六）字形作為斷代分類的絕對標準。1984 年吉林大學的林澐在〈小屯南地發掘與殷墟甲骨斷代〉一文，強調只有字形才是甲骨斷代分類的絕對標準，其後的黃天樹、張世超、劉義峰、崎川隆等紛紛撰文支持，又成為近年大陸學界研究甲骨主要而沒有異議的分類方法。（七）語法。自楊樹達《積微居甲文說》、管燮初《甲骨刻辭語法研究》始，相繼對甲骨卜辭的詞類和句型進行分析，其後 1990 年朱歧祥撰《殷墟卜辭句法論稿》，針對對貞卜辭較全面的整理常態句和變異句型的異同，強調由常態句文例通讀甲骨的重要性。卜辭的性質是否屬疑問句，也成為上世紀 70 年代至 90 年代國際討論的焦點。（八）文字編。由孫海波、金祥恆、中國社會科學院考古所先後編寫甲骨文字形的《甲骨文編》；有關甲骨考釋的彙編，有李孝定的《甲骨文字集釋》、姚孝遂的《甲骨文字詁林》；有關甲骨成詞的整理，有朱歧祥的《甲骨文詞譜》；有關甲骨卜辭的索引，有日人島邦男開創自然分類法的《殷墟卜辭綜類》、姚孝遂和趙誠的《殷墟甲骨刻辭類纂》等工具書。（九）綴合。甲骨出土多屬零散碎片，王國維開啟綴合甲骨的先河。其後中央研究院歷史語言研究所出版的《殷虛文字甲編》、《殷虛文字丙編》，更成為日後拼合甲骨的範例。（十）成套卜辭。中研院史語所張秉權透過完整甲骨中兆序的對比，發現殷人有成套占卜和刻寫甲骨的習慣。成套的觀念提供後人閱讀和系聯甲骨一重要參考。（十一）辨偽。早在劉鶚出版的第一本甲骨拓片《鐵雲藏龜》和加拿大明義士收購的甲骨中，已發現有偽片。董作賓時的藍葆光和近年安陽殷墟的焦某、郭某，都是刻寫甲骨的能手。甲骨辨偽一門學問，亦隨著甲骨文的出土而生。以上諸項，提供百年間甲骨學的研治方向。

研讀甲骨文字，自然由正確的隸定和考釋開始。但通讀一條卜辭的困難，更在於卜辭上下文的標點斷句。正確合理的標點，重在於句組的切割分析和對字的詞位、詞性的了解。由句而論詞，由詞而論字，由常態句破讀非常態的變異句，都需要建基在大量甚至全面「對」的材料上。甲骨的資料理論是照本優於拓本，拓本優於描本。完整的整版甲骨優於殘片，有考古記錄的優於零散不明出土地望的，對貞或成套的組合互較優於單辭的了解。

甲骨卜辭入門的讀本，以張秉權《殷虛文字丙編》上中下三輯六冊為佳。該書大量完整和成套的對貞卜辭，可以幫助初學明白殷人占卜的流程和卜辭之間的順序關係。甲骨通論的著作，迄今仍是以上世紀 50 年代陳夢家的《殷虛卜辭綜述》一書寫的最周延最有見地，單單書末第 20 章附錄的〈有關甲骨材料的記載〉一段，處處見作者詳盡的統計數據和獨到的看法。至於甲骨學史的著述，要以王宇信、楊升南編的《甲骨學一百年》介紹最為詳備，相關甲骨議題的研究成果大致羅列無遺。甲骨文的經典書籍，目前看仍是以王國維的《觀堂集林》和董作賓的《甲骨文斷代研究例》兩書，最具代表意義。前者對於文字考釋和商文明的分析、後者對於研究方法的突破，各有開創的深遠價值。甲骨文的研究方法，自羅振玉時已提出由《說文》上推金文，由金文上推甲文的縱線對比。王國維首創地下材料和文獻材料互較的二重證據法。董作賓是由貞人的發現開啟斷代分期的研究，並啟發陳夢家的組類系聯。郭沫若提倡用甲骨攻治古代社會形態。楊樹達強調甲骨文語法研究的重要性。張秉權發現甲骨有成套研究的方法。朱歧祥主張卜辭句法分析，由句而論詞、由詞而論字大包圍的多元方法，並廣泛利用王卜辭、非王卜辭和花東卜辭的合較，王卜辭分期分組的互較，殷甲骨文與殷金文的對較，殷甲骨文與周甲骨文的流變關係，從而了解彼此異同的規律。透過大量對貞、文例、語言、歷史文化的互較，對於甲骨文字和殷商社會文明有更客觀而具系統的認識。

## 二、金文。

金文，又稱吉金文。先秦文獻如《墨子》、《呂氏春秋》有稱作盤盂書，宋以後改稱鐘鼎文，民國以來一般稱吉金文，簡稱金文，泛指先秦時期鑄刻在青銅器上的文字。青銅，是銅錫鉛的合金。金文的出土早在漢代已有文獻記錄，金文研究則是由宋代金石學開始。宋代金文著錄，開展一好的典範，如呂大臨《考古圖》、薛尚功《歷代鐘鼎彝器款識》。清代金文官方的著錄，如乾隆 14 年（1749）的《西清古鑑》。清代學人研究金文已處於一蓬勃時期，材料的流布如方濬益的《綴遺齋彝器款識》、阮元的《積古齋彝器款識》等，金文考釋以孫詒讓《古籀拾遺》、吳大澂《字原》為代表。有清一代已懂得利用金文互證《說文》，企圖上溯字源。然而，金文研究的頂峯，仍是要等到民國。

民國迄今百年的金文研究，粗分兩個階段：（一）1911～1949 年。這階段的前半段仍深受清儒乾嘉考據學風的影響，主導研究金文以羅王之學為首。資料拓印主要以羅振玉的《三代吉金文存》、劉體智的《小校經閣金文拓本》著行於世。金文文字考釋則以王國維《觀堂集林》為馬首。這階段前半段一直至 1927 年王國維在頤和園投水自盡結束。後半段人才輩出，應用金文考史的有郭沫若，語法的有楊樹達，斷代的有郭沫若，釋字的有楊樹達、于省吾、唐蘭，青銅器研究的有于省吾、容庚、商承祚，編著字典的有容庚、徐中舒，都是一時傑出之選。特別的是 1931 年郭沫若撰《兩周金文辭大系圖錄考釋》，吸收董作賓研治甲骨的斷代分期觀念，轉用諸金文，從此以後，研究西周金文，系統的作分王成組的研究；研究東周金文，轉為分國分域的研究。1941 年容庚的《商周彝器通考》，是全面了解青銅彝器的必讀著作。（二）1950 年迄今。這階段配合大陸考古工作的興旺發展，青銅器成群的發掘出土。如：1975 年冬河南安陽小屯婦好墓出土殷商青銅器群，同年年底在河北平山縣發掘出戰國中山國青銅器群，1976 年陝西扶風莊白出土西周青銅器窖藏，2003 年陝西寶雞郿縣發現西周青銅器窖藏，2012 年寶鷄戴家灣石鼓山出土大批商周青銅器群。這時期的文字考釋愈趨細致冗長，許多索引、語料庫的建立，擬全面掌握金文字用的實況。資料匯編如中國社會科學院考古所的《殷周金文集成》（18 冊 11983 器）、張亞初的《殷周金文集成引得》、上海華東師大編的《金文引得》、中研院史語所編的《新收殷周青銅器銘文暨器影彙編》（2 冊 2005 器）、劉雨編的《近出殷周金文集錄》（4 冊 1258 器）和《流散歐美殷周有銘青銅器集錄》（350 器）、岳洪彬編的《殷墟新出土青銅器》（234 組器）等，研讀資料的檢索方便完備，遠勝於過去。考釋金文的有唐蘭《唐蘭先生金文論集》、研究金文斷代的有陳夢家《西周銅器斷代》和唐蘭《西周青銅器銘文分代史徵》、考釋彙編的有周法高《金文詁林》、語法的有管燮初《西周金文語法研究》、張玉金《西周漢語語法研究》、導讀的有馬承源《商周青銅器銘文選》和王輝《商周金文》、金文學史的有趙誠《二十世紀金文研究述要》、劉正《金文學術史》、青銅文明的有馬承源《中國青銅器》、李學勤《青銅器與古代史》、朱鳳瀚《古代中國青銅器》等。

金文研究按朝代劃分殷金文和周金文。殷金文中又可區隔為家族記號（圖騰族徽）和文字兩部分。周金文則劃分西周金文和東周金文。西周金文依照周天子的順序，分王研究，其中的文、武、成、康、昭為早期約 80 年，穆、共、懿、孝、夷為中期 99 年，厲、共和、宣、幽為晚期 107 年。東周（春秋戰國）金文作分國分系研究，其中的齊魯邾薛和秦金文可供東西文字的對比，三晉宋衛和楚徐吳越可作中原與南方文字的對比。河北平山縣出土的中山國青銅又是一批中原文字的特例。

殷甲骨密集出土於安陽，容易進行同一地域縱橫對比的研究。相對的，金文由殷商而兩周以迄戰國，出土地域又四散獨立甚或不明，時空都較不容易作系統細密的對比。目前金文研究的內容，仍多停留在文字考釋，虛實詞的了解，句詞字的切割分析，與及金文和周禮職官制度的平面對應上。將來金文研究的突破，需賴更多對應方法的開創發明。如殷金文和殷卜辭互補的研究、殷金文家族記號和殷卜辭附庸族名的拓大整理、金文語詞的分國分類研究、兩周金文句型語法詞彙和文獻的關係、列國金文和篆文的對應、青銅形制的斷代分域等，無疑都是值得深化探討的方向。

## 三、簡帛文字。

早在民國初年（1930 年）居延漢木簡的出土，王國維已靈敏的將其晚年研究重點移至西北，出版《流沙墜簡》。其後的陳夢家、勞榦的考釋，有整理發揚之功。1973 年湖南長沙馬王堆漢墓出土，發現甲、乙兩個帛書寫本的《老子》，其中〈德經〉在前，〈道經〉在後；甲本小篆本不避漢高祖劉邦諱，乙本隸書本已將「邦」字改為「國」字，但不避惠帝劉盈諱，於此可見二本的相對抄寫時間。馬王堆帛書中復見《黃帝內經》、《戰國縱橫家書》等與古文獻相關的抄本。1972 年山東臨沂銀雀山西漢墓出土漢簡，包括《孫子兵法》、《晏子》、《六韜》、《尉繚子》等現有傳本的古籍和佚書的《孫臏兵法》（即《漢書・藝文志》著錄的《齊孫子》十六篇）。1993年湖北荊門郭店出土戰國中期偏晚的楚墓，發現十六篇竹簡典籍，其中道家著作有《老子》甲、乙、丙三個抄本（不分〈道經〉和〈德經〉）與《太一生水》，儒家著作有《緇衣》、《魯穆公問子思》、《窮達以時》、《忠信之道》、《尊德義》、《性自命出》、《六德》等，郭店簡對於先秦典籍訓釋、《老子》最早的版本問題、儒家有關子思子的學說等，有重要的參證價值。學界甚至因而有「重寫學術史」的豪語。當然，事實上地下材料仍無法取代文獻在學術史上的完整性和正統意義。但自郭店楚簡的出土，學界在古文字研究的風氣明顯是由甲金文逐漸轉移至簡帛文字，而學人利用大量文史語料庫進行簡牘「對」書的研究模式，亦成為新一代撰文的「習慣」。

1994 年在香港上環的古玩市場陸續出現了一批竹簡，經香港學人張光裕的周旋，由上海博物館馬承源館長收購入藏一千兩百餘支，計三萬五千多字，內文全類先秦古籀字形，其中的〈紂衣〉和〈性情論〉文字，竟與郭店楚簡的《緇衣》和《性自命出》篇重篇。繼上博簡的出境回流為世人所關注之後，近廿年民間「幸運的」又浮現出許多被評定為戰國以迄漢代的竹簡，循著上博簡的入藏模式，紛紛為大陸高校及研究單位購置，如中文大學藏簡、浙江大學藏簡、北京大學藏簡、清華大學藏簡、安徽大學藏簡等等，實是蔚為大觀，學人爭相撰文釋讀立說，遂成為當今古文字學界的顯學。

然而，2009年浙江大學入藏的一批戰國楚簡，既經北京大學加速器質譜儀碳 14 測試鑒定不偽，但其中的字形率先受到學界的質疑，如「徹」字作「彻」、「擊」字作「击」、「罷」字作「罢」、「辭」字作「辞」，都與當今之簡化字全同，「武」字左上已增橫筆、「罪」字下已从非，字形又與秦篆相違但卻和楷書相當。這些來路不明、蜂湧而出的簡文，與古籍大量可相對讀互參，究竟是真是假，將來信必成為學界再檢討的一個焦點。不管如何，郭店竹簡無疑成為研治戰國簡文的一個分水嶺，也是判斷後來新獲簡牘真偽的磨刀石。年輕朋友要研讀竹簡，宜先以戰國金文中山國器銘群的釋讀開始，對應經確實考古挖掘的曾侯乙墓簡、包山簡、望山簡、郭店簡等戰國簡牘範例的字詞風格和抄寫形式，才能較客觀的掌握鑒核簡文的基礎能力。至於上述研究單位和高校入藏竹簡的學術價值，迄今還是信則恆信，疑則傳疑，單純使用者在徵引時恐怕仍以謹慎為尚。

目前針對這些簡牘大膽提出質疑的，學界只見大陸西南交通大學的邢文、北京大學歷史系的房德鄰和台灣的朱歧祥。

朱歧祥曾就字詞句結合文獻解讀的對比，評論這些沒有明確出處的竹簡的真實性，相繼撰寫了 16 篇論文：

1. 〈由字形、文句通讀評估浙江大學《左傳》簡〉，文見《朱歧祥學術文存》，藝文印書館，2012 年。
2. 〈由字詞的應用質疑北京大學藏《老子》簡〉，文見《釋古疑今——甲骨文、金文、陶文、簡文存疑論叢》第八章，里仁書局，2015 年。
3. 〈由金文字形評估清華藏戰國竹簡〉，文見《朱歧祥學術文存》。
4. 〈「植璧秉珪」抑或是「秉璧植珪」——評估清華簡用字，兼釋禦字本形〉，文見《釋古疑今——甲骨文、金文、陶文、簡文存疑論叢》第十章。
5. 〈由「于」、「於」用字評估清華簡（貳）《繫年》——兼談「某之某」的用法〉，文見《釋古疑今——甲骨文、金文、陶文、簡文存疑論叢》第十一章。
6. 〈談清華簡（貳）《繫年》的「衛叔封于康丘」句意矛盾及相關問題〉，文見《釋古疑今——甲骨文、金文、陶文、簡文存疑論叢》第十二章。
7. 〈談〈說卦〉、〈大一經〉和京房〈納甲〉的關聯——兼評估《清華簡（肆）》的人身卦象圖〉，文見《釋古疑今——甲骨文、金文、陶文、簡文存疑論叢》第十三章。
8. 〈由形構異同討論《清華簡》（壹）至（肆）輯的書手人數——兼談《清華簡》與《上博簡》的書手同源〉，文見《釋古疑今——甲骨文、金文、陶文、簡文存疑論叢》第十四章。
9. 〈質疑《清華簡》的一些特殊字詞〉，文見《亦古亦今之學——古文字與近代學術論稿》第十章，萬卷樓圖書公司，2017 年。
10. 〈《清華簡》（柒）〈越公其事〉的兩章文字校讀〉，《龍宇純先生學術研究會論文集》，2018 年；見本書。
11. 〈〈金縢〉對譯——兼由繁句現象論《清華簡》（壹）〈金縢〉屬晚出抄本〉，台灣第 31 屆中國文字學學術論文集，2020 年；見本書。
12. 〈《逸周書彙校集注》與清華大學藏戰國竹簡〉，台灣第 32 屆中國文字學學術論文集，2021 年；見本書。
13. 〈《清華簡》（六）〈管仲〉篇非《管子》佚篇〉，見本書。
14. 〈《清華簡》（拾）〈四告〉第一篇評議〉，見本書。
15. 〈香港中文大學文物館藏〈緇衣〉楚簡字形商榷〉，《釋古疑今——甲骨文、金文、陶文、簡文存疑論叢》第十五章。
16. 〈《安大簡》（一）〈鄘風：牆有茨〉說疑〉，韓國世界漢字學年會學術論文集，2021 年；見本書。

上述文章，分別針對近出的浙大簡、北大簡、清華簡、中文大學簡、安大簡等文字和文意，提出書寫時間的商榷。

以上，分別論述古文字各專題研究的簡史。其中的甲骨文研究熱度，自 1999 年甲骨學百年紀念推至頂峰之後，漸走下坡，迄今出現人才凋零不繼的困境。金文學也因近年一直缺乏重要材料的發現和議題的突破整合，形成研究的瓶頸，專門致力金文研究的學人更是屈指可數。反而，竹簡文自上世紀 90 年代末開始成為古文字研究的主流，特別是近二十年間大量新出的竹簡，廣為學界矚目，並成為一般年輕學子開始了解古文字的切入口。這和傳統以《說文》為基礎，向上推古文字形，以及先由字源縱綫入手研治漢字的訓練方式，完全相違。

估計未來十年古文字的發展，仍持續區分為甲骨、金文、竹簡三部分，研究分科會更趨細致，其中的竹簡文是學界主要的關注對象。然而，簡文研究將進入一消化重整的待回顧期，竹簡的材料不可能亦不會持續的「被發現」，戰國簡文研究的「對書」熱潮會逐漸冷卻，全面審核、總結和批判現存簡文之間關係的文章會開始出現。相對的，甲金文是尋覓漢字本形本義的第一手材料，也是了解上古殷周民族歷史文明的直接綫索。因此，甲金文在中國文化史上有不可取代的重要位置。甲骨文一些懸而未決的議題將重新的被討論，如：甲骨字形組類斷代的檢討、歷組卜辭是定於第一期抑或第四期、花園莊東地甲骨字形早晚期混雜的原因、小屯村北和村中南卜辭的關係、卜辭是否疑問句、甲骨和殷周史的整合等。金文亦會因考古的持續發掘而增加出土機率，配合周秦文獻對應整理的需求，重新成為古文字研究的熱點。

## 附：甲骨由斷代分期至分組分類的省思

早在羅振玉、王國維時期，研治甲骨文都只是逐片逐辭的釋讀。直至 1931 年董作賓撰寫〈大龜四版考釋〉，首先提出「貞人說」，作為甲骨系聯的客觀依據。1933 年董作賓進一步發表《甲骨文斷代研究例》，交錯的提出十個斷代標準，藉此將殷墟甲骨自武丁至帝辛區分為五個分期，開展了甲骨縱線分期研究的序幕。1948 年董作賓在《殷虛文字乙編》序中首掀分「派」的觀念，點出「文武丁之謎」的一批卜辭習慣將先祖「唐」改稱為「大乙」，理應由舊派的武丁卜辭後移至第四期的文武丁時期，並提出祖庚、祖甲兄弟宜為舊、新兩派的分隔，而及至文武丁則是恢復武丁時舊派的「復古」時期。其後，1956 年陳夢家的《殷墟卜辭綜述》重提及這一批卜辭，陳夢家另由「卜人組」的系聯企圖取代董作賓的分期分派說，將上述這一批「文武丁之謎」的卜辭改稱為𠂤組、子組、午組卜辭，並透過其與賓組重疊出現的關係，重新前移回屬於武丁晚期至祖庚時期的卜辭。近世的李學勤又建議將𠂤組等卜辭再往前移於賓組之前，視為武丁早期的卜辭。

另外，由 1976 年殷墟婦好墓的發掘，1977 年小屯南地甲骨的出土，相繼引出所謂歷組卜辭時代的爭議。一方以李學勤、裘錫圭、林澐為首，贊同歷組卜辭是武丁晚期至祖庚早期的卜辭。另一方則是蕭楠（劉一曼、曹定雲）、張永山、羅琨、林小安等主張「異代同名」的觀點，認為歷卜辭屬於武乙、文丁第四期卜辭。而考古學家鄒衡認為「婦好墓下葬的年代不會早到武丁時代，但也不會晚於武乙、文丁時代」，作為二說的折衷調和。歷組卜辭的斷代爭議，迄今仍喋喋討論不休。

1984 年李學勤在王宇信《西周甲骨探論》的序言中，提出用字體、字形分類殷墟村北、村南兩系甲骨的構想。李學勤復在 1989 年的〈殷墟甲骨兩系說與歷組卜辭〉、1992 年的〈殷墟甲骨分期的兩系說〉兩篇文章，具體提出甲骨兩系是：

村北一系：賓組—出組—何組—黃組

村南一系：𠂤組—歷組—無名組

至 1996 年李學勤又與彭裕商合撰《殷墟甲骨分期研究》（上海古籍出版社，1996 年）一書，參考吉林大學林澐的意見，兩系說加入了間組的觀念，並將兩系的首尾相接，調整為：

村北　𠂤組⟶𠂤賓間組⟶賓組⟶出組⟶何組→黃組

村南　└→ 𠂤歷間組→歷組→無名組→無名黃間組 ─┘

從此以後，大陸學者基本上都順從這兩系說來說明甲骨的關係。但至 2008 年李學勤在〈帝辛征夷方卜辭的擴大〉（《中國史研究》2008 年第 1 期）一文中卻又再一次修正己說，以「無名組晚期卜辭」取代了「無名黃間組」，並以此與黃組卜辭各自獨立，平行發展下去，而沒有融合回村北系的黃組之中。若干學者又只好放棄李學勤的舊說，再隨著李的改動而支持新說，此間並無異議。一直至2020年常玉芝《殷墟甲骨斷代標準評議》（中國社會科學院出版社出版）一書，才展開全面否定李學勤兩系說的存在。常玉芝認為：一、𠂤組卜辭的時代不早於賓組卜辭，也不見𠂤組和歷組在較早的坑層中出現，二、村北系的何組和黃組字體不能密接，三、所謂「𠂤歷間組」卜辭並不存在，四、𠂤組主要見於村北，無名組和歷組卜辭在村北、村中、村南都有出土，五、無名組的地層時代早於歷組，六、無名組卜辭並沒有延伸到帝辛時期。所謂「兩系說」違背了考古層位和坑位的關係，也違背了各組卜辭的內在特徵。因此，殷墟卜辭的發展只有一系一脈，並不存在兩系的說法。

另外，林澐在1984年〈小屯南地發掘與殷墟甲骨斷代〉一文，強調單由字形作為斷代分類的絕對標準。其後在1986年的〈無名組卜辭中父丁稱謂的研究〉一文，更再三提出「科學分類的唯一標準是字體」、「分類只能依據字體」。這種專門以字形單一分類整理甲骨關係的態度，馬上為後來的黃天樹《殷墟王卜辭的分類與斷代》（2007）、張世超《殷墟甲骨字蹟研究——𠂤組卜辭篇》（2002）、崎川隆《賓組甲骨分類研究》（2011）、劉義峰《無名組卜辭的整理與研究》（2014）、楊郁彥《甲骨文合集分組分類總表》（2005）等完全認同落實。這種以字形盡量細分組類的方法，主宰了大陸近廿年甲骨分類的形式，一直至2019年朱歧祥〈甲骨文字組類研究的重新評估——讀崎川隆《賓組甲骨分類研究》為例〉（《紀念甲骨文發現120 周年國際學術研討會論文集》，中國安陽）一文，討論大量甲骨同版異形的現象，從而認定字形無法用作斷代分類的絕對標準。

以上，概見甲骨分期與分組類的歷史，學界迄今仍是爭執不已。但站在實用的立場言，董作賓提出的十個斷代標準和五期斷代，仍是最方便、最容易區隔甲骨時限的方法。如果以董作賓的五期斷代為基本，配合陳夢家期中分組的知識，理論上已足夠並可靠的用為研究甲骨斷代的標準。

# 第二章　甲骨文選

## 一、王卜辭

### 第一期（武丁卜辭）

#### 1.〈合集 6087〉（圖版參見附圖一；下同）

（1）壬子卜，㱿貞：𢀛方出，隹（唯）我㞢（有）乍（作）囚（禍）？
（2）壬子卜，㱿貞：𢀛方出，不隹（唯）我㞢（有）乍（作）囚（禍）？五月。
（3）乙卯卜，爭貞：沚、戠爯（稱）冊，王比伐土方，受㞢（有）又（佑）？
（4）貞：王勿比沚、戠？

按：本版是牛肩胛骨的扇面殘片，卜辭屬兩組正反對貞。（1）（2）辭並列而下。（3）（4）辭卻分開書寫，其中的（3）辭刻意插在（1）（2）辭之間。干支日記在前辭句首，月份則書於句末命辭結束之後。（1）（2）辭命辭前句為陳述句，敘述（來告）外邦𢀛方出現；後句為詢問句，卜問我境有否發生禍害嗎？對貞句型作$\begin{Bmatrix} a, b \\ a, -b \end{Bmatrix}$。前後算四天之後的（3）（4）辭對貞，命辭分三句，前兩句為陳述句，末句為詢問句，言殷西附庸沚和戠進行稱冊一行軍前的儀式，殷王武丁親自聯合（或經由）沚戠地攻伐土方，卜問能得到鬼神的保佑嗎？對貞句型作$\begin{Bmatrix} a, b, c \\ -b \end{Bmatrix}$，（4）辭否定句省略前句和後句，互較（3）辭肯定句可見不省的完整貞問內容。

武丁時期的貞人「㱿」和「爭」見於同版，而本版文字一致，字形方正偏長，結構渾厚，筆鋒有力，字溝寬深，出自同一人所書。見殷史官和刻寫甲骨的刻工並非同一人。

殷西北的外族𢀛方（即後來文獻的鬼方）和土方屬同盟關係，殷人得悉「𢀛方出」，應是指殷西附庸沚和戠的來告。壬子日𢀛方來犯一事和乙卯日武丁聯合附庸出擊土方，前後可能是相因承的銜接事例。

「㞢（有）乍（作）囚（禍）」，句由「㞢（有）囚（禍）」演變而來。「作禍」，用為名詞短語。作，本象半衣之形，有當下、正在進行的意思。「隹」，讀唯，用為句首語詞，與「不隹（唯）」相對。「受㞢（有）又（佑）」，句由「受又（佑）」演變而來。「㞢」，詞頭，指特定所指的，修飾其後的名詞「佑」。

## 2.〈合集 6498〉

（1）☐卜，㱿貞：王比望乘伐下危，受又（佑）？
（2）☐貞：王勿比望乘伐下危，不受又（佑）？
（3）☐卜，㱿貞：我其巳（祀），賓乍（作），帝降，若？
（4）☐卜，㱿貞：我勿巳（祀），賓乍（作），帝降，不若？

按：兩組正反對貞。（1）（2）辭並列在外排，（3）（4）辭並列夾在內排。（1）（2）辭對貞，命辭前句為陳述句，後句為詢問句。對貞句型作$\begin{Bmatrix} a,b \\ -a,-b \end{Bmatrix}$，可見對貞強調正反句機械式的相對成組，和句意並無必然關係。其中的「望」字、「危」字只是勉強的隸定。陳述句「比」，密也，字義和「从」類同，有聯合、隨從意。詢問句「受又（佑）」、「不受又（佑）」，是「帝受我佑」、「帝不受我佑」之省；例參〈合集 6543〉。殷王武丁經由殷西附庸地的望乘討伐外族下危，卜問上帝給予我們保佑否。此屬征伐卜辭。

（3）（4）辭對貞，命辭分作四句。其中（3）辭的第一句「我其祀」，「我」是第一人稱代詞，一般指複數的我們。「祀」，祭祀動詞，《說文》：「祀，祭無已也。」字指祭祀時禱告之狀。「其」，將然之詞，作為語詞，強調馬上要進行的動作，加插在動詞之前。此言我們開始祭神的活動。第二句「賓乍」，即「乍（作）賓」的移位句，賓，迎也，名詞。作，字由正在完成當中的衣服，引申有正在完成、當下進行的意思。此言當下進行迎神一儀式。接著的「帝降」獨立成句，言上帝會降臨，作為第三句，最後的「若」斷讀為第四句，理解為詢問句。若，順也。卜問這次的祭儀賓迎神靈和上帝降臨一事的順利否。「帝降」，見殷人已有神中之神的「上帝」，平素在上天，經過凡人的崇拜而降至人間的觀念。第四、五句似亦可合讀作「帝降若」，作為詢問句，言卜問上帝賜予順佑否。目前看，仍以前一讀法區隔作四分句為是。（4）辭否定句命辭的第一句用「勿」，第四句詢問句用「不」。「勿」，修飾陳述句正要發生的事宜，「不」修飾詢問句冀盼的內容。兩兩相對，「不」的否定語氣比較強烈直接，而「勿」的語氣相對平和。對貞句型作$\begin{Bmatrix} a,b,c,d \\ -a,b,c,-d \end{Bmatrix}$。此屬祭祀卜辭。

本版同版異形字例頗多，見刻手書寫文字的隨意。如：賓字从宀旁上有斜筆突出或連筆而下，从人旁的手形位置上下不同；伐字从人旁起筆作直豎或斜筆向外，从戈旁上橫筆一有一無；殸字从南的豎筆一長一短，从殳的首筆有連下有不連下；乘字上从大，右上斜筆一高一低；王字首筆有作直豎分書，有先作右斜筆而下。而（2）辭「伐」字从戈上的短橫筆，呈左圓而右尖狀，見是由左而右帶書寫的一刀，刻手當日無疑是右手握著刻刀寫字。

### 3.〈合集 9173〉

（1）壬辰貞：來？
（2）貞：不其來象？（三）

按：此殘片屬象的肩胛骨上方。殷墟曾發現完整的小象化石，現存安陽考古工作站。（1）（2）辭正反對貞。（1）辭下方殘缺兆序（三）。來，指外邦來朝、來貢；動詞。這裡用象骨卜問外邦將會再來貢象否。「其」將然之詞。否定詞「不」上从一短橫和小倒三角形，和上例〈合集 6498〉作 [illegible] 同屬甲骨第一期字但字形相異。此組對貞，命辭肯定句省略，反而否定句相對作較完整的記錄。

### 4.〈合集 10405〉

（1）癸酉卜，殸貞：「旬亡囚（禍）？」王二曰：「匄。」王固（占）曰：「艅，㞢（有）希（祟）。㞢（有）夢。」五日丁丑王賓中（仲）丁升，阩（降）才（在）寣（廳）阜。十月。
（2）癸未卜，殸貞：「旬亡囚（禍）？」王固（占）曰：「往。乃茲㞢（有）希（祟）。」六日戊子子弦囚。一月。
（3）癸巳卜，殸貞：「旬亡囚（禍）？」王固（占）曰：「乃茲亦㞢（有）希（祟）。」若偁。甲午王往逐兕，小臣叶車馬硪甹。王[illegible]，子央亦墜。

按：三辭在牛骨扇面左、右、中分別依序直行向外書寫。殷人習慣，在每旬（十天）的最後一天（癸日）卜問下旬的吉凶。（1）（2）（3）辭每辭都在癸日占卜。（1）辭驗辭所謂「五日丁丑」，是由「癸酉」占卜日算起，「五日」是要包括前後日計算。這是殷商早期計算天數的方式。

（1）辭的「癸酉卜，殸貞」為前辭，交代占卜的時間和問神的人名。「旬亡禍？」為命辭，是占卜的內容。「王二曰：匄。」句例罕見，加插於命辭之後，占辭之前。是在殷史官慣常問卜下旬吉否之後殷王武丁緊接的宣示兩次誥命。曰，从口从一；

一，強調嘴出氣貌，字引申有號令、公布誥命意。「王二曰」，是言時王見占卜的兆象並不理想，連接兩次宣示命令。「匄」，有祈求意，殷王重複宣示的內容，是要祈求於祖靈。「王占曰：艅，有祟。有夢。」一段是占辭。「王占曰」，是殷王觀察卜兆而作出判斷的說。艅，讀俞，或為歎詞，有負面用意，字與「不吉」、「有祟」等詞連用。「有祟」，將有禍害的事情發生。「有夢」，殷人言「夢」一般都是凶兆。「五日丁丑」以後至句末，都屬事後追記的驗辭。賓，字增从女从止，迎也，用為迎神的動詞。仲丁，殷王武丁的五世祖，中宗祖乙之父。升，勉強隸定，字有增从示，用為奠酒血祀神之所。卜辭習見「賓某先王升」的用例。此言武丁親自進行迎神祭儀於祖先仲丁宗廟，仲丁的神靈由上天降臨在廳地的山阜。驗辭至此。句末「十月」記時，記錄占卜日是在十月癸酉日。干支日書在卜辭句首，月份附在卜辭之末，是殷人記時的習見書寫方式。

（2）辭是在一月癸未日占卜。因此，（1）辭的「十月癸酉」是十月下旬的癸酉日，經過十一月、十二月，至次年一月的癸未日是該月的上旬末日。（1）（2）辭占卜時間前後相距 70 日。占辭的「往」，是言殷王離開殷都出巡某地的意思。「乃茲」，即如此。驗辭隸作「囚」的字，从人側臥井中，井象棺槨形，字為死字初文。

（3）辭似在（2）辭的下一旬癸日卜，占辭言「乃茲亦有祟」的「亦」字，是相對於（2）辭占辭的「往。乃茲有祟」而言。因此，（3）辭也是因殷王的將「往」外地，才接言如此「也」有禍害。「若偁」，是果然如占辭所言。驗辭記錄甲午日武丁出外追逐野牛，小臣叶駕車馬，王車意外翻覆，殷王不慎掉出，隨從的子央「也」掉出車外。硪，《說文》：「俄，傾也。」有須臾、頃速意，修飾其後動詞「甹」。甹，从丂聲，讀如攷，《說文》：「攷，敂也。」字有撞擊意。「車馬俄甹」，言王的馬車遭到突然的碰擊。學界有釋甹字為御，誤。「王車」，「車」字作翻車形，變形以示意。

本版三辭的占辭均屬王的判斷語。「有祟」，即言有禍害。（1）辭驗辭見因王夢而進行祭祖求佑的活動，（2）辭驗辭見六日後子弢的死亡，（3）辭驗辭見次日殷王的車禍。其中的（2）（3）辭見殷王的占辭是是靈驗的。

本版字形偏大而方正，屬武丁時期書體，其中的㱿、希（祟）字見同版異形。（1）辭刻字字溝寬闊，與（2）（3）辭字溝細窄不同，但字形明顯是出自同一人之手，這可能是刻工持的刻刀先後不同所致。

## 5.〈合集 10405〉反

王固（占）曰：「㞢（有）希（祟）。」八日庚戌㞢（有）各雲自東，面母，昃亦㞢（有）出虹自北，飲于河。

按：本版是〈合集 10405〉版牛骨的背面。這裡見占辭和驗辭，字屬字溝寬闊的大字。相對的前辭和命辭應在殘甲正面的上方殘缺處，宜補「癸卯卜，㱿貞：旬亡囚？」句。驗辭事後記錄八天後的庚戌日白天「有各（格）雲自東」，句與其後的「昃」（傍晚）「有出虹自北」並列相對。格，致也，前句言自東面有來雲，句意似與降雨有關。隨後的自北方見有彩虹，「出虹」自是雨後才有的景觀。「飲於河」句，是「王飲于河」之省，「飲」字用為以酒祭祀的動詞。學界自郭沫若連讀為「虹飲于河」，附會為古代神話兩頭蛇的傳說，可能不是事實。「面母」，二字勉強隸定，「母」字左邊殘，未審有漏筆否。「面母」一詞不可解，句與「飲于河」相對，似為殷人對於「格雲」此一天文現象的回應。「面」从橫目，圍在宀中，或讀為見，理解為祭獻意。「母」，字與女通。殷人有祭獻女牲之習，如：

〈合集 19973〉　□辛丑見（獻）女？

〈合集 658〉　辛丑卜：于河：妾？

〈合集 32290〉　壬辰卜：烄女，雨？

「面母」，或讀為獻女，意即獻祭女牲以求雨，句與其後的飲祭於河相連。

## 6.〈合集 16197〉

（1）庚辰卜，爭貞：羽（翌）辛巳王往？

（2）辛巳卜，㕣貞：𡇒（埋）三犬、尞（燎）五犬、五豕，卯四牛？一月。

按：二辭在牛肩胛骨上方各單獨占卜，中間有介畫區隔。二辭屬第一期大字書寫，貞人不同但字形卻出自相同刻工之手。（1）辭卜問殷王武丁離開殷都出外的吉否，（2）辭是次日殷人進行連串用牲祭祀，卜問王受佑否。二辭都省略命辭的後句詢問句。對比下引不省句例，如：

（一）「王往」相關不省句例。

（1）〈合集 557〉　丁未貞：王往于田，亡災？

（2）〈合集 649〉　乙亥卜，爭貞：今春王往田，若？

（3）〈合集 9504〉　丙午卜，賓貞：王往出田，若？

（4）〈合集 28595〉　辛〔巳〕卜，王往田于南，擒？

（5）〈合集 23726〉　戊辰卜，行貞：王出，亡禍？

（6）〈屯 2221〉　□出，弗每（悔）？

（7）〈合集 29273〉 王弜往于田，其每（悔）？

（8）〈合集 27866〉 丁卯卜，㲋貞：王往于升，不冓雨？

（9）〈合集 28478〉 辛巳卜，貞：王其田，往來亡災？

（二）燎、卯等祭祀用牲不省句例。

（1）〈合集 27499〉 高妣燎，叀羊，又（有）大雨？

（2）〈合集 32358〉 ☐卜，其燎于上甲：三羊，卯牛三，雨？

（3）〈合集 11962〉 ☐隹（唯）燎，不其雨？

（4）〈合集 12843〉 己亥卜，我燎，亡其雨？

（5）〈屯 673〉 其桒（祓）年河，沈，王受又（佑）？大雨？

（6）〈合集 12948〉 □子卜，□貞：王令□河，沈三牛，燎三牛，卯五牛？王固（占）曰：丁其雨。九日丁酉允雨。

（7）〈合集 32329〉 庚申貞：今來甲子酢，王大钔（禦）于上甲，燎六十小宰，卯九牛，不冓雨？

（8）〈合集 34198〉 己酉貞：辛亥其燎于岳：一宰，卯一牛，雨？

（9）〈合集 26915〉 卯牢又一牛，王受又（佑）？

（10）〈屯 227〉 叀丁酢上甲，卯，又正（禎）？

（11）〈合集 26961〉 卯叀羌，又（有）大雨？

由以上大量不省句例，足見卜辭書寫「王往」一陳述句，是要詢問「王往」此事的「亡災」或「亡禍」或「若」或「擒」或「悔」或「冓雨」否。卜辭書寫祭祀若干牲等陳述句例，是要詢問「雨」或「王受佑」或「有禎祥」否。由此可知，要由不省句例對照卜辭大量的省句，才能正確的解讀卜辭的內容。

（2）辭命辭的各種用牲法，其中的「埋」是置祭牲於地表之下，「燎」是以火燒牲升之於天，「卯」，即剜，相對的是對剖用牲祭於人間。殷人用牲的方式，也反映三千多年前的宗教意識，殷人已知曉天上、人間、地下的區隔。埋，从犬投於坎穴之側形，動詞，字由「囟（埋）三犬」例見仍作為埋犬的狹義動詞。但另如逐字，从止豖，本為追豬的專用字，而卜辭辭例已擴大用作「逐兕」〈合集 190〉、「逐鹿」〈合集 5775〉、「逐麋」〈合集 10347〉、「逐㲋」〈合集 154〉、「逐雞」〈合集 9572〉、「逐人」〈合集 28062〉。由此可見，殷商人使用的動詞，有些仍停留在狹義造字初期的專用字，有些已成熟推廣為泛指的用法。

「豖」，从豕，豕腹外有一短豎，示去勢的豕，即豶、豮字。「爭」，字本从手持耒力在坎穴中挖土的側形，古文字「爭」、「靜」同源，這裡借為武丁時期的貞人名。本版的二「貞」字，屬同版異形。

7.〈合集 16741〉

(1) 癸巳卜，賓貞：旬亡𡆥（禍）？
(2) 癸卯卜，賓貞：旬亡𡆥（禍）？
(3) 癸丑卜，賓貞：旬亡𡆥（禍）？
(4) 癸亥卜，賓貞：旬亡𡆥（禍）？九月。
(5) 癸未卜，賓貞：旬亡𡆥（禍）？九月。
(6) ☐卜，☐𡆥（禍）？

按：本版屬牛肩胛骨靠左邊的殘片。殷人有在一旬的最末一天癸日占問下一旬無禍否的習慣。卜辭常態由下分段向上刻，占卜日由癸巳、癸卯、癸丑至癸亥前後共 31 天，接著暫停一旬，再由癸未而（癸巳）向上刻寫。本版的貞、賓、旬、𡆥諸字，都見有同版異形的現象。其中的「賓」字在（1）辭有省从人。𡆥字象卜骨形，傳統讀為禍字。裘錫圭改釋憂，並不正確。卜辭句末命辭後附記月份「九月」，一分書、一合文。同版有記貞人，有省貞人。此足見殷人書寫的靈活。

8.〈合集 17573〉

壬戌邑示二屯。小𣪊。

按：本版為骨臼。殷王卜辭習見在骨臼、甲橋、甲尾處書記事刻辭。此處記錄壬戌日邑（外族或人名）進貢二對骨版。小𣪊為記錄或簽收的人。屯，牛肩胛骨左右合成一對，稱一屯。

## 第二期（祖庚、祖甲卜辭）

9.〈合集 24287〉

(1) 辛卯卜，王。才（在）𠂤（師）𣪘卜。
(2) 辛卯卜，王。才（在）三月。
(3) 辛卯卜，王。

按：本版牛殘骨只見卜辭前辭和句末補記的占卜地和占卜月份。前辭為「辛卯卜，王貞」句的省「貞」字。主要卜問的命辭內容全省。卜辭由下往上分段刻寫，機械的訊問時王在外駐兵地方的安否。「𠂤（師）某」，指某地的師旅。

本版字形稍見拉長，如干支的「辛卯」，「王」字亦拉長書寫，上增橫畫。「卜」字見同版異形，斜筆有下接豎筆的末端位置。「月」字亦作細長形，豎筆幾與弧筆相接。以上應是第二期卜辭的斷代字例。

10.〈**合集** 24359〉

（1）庚申卜，王。才（在）析卜。
（2）〔庚〕申卜，王。才（在）正月。
（3）庚⧄，王。
（4）庚申卜，王。
（5）庚申卜，王。才（在）正月。
（6）庚申卜，王。才（在）析。
（7）⧄賓⧄亡尤？⧄月。才（在）析。

按：本版牛胛骨殘片只見卜辭前辭和句末補記的占卜地和占卜月份。文字分段由下往上書寫，卜問時王在外安否。這文例是第二期卜辭的習見用法。此時的「一月」，已改稱「正月」。同版的「卜」、「庚」、「析」字，均見異形書寫。而庚字作 、 ，與第一期的 形不同；「賓」字作「 」，與第一期賓迎字作 形不同；「月」字作 ( ，與第一期的 ) 形不同；「王」字作 ，與第一期的 形不同。以上諸字形，都可作標準字例對應了解。

本版最末一殘辭，是唯一保留命辭的內容。此辭言時王在外的析地進行祭祀，賓迎某祖，卜問沒有禍害否。命辭後的補語記錄占卜月份和占卜地，和諸辭相同，此辭似是同在「庚申」日占卜的事例。

11.〈**合集** 26303〉

（1）辛〔卯〕□，旅⧄夕⧄？才（在）⧄。
（2）壬辰卜，旅貞：今夕亡囚（禍）？才（在）三月。
（3）癸巳卜，旅貞：今夕亡囚（禍）？才（在）三〔月〕。
（4）甲午卜，旅貞：今夕亡囚（禍）？才（在）三月。
（5）甲戌卜，旅貞：今夕亡囚（禍）？才（在）五月。

（6）□□卜，□貞：今□亡囚（禍）？才（在）五月。

按：本版牛骨殘片文字分段由下而上書寫，每段之間有橫介畫區隔。每天在白天占卜，機械的卜問當天傍晚無禍害否。由辛卯、壬辰、癸巳、甲午四天，連續由貞人旅卜問神靈。命辭之後有補語記錄占卜所在的月份。「甲午」日後整整過了前後四十天，在五月甲戌日再接著繼續卜問每夕的禍害否。這種卜問「今夕亡禍」的句例，應是第二期卜辭常見的詢問方式。

本版文字字形偏於狹長書寫，如「辛」、「旅」、「今」諸字是。其他如「巳」字作，下手形作斜筆連書；「午」字作，上明顯增一長豎筆；「今」字作，下短橫推出書寫；夕作而月作，都是第二期卜辭代表性的字例。至於詞組的用法，「今夕亡囚？」，相對於第一期習見的「旬亡囚？」；句末「在三月」，相對於第一期直接書寫的「某月」，都可見第二期卜辭時占卜習慣和用語的改變。

## 第三期（廩辛、康丁卜辭）

### 12.〈合集 26910〉

（1）其又（侑）羌十人，王受又（佑）？

（2）廿人，王受又（佑）？

（3）卅人，王受又（佑）？

按：本版牛肩胛殘骨屬選擇性對貞，文字由下而上分段書寫。三辭都省前辭，卜問進行侑祭時用祭牲羌人十人抑二十人抑三十人，殷時王才會得到鬼神祖先的保佑？其中的第一辭命辭較完整，第二、三辭省略祭祀動詞和祭牲名。（1）辭「十人」合文。又，讀侑，祭祀動詞，是求佑之泛祭。動詞之前增虛字「其」，有強調將然之事的語氣。王字上增橫畫，與第二期卜辭寫法同。羌字作，羌人首係以繩索，是第三期斷代字例，與早期只作形不同。

### 13.〈合集 29520〉

（1）叀羊？

（2）叀牛？

（3）〔叀〕羊？

按：本版屬選擇性對貞，三辭由下而上分段書寫。三辭都省前辭，只保留命辭，詢問是次祭祀所用祭牲，是用羊抑用牛抑用羊（牛中獨特的一種）。

叀字作 ，象單束的囊形，讀如唯，借用為句首語詞，帶出祭牲，字形與早期卜辭作 有別。羊字在羊首二角相接處增一短橫筆，與一般早期王室卜辭作 亦相異，但與花園莊東地和小屯南地卜辭寫法相同。此字似是受非王卜辭的字形所影響。牛字作 ，牛首二角相接處改用一橫畫相接，與早期卜辭作二斜筆的 形不同。羊，《玉篇》有「㸲，赤牛」、「騂，馬赤色」的用法，《說文》新附字有騂，即相當《周禮・草人》的騂。字或指赤色的牛。

14.〈合集 29548〉

（1）叀豚五，又（有）雨？
（2）□〔豚〕十，又（有）雨？

按：本版屬選擇性對貞，卜問用小豬五隻抑或十隻祭祀，會有降雨。其中的叀字作 、又字作 ，雨字所从雨點不固定，字上有增一橫飾筆，都是第三期卜辭的斷代字例，和早期卜辭的 、 、 （ ）寫法有異。五字作 形，中間的右斜筆直書、左斜筆回彎書寫，與一般早期卜辭的 形亦不同。

## 第四期（武乙、文丁卜辭）

15.〈合集 32054〉

丙子貞：丁丑又（侑）父丁：伐卅羌，歲：三牢？茲用。

按：卜辭見牛骨臼側面。卜辭單辭占卜。前辭作「干支貞」，是早期卜辭習見的「干支卜，某貞」的省例。祭祀動詞侑祭的「侑」字作又，用為求佑之祭，寫法與第三期卜辭相承。祭祀對象「父丁」，即武乙對父親康丁的稱呼，用砍首的方式砍殺卅個羌人，另用斧戉宰殺的歲祭殺三頭圈養的牛作祭牲。「茲用」是用辭，指占卜的鬼神同意是次卜辭的內容。

本版的「貞」字兩外豎筆拉長書寫、「又」字首筆直角斜向下、「父」字左豎筆作短豎形、「羌」字係繩索作 形、「歲」字簡省作 、「用」字兩豎筆向中間弧形內收，都是第四期卜辭的斷代字。

## 16.〈合集 34165〉

(1) 戊子貞：其燎于洹泉：□三室，俎室？(三)

(2) 戊子貞：其燎于亘水泉：大三牢，俎牢？(三)

(3) 己巳貞：王米囧，其弄于且(祖)乙？

(4) 己巳貞：王其弄南囧米，叀乙亥？

(5) 丁丑貞：〔其〕又(有)升歲于大戊：三牢？茲用。

按：本版屬牛肩甲殘片。卜辭由上而下成組刻寫。(1)(2)辭右左對貞，前辭「干支貞」為第四期卜辭習見用法。命辭先後言用火燒的燎祭和用切片方式殺牲的俎祭祭祀於洹泉，二辭後都省略求王佑或卜問安否的詢問句。(1)辭祭牲用圈養的羊，(2)辭祭牲則改用圈養的牛，二辭可能是選貞的關係；但如理解从牛从羊通，只強調同屬圈養的牲畜，則可視作正正對貞。目前看，仍傾向於前者的意思。這組對貞有兆序(三)混在句中，宜分別釋讀。整組文字普遍偏於長形，似是第三、四期書寫的風格。(1)辭「三室」前不見得有殘缺字，僅供參考。(2)辭的「洹」字作上下式分書，仍應視作一字理解。對貞中的「戊」字豎筆拉長，「子」字中豎向上突出、「貞」字拉長書寫、「燎」字作米形、「室」字从羊豎筆拉長、「俎」字外圍作菱形書寫，都是第四期的斷代字。

(3)(4)辭成組，應是正正對貞互補的關係。二辭命辭應是「乙亥王其弄南囧米于祖乙？」一辭的個別書寫。句末亦省詢問句。(3)辭的「米囧」是「南囧米」的移位兼省略，「囧」讀窗，用為地名，此指「南囧」一地的產米，是殷王登獻祖先的祭品。「弄」，兩手持豆，讀登，有上獻意，用為祭祀動詞。(4)辭移作後句的「叀乙亥」，點出登獻的時間。此二辭的「巳」字上人首作尖形書寫，兩手朝上、「叀」字增橫筆作𠭯、「亥」字作誇張的𠀅，都是第四期卜辭的斷代字。

(5)辭命辭是翌日歲祭於先祖大戊，用的是三牢。本版習見「三牢」、「三室」的祭獻，「三」取其盛多的意思，或已兼具「左」「中」「右」三方祭祀的位置。「升」，象器灑血水以奠之形，「有升」是以斧戉殺牲的歲祭時用牲血祭奠的儀式。「茲用」，即此卜受用，鬼神接受此條卜兆詢問的內容。這辭的「貞」字上的鼎形平齊橫筆書寫，應是晚期卜辭的字例。

## 17.〈合集 34240〉

(1) 癸巳□：又(侑)于伊尹牛？五□。(二)

（2）癸巳卜：又（侑）于[illegible]？茲用。（二）

（3）癸巳卜：又（侑）于王亥？（二）

（4）癸巳卜：又（侑）于河？不用。（二）

（5）癸巳卜：又（侑）于河？（二）

（6）乙未卜：又（侑）升歲于父乙：三牛？茲用。（二）

（7）辛丑貞：重㞢疾以[illegible]？

（8）重㞢束人以[illegible]？

（9）〔㞢〕□多射以[illegible]？

按：本版殘骨文字仍是由下而上分段書寫。前辭「干支卜」和「干支貞」見於同版。「又」，讀如侑，求佑之泛祭，祭祀動詞。侑祭的對象，有先臣的伊尹，先王的[illegible]（或指契）、王亥，自然神的河。癸巳日在一旬之末廣泛的侑祭眾神祇，在卜辭中也是特例。癸巳之後兩天乙未日，獨立的歲祭父親武乙，作為本版屬文丁卜辭的佐證。「有升歲」一詞，指用奠酒血的歲祭，亦屬晚期卜辭的習見文例。

殘骨上見「辛丑貞」三辭，用為選貞關係。「㞢」，第四期卜辭殷將領名。三辭命辭屬移位句，常態句作「㞢以疾[illegible]？」、「㞢以束人[illegible]？」、「㞢以多射[illegible]？」。「以」，有攜帶、率領意。對應下列諸常態的「㞢」字句可證：

〈合集 34240〉　王辰卜：王令㞢以眾？

〈合集 33219〉　庚申：王令㞢田？

〈合集 33203〉　辛亥：㞢令束人先涉[illegible]？

〈英 2421〉　□子卜：令㞢以多射，若？

三辭命辭句末的「[illegible]」字或隸作「函」，引申有刺意，用為動詞，屬征伐類動詞，「函伐」曾連用。句例如：

〈合集 31973〉　丁丑貞：王令㞢以眾伐召，受又（佑）？

〈合集 31981〉　乙亥貞：㞢令郭以眾[illegible]，受又（佑）？

〈合集 31976〉　甲辰貞：㞢以眾[illegible]伐召方，受又（佑）？

三辭的「疾」（字增从手）、「束人」、「多射」三詞，一強調徒手、一強調敹矛、一強調弓矢，分別用為對外作戰的單位名稱。卜辭卜問殷將領㞢帶領的是疾抑或束人抑或多射對外征伐。

本版的「巳」、「于」字，見同版異形。「亥」字誇張向外突出，「用」字省橫畫作[illegible]，「歲」字从戈下增有斜筆，都屬於晚期卜辭的字例。

## 第五期（帝乙、帝辛卜辭）

### 18.〈合集 36975〉

（1）己巳王卜貞：□歲商受□？王固（占）曰：吉。
（2）東土受年？
（3）南土受年？吉。
（4）西土受年？吉。
（5）北土受年？吉。

按：本版殘骨文字由下而上分段書寫，屬農業卜辭。首辭的前辭作「干支王卜貞」，是第五期卜辭的習用例，其後命辭宜為「今歲商受年？」一句之殘。殷人已有以中商為本，相對於四方的觀念。卜辭先詢問這一年商邑受鬼神保佑，農作物得以豐收否。殷王親自觀察卜兆得到的判讀是好的。接著是卜問四方得豐年否，兆語亦見南、西、北三方耕地收成是好的。殷人耕種的收成，是以一整年為單位算。

本版的「王」字作、「歲」字作、「固」字作、「曰」字作、「吉」字作、「土」字作，都是晚期卜辭的斷代字例，與早期卜辭的、、、、、等字形相異。

### 19.〈合集 37953〉

癸巳王卜貞：旬亡畎（禍）？王占曰：大吉。才（在）十月。

按：本版殘骨是殷人習見的卜旬卜辭，在癸日卜問下旬十天無禍否。本版字形明顯拉長，字例可視作晚期卜辭的斷代字，相對於早期卜辭的「癸」字作、「王」字作、「貞」字作、「旬」字作、「禍」字作、「固」字作、「曰」字作、「吉」字作、「月」字作等，寫法全然相異。

### 20.〈合集 38731〉

癸卯王卜貞：其祀多先〔祖〕□余受𠬪（有佑）？王占曰：弘吉。隹（唯）□。

按：本版殘骨見癸日殷王親自卜貞，詢問祭祀眾先祖，我能得鬼神保佑否。卜辭中一般稱呼眾先祖為「多毓」，用法由第一期一直延續至第五期，而改作「多先祖」，則只見第五期卜辭。「余」為殷王自稱，「余受有佑」的「有佑」合文，是第五期卜辭習見的詢問句。占辭言「弘吉」，意即大吉。句末殘辭屬補語，「隹」讀唯，借為發語詞，一般用作「唯王若干祀」例，是第五期卜辭記錄殷王在位若干年的用法，如：

〈合集 37836〉　癸未王卜貞：酒彡日自上甲至于多毓（后），衣亡巷自畎？才（在）四月。隹（唯）王二祀。

〈合集 37838〉　癸未王卜貞：旬亡畎？王占曰：吉。才（在）六月。甲午肜羌甲。隹（唯）王三祀。

「祀」字增从示，與第三期卜辭以前作 不同。「其」字中从二横，亦屬特例。

## 二、非王卜辭（一般屬武丁時期）

### 21.〈合集 19798〉

庚戌卜，扶：夕㞢（侑）般（盤）庚：伐，卯：牛？

按：本版殘骨見傍晚侑祭遷殷的始祖盤庚。非王卜辭，又稱多子族卜辭，是殷王庶出一脈的貴族卜辭。本辭前辭省「貞」字，貞人「扶」屬勉強隸定，命辭用時間詞「夕」帶出，與王卜辭習見的「干支卜，某貞」和「今夕」用法不同。命辭直稱「般庚」，言侑祭以砍首的人牲一，並用對剖的方式宰牛一頭。本版字形個別怪異，如「戌」字作 、「㞢」字作 、「般」字从凡横書、「卯」字作 ，與王卜辭早期作 、 、 、 諸形明顯有差別。版中的「庚」字在天干和王名的寫法互異，屬同版異形。

### 22.〈合集 19828〉

壬申卜：㞢（侑）大甲：卅宰甲戌？（二）

按：非王卜辭多見時間詞移於命辭句末。本版地支「戌」字字形與上引〈合集 19798〉不同，可見雖同屬非王一類，但字形並不固定。本辭言壬申日卜問兩天後甲戌日侑祭先祖太甲以三十頭圈養的牛一事的主祭者受佑否。非王卜辭祭拜的先祖，有與王卜辭大宗世系相同。

**23.〈合集 22062〉**

（1）丙戌卜，桒于四示？（一）（二）（三）（四）
（2）牢又皀于入乙？（一）（二）

按：本版屬殘骨。二辭兆序由下而上，與卜辭並列。（1）辭的「戌」字字形，與〈合集 19798〉亦不相同。桒，即祓，示持農作物以祭的祭儀，動詞；字省上二斜筆，與王卜辭作不同。示，象神主形，複筆；字與王卜辭作丅亦異。「四示」，指四個特定的先王神主。（2）辭的「牢」字改从尖頭的宀形，與王卜辭从山谷形的不同。「皀」，指香酒，為非王一類的特殊字形，上見一橫畫，下增一十字形，與王卜辭作亦相異；字有誤釋為擒獲的毕（擒）。「又」，用為連詞。「入乙」，又作「下乙」〈合集 22177〉，應即中宗祖乙的異稱。

**24.〈合集 20276〉**

庚寅卜，衜：王品司癸巳不？二月。（三）

按：前辭省「貞」字。命辭的「王」字作形，與第一期王卜辭相同。「司」，讀祠。「品司」，即祭神以眾物品的移位。「癸巳」移於句後，指殷王祭神的時間，在占卜的後三天。「不」，讀否，用為命辭句末的語尾詞，字置於時間詞之後，月份「二月」之前。

**25.〈合集 22426〉**

（1）癸巳鼎（貞）：☒？（二）
（2）癸巳卜：用庚申钔（禦）牢？（三）

按：本版殘甲前辭見「貞」「卜」互用，命辭的時間詞「庚申」移位於句中，均屬特殊的用法。「庚」、「鼎」、「禦」字形與王卜辭晚期字相近。（2）辭命辭的句意，如按刻寫的順序讀，「用：牢」是主要用語，「庚申禦」屬補語，修飾祭牲的「牢」，言是次的「用牢」是庚申日禦祭的牲畜；如按常態用例改讀，應作「癸巳卜：庚申禦：牢？用。」，「用」字不屬命辭部分，獨立理解為用辭，言是次占卜內容，為鬼神祖先所接受。目前看，似以後者的讀法為優。二辭是同日各自貞問，彼此的兆序並沒有對應關係。

以上 25 版甲骨例，說明殷商王卜辭五期斷代和非王卜辭之間的字、詞、句用法，都有相異的特色，可提供判別甲骨分期和分類的參考。

# 第三章　金文導讀——以西周金文爲例

金文，一般指秦漢以前用鑄或刻在青銅器上的文字。青銅鑄造和金文的書寫，在殷商晚期已趨於成熟，至兩周時期達至頂峰，迄戰國晚期才因鐵器的發明而息微。有關金文的格式，殷商金文簡單固定，用詞樸質，大多單獨記錄作器者的家族記號（圖騰）、官名、私名，一般又以「某作某器」的形式呈現。西周金文開始講究變化，內容轉趨繁複多樣，誥命、祭祀、祝頌、追孝、征伐記功、媵辭，無所不包，穆王以降復多冊命之辭。春秋之後，金文格式較自由，多符節、樂律，以至物勒工名。戰國以後，出土具代表的金文漸少，及至 1975 年 11 月河北平山縣出土中山王青銅器群，才填補此階段的空白，而下接戰國簡帛文字。

「金文」對於殷周的語言文字、歷史文化的了解，以至先秦文獻的互勘，有重要的參考價值。以下，針對周金文的若干詞類、罕用句例、金文考史等課題，作扼要的說明。文中徵引句例參考中國社會科學院考古所《殷周金文集成》和馬承源《商周青銅器銘文選》。

## 一、金文詞類

金文的詞類，包括名詞、動詞、形容詞、代詞、副詞、歎詞、數詞、量詞、語詞等。本文僅就其中的名詞主語、語詞、歎詞、量詞，逐項介紹如次。

### （一）主語

金文記錄的作器人物，可分：周王、諸侯、貴族、后妃、職官、私人六類。

1.周天子。如：

〈王作姜氏簋〉　王乍（作）姜氏隮毁（簋）。

〈王方鼎〉　王乍（作）中（仲）姬寶彝。

2.諸侯王。如：

〈攻敔王劍〉　攻敔王夫差自乍（作），其元用。

〈越王勾踐劍〉　戉（越）王鳩（勾）淺（踐）自乍（作）用鐱（劍）。

〈徐王盥盤〉　郐（徐）王義楚睪（擇）其吉金，自乍（作）盥（灌）盤。

3.公侯貴族。如：

〈中山侯𢘅鉞〉　天子建邦，中山侯𢘅乍（作）茲軍鉞，以敬（警）氒眾。

〈筍侯簋〉　筍侯乍（作）叔姬賸（媵）般（盤），其用寶用鄉（饗）。

〈王孫誥鐘〉　隹（唯）正月初吉丁亥王孫𦔻（誥）睪（擇）其吉金，自乍（作）鐘。

4.后妃女性。如：

〈嫠姬鬲〉　嫠姬乍（作）寶𩰫（鎡）。

〈呂姜簋〉　呂姜乍（作）毀（簋）。

5.職官。如：

〈魯宰駟父鬲〉　魯宰駟父乍（作）姬雕賸（媵）鬲，其萬年永寶用。

〈史逨鼎〉　史逨乍（作）寶方鼎。

〈工㑥鼎〉　工㑥乍（作）隮彝。

6.私人。如：

〈衛簋〉　衛乍（作）父庚寶隮彝。

〈周生豆〉　周生乍（作）隮豆，用亯于宗室。

## （二）語詞

文字有實詞、虛詞之別，清儒以訓詁六書破實詞，以文法詞位明虛詞。語詞均屬虛詞，表達句子的語氣，有與前句區隔，或作為變異句的標誌。根據語詞的位置，可分作句首語詞、句中語詞和句末語詞。

1.句首語詞。如：

a 隹

周金文的「隹」，讀唯，字稍後有增从口，直接書作「唯」字，作為句首的發語詞。字的用法上承殷卜辭和殷金文。

〈利簋〉　隹（唯）甲子朝，歲鼎（貞）。

〈獻侯鼎〉　唯成王大𠦪（祓）才（在）宗周。

b 叀

周金文的「叀」字，讀與惠同，通作唯；用法上承殷卜辭。字作為句首的發語詞，有增強整句肯定語氣和帶出下文的功能。

〈何尊〉　叀（唯）王龏（恭）德谷（裕）天。

c 征

周金文的「征」字，又作延，通讀作誕。字用作句首語詞，有分隔前後句的功能，始見於成王時期。

〈涾𤔲徒遙簋〉　征令康侯啚于衛。

〈臣諫簋〉　延令臣諫。

d 𦘒

周金文的「𦘒」字，同於文獻的「肆」。字用作句首語詞，始見於周初成王時期。

〈何尊〉　𦘒（肆）玟（文）王受茲大令。

e 毋

周金文的「毋」，有屬狀聲字，並無實義，只有帶出下文的功能。字用作句首語詞，始見於西周早期。《史記》〈貨殖列傳〉中亦見此例。

〈作冊嗌卣〉　毋念𢦏（哉）！

f 有

周金文的「有」字見於句首語詞，並無實義，只有帶出下文的作用。字始見於西周晚期，《尚書》〈康誥〉、〈召誥〉亦有相關的用法。

〈㝬簋〉　王曰：有余隹（雖）小子。

g 用

周金文的「用」字有單純作為句首語詞，見於西周晚期。一般只有區隔前句和帶出下文的語氣功能。

〈多友鼎〉　唯十月，用嚴（玁）䊷（狁）放（方）䦒（興），竇（廣）伐京𠂤（師）。

h 雩

周金文的「雩」，相當於古文獻的粵、越字。字用為句首語詞，見於西周晚期。

〈牆盤〉　雩武王既𢦏（災）殷。

i 曰

周金文的「曰」字有單純用為句首語詞，見於西周晚期。《尚書》〈洪範〉、〈堯典〉亦見相當的用例。

〈牆盤〉　曰古文王，初斆（戾）龢（和）于政。

2.句中語詞。如：

a 其

周金文的「其」字有置於句中，用作加強句首主語的語氣功能。字本身亦有強調將然、未來要完成的冀盼語氣，用法上承殷卜辭。一般習見於厲王以後。

〈鄭季盨〉　奠（鄭）季其子子孫孫永寶用。

〈麩鐘〉　　　　麩其萬年，畯（允）保四或（域）。

句前亦有省主語，讓「其」字帶出下文。

〈鄂侯馭方鼎〉　其邁（萬）年子孫永寶用。

〈叔向父簋〉　　其子子孫孫永寶用。

b 于

周金文的「于」字一般用為介詞，但偶有作為停頓、區隔語氣的句中語詞，相當於白話的「在……的時候」。用法亦見《尚書》〈大誥〉篇。

〈䲨方鼎〉　　　隹（唯）周公于征伐東尸（夷），豐白（伯）尃（薄）古（姑），咸𢦏（災）。

c 有

周金文的「有」字偶見於句中，作為語詞，用法亦見於《尚書》〈大誥〉篇。

〈師設簋〉　　　女（汝）有隹（雖）小子。

3.句末語詞。如：

a 𢦏

周金文的句末語詞只有一「𢦏」字。𢦏，讀哉，用例亦見《尚書》〈康誥〉篇。字相當於近代白話的「啊」。

〈作冊嗌卣〉　　毋念𢦏（哉）！

〈叔趯父卣〉　　烏虖！焂，敬𢦏（哉）！

## （三）歎詞

歎詞表達感歎、哀歎、讚歎而帶出的聲音，音節拉長，可以單獨成句，或屬修飾性用語。歎詞多獨立置於另一句組之前。如：

a 叡

字有省「又」作䖒，即相當文獻的「嗟」，帶出決斷的語氣。字始見周初成王時期。

〈大盂鼎〉　　　叡！酉（酒）無敢酖。

〈彔𢦚卣〉　　　王令𢦚曰：叡！淮尸（夷）敢伐內國。

〈牆盤〉　　　　䖒！長伐尸（夷）童。

b 巳

字獨立成句，作為歎詞，用例又見於《尚書》〈大誥〉。

〈大盂鼎〉　　　巳！女（汝）妹（昧）晨又（有）大服。

c 而

周金文的「而」，字屬勉強隸定，可獨立成句，用為歎詞。或讀如於、烏字。

〈大盂鼎〉　　　王曰：而！令女（汝）盂井（型）乃嗣祖南公。

d 繇

周金文的「繇」，用為歎詞，置於上位誥言之首。字與文獻的「猷」、「於」用例同。《尚書》〈大誥〉有相關的用法。

〈宜侯夨簋〉　　王令虞侯夨曰：繇！侯于宜。

〈彔伯𢦏簋〉　　繇！自乃祖考又（有）爵（恪）于周邦。

e 烏虖

周金文的「烏虖」二字成詞，相當於文獻的「嗚呼」，見《尚書》〈康誥〉篇。

〈叔趯父卣〉　　烏（嗚）虖（呼）！焂，敬𢦏（哉）！

〈效卣〉　　　　烏（嗚）虖（呼）！效不敢不萬年夙夜奔走揚公休。

## （四）量詞

量詞，又稱單位詞，表示數量單位的詞，多與數詞連用。一般是數詞在前，量詞在後，構成數量詞組。周金文的數量詞組基本都置於名詞之後。如：

1.貝若干朋

殷商晚期的金文已見有「貝若干朋」例，兩貝為一朋。西周初期沿用賜貝之習。

〈德鼎〉　　　　王易（賜）德貝十朋。

〈𪓰方鼎〉　　　公賞𪓰貝百朋。

〈令簋〉　　　　姜賞令貝十朋、臣十家、鬲百人。

及至穆王時期又見「貝若干寽」的用法，錢幣的單位「朋」漸遭「寽」字所取代。

〈穡卣〉　　　　貝卅寽。

穆王之後罕見上位者賜貝，推想「貝」已不再是物物交易的單位。周王的賞賜已改用實物的禮器、玉器、武器、馬匹，以及奴隸。

2.馬若干匹

周金文自成王始，見「馬匹」的用法。

〈御正衛簋〉　　懋父賞御正衛馬匹。

穆王以後，賞賜多以「馬四匹」為一單位。

〈彔伯𢦏簋〉　　馬四匹。

〈牧簋〉　　　　余（駼）馬四匹。

〈無㠱壺〉　　　王易（賜）無㠱馬四匹。

〈尹姞鼎〉　　　易（賜）玉五品、馬四匹。

〈鄂侯馭方鼎〉　王親（親）易（賜）馭方玉五瑴、馬四匹、矢五束。

「馬四匹」用以配合駕馭，是知以四馬拉車之習，在穆王時已大盛。古文獻見四馬為一乘，《左傳》閔公三年：「歸公乘馬。」杜預注：「四馬曰乘。」此用「乘」之例，金文中亦見。如恭王時的〈倗生簋〉：「良馬乘。」西周的馬復用「兩」為單位。兩，非指兩匹，一般兩馬稱作「二馬」、「馬二」或「馬二匹」。這裡的「兩」是指馬連車而言，〈小盂鼎〉的「孚（俘）馬□□匹、孚（俘）車卅兩（輛）」，可證「兩」字實用為「車」的單位詞。「馬兩」，即馬車一輛。

〈小臣宅簋〉　馬兩。

〈小臣守簋〉　賓馬兩、金十鈞。

〈十二年大簋〉　馬兩。

3.鬯若干卣

此用例上承殷卜辭。鬯，香酒，周金文見為上位者親賜之物，多以「一卣」為常。《尚書》〈文侯之命〉：「用賚爾秬鬯一卣」。

〈大盂鼎〉　易（賜）女（汝）鬯一卣。

〈彔伯𢦚簋〉　鬯卣。

懿王、孝王時亦見文獻「矩鬯一卣」的用法。

〈牧簋〉　𩛥鬯一卣。

〈師克鼎〉　易（賜）女（汝）𩛥鬯一卣。

西周晚期的金文則罕見「賜鬯」之例。

4.奴隸若干人/夫/家/品

西周初期仍承殷習，對奴役的「人」之單位仍稱「人」。

〈小盂鼎〉　伐鬼方……孚（俘）人萬三千八十一人。

康王以後，一般奴役如庶人、馭、訊、眾、鬲等有稱「夫」，外邦俘虜則仍稱「人」。

〈宜侯夨簋〉　易（賜）宜庶人六百又□六夫。

〈大盂鼎〉　人鬲自馭至于庶人六百又五十又九夫。

〈大盂鼎〉　人鬲千又五十夫。

〈𢦚簋〉　訊二夫。……俘人百又十又四人。

〈曶鼎〉　用眾一夫。

〈曶鼎〉　田七田，人五夫。

奴隸中有稱「臣」，另以「家」為賞賜單位，指成家成戶的奴役。

〈耳尊〉　侯休于耳，易（賜）臣十家。

〈令簋〉　姜商（賞）令貝十朋、臣十家、鬲百人。

〈麥方尊〉　臣二百家。

「臣」又有稱「夷臣」，專指外邦遭降服的奴隸。臣另有用「品」為單位，指不同部族的奴隸。

〈易𠧟簋〉　　趞叔休于小臣貝三朋、臣三家。

〈邢侯簋〉　　易（賜）臣三品：州人、𠦪人、郭人。

5.貨幣若干寽

周初貨幣的應用，由直承殷卜辭的「貝若干朋」而漸有改作「貝若干寽」，「寽」字象手持銅塊的授受形，成康時期復有「金若干寽」、「䙴古若干寽」的用法，可見貨幣的內容和稱量單位一直在改變。

〈禽簋〉　　王易（賜）金百寽。

〈師旂鼎〉　　白（伯）懋父迺罰得䙴古三百寽。

「䙴古」，疑即《周禮・職金》正義所言的「率古」。西周中期懿、孝之際復稱貨幣名為遄（賜），字或同於文獻的「鍰」。《尚書・呂刑》：「其罰六百鍰。」

〈楚簋〉　　取遄五寽（鋝）。

〈番生簋〉　　取遄廿寽。

〈虤簋〉　　取遄五寽、易（賜）汝尸臣十家。

然《說文》引《周禮》將「鍰」理解為重量單位，與「鋝」同，可能是漢以後的用法。

6.銅若干反（鈑）/勻（鈞）

西周金文稱銅為「金」。恭王時有「金若干反」，是指銅塊若干個。《爾雅・釋器》：「鉼金謂之鈑。」

〈九年衛鼎〉　　金一反。

西周中晚期改稱銅的重量單位為「勻」。三十斤為一鈞。對於其他金屬，如鐈（今言錫），單位亦以「勻」稱。

〈小臣守簋〉　　賓馬兩、金十勻。

〈多友鼎〉　　易（賜）汝……鐈鋚百勻。

7.玉若干朋/品/瑴

西周早期稱玉的單位為「朋」，中期後有改用品、瑴。二玉一組為朋，玉依性質類別分品。瑴，即珏，古人以二玉成雙為珏。段玉裁注《說文》：「左傳正義曰：瑴，倉頡篇作珏。」

〈守宮盤〉　　歪朋。

〈尹姞鼎〉　　易（賜）玉五品、馬四匹。

〈鄂侯馭方鼎〉　　王親易（賜）馭方玉五瑴、馬四匹、矢五束。

8.丹砂若干杬（管）

用法只見於西周早期金文，屬罕見的特例。

〈庚贏卣〉　　易（賜）貝十朋，又丹一柝。

9.絲帛若干束/兩

金文賜帛之例，見於恭王以後，一束為一綑，《儀禮・士冠禮》：「束帛儷皮。」一兩為一匹，《左傳・閔公三年》：「重錦三十兩」，杜預注：「重錦，錦之熟細者，以二丈雙行，故曰兩。三十兩，三十匹也。」

〈十二年大簋〉　賓豕章（璋）、帛束。

〈九年衛簋〉　　帛三兩。

金文中絲的單位亦有言「束」。

〈守宮盤〉　　易（賜）守宮絲束。

10.矢若干秉/束

箭矢以「束」為單位，也有用「秉」。《說文》：「秉，禾束也。」，對比〈宜侯夨簋〉的「彤弓一、彤矢百」，周人的「束矢」，或指一百支。

〈曶鼎〉　　矢五秉。

〈鄂侯馭方鼎〉　王親易（賜）馭方玉五瑴、馬四匹、矢五束。

11.田若干田

「田若干田」，量詞和原修飾的名詞同字，此種用法是沿襲自殷卜辭。《周禮・匠人》鄭玄注：「田，一夫之所佃，百畝。」僅供參考。

〈衛盉〉　　田十田。

〈曶鼎〉　　賞曶……田七田、人五夫。

〈五年紀衛鼎〉　田五田。

12.車若干兩（輛）

「車」字一般只接數詞，偶有再接量詞「兩」，與文獻用法同。《尚書・牧誓》：「武王戎車三百兩。」

〈小盂鼎〉　　伐鬼方，……孚（俘）車卅兩。

13.牛若干牛

「某若干某」的句例，可上溯殷卜辭量詞剛開始發生的用法，借名詞為量詞。

〈小盂鼎〉　　伐鬼方，……孚（俘）牛三百五十五牛，羊廿八羊。

14.羊若干羊

〈小盂鼎〉　　伐鬼方，……孚（俘）牛三百五十五牛，羊廿八羊。

15.旅若干旅

旅，或讀如櫓，《說文》：「櫓，大盾也。」，段注：「或假杵為之。」金文用為兵器。《說文》旅：「古文以為魯衛之魯。」見旅、魯同音。

〈伯晨鼎〉　　　易（賜）女（汝）秬鬯一卣，……旅五旅。

16.馘若干馘

馘，《說文》：「軍戰斷耳也。」，段玉裁注引詩傳：「殺而獻其左耳。」字用為獻俘儀式的內容。

〈小盂鼎〉　　　伐鬼方，……三人，隻（獲）馘四千八百□馘。

17.宗彝若干髒（肆）/嘴、䏏

「宗彝」，是「宗廟彝器」的合稱。肆，列，《說文》：「肆，極陳也。」，段注：「窮極而列之也。」今言一套、一組的意思。嘴，學界有指是禁字之借，言諸酒器置諸禁上，泛指全套；僅備一說。

〈繁卣〉　　　宗彝一䏏。

〈卯簋〉　　　宗彝一嘴。

〈鼉簋〉　　　公易（賜）鼉宗彝一髒。

〈多友鼎〉　　　易（賜）汝圭瓚一、湯（錫）鐘一嘴、鐈鋚百匀（鈞）。

18.禾若干秭

用例見於懿王時。秭，《說文》：「五稯為秭。」，段玉裁注：「禾二百秉也。」；備參。

〈曶鼎〉　　　賞曶禾十秭。

19.鹵若干隓

用例亦見於懿王時。鹵，鹽滷。《說文》：「鹵，西方鹹地也。」隓，字不識，或指盛鹽滷的容器。

〈免盤〉　　　王才（在）周，令乍（作）冊內史易（賜）免鹵百隓。

## 二、金文常見詞例舉隅

周金文主要是周民族的書面用語，其中包括了承受商民族影響的用詞，也有應用具周民族風格特色的習用語。

### （一）沿襲殷甲金文者。例：

1.無䧅

殷卜辭在貞卜一事之後，會直接詢問事情沒有禍害的「亡囚（禍）」、「亡尤」否。這種用法和《周易》的「無咎」、「無尤」等吉語相當。金文中亦見傳承此相關的用例。如：

（1）殷晚期帝乙時的「無敄」。

a〈作冊般甗〉　　王俎人方，無敄。

按：敄，即務。《爾雅・釋言》：「務，侮也。」

（2）周成王時有作「亡曽」，穆王時改書作「亡遣」。

a〈大保簋〉　　大保克敬，亡曽。

按：字即遣，讀為譴。《說文》：「譴，謫問也。」

b〈遹簋〉　　遹御亡遣。

（3）周康王時有作「亡尤」、「亡尤」。

a〈麥尊〉　　侯見于宗周，亡尤。

b〈獻簋〉　　休亡尤。

按：「亡尤」，即無過。《詩經・邶風・綠衣》：「俾無訧兮。」，毛傳：「訧，過也。」，孔疏：「本或作尤。」

（4）周穆王時有作「無畀」、「無臤」、「亡臤」。

a〈靜簋〉　　靜學（教）無畀。

b〈繁卣〉　　衣事亡臤。

c〈㦰簋〉　　無臤于㦰身。

d〈㦰方鼎〉　　毋又（有）臤于𠂤身。

按：畀，有省手作臤，《說文》：「斁，捾目也。」，段注：「以手抉目。」字讀為斁。《說文》：「斁，解也。詩曰：服之無斁。斁，厭也，一曰終也。」字引申有終止、失誤意。

（5）周恭王時有作「亡敃」、「亡昊」。

a〈師望鼎〉　　得（德）屯（純）亡敃。

b〈牆盤〉　　昊昭亡昊（斁）。

c〈毛公鼎〉　　肆皇天亡昊（斁）。

按：「亡敃」，即無憂。敃，讀愍，《說文》：「愍，痛也。」昊，通作斁。

以上「無敄」、「亡遣」、「亡尤」、「無斁」、「亡敃」、「亡昊」諸詞，都是強調沒有失誤、沒有禍患的吉語。

2.遘于先妣先王爽

殷卜辭在祭祀先妣時會有連稱其配偶先王的名號，習作「王賓先王爽先妣」例，亦偶有將其中的補語「先王爽」置於句後。如：

〈合集 23314〉　　辛未卜，行貞：王賓大甲爽妣辛，咎亡尤？

〈合集 27503〉　　其召妣己祖乙爽？

第五期帝乙、帝辛卜辭有「遘先王爽先妣」例：

〈合集 36203〉　▨王卜貞：田𨒅▨亡災？王占曰：吉。▨夕遘大丁奭妣戊翌日▨。

金文中見傳承此用句。

〈肄簋〉　戊辰弜師易（賜）肄，……遘于妣戊武乙奭。

周金文亦有合祭祖妣，祖妣名連用之習。

〈我方鼎〉　我作禦祭祖乙、妣乙、祖己、妣癸。

3.十月又一

殷卜辭記錄月份的「十一月」、「十二月」常態都作合文呈現，晚期卜辭有增連詞分書作「十月又一」、「十月又二」。這種以連詞「又（有）」帶出個位數的用法，下接金文：

〈合集 37840〉　癸酉王卜貞：旬亡㽅？王占曰：吉。在十月又一。

〈合集 26907〉　己巳卜，彭貞：禦于河：羌三十人？在十月又二卜。

西周早期金文，記月的習慣由卜辭的句末移至銘文的句首，前有增發語詞「隹（唯）」。偶見十位和個位數詞後都接「月」，作「十月又一月」例：

〈我方鼎〉　隹（唯）十月又一月丁亥。

復有省作「十又一月」，成為周初金文記時的常態方式：

〈命簋〉　隹（唯）十又一月初吉。

〈史獸簋〉　十又一月癸未。

〈同卣〉　隹（唯）十又一月矢王易（賜）同金車。

亦偶有省作「十月一」：

〈肄簋〉　才（在）十月一。

4.隹（唯）王幾祀

殷第五期卜辭在句末有附列「隹（唯）王幾祀」例，「祀」由祭祖的一周期借用為一歲，意指記錄貞卜時期是殷王在位的第幾年。

〈合集 37849〉　癸未卜，貞：今歲受禾？弘吉。在八月。隹（唯）王八祀。

〈合集 37838〉　癸巳王卜，貞：旬亡㽅？王占曰：吉。在六月。甲午彡（肜）羌甲。隹（唯）王三祀。

金文的用法與卜辭同，一般亦置銘文的最後面。

〈何尊〉　隹（唯）王五祀。

〈宰椃角〉　隹（唯）王廿祀羽（翌）又五。

5.大邑商

殷第五期卜辭有地名「大邑商」，又書作「天邑商」，與獄、公、宮、衣諸地望並列。

〈合集 36541〉　辛酉卜，貞：在獄、天（大）邑商、公、宮、衣，茲夕亡畎（禍），寧？

「大邑商」的用法，延續至周金文。

〈何尊〉　隹（唯）珷（武）既克大邑商。

此外，如邦族名的「人方」、「㚔」，官職名的「小臣」、「亞」、「戍」，地名的「在寢（寢）」，習用語的「王各（格）」、「用乍（作）某祖尊彜」、「賓貝」、「商（賞）貝」、「之（此）日」、「先祖妣日天干」等用例，周金文都是上承殷甲金文而來的。

## （二）周金文始見者。例：

1.用旛（祈）眉壽。

周金文中常見的祈福語：「用旛（祈）眉壽」，意指鑄器以祈求鬼神賜與老壽。這是周民族的習用語，殷金文中不見。如：

〈兑簋〉　用旛眉壽，萬年無疆多寶。

〈白公父爵〉　用旛眉壽。

辭例又調整作「用旛（祈）屯（純）彔（祿）」〈乖伯簋〉，或增益作「用旂（祈）眉壽，多福無疆」〈白公父簠〉、「用旂（祈）多福，用匄永令」〈大師虘豆〉、「用匄眉壽，黃耇吉康」〈師𡉚父鼎〉、「用匄萬年眉壽」〈曶壺〉、「用匄眉壽無疆」〈伯克壺〉等祝頌用語。

2.用記事的方式記年。

金文自西周早期，已見句首用記事以記年。其後普遍應用於昭、穆之間。如：

〈作冊䰧卣〉　隹（唯）公大史見服于宗周年。

〈中友鼎〉　隹（唯）王命南宮伐反虎方之年。

〈厚趠方鼎〉　隹（唯）王來各（格）于成周年。

〈陵貯簋〉　王令東宮追以六𠂤（師）之年。

這種以一特定事例帶出鑄器時間的形式，是周人書寫金文的獨特習慣。

3.霝（靈）冬（終）

辭例見於西周中期，為周人的祈福用語。靈，有福善意。靈終，即善終。如：

〈追簋〉　用旛（祈）匄眉壽、永令、畯臣天子、霝（靈）冬（終）。

〈蔡姞簋〉　用旛（祈）匄眉壽、綽綰永令、彌氒生、霝（靈）冬（終）。

4.小大邦

小大邦，即小邦與大邦。殷卜辭並無「小」「大」連用之例。周金文則多見「小大」成詞。如：

〈中甗〉　　　　余令女（汝）史（使）小大邦。

〈毛公鼎〉　　　「惷（擁）于小大政」、「雍我邦小大猷」。

〈趞鼎〉　　　　小大又隣。

此外，如「不彔」、「不畀」、「絲若干孚」等特殊用語，都是周金文中的獨特用法。

## 三、金文特例釋例

古文字的釋讀，需由句而論字詞，是理解文字最可靠的順序。金文中除了一般的常態句例，偶亦會出現一些變異句形和特例，影響文字的釋讀。以下，針對誤字、脫文、衍文、倒文、被動語態、名詞當動詞用等特例逐一說明。

### （一）誤字

金文中偶有誤鑄誤刻之字，一般透過常態句例的互較和上下文意的理解，可以通讀。如：

1.〈𧊒鐘〉　　　用亯（享）大宗，用濼（樂）好宗。

按：「用濼好宗」的「宗」字是承上文誤書，應是「賓」字誤。由同出的另外一套編鐘作「用濼好賓」句可互參。

2.〈遹簋〉　　　遹拜首䭫（稽）首。

按：第一個「首」字為「手」之誤。常見文例如〈臣諫簋〉的「臣諫曰：拜手䭫（稽）首」可以佐證。

3.〈大鼎〉　　　王乎（呼）善（膳）大。

按：「善大」的「大」字為「夫」字之誤。善（膳）夫，周官名，見〈小克鼎〉、〈克盨〉、〈師晨鼎〉等。

4.〈仲枏父簋〉　其萬年孫孫=其永寶用。

按：此蓋銘的「孫孫=」，首一「孫」字為「子」的誤書，對應同出的器銘作「子=孫」可證，讀為常見「子子孫孫」的合文。

### （二）脫文

金文中偶有漏書字詞，影響上下的通讀。歸納常態文句用例，可以互較其脫漏的地方。如：

1.〈應侯見工鐘〉 王各（格）于康。

按：「康」是「康宮」的脫文。對比〈申盤〉的「王才（在）周康宮，各大室」、〈伊簋〉的「王才（在）周康宮」、〈即簋〉的「王才（在）康宮」用例可證。

2.〈趞鐘〉 趞敢拜手韻（稽）。

按：「拜手韻」句應是常態句的「拜手韻（稽）首」之漏書。

3.〈王臣簋〉 王臣手韻首。

按：「手韻首」句是完整的「拜手韻（稽）首」之漏書。

4.〈大簋〉 隹（唯）十又（有）五年三月既霸丁亥。

按：本器定為夷王器，月相「既霸」似為「既死霸」之漏書。

## （三）衍文

金文在鑄刻時因書手人為疏忽而增書若干不必要的文字，透過常態句和上下文文意可推為衍文。如：

1.〈彔伯㦰簋〉 子子孫孫其帥帥井（型）受茲休。

按：「帥型」，金文常見用語，有遵循、效法意。此器誤增書一「帥」字。

2.〈遹簋〉 穆穆王窺（親）易（賜）遹。

按：「穆穆王」一詞，中間誤增一重文號，宜刪，讀為常態的「穆王」。

3.〈十五年趞曹鼎〉 趞曹敢對曹拜韻（稽）首，敢對揚天子休。

按：前句「敢對曹」三字為衍文，宜刪。

4.〈伯克壺〉 克克其子子孫孫永寶用享。

按：「克」下重出一「克」字，屬衍文。

## （四）倒文

金文中有文字前後相互顛倒書寫，由常態文例和上下文意可推知。如：

1.〈小子省壺〉 省揚商（賞）君。

按：此屬器銘，同器蓋銘作「省揚君商（賞）」，可證器銘的「商（賞）君」為「君商（賞）」的倒文。

2.〈𢁒簋〉 用乍（作）尊簋季姜。

按：此句當依常態句例讀作「用乍（作）季姜尊簋」。

3.〈追簋〉 追敢對天子覭揚。

按：金文「對揚」常態連用，有歌頌、表揚意。此句當是「追敢對揚天子覭」的倒文。

4.〈趩尊〉　　　　趩拜韻（稽）首，揚王休對。

按：前句為「拜手韻（稽）首」的脫文，後句是「對揚王休」的倒文。

### （五）被動語態

金文用語古樸直接，一般作「主—動—賓」的句式，有呈現「賓—動」式的省略兼移位的寫法，由上下文語意得之。如：

1.〈臣卿鼎〉　　　臣卿易（賜）金，用乍（作）父乙寶彝。

按：依銘文的前後語意，「臣卿易（賜）金」，是「公易（賜）臣卿：金」句的移位省略，意即臣卿受公所賜青銅的意思。

2.〈應侯見工鐘〉雁（應）侯見工遺王于周。

按：遺，有贈送意。「遺王」，是「受贈于王」的意思。

3.〈盂簋〉　　　　對揚朕考易（賜）休。

按：「朕考賜休」，即我的先父受賜的美好。

### （六）名詞作動詞用

金文中若干詞性運用仍不穩定，有常態屬名詞而偶轉用作動詞例。如：

1.〈師俞簋〉　　　其萬年永保，臣天子。

按：臣，動詞。「臣天子」，即臣事於天子的意思。

2.〈渣嗣徒逘簋〉王來伐商邑，征（誕）令康侯啚（鄙）于衛。

按：啚，讀鄙；動詞。以衛地為封土的邊鄙屬地。

3.〈雍伯鼎〉　　　王令雍白（伯）啚（鄙）出。

按：啚，讀鄙；名詞當動詞用，言戍邊於出地。

## 四、金文考史

金文中的史例有能結合文獻史料，印證上古信史的真相。「國之大事，在祀與戎」，審核金文的記錄，可反映兩周具體的兵戎和禮儀之事。下引金文，參附圖二拓本。

## （一）征伐

1.〈利簋〉 珷（武）征商。隹（唯）甲子朝，歲鼎（貞），克昏（昏），夙又（有）商。

按：周武王在甲子朝克商一事，與《尚書》〈牧誓〉、《史記》〈周本紀〉的古文獻記載全同。武王伐紂，確為實錄。

2.〈䰧方鼎〉 隹（唯）周公于征伐東尸（夷），豐白（伯）尃（薄）古（姑），咸𢦏（災）。

按：此與《史記》〈周本紀〉：「召公為保，周公為師，東伐淮夷，殘奄，遷其君薄姑。成王自奄歸，在宗周，作〈多方〉。」一段可互參，見周公旦東征一事誠為信史。

3.〈多友鼎〉 唯十月，用嚴（玁）𡝕（狁）放（方）𦥷（興），𡩜（廣）伐京𠂤（師）。

〈禹鼎〉 噩（鄂）侯馭方率南淮夷東夷廣伐南或（域）東或（域）。

〈不嬰簋〉 馭方厥（玁）允（狁）廣伐西俞。女（汝）以我車宕伐厥（玁）允（狁）于高陵。

〈虢季子白盤〉 搏伐厥（玁）𤞤（狁），于洛之陽，折首五百，執訊五十。

按：以上諸器銘，足以填補周厲、宣之間與外族玁狁相互攻伐的戰事實況。

## （二）考禮

《禮記・祭統》：「禮有五經，莫重於祭。」鄭玄注：「禮有五經，謂：吉禮、凶禮、賓禮、軍禮、嘉禮也。莫重於祭，謂以吉禮為首也。」上古五禮之名，早約見於秦漢，而五禮的具體實況，在周金文中已見端倪，彼此可相互參證。

1.吉禮

《周禮・春官・大宗伯》：「掌建邦之天神、人鬼、地祇之禮，以佐王建保邦國。以吉禮事邦國之鬼神祇：以禋祀祀昊天上帝，以實柴祀日月星辰，以槱燎祀司中、司命、風師、雨師，以血祭祭社稷、五祀、五岳，以貍沈祭山林川澤，以疈辜祭四方百物，以肆獻祼享先王。」吉禮屬五禮之首，舉凡祭祀天神、人鬼、地神之禮皆屬吉禮。因祭神以求福，故言「吉禮」。金文有祭拜天神人鬼，冀求福佑的儀式。

a〈何尊〉 唯王初遷宅于成周，復稱珷（武）王禮祼自天。

b〈德方鼎〉 唯三月王在成周，征珷（武）祼自鎬。

c〈獻侯鼎〉　　唯成王大𡩜（祓）在宗周。

d〈叔夨方鼎〉　唯十又四月，王酢，大禰，𡩜在成周。

e〈繁卣〉　　唯九月初吉癸丑公酢祀。越旬又一日辛亥公禘酢辛公祀。

f〈𤼈簋〉　　其升祀大神，大神綏多福。

2.凶禮

《周禮・春官・大宗伯》：「以凶禮哀邦國之憂：以喪禮哀死亡，以荒禮哀凶札，以吊禮哀禍烖，以襘禮哀圍敗，以恤禮哀寇亂。」此見「凶禮」之別目，細分有五。金文中亦見追孝、哀思的語言，或與文獻的凶禮相關。

a〈我方鼎〉　　隹（唯）十月又一月丁亥，我作禦，祭祖乙、妣乙、祖己、妣癸，征礿𠬪：二女。

b〈𤼈鐘〉　　追孝于高祖辛公、文祖乙公、皇考丁公。

c〈仲枏父鬲〉　用敢饗孝于皇祖考。

d〈克盨〉　　克其用朝夕享于皇祖考。

3.軍禮

《周禮・春官・大宗伯》：「以軍禮同邦國。」賈公彥疏：「同邦國，使諸侯邦國和同。」「軍禮」，包括征伐、巡狩、獻俘等禮儀。金文中亦見巡視的「省」、獻禽獻俘等用語，與軍事禮儀相關。

a〈中方鼎〉　　隹（唯）王令南宮伐反虎方之年，王令中先省南域。

b〈臣卿鼎〉　　公違省自東，在新邑。

c〈不䙵簋〉　　王令我羞追于西，余來歸獻禽。

d〈多友鼎〉　　多友迺獻孚、馘、訊于公。

e〈虢季子白盤〉　趄趄子白，獻馘于王。

4.賓禮

《周禮・春官・大宗伯》：「以賓禮親邦國：春見曰朝，夏見曰宗，秋見曰覲，冬見曰遇，時見曰會，殷見曰同，時聘曰問，殷覜曰視。」文獻中的「賓禮」，四時各有異名。金文中的「見」字，有通讀作朝會的「覲」和朝貢的「獻」；復有「見事」、「見服」之禮。

a〈㝬鐘〉（宗周鐘）　南夷東夷具見廿又六邦。

b〈麥方尊〉　　侯見于宗周。

c〈乖伯簋〉　　眉敖至，見，獻㽙。

d〈作冊䰧卣〉　唯公大史見服于宗周年。

e〈揚方鼎〉　　己亥揚見事于彭。

5.嘉禮

《周禮・春官・大宗伯》：「以嘉禮親萬民：以飲食之禮，親宗族兄弟；以婚冠之禮，親成男女；以賓射之禮，親故舊朋友；以饗燕之禮，親四方之賓客；以脤膰之禮，親兄弟之國；以賀慶之禮，親異姓之國。」此見文獻的「嘉禮」可細分為六。金文中亦有饗燕和賓射相關用語的記載。

a〈穆公簋〉　王夕饗醴于大室。

b〈瘓壺〉　王在鄭饗醴。……王在句陵饗逆酒。

c〈十五年遣曹鼎〉　恭王在周新宮。王射于射廬。

d〈柞伯簋〉　王大射在周。

以上，見西周金文有出現《周禮》中的吉、凶、軍、賓、嘉五禮的禮儀，但可惜只屬簡短片段的用語，且散見於不同的青銅器中。

相對於《周禮》記錄五禮的條理井然，細目具系統，明顯的推知《周禮》一書的發生和成書時間，應遠在西周金文之後。而《周禮》所述的五禮細則，當是周末以後文人對現存文獻資料的美化匯編，具有虛擬成份，並非周人真實的生活禮儀。

# 第四章　竹簡文——以郭店《老子》簡爲例

戰國文字，目下出土以毛筆墨書在竹簡上的字為大宗。1993 年冬，湖北荊門郭店一號楚墓出土有字竹簡 730 枚，年代經推定為戰國中期偏晚。簡文多屬先秦典籍，共計 16 篇，對先秦學術研究影響深遠，並提供了解戰國時期書寫字體的重要範例。其中有《老子》甲、乙、丙三個選本，是迄今所見最早的《老子》抄本，保留「老子出關」時留下所謂「五千言」祖本的最早內容，對於《老子》以至道家研究具有無比重要的學術價值。

郭店簡文多異體，文字書寫筆畫隨意，大量運用單純記音和假借的方式寫字，是構成漢字字形字用趨於混亂的一個階段。以下，僅就郭店《老子》71 支簡的字形為例，觀察這批戰國文字的字形特性：

**（一）單純書寫聲符部件。**

《老子》簡的文字，有許多僅是粗略的書寫字的發音部位。這種純用記音方式表達字意的手法，代表的無疑是篆文以前一段不穩定的書寫時期。如：又〈1・1〉（即《老子》簡甲本第 1 支簡；下同），讀為有。才〈1・1〉，讀為在。這些字例可理解是維持了字原有的形體書寫，但下列諸字例卻明顯是將字的意符省略，僅保留下聲符而成的單純記音字：古〈1・5〉，讀為故。胃〈1・7〉，讀為謂。勿〈1・37〉，讀為物。戔〈1・28〉，讀為賤。蜀〈1・21〉，讀為獨。冬〈1・11〉，讀為終。疋〈1・28〉，讀為疏。可〈2・4〉，讀為何。女〈1・11〉，讀為如。

**（二）假借同音字。**

《老子》簡中，有許多以較簡易或通用的同音字借代書寫。對比文獻本的《老子》，由上下文意能明白借字的真正用字。如：豆〈1・1〉，讀同屬。詁〈1・4〉，讀同厭。化〈1・6〉，讀同禍。佮〈1・12〉，讀同過。竺〈1・9〉，讀同孰。非〈1・8〉，讀同微。舊〈1・37〉，讀同久。尃〈1・12〉，讀同輔。敚〈1・15〉，讀同美。耑〈1・16〉，讀同短。卑〈1・20〉，讀同譬。孶〈1・21〉，从兹聲讀同字。新〈1・28〉，讀同親。獸〈1・37〉，讀同守。甬〈1・37〉，讀同用。浧〈1・16〉，讀同盈。聖〈1・16〉，讀同聲。

**（三）偶有增繁的書寫。**

如：靜〈1・5〉，讀為爭。智〈1・1〉，讀為知。堣〈3・11〉，讀為萬。戁〈3・

11〉，讀為難。這些增繁字例，有將獨立的二字混同，有屬增添意符偏旁。

（四）同一字有不同的異體。

如：欲，寫作谷〈1・6〉、作欲〈1・1〉、作雒〈1・13〉。道，寫作道〈1・23〉、作衍〈1・6〉。復，寫作復〈1・12〉、作复〈1・1〉。萬，寫作萬〈1・13〉、作壥〈3・11〉。過，寫作佌〈1・12〉、作逃〈3・13〉。靜，寫作朿〈1・9〉、作青〈1・32〉。為，寫作〈1・10〉、作〈1・14〉、作〈3・11〉。難，寫作難〈1・10〉、作難〈1・15〉、作戁〈3・11〉、作戁〈1・16〉。如，寫作女〈1・11〉、作奴〈1・9〉。保，寫作保〈1・1〉、作休〈2・15〉。絕，寫作𢇍〈1・1〉、作𢇍〈2・4〉。這些異體，兼有增省意符，改易部件，或整個字形更換的現象。

（五）不同字偶有相同的字形。

如：女，〈1・18〉讀為如，〈1・19〉讀為安。志，〈1・8〉讀為識，〈1・17〉讀為恃。

綜觀同一份《老子》的抄本，其文字的書寫繁雜變化如此。

郭店《老子》版本的價值，並不全然是正面的。逐字對核目下流通的河上公本、王弼本等文獻本，郭店竹簡本發現有漏書、誤書和衍文等抄錄的毛病。

**（一）漏書**。如：（1）〈1・11〉：「是以聖人亡為，古（故）亡敗；亡執，古（故）亡遊（失）。」，其中的「遊」字从羊，漏寫右上羊首的筆畫。（2）〈1・30〉：「夫天〔下〕多期（忌）韋（諱），而民爾（彌）畔（叛）」，其中的「天」字下邊漏書一「下」字。（3）〈1・37〉：「天下之勿（物）生於又（有），〔有〕生於亡。」，其中的「又」字下漏書一重文號。（4）〈1・38〉：「貴福（富）〔而〕喬（驕），自遺咎也。」，其中的「福」字下邊漏書一「而」字。（5）〈2・3〉：「學者日益，為道者日員（損）」，其中的「學」字之前明顯漏書一「為」字。

**（二）誤書**。如：（1）〈1・12〉：「學（教）不學（教），復眾之所=過」，其中的「所」字下多出一合文號，此宜是抄手據原祖本的「之所」二字作合文書寫的原文，但在此分書而遺留下來的符號，屬誤書一例。（2）〈1・28〉：「古（故）不可得天（而）新（親），亦不可得而疋（疏）」，其中的「天」字是「而」字的誤書，由前後對文得證。（3）〈1・10〉：「為之者敗之，執之者遠之」，其中的「遠」字是「失」字之誤。對比丙本〈3・11〉的同一章作「為之者敗之，執之者遊（失）之」；可證。

**（三）衍文**。如：（1）〈1・29〉：「不可得而貴，亦可不可得而戔（賤）」，其中後句的前一「可」字，按文意應為衍文，當刪。（2）〈1・37〉的「朱（持）而浧（盈）之，不不若已。」，其中後句之前多一「不」字，應刪。（3）〈2・1〉的「夫唯嗇，是以早是以早備（服）」，其中的「是以早」一句重複書寫，當屬衍文。

細審以上的漏書、誤書、衍文等特例，可見時間偏早的版本，並非全然是無誤的。考核版本優劣，自應注意內文的字意和上下文意的互參，才能真實的還原書的本來面目。

竹簡本《老子》在選抄時，似是有依據選材的實用性逐類排比書寫。甲、乙、丙三本都沒有文獻本的道經、德經之分。經整理復原的竹簡三本，其謄抄篇章的順序，可對比文獻本如下：

甲本：文獻本的 19、66、46、30、15、64（後）、37、63、2、32、25、5、16、64（前）、56、57、55、44、40、9 章。

乙本：文獻本的 59、48、20、13、41、52、45、54 章。

丙本：文獻本的 17、18、35、31、64 章（後）。

相對於文獻本 81 章，其中的 1 至 37 章為〈道經〉，38 至 81 章為〈德經〉，竹簡本的甲本〈道經〉佔 10 章、〈德經〉佔 10 章；乙本〈道經〉佔 2 章，〈德經〉佔 6 章；丙本〈道經〉佔 4 章，〈德經〉佔 1 章。總計竹簡本選抄的〈道經〉有 16 章，〈德經〉有 17 章。

竹簡三本是選本，無疑都是據更早的祖本謄寫的。其中的 64 章（後）一段重複出現在甲、丙二本中，但彼此字形和用詞有明顯的差異，似乎選本的來源又是源自不同的兩個版本。

〈1・10〉 為（）之者（）敗之，執之者遠之。是以聖人亡為，古（故）亡敗；亡執，古（故）亡遊（失）。臨事之紀，誓（慎）冬（—終）女（如）忖（始），此亡敗事矣。聖人谷（欲）不谷（欲），不貴難得之貨，孝（教）不孝（教），復眾之所华（過）。是谷（故）聖人能尃（輔）萬勿（物）之自肰（然）而弗能為。（見附圖三）

〈3・11〉 為（）之者（）敗之，執之者遊（失）之。聖人亡為（），古（故）亡敗也；亡執，古（故）……。新（慎）冬（—終）若訇（始），則亡敗事喜（矣）。人之敗也，死（恆）於其戲（且）成也敗之。是以〔聖〕人雒（欲）不雒（欲），不貴戁（難）得之貨；學（）不學（），復眾之所逃（過）。是以能補（輔）𡒊（萬）勿（物）之自肰（然）而弗敢為。（見附圖三）

上引甲、丙本兩章內容大致相當，但抄錄的來源明顯有別。兩章書寫的字形和部件大量不同，如：「為」、「失」、「亡」、「慎」、「冬」、「始」、「敗」、「矣」、「欲」、「難」、「復」、「輔」、「萬」、「弗」等是。兩章的用字亦見不同，如：「女（如）」—「若」、「教」—「學」、「亡」—「無」、「矣」—「喜」。特別是否定詞和語尾使用的差異，更可證兩章選抄的對象實不相同。此外，「之所」一詞，〈1・10〉分開書寫，而〈3・11〉一章則作合書。兩章的語尾用法，亦有增省的差別，如：

〈1・10〉　古（故）亡敗。

〈3・11〉　古（故）亡敗也。

前者不用「也」，後者增一語尾詞。

在句型言，上述兩章的書寫亦見明顯的不同。如：〈1・10〉的「是以聖人亡為」一句，句首增「是以」，而〈3・11〉則無。〈3・11〉的「是以聖人欲不欲」一句，句首增「是以」，而〈1・10〉則無。〈3・11〉的「人之敗也，恆於其且成也敗之」兩句，在〈1・10〉中則全無；而文獻本仍承此作「民之從事，常於幾成而敗之」。〈1・10〉的「故聖人能輔萬物之自然」一句，〈3・11〉則作「是以能輔萬物之自然」，其中後句省「聖人」一詞，並將「故」字改為「是以」。〈1・10〉章末的「弗能為」，〈3・11〉章改為「弗敢為」，一用「能」、一用「敢」，語氣判然有別；而文獻本亦承丙本作「不敢為」。

總括以上大量字、詞、句的改動，同為第64章的甲、丙兩個簡文抄本，其謄抄的對象應是兩個不同的祖本而來的。其中的丙本文字更接近後來的文獻本。

另外，值得注意的，是甲本見文獻本的 56、57 章順序抄錄，丙本見文獻本的 17、18 章順序抄錄，中間且增一「古（故）」字將兩章相連接；甲本的 64 章分割為前後兩段書寫，64 章和 63 章位置只隔了一章（37 章），55 章緊接在 56、57 二章之後，52 章和 54 章位置亦只隔了一章（45 章）。總的看來，竹簡本收錄文獻本的 13、15、16、17、18 章一段；30、31、32、35 章一段；52、54、55、56、57 章一段，基本上彼此對《老子》語錄義類的歸納整理，具有共通的相承傾向。

由《老子》版本的互較，復見戰國的竹簡本比秦漢以後的文獻本，更能代表老子原有的哲思。如：

1.〈1・1〉： 㡭（絕）智（知）弃（棄）卞（辯），民利百伓（倍）。㡭（絕）

攷（巧）弃（棄）利，覜（盜）惻（賊）亡又（有）。㡭（絕）愚（偽）弃（棄）慮（慮），民复（復）季子。

文獻本 19 章：絕聖棄智，民利百倍。絕仁棄義，民復孝慈。絕巧棄利，盜賊無有。

按：本章見文獻本《老子》要求廢絕的「聖」、「仁」、「義」等儒家德目，是戰國晚期以後才經調整改動的想法。原老子的思想，對儒家仍沒有如斯針對性的對立批判。直至《莊子》外篇的〈胠篋〉：「絕聖棄知，大盜乃止」、〈在宥〉：「絕聖棄知，而天下大治」，道家才有出現否定「仁義聖知」的語言，衍生出日後秦漢「黃老」的觀念。

竹簡文末組對文的「絕偽棄慮，民復季子」，強調放下刻意的人為和繁雜的思慮，老百姓才能回復到「季子」的心態。「季子」，即幼兒、小兒，相當於道家一貫言「復歸於嬰兒」的「嬰兒」。《老子》55 章的「含德之厚，比於赤子」、20 章的「如嬰兒之未孩」、10 章的「能如嬰兒乎？」等用語，可互證「民復季子」一句，強調回歸幼兒純真的心靈，才是老子追求道體的思路，秦漢人改讀作「民復孝慈」，明顯反把老子的境界講淺了。「孝」、「慈」等德行屬與生俱有，無庸待摒除仁義之心之後才能發現。

2.〈1・6〉：以衍（道）𫢸（佐）人宔（主）者，不谷（欲）以兵強天下。

文獻本 30 章：以道佐人主者，不以兵強天下。

按：簡文的「不欲以」，是「不希望用」。此見老子原有的思想，並不全然反對用兵。文獻本截然二分的否定寫法，反失卻老子的真意。

3.〈1・13〉：衍（道）亙（恆）亡為也。侯王能支之，而萬勿（物）牆（將）自愚（化）。愚（化）而雒（欲）𢓜（作），牆（將）貞之以亡名之叡（僕）。

文獻本 37 章：道常無為而無不為，侯王若能守之，萬物將自化。化而欲作，吾將鎮之以無名之樸。

按：竹簡本言「道恆無為」，指靜態的道體並沒有任何刻意人為的動作。文獻本轉書作「道常無為而無不為」，讓老子的「無為」成為表相，淪為手段；「無不為」才是這句話終極的目的。竹簡本言道體自然，文獻本強調利用道術駕馭之意明顯；二者境界高下立判。支，持也，有掌握意，一般釋文將此字承文獻本讀為守，然而簡本〈1・38〉的「金玉浧室，莫能戰（守）也」一句，見戰國文字的「守」字一般寫作戰。此言侯王上位者「掌握」道體無為居靜的特性，不干涉萬物的自然生長，萬物即能各順應本性而自我化育。貞，正也，安也。此處言「化而欲作」，私欲的強求，影響萬物的順應自然，上位者則以道性的處下「安定」之。文獻本轉寫作「鎮」，然「鎮」字有鎮壓、強加的外力意味，恐非老子對自我修為的原意。「亡名」，指道體。「僕」，从臣，形容道性的處下謙躬，文獻本轉从木作「樸」，字有平實意，但前者似乎更吻合《老子》一貫守柔的觀念。

4.〈1・24〉：至虛，亙（恆）也；戰（守）中，篙（篤）也。萬勿（物）方复（作），居以須復也。天道員員，各復其堇（根）。

文獻本 16 章：致虛極，守靜篤，萬物並作，吾以觀復。夫物芸芸，各復歸其根。

按：竹簡本「至虛」斷句，指道恆常不變的狀態。「守中」斷句，指道處正的樣子。篤，有厚意，本字為𧞣，字由「衣背中縫」意引申有「中」的意思；前後句言「守中，篤也」，文從字順。文獻本將「恆」字改為「極」，但相對於「守中」而言，道體至虛本無所謂極致與否的問題，用「極」反不若用「恆」字見道性。「至虛」則無所執；無所執，則無為不動心，足以消除知欲。「守中」，亦是向內的心性工夫，能復本性清明而見道。「居以須復」，即得道者安坐而「待」其復。「須」，待也。言己身心不動，強調守中守靜，無我無物。相對於文獻本的「觀」，以「己」視物，仍存有個人的計較心。於此可見二字境界的差別。

竹簡本末言「天道員員」，對照馬王堆帛書《老子》甲本作「天物雲雲」、乙本作「天物秐秐」，至王弼本始作「夫物芸芸」。文獻本的「夫」字，明顯是「天」字之誤。「天道」的用法，亦應是最接近《老子》的原意。

5.〈1・30〉：我好青（靜）而民自正，我谷（欲）不谷（欲）而民自樸。

文獻本 57 章：我好靜而民自正，……我無欲而民自樸。

按：竹簡本「我欲不欲」的「不欲」，指不過份的欲求，由此足見老子本不言禁欲、絕欲，而是要求人的寡欲。文獻本斷言「我無欲」一句，顯非老子的原意。

透過以上郭店簡字詞的檢視，對於戰國文字的字形和文獻內容有一基本的認識。由於戰國時諸國長期處於分裂分治，「語言異聲」，「文字異形」，加上書寫載體和工具的改變，毛筆書寫的竹簡文出現了大量異體，結構鬆散隨意，筆畫簡省多連筆，破壞了原有文字的部件組合，復多用記音和假借的方式，以圖便捷書寫。嚴格而言，戰國文字對於漢字流變產生一負面的影響，字形的美感要求也大大不如早期的甲金文。但站在內容的角度看，竹簡本《老子》的分別選抄，保存了老子較早期的思想，對於周秦思想史的了解和文獻版本的校勘，有無法取代的學術意義。

# 第五章　王國維與董作賓

自古成就大事業者，無不具備開創的能力。先秦孔孟「成仁」「取義」，建立「仁、義、禮」一以貫之的實踐德目，成就了二千多年中華民族積極勇於入世的精神。老聃莊周分別賦與「道」字一宇宙本體和藝術人生的意義，超然物外，提供中華民族另一慰藉的精神泉源。古往今來，治儒道之學者何只萬計，而名聲能傳頌千古的，不外乎孔孟、老莊寥寥數人而已。此誠足為治學者殷鑑。近百年研契者，論勤奮都是起碼的，並不加分；天縱英才亦若繁星點點，但名能垂揚於後的，信亦與一時代學科思辨之開創有關。

「甲骨四堂」號稱甲骨的開山，其中的羅振玉（雪堂）發現甲骨的出土地望和時間，並具傳播、再聚材料之功；王國維（觀堂）提出二重證據法，印證〈殷本紀〉為可靠的信史；董作賓（彥堂）發明十項斷代分期的方法，正式落實「科學整理國故」；郭沫若（鼎堂）首創以唯物史觀的角度審查卜辭。四堂治契，都能各自開闢一新門徑，啟示後人。四堂中又以王國維和董作賓二人，對古文字研究方法影響最為深遠。

## 一

王國維，號觀堂，一般人熟悉的，只是他的文學作品《人間詞話》、〈紅樓夢評論〉，事實上王國維一代通儒，他對於詞學的創作、教育、戲曲、文學批評、西方哲學、先秦哲學、西北地理、蒙古史、木牘研究等學科研究，率皆是近代的先行者。細審他的名山事業，盡在「五十之年」的自定稿《觀堂集林》一書之中。《觀堂集林》涵蓋他對於古代史料、古器物制度、文字音韻、西北史地的重要論文，其中有關上古文化源頭的大文章，首推〈殷周制度論〉和〈殷卜辭中所見先公先王考〉（含〈續考〉）兩篇鉅著。

〈殷周制度論〉一文宏觀的審核殷周社會制度的變革，「自其表言之，不過一姓一家之興亡與都邑之移轉，自其裡言之，則舊制度廢而新制度興，舊文化廢而新文化興」。王國維剖析殷周制度的差別，在於：（一）傳子之制而嫡庶之制，（二）廟數之制，（三）同姓不婚之制。由嫡庶之制而衍生宗法之統與喪服之服制，由喪服中自嫡庶之差又再建構親親、尊尊、長長、男女有別諸義。王國維認為周人能一統天下，實賴上述諸項制度的安定轉移，而轉移之功，「平定此者，實惟周公」。文中進一步評估「周之制度典禮，實皆為道德而設」，由物質文明過渡至精神文明的重視，此殷、周興亡的重大差別。全文糾合文獻與甲骨文，表面是以理性分析行文，實則以熱騰騰的民族精神為核心，逐一對比殷商王朝的敗亡和周人克殷後兢業以德治國的經過。文中強調「為民」的思想，處處見其對民族的深切情懷。他談殷周盛衰，意有所指的點出中國古今政治文化變革的因由和應然方向。周公「不嗣位而居攝」的「聖人」位置，更是周民族制度變革的關鍵要旨。王國維對周公的具體貢獻並沒有太多的筆墨論證，但文字渾然天成，將周公與周王朝的政治文化視同一體而論述。此足反映王國維對於中華文化的獨特價值觀，將周公和孔子的思想一線相生。文章既能科學的推論古史制度之真，復深繫對民族文化濃烈的溫情主義，實非泛泛論文可相比擬。王國維晚年傷痛於國族文化制度的崩析，從此文中凝聚其個人的大中華文化意識，或能品味此文化「遺老」當年「殉道」的動機一二。

〈殷卜辭中所見先公先王考〉、〈續考〉，則純為落實「科學整理國故」的學術範例。文中對應甲金文和可靠的文獻，檢視殷商史，企圖還原三千年前的歷史真相。其中屬於鐵案如山的業績，多不勝數，如：（1）證明卜辭的王亥，即相當於《楚辭》〈天問〉篇的該、《史記》〈殷本紀〉的振、《山海經》的王亥、《竹書紀年》的王子亥、《世本》的核和胲、《漢書》〈古今人表〉的垓、《呂覽》的王冰。（2）證明卜辭的先公名⊞是上甲，即〈殷本紀〉的報甲、《竹書紀年》的主甲微、《國語》〈魯語〉的上甲微。並由綴合甲骨中對先王⊞、⿷匚乙、⿴囗丙、⿷匚丁的祭祖次序，修正〈殷本紀〉書作「報甲、報丁、報乙、報丙」的排序錯誤。（3）證明卜辭的示壬、示癸，即〈殷本紀〉中的主壬、主癸。（4）證明卜辭稱呼成湯的祭名大乙，即《世本》、《荀子》中的天乙，並舉大乙與伊（即伊尹）對稱為例；而卜辭另一稱「唐」的，也屬湯的本字用法。（5）判斷卜辭的上下時限是盤庚遷殷至帝辛滅亡之間，「卜辭出於殷虛，乃自盤庚至帝乙時所刻辭」。（6）點出殷人繼位傳承之法：「商之繼統法，以弟及為主，而以子繼輔之，無弟然後傳子。其傳子者，亦多傳弟之子，而罕傳兄之子。蓋周時以嫡庶長幼為貴賤之制，商無有也。」（7）論「毓」「后」「後」三字古為一字，卜辭中的「多毓」借為「多后」，並印證《詩》《書》的后即商人對先王的稱呼。（8）由卜辭的「中宗祖乙」，印證古本《竹書紀年》所載正確而古今文《尚書》、《史記》所言「大戊為中宗」之說為非。（9）卜辭習用「示」作為先公先王的統稱。（10）由卜辭的商先王世數，印證〈殷本紀〉所記的三十一帝共十七世，優於〈三代世表〉和《漢書》〈古今人表〉。

以上的論證發凡，靈敏推理，對於商史真相和相關古書的評定，獨具慧眼。以近百年後的今日觀之，依然是處處珠璣，讓人省思不已。文中自有少數仍待商榷處，如王國維釋夒「疑即帝嚳」、釋季字為〈殷本紀〉的冥，仍需要進一步辨證，至於王國維釋「土」為相土、釋「羊甲」為陽甲，則明顯是錯誤的。

## 二

董作賓，號彥堂。董作賓是 1928 至 1937 年中研院史語所科學挖掘殷墟的執行者。一般推崇董作賓，都會提及他成名的《甲骨文斷代研究例》對於甲骨斷代分期的開創意見。其實，董作賓的甲骨斷代分期方法是先經過一段思考、調整、突破的醞釀歷程。談董作賓的斷代方案，應由〈甲骨文研究之擴大〉一文開始。

早在 1930 年 12 月出版的《安陽發掘報告》第二期，其中董作賓已撰有〈甲骨文研究之擴大〉一文（411-422 頁），該文首先草擬出一份擴大研究甲骨文的藍圖，總分五大項 23 小項，基本上已是網羅殆盡後來研究甲骨的方向：

**（一）文字的研究。**分：

（1）拓印、（2）考釋、（3）分類、（4）文例、（5）禮制、（6）地理、（7）世系、（8）曆法、（9）文法、（10）書法。以上十小項已經隱約勾列出斷代甲骨可以切入的角度。其中的「拓印」，董作賓提出拓本、照片、摹寫「三位一體」的理想拓印方法。「考釋」，董作賓認為考釋文字的方式有二：一是「字形增減變化的公例」，了解字形流變的前後規律，見此時董作賓已有企圖建立字形斷代的雛形構思；二是「一部分形體所代表的意義和沿革」，相當於後來唐蘭提出的偏旁分析法。「分類」，董作賓強調卜事種類的全面整理。「文例」，董作賓言文例，相當於胡光煒《甲骨文例》中的「形式」和「辭例」，但偏重於後者，並初步提出「契文釋詞」一詞典書名的著作可能。「禮制」，董作賓針對商代文物和制度提出研究方向。「地理」，董作賓認為可利用甲骨，「博徵古籍，參校金文，以補殷商地理之志」，其中甲金的互較，甲骨和文獻的互較，正是具體落實王國維二重證據的精神。「世系」，董作賓初步懷疑，商人的宗廟制度或已有父昭子穆的關係，故同輩兄弟中只能有一人入祀宗廟。「曆法」，董作賓參照吳其昌《金文曆朔疏證》一文據《三統曆》以求西周時日的經驗，認為「商代曆法也可由甲骨文中推求一個概畧」，此無異開啟了董作賓後來研究殷歷譜的最初想法。「文法」，董作賓認為「研究文法，是通句讀必要的過程」，其中已注意到「災」字的異體有「時代」差異的關係。「書法」，董作賓提出同版甲骨筆跡相同者，「可斷為一人的法書」。

**（二）實物的觀察。**分：

（11）書契體式、（12）卜兆、（13）卜法、（14）龜、（15）骨。其中的「書契體式」，指的是甲骨行款刻寫的通例。「卜兆」，董作賓指出「卜兆的形狀，關係卜事的吉凶，為極應研究的一事」。「卜法」，董作賓在 1929 年 12 月第三次發掘殷墟，於小屯村北得「大龜四版」，謂「最近得較完全的龜版，才知道左右關係之大，及商人一再貞卜之習」，並歸納「他們卜的時候，必取龜甲左右對稱之處而兩次卜之」，董作賓在此提及綴合的重要性：「自來無左右相聯的龜版，以致不知道它左右的關係。所以同坑出土龜甲之拼湊，是整理時極重要的工作」。「龜」，董作賓談到「龜版的攻治、鑽鑿、灼用」等需就對比實物考察。「骨」，董作賓認為卜骨「兆旁不刻辭，是已啟周以後書卜事於策之法」。

**（三）地層的關係**。分：

（16）區域、（17）層次、（18）時代、（19）互證他器物。其中的「區域」，董作賓發現「甲骨出土，並非一處，由洹水南岸到小屯村中一里多地之內，隨地而有」，他再三對比實物，警覺到文字字形有地域的差別和用龜用甲的不同：「村北和村中的用字之異，如巛和𢦏」，於是首次提出「分區研究」的區域思路。「層次」，有關地層研究，地層的時間「須待地質學專家來考察」。「時代」，董作賓以為「殷墟的時代，也當根據地層來證明」，並判斷「以王國維先生的盤庚遷殷說，最為近理」。文中已然明確提到甲骨文字之間會有時間差異的可能：「假定殷墟是盤庚之都，到帝乙之世已有二百餘年。這二百餘年的時間，龜骨的用法，契刻的文字，都應有相當的變遷」。「互證他物」，董作賓認為「未經擾亂的地層，同出有殘銅器、繩紋陶片、陶器、石刀、骨鏃、貝蚌製器等，皆可確認為商代遺物」。

**（四）同出器物的比證**。分：

（20）象形字與古器物、（21）器用與禮制、（22）動物骨骼。

**（五）他國古學的參考**。分：

（21）象形文字的比較、（24）骨卜之俗、（25）古生物學與龜骨。

文末復指出整理甲骨文字，擬編成字典、辭典、類典的三大典索引，作為研究的工具。這一篇大文章，足概見當日董作賓龐雜具系統的思維版圖，開展全方位研治甲骨的先河，而分域分時研究甲骨的想法，亦已清楚見諸文字。

1931 年 6 月的《安陽發掘報告》第三期，董作賓接著發表〈大龜四版考釋〉（423-441 頁）。該文分四項說明甲骨的研究：卜法、事類、文例、時代。其中的〈時代考〉一節，董作賓提及在 1928 年試發掘殷墟時，已發現甲骨「字形之演變，契刻方法與材料之更易」，遂疑心甲骨文字的刻寫「絕非短時期內所能有」。董作賓在此節明確羅列出「斷代之法」有八：一坑層、二同出器物、三貞卜事類、四所祀帝王、五貞人、六文體、七用字、八書法。文中董作賓謂可由「貞人以定時代」，「凡見於同一版上的貞人，他們差不多可以說是同時」，並透過貞人的系聯，認為大龜四版的貞人，「大概是在武丁、祖庚之世」，「早不過武丁，晚不過祖庚」，可見董作賓並不是把貞人與殷王完全畫上等號，他早明白「五期斷代」只是一種了解甲骨時間的方便法門，貞人有跨王占卜的可能。

1933 年 1 月董作賓完成《甲骨文斷代研究例》（中央研究院歷史語言所集刊外編第一種，《慶祝蔡元培先生六十五歲論文集》上冊），完整的提出十個斷代方法：一世系、二稱謂、三貞人、四坑位、五方國、六人物、七事類、八文法、九字形、十書體。據此十個斷代準則，董作賓將殷墟甲骨劃分為五個時期：一盤庚、小辛、小乙、武丁，二祖庚、祖甲，三廩辛、康丁，四武乙、文丁，五帝乙、帝辛。從此，零散的逐片甲骨的研究，轉而為期與期，堆與堆甲骨的對比研究。董作賓斷代的貢獻，不僅是在於盤庚遷殷至帝辛滅亡之間要區隔為多少段合理的分期，而是在開創的提出十個客觀斷代標準，作為甲骨可供系聯的研究方案。五期斷代只是一種供前後區隔的相對參考，方便一般人應用甲骨的框架，並不是一成不變的。董作賓後來再發現的殷人有新舊派之爭，第二期祖庚和祖甲卜辭之間有舊派和新派禮制的不同，足以證明董作賓分的「期」是可以靈活運用的。

以上，見董作賓提出甲骨斷代的發生流程，是由〈甲骨文研究之擴大〉始，拓充至〈大龜四版考釋〉、〈帚矛說——骨臼刻辭的研究〉等論文，最後至實驗總報告的《甲骨文斷代研究例》，這一說法才畢功於成。而十個斷代準則才是研究甲骨方法的核心，其中又以世系、稱謂和貞人為基本標準，輔之以其餘七項，點線面多元的審視每一版甲骨的時間上下限，交錯的判定出甲骨的分期理由。此學說成就一科學的理論系統，也成為日後研治甲骨甚至其他地下或文獻材料的綜合方案。

王國維和董作賓二先輩具開創性的研究方法，成為後人研治古文字的開山典範。因此，研治古文字的入門基礎，應由全面而系統的分析王國維和董作賓的著作開始。

# 第六章　台灣三代甲骨學人選介

自 1949 年後台灣才開展古文字的研究，主要培訓學人的地方有三：一是中央研究院歷史語言研究所，一是國立台灣大學中文系，一是國立台灣師範大學國文系。中研院屬研究單位，一般不負責教學。台大中文系開創古文字一脈的是董作賓，師大國文系的開山，則以魯實先為主。董門和魯門主宰了在台甲骨金文字研究的主流發展。

## 一、董作賓

董作賓（1895－1963 年），字彥堂，別署平廬，河南南陽人。

1918 年，董作賓考入河南育才館，從時經訓學，始知甲骨文。1922 年入北京大學作旁聽生，初學甲骨文。1923－1924 年入讀北京大學研究所國學門，1925－1927 年先後在福建協和大學、河南中州大學、北京大學研究所國學門、廣州中山大學任教。1928－1946 年任職中央研究院歷史語言研究所，1947 年應美國芝加哥大學中國考古學客座聘，授甲金文課程。1948 年被選為中研院院士。1949 年隨中研院遷台，任台灣大學文學院教授，開授古文字學，另在歷史系授殷商史及古史年代學。1951 年受命為中研院史語所所長。1956 年香港大學聘為榮譽史學教授，1958 年返台任台灣大學考古人類學系專任教授，1960 年任台灣大學甲骨研究講座教授。1963 年心臟舊疾復發，卒於台北。

董作賓，甲骨四堂之一，與羅振玉、王國維、郭沫若同為甲骨的開山。自 1928 年秋中央研究院歷史語言所所長傅斯年委任董作賓為研究員赴安陽考察殷墟，同年 10 月至 1934 年董作賓先後八次主持或參加殷墟發掘，編纂《殷虛文字甲編》（1948 年）和《殷虛文字乙編》（1948－1963 年）。1930 年，董作賓撰寫〈甲骨文研究之擴大〉，草擬了科學研究甲骨的範圍，涵蓋文字、甲骨實物、地層、同出器物、他國古文物互參五大項 23 小項。1931 年，在〈大龜四版考釋〉中首先提出「貞人」說，鑿破鴻濛，開創系連甲骨的研究方法。1933 年，發表了經典的《甲骨文斷代研究例》，建立甲骨文五期斷代分期和十項斷代標準。

董作賓的名字幾乎與殷墟甲骨畫上等號。中研院十五次的科學發掘殷墟，出土具地層紀錄的有字甲骨多達 24918 版，宣布中國新史學的正式誕生，這與董作賓都有密切的關聯。董作賓領導的殷墟發掘，對近代學術史的意義，有：（一）應用地下材料重寫學術史，（二）落實「科學整理國故」的研究風潮，（三）建立系統的多元研究方法，（四）挑戰傳統的《說文》學，（五）開展培育學術人才的另一途徑，由考據學、金石學、文獻學，拓而為考古學、古文字學。

董作賓承襲羅振玉、王國維探討甲骨時期的經驗，透過貞人系聯的啟發，提出十個斷定卜辭時代的準則：一世系，二稱謂，三貞人，四坑位，五方國，六人物，七事類，八文法，九字形，十書體。藉此區分殷墟甲骨為五個時期：一盤庚、小辛、小乙、武丁，二祖庚、祖甲，三廩辛、康丁，四武乙、文丁，五帝乙、帝辛。五期斷代將散亂的甲骨匯聚為系統的一手資料，提供科學的對比研究。董作賓的斷代貢獻，不僅成立一個簡明清晰、易學易用的「期」的觀念，更重要的是發明十個具客觀標準的綜合範例。十個標準交錯的把絕大部分的殷商甲骨判定在五個時期之中。十個標準又以世系、稱謂、貞人三項為最基本標準，輔以其餘七項（其中的坑位可調整為地層），成為研治甲骨學以至其他地下或文獻材料的開創性方案。從此以後，董作賓的「分期研究」承接著王國維的「二重證據法」，廣泛為學界應用。直至陳夢家後嘗試用貞人和文字區分組類，欲取代五期分期的方式，可是人名和字形的分組類往往流於瑣碎和主觀，貞人群和字形的縱線亦無法解決跨組類的「期」的區隔問題，況且文字同版異形多見，同字異組類更是難以區分，不易全面的掌握客觀的甲骨斷代，迄今始終無法完全取替董作賓分期的清晰斷代功能。

董作賓在 1945 年完成另一甲骨鉅著：《殷曆譜》。他透過卜辭中日月交食、置閏的紀錄，印證合天的曆譜，從而推斷殷周的年代。此書開展了近代對於上古天文曆法研究的先河，並作為董作賓甲骨祀統分類分派的實驗場所，對於甲骨分類研究，有重大的啟示意義。

董作賓自 1949 年在台灣持續培育古文字人才，董門從此分為大陸和台灣兩支。大陸一支以中國社會科學院歷史所的胡厚宣為主，台灣一支則以台灣大學文學院第十研究室為培育基地。董作賓對於台灣甲骨學的發展，無疑又是一開山的貢獻。詳細可參朱歧祥〈董作賓與甲骨學〉，文見《朱歧祥學術文存》，藝文印書館，2012 年。

## 二、屈萬里

屈萬里（1907－1979 年），號翼鵬，又號書傭，山東魚臺縣人。

屈萬里幼承家學，熟讀四書、詩、易，特別是對於易經有濃厚興趣，早有志於學術研究。1928 年東魯中學畢業，擔任魚臺圖書館館長。1930 年插班入北平私立郁文學院國文系二年級，並常至私立中國大學聆聽北大、清華、師大等校的兼課教授講課。1931 年「九一八事變」，屈萬里自郁文學院退學，返濟南任職於山東省立圖書館，在館長王獻唐的指導下學習金石學和圖書館學。1939 年改任大成至聖奉祀官府文書主任。1940 年任四川重慶的中央圖書館編纂，主編善本書目。1943 年得悉董作賓編輯《殷虛文字甲編》、《殷虛文字乙編》徵求助理，屈萬里請託王獻堂推薦，借調至中研院史語所考古組，任職比原職待遇低一倍的甲骨文研究助理員，隨董作賓整理甲骨。1949 年赴台，旋應台灣大學傅斯年校長延聘，任教於中文系，先後開設《周易》、《詩經》、《尚書》、「古籍導讀」、「文史資料討論」、「經學專題討論」等課程。1955 年兼任中研院史語所研究員，其間曾赴美、加、新加坡等地客座。1968 年兼台大中文系研究所主任。1972 年膺選中研院院士。1973 年任中研院史語所所長。1979 年因肺癌病逝台北。

屈萬里為人儉樸廉明，個性儼然，不苟言笑，治學果毅刻苦，自學成家，又蒙王獻唐、傅斯年、董作賓等名家啟迪，終成就一代鴻儒。屈萬里博通經史，著作等身，其行政與教學，素以嚴謹著稱。《詩經釋義》（1952）、《尚書釋義》（1956）、《古籍導讀》（1964）、《漢石經周易殘字集證》（1961）、《先秦漢魏易例述評》（1969）、《書傭論學集》（1969）等，無不成為各專業課程的必備用書。1961 年在中研院史語所出版的《殷虛文字甲編考釋》二冊，更是屈萬里研治甲骨的重要著作。《殷虛文字甲編》是中研院發掘殷墟第一至九次所得甲骨的成果，共 6513 版，1935 年編定。在 1940 年胡厚宣曾完成了一份釋文，但沒有考證。屈萬里《殷虛文字甲編考釋》是依據胡厚宣的底稿重作，經屈萬里新綴 211 版，合計 3942 版。屈萬里擅用古今文字對勘，在《殷虛文字甲編考釋》大量以金文、《說文》、碑石、字書對照甲文，並透過卜辭的上下文義推求字意。釋文博采眾說，廣引經籍，裁以己見。特別是對於甲骨的特殊行款、鑽鑿形式特例、習刻的種類、易卦和龜卜的關係，尤具開創的意見。屈萬里對於甲骨文的「河」、「岳」、「沈」等字考釋，亦有專文論述。《殷虛文字甲編考釋》是一部高水平的甲骨讀本。

有關《殷虛文字甲編考釋》偶有誤釋誤摹的商榷，可參朱歧祥指導，鐘曉婷碩論《屈萬里先生甲骨文字研究——以《殷虛文字甲編考釋》為例》一書。

## 三、嚴一萍

嚴一萍（1912－1987 年），晚號萍廬，浙江秀水人。

嚴一萍早年自學，有志於醫學和古文字之學，後接觸《安陽發掘報告》，對甲骨文產生濃烈嚮往。1949 年嚴一萍赴香港，欲投董門治甲骨，1951 年由香港轉抵台灣，攜手稿《殷契徵醫》叩問於董作賓，行弟子禮，從此全力投入甲骨學研究。嚴一萍一生以「夫子」尊稱彥堂，宏揚師道為志，文必稱師說，對傳承董說有強烈的企圖。1952年於台北創立藝文印書館，出版大量古文字學書籍，藝文印書的精美講究，得海內外學界稱譽。藝文印書館儼然是上世紀台灣甲骨書刊出版的代名詞。嚴一萍對於甲骨流布推廣之功，可直追羅振玉。1978 年移居美國。1987 年病逝於美國舊金山。

嚴一萍對於甲骨研究，無論在斷代分期、天文曆法、甲骨學通論、殷商歷史、甲骨綴合、拓本摹錄、考釋文字、書體藝術和發揚師說，均有貢獻。其中有關斷代分期，嚴一萍以嚴守師說為主，與近世甲骨學界主流看法不同。他著有〈甲骨文斷代研究新例〉（1961）、《甲骨斷代問題》（1982）等，從異代同名、稱謂、字形、書體、分派研究等角度，對陳夢家等認為董作賓原歸於第四期的「𠂤組」卜辭應改屬第一期武丁時期之說，嚴加駁斥；另針對李學勤、裘錫圭將董作賓原歸入第四期的「歷組」卜辭提前至武丁時期，嚴一萍亦進行辯難，從而支持董作賓的「文武丁之謎」的說法為可靠。有關天文曆法方面，嚴一萍針對魯實先批評董說逐一回應，撰寫〈殷曆譜「旬譜」補〉（1951）、《續殷曆譜》（1955）等文，主要亦是為了證明董說的無訛。有關甲骨綴合方面，嚴一萍單純應用影印的拓片拼合，完成《甲骨綴合新編》（1975）、《甲骨綴合新編補》（1976）、《殷墟第十三次發掘所得卜甲綴合集》（1991），復完了許多完甲，對卜辭的整合和釋讀有重大的幫助。單《甲骨綴合新編》一書中徵引的甲骨拓片多達六十餘種，綴合甲骨共 708 版，對近世綴合甲骨的風氣有積極帶動的貢獻。

嚴一萍的甲骨代表作，無疑是 1978 年出版的《甲骨學》二巨冊。該書是繼陳夢家《殷虛卜辭綜述》之後另一全面探討甲骨文的通論著作。全書分九章：一認識甲骨與殷商疆域，二甲骨的出土傳拓與著錄，三辨偽與綴合，四鑽鑿與占卜，五釋字與識字，六通句讀與釋文例，七斷代，八甲骨文字的藝術，九甲骨學前途之展望。其中對於甲骨綴合、通讀文例和斷代方法，有著濃厚的董作賓個人的思路傳承。此書是董門一脈對甲骨理解的集大成。

有關嚴一萍相關甲骨著錄的評介，可參朱歧祥指導，陳玘秀碩論《嚴一萍先生甲骨學研究》。

## 四、金祥恆

金祥恆（1918－1989 年），浙江海寧人。

1942－1946 年金祥恆入讀浙江大學國文系，畢業後旋即應聘山東大學中文系助教。1947 年赴台任職台灣大學中文系助教，師從董作賓研治甲骨。1954－1989 年擔任台灣大學中文系教授。1959 年編撰《續甲骨文編》，整理中研院 15 次殷墟發掘以來國內外的甲骨著錄，與夫人徐錦女士手書甲骨文五萬餘字，歷時十載而成，是在台出版的第一部甲骨文字編，董作賓譽為「修萬里長城」之巨構。1964 年出版《匋文編》。1960－1974 年間，與董作賓共同創辦《中國文字》季刊，主編長達五十二期。《中國文字》是台灣唯一的文字研究學刊，影響深遠。晚年擬從事《甲骨綜錄》的編纂，惜未及完稿而在 1989 年因車禍逝世。門人彙輯有《金祥恆先生全集》總六冊，論文凡 111 篇，涵蓋甲金簡帛文字的釋讀。門人朱歧祥曾撰〈悼念甲骨的長城——金祥恆先生〉一文（《國文天地》134 期），分別就甲骨補正、破舊、開新、釋字方法、考史明經、文字篇、推廣等項，敘述金祥恆的甲骨研究成果。

金祥恆為人樸實不爭，一生單純以教學著述為念，治學嚴謹，視學生如子姪。早歲即受同鄉先輩王國維學術的影響，又是董門嫡傳，在台灣大學文學院第十研究室固定開授「甲骨學」和「說文研究」兩課程。金祥恆授課以甲骨拓片逐辭導讀為主，討論甲骨字形，強調結合甲骨、金文、《說文》為縱線，鋪排文字的演變關係，旁及古璽、陶文、簡帛文字字形，提供字用兼字形的全面訓練。第十研究室（俗稱甲骨室）成為當日在台培育甲骨人才的唯一學術殿堂。《續甲骨文編》是金祥恆的重要甲骨著作，該字編是續補 1934 年孫海波《甲骨文編》而作，「凡孫氏誤摹、誤釋之字，皆於編中糾正，計字首二千五百餘字，共錄五萬餘字。」金祥恆收錄的新字，「較孫氏之書約增三百餘文」，據孟世凱《甲骨學小詞典》的統計，《續甲骨文編》共收甲文兩千五百七十四字條，比孫海波《甲骨文編》的總字數 2116 字實多出 458 字。文編在〈附錄一〉統輯甲骨的合文及常見「甲詞」凡 635 條詞條，方便掌握甲骨的常用詞彙，包括：親屬稱謂及專名、方位、時令、動植物、天文地理、方國、職官、建築、常用語和其他（如數詞、動詞、形容詞、單位詞等），最具特色。這有益於了解商史和殷商語法構詞，開後世甲骨詞典編寫之先河。

有關《續甲骨文編》中仍有個別誤摹誤收的字例，可參朱歧祥指導，黃慧芬碩論《金祥恆先生甲骨文字研究——以《續甲骨文編》為例》一書。

## 五、李孝定

李孝定（1918－1997 年），字陸琦，湖南常德人。

1935－1939 年李孝定攻讀於南京大學中文系，從胡小石撰寫畢業論文：《商承祚：殷墟文字類編補》。1940 年考取西南聯大北京大學文科研究所，師從唐蘭續治古文字學。後因戰亂，當時的所長傅斯年讓李孝定進中研院史語所自修，跟隨董作賓學習甲骨，並以《甲骨文字集釋》為題在 1944 年完成碩士論文，全文六十萬字，可惜這份碩論在抗戰勝利復員時遭北京大學弄丟了。1947 年李孝定任中央博物院籌備處專門委員。1949 年隨史語所東渡台灣，任史語所考古組副研究員。1950 年任台灣大學中文系副教授，兼校長室秘書、總務長。1959 年回史語所恢復研究工作，重作《甲骨文字集釋》，耗時五載，至 1965 年出版，全文一百五十多萬字，成為當日台灣學界使用最廣的一種甲骨文字典。1964 年應李濟之「中國上古史」編輯計畫邀約，撰寫「中國文字的原始與演變」一題。1965 年赴新加坡南洋大學中文系任教，至 1978 年從新加坡退休，返史語所甲骨室專任研究員。1982 年完成《金文詁林讀後記》。1985 年任史語所甲骨室主任，提出增訂《甲骨文字集釋》一書的計劃，可惜始終無法完成。同年任東海大學中文所教授。1986 年出版《漢字的起源與演變論叢》。1992 年轉任台灣大學中文所教授，並發表《讀說文記》。1997 年逝世于台北。

李孝定性爽直快語，好惡分明。《甲骨文字集釋》是李孝定甲骨研究的代表作，一共討論 1839 個甲文，是一部匯集甲骨文考釋的總集。全書分卷首、正文、補遺、存疑、待考五大部分，體例以《說文》十四卷始一終亥為分布標準，每字的字頭以篆文為首，下先羅列甲骨文異體字形，次陳諸家考釋眾說，末加按語定以己意。其中的「按語」一處最具學術價值。李孝定判別眾家的審核方法，有：一從《說文》上溯甲骨，輔以金文互證；二以字的形體演變規律類推，三用偏旁分析歸納字例，四以卜辭辭例為立論依據，五形音義綜合考察，六強調闕疑的精神。該書在 1965 年增訂出版，方便後學，成為研契和治古代史必備的參考書。其後出版的大型辭典如姚孝遂的《甲骨文字詁林》，對於李孝定《集釋》羅列前人意見和按語，都沒有充分徵引，故仍無法取代《集釋》在學術上的功能。

至於《甲骨文字集釋》書中稍有承襲前人形義之誤說誤隸，可參朱歧祥指導，白明玉碩論《李孝定《甲骨文字集釋》研究》。

李孝定的另一項重要的學術成果，是「漢字的起源與演變」。他分別由甲文和陶器刻符追索漢字起源，先後在 1968 年發表〈從六書的觀點看甲骨文字〉和 1969 年發表〈從幾種史前和有史早期陶文的觀察蠡測中國文字的起源〉二文，最具影響。

## 六、張秉權

張秉權（1919－），浙江吳興人。

張秉權早年在湖州、杭州求學，1940－1944 年入讀中央大學國文系。張秉權是李濟的姪女婿，透過李濟的介紹，張秉權在畢業後旋進入中研院史語所，協助董作賓整理甲骨。1949 年隨董作賓遷台。在協助董作賓完成《殷虛文字乙編》的同時，張秉權發現書中許多甲骨可以進一步綴合。他耗費十載心力，將《乙編》中的甲骨拼綴成相對完整的 630 多版甲骨，彙為《殷虛文字丙編》上中下三輯六冊，於 1957

年至 1972 年陸續出版。1963 年董作賓逝世，張秉權繼任史語所甲骨文研究室主任，直至 1985 年退休。據悉張秉權退休前仍有一批甲骨綴合成果，寄存於史語所文字組，未及發表。1988 年出版《甲骨文與甲骨學》，其後移居美國迄今。

張秉權個性沈深不外露，謹慎寡言。著作不多，但言必有據，是董門中聰敏的一員。十年磨一劍，《殷虛文字丙編》的綴合，為人作嫁，提供學界一批珍貴的再復完甲骨。張秉權透過長期的綴合經驗，發現成套卜辭的占卜特色和甲骨正反面連讀的重要性。張秉權研治甲骨的專著，可推《殷虛文字丙編》和《甲骨文和甲骨學》二書。《殷虛文字丙編》是採用《殷虛文字乙編》及其編餘的甲骨經拼兌重拓而成，亦即是《殷虛文字乙編》甲骨的復原選集，對了解殷墟 YH127 坑甲骨和武丁卜辭有極重要的幫助。完整的甲骨版面，能夠作為全面掌握卜辭的占卜方式、印證其他殘片的可能文意和甲骨文字正確解讀的參考。因此，《殷虛文字丙編》的學術價值遠超過一般的甲骨讀本，張秉權有機緣能摩娑甲骨實物，根據實物的綴合復原，其可信度自然優於一般僅靠拓片影印或不完整圖像的操作，張秉權的釋文亦有更高的參考價值。《殷虛文字丙編》在每一張圖版拓片之前附上一透明紙，將甲骨上的卜辭按原部位分條用楷書譯寫，並將編者認可的卜辭次第先後標示出來，方便讀者查對和學習，對於認識整版甲骨卜辭之間的關係有重大裨益。這也是《殷虛文字丙編》有異於其他拓本釋文的一大特色。可以說，張秉權釋文優於其他甲骨讀物的價值，第一點就是在這張透明紙上。《殷虛文字丙編》考釋分「釋文」和「考證」兩部分，後一部分除了對實物的描述外，充分呈現張秉權相關甲骨文字釋讀的立論，宜與前一部分「釋文」合讀。

《甲骨文與甲骨學》在 1988 年出版，是繼 70 年代嚴一萍的《甲骨學》之後，台灣又一份全面評述甲骨的學術報告。該書分 20 章，不但有普及甲骨文和殷商文明之功，其中的第九章「成套卜辭與成套甲骨」、第十八章「人口疆域與文化接觸面」、第十九章「技術與工業」、第廿章「甲骨上黏附的棉布」，均屬開創性的議題，為甲骨學增添研究廣度。

## 七、朱歧祥

朱歧祥（1958－），廣東高要人。

朱歧祥早歲曾在香港「學海書樓」聽書，讀梁啟超、錢穆、新儒家文章，有志於傳統思辨之學。1976 年赴台，攻讀台灣大學學士（1976－1980）、碩士（1980－1983），從金祥恆研習甲金說文，曾任中研院周法高院士短期研究助理，後至香港中文大學，以甲骨語法「殷墟對貞卜辭句型變異研究」為題，獲哲學博士（1985－

1989）。其後任教台灣靜宜大學（1990－2003）、東海大學中文系（2003－）。朱歧祥先後獲邀出任天津南開大學中文系、上海華東師範大學中文系、香港中文大學中國文化研究所、中央研究院歷史語言所等的訪問學人，又曾獲聘河南安陽師範學院、香港珠海學院中文系、安徽大學文學院、北京師範大學民族典籍文字研究所、上海華東師範大學思勉中心、南京大學中文系、上海交通大學海外漢字文化研究中心、鄭州大學漢字研究中心、韓國首爾明知大學東亞研究所等的客座或講座教授，浙江大學周有光語言文字學研究中心特聘研究員，安陽中國文字博物館顧問。朱歧祥復曾擔任東海大學中文系所主任、台灣中國文字學會理事長、世界漢字學會台灣區會長、澳門漢字學會副會長，是活躍國際的甲骨學者，對推動甲骨學、國際漢字學、兩岸四地漢字交流具影響力。目前仍任台灣東海大學中文系教授。

朱歧祥為董作賓在台的再傳弟子，兼治甲金文和近代學術。相關的古文字專著有：《中山國古史彝銘考》（1983）、《殷墟甲骨文字通釋稿》（1989）、《殷墟卜辭句法論稿》（1990）、《甲骨四堂論文集》（1990）、《甲骨學論叢》（1992）、《王國維學術研究》（1995）、《周原甲骨研究》（1997）、《甲骨文研究——中國古文字與文化論稿》（1998）、《甲骨文讀本》（1999）、《甲骨文字學》（2002）、《圖形與文字——殷金文研究》（2004）、《殷墟花園莊東地甲骨校釋》（2006）、《殷墟花園莊東地甲骨論稿》（2008）、《朱歧祥學術文存》（2012）、《甲骨文詞譜》五冊（2013）、《釋古疑今——甲骨文、金文、陶文、簡文存疑論叢》（2015）、《亦古亦今之學——古文字與近代學術論稿》（2017）、《殷墟花園莊東地甲骨讀本》（2020）、《殷虛文字丙編選讀》（2021）、《古文字入門》（2021），凡20種。對於上古文明、卜辭句法、甲骨語言、周原甲骨、殷墟花園莊東地甲骨研究、古文字辨偽和甲骨推廣，有一定的貢獻。

朱歧祥研治甲骨強調文例互較，擅以句法入手，由常態句對比變異句分析句型結構，提出「由句論詞，由詞論字」的大包圍多元破字的方法。他復主張甲骨三書說的分類：形意字、形聲字、純粹約定字，並支持卜辭為疑問句的傳統說法。

朱歧祥考釋甲骨文字的新說，如：釋「乍」象半衣形；「帝」字从燎从一，一是區別號，字由泛祭眾神祇的祭儀借為上帝的專名；「禦」字从卩，人垂手跪拜于璧琮之前，象禱祀之形，从午象二璧一琮，為鬼神降臨人間的出入口；「爭」、「靜」同源，字象手持力形耒器挖掘坎穴之形；「[illegible]」為折字初文，強調拆木形，指事；「豼」从豕从人，象已產子的母豕形；「涉」，有理解為二人相逐之形，引申有追捕意；「正」，有讀「禎」，吉祥意；「𡆥」，象卜骨形，讀為禍，近人改釋憂，恐非；「壱」，由蛇咬腳趾引申有災禍意，近人改从虫聲釋害，亦恐非。以上諸說，具學術參考意義。

# 第七章　甲骨文的詞句類型

## 一、甲骨文句子組成的成分

一條完整的卜辭，分前辭、命辭、占辭和驗辭四部分，其中的命辭是占卜的內容，屬疑問句。一般學界討論甲骨文的句子成分，主要是針對命辭而言。命辭句的組合，一般是以「主語—動詞—賓語」的基本形式書寫。句子作為單句的成分，有：主語、謂語、動語、賓語、定語、狀語、補語、語尾八種。

### （一）主語。

有：①名詞：「帝令雨」〈合集 5658〉的「帝」，②代詞：「我受年」〈合集 5611〉的「我」，③定中狀語：「茲雨不唯年禍」〈合集 10143〉的「茲雨」，④名詞並列短語：「菁罘永獲鹿」〈合集 1076〉的「菁罘永」、「牢又一牛用」〈屯南 4122〉的「牢又一牛」、「王亥、上甲即宗于河」〈屯南 1116〉的「王亥、上甲」。

### （二）謂語。

有：①動詞：「翌庚寅婦好娩」〈合集 154〉的「娩」，②動賓短語：「我伐馬方」〈合集 6664〉的「伐馬方」，③動雙賓短語：「俎妣母：牛」〈合集 22235〉，④動三賓短語：「禦臣父乙：豚」〈屯南附 1〉，⑤兼語短語：「王叀婦好令征夷」〈合集 459〉。

### （三）動語。

一般是由單個動詞構成。有由名詞而動詞化：「王田雍」〈合集 37651〉的「田」，有直接用作動詞：「王其觀耤」〈合集 9500〉的「觀」。

## （四）賓語。

有：①名詞：「河壱王」〈合集 776〉的「王」，②代詞：「祖辛壱余」〈合集 1740〉的「余」，③定中短語：「唯帝壱我年」〈合集 10124〉的「我年」，④名詞並列短語：「王弗以祖丁眔父乙」〈合集 10515〉的「祖丁眔父乙」、「卯宰又一牛」〈合集 324〉的「宰又一牛」、「獲兕六、豕十又六」〈合集 10407〉的「兕六、豕十又六」，⑤同位短語：「鼓其取宋伯歪」〈合集 20075〉的「宋伯歪」。

## （五）定語。

有：①名詞：「婦姘魯于黍年」〈合集 10132〉的「黍」，②代詞：「唯茲商有作禍」〈合集 776〉的「茲」、「之夕允雨」〈合集 3297〉的「之」，③數詞：「呼雀酒于河：五十牛」〈合集 672〉的「五十」，④量詞：「賜多母有貝朋」〈合集 11438〉的「朋」，⑤形容詞：「叀新豐用」〈合集 32536〉的「新」，⑥動詞：「茲邑其有降禍」〈合 7852〉的「降」。

## （六）狀語。

有：①副詞：「叀岳先酒，廼酒五雲」〈屯南 651〉的「先」和「廼」、「辛亥亦雨」〈合集 12487〉的「亦」，②形容詞：「今夕大雨」〈合集 27219〉的「大」、「不多雨」〈合集 38160〉的「多」。

## （七）補語。

一般是由介賓短語構成：「翌甲辰勿酒羌自上甲」〈合集 419〉的「自上甲」、「王于生七月入于商」〈合集 1666〉的「于商」。

## （八）語尾。

卜辭只有用一「不」字作為句末疑問語詞。「祠叀羊不」〈合集 20098〉的「不」、「今日方圍不」〈合集 20421〉的「不」、「弜有歲羊不」〈合集 22047〉的「不」。一般學界另提出的「印」、「執」、「乎」、「才」是語尾，恐非事實。

以上是平面分析甲骨文句子的成分。然而，卜辭多屬成對、成套的書寫。要正確了解卜辭句子成分的真實性質，需要先分析卜辭在對貞句中的對立狀態，並考慮句子的前後關係。卜辭中經常出現變異的移位句和省略句，嚴重影響句子成分的真正功能。如：「方其圍今日」〈合集 20410〉，是常態句「今日方其圍」的句首時間詞移後，不能將「今日」視同賓語。「受年商」〈合集 20651〉，是常態句「商受年」的移位，不能將「商」字理解為賓語。「貞：勿十牛？」〈合集 14735〉，是常態句「貞：勿燎十牛？」之省，對比同版對貞的肯定句「貞：燎于王亥：十牛？」可互證，不能單獨分析此句的否定詞有直接修飾名詞的功能。「勿于上甲？」〈丙 235〉，是常態句「勿侑于上甲？」之省，由同版對貞的「侑于上甲？」句可互證，不能單由此句則認為「于」字有動詞的作用。「子商侑，冊于父乙」〈合集 2944〉是一常態的複句，不能將「侑冊」連讀成詞而視同複合動詞。「岳燎卯二牛」〈合集 34207〉，應屬常態句的「（王）燎岳，卯二牛」一組複句的省主語兼移位句，不能將「岳」字視為主語，也不能理解「燎卯」連讀為複合動詞。

以上句例，見甲骨文句子的成分分析，應結合常態句和變異句相互參證，由常態句型和句意理解變異句型，不能單獨只由一變異句的句型來分析句子。

## 二、複合詞

複合詞是兩個或幾個成分相同，作並排關係的聯合詞，又稱並列短語。複合詞可包括：

### （一）複合動詞。

如：「往來」〈合集 4259〉、「出狩」〈合集 33381〉、「出田」〈合集 1583〉、「來復」〈丙 621〉、「入見」〈合集 4542〉。複合動詞多是兩個不及物動詞的組合，其後少接賓語，間亦有不及物動詞和及物動詞相接，其後有接賓語。

複合動詞前後動詞的關係，有：（1）相背式：「來復」〈丙 621〉、「往來」〈合集 4259〉；（2）疊義式：「祀祝」〈合集 30757〉、「往出」〈合集 6475〉；（3）並列式：「步伐」〈合集 6461〉、「涉狩」〈合集 10605〉；（4）遞進式：「入見」〈合集 4542〉、「來告」〈合集 2895〉。以上四類，以「遞進式」最為普遍，「相背式」則最罕用。

（二）複合主語。

有：（1）並列式：「沚、戠其來」〈合集 3945〉的「沚、戠」、「亘、或不我災」〈丙 306〉的「亘、或」、「㕚、疋、化其有禍」〈合集 151〉的「㕚、疋、化」；（2）包孕式：「王自饗」〈合集 5245〉的「王自」、「我自唯若」〈合集 21381〉的「我自」。

（三）複合賓語。

有：（1）二詞並列：「多犬及異、長」〈合集 5663〉的「異、長」；（2）二詞並列，增連詞：「告于妣己眔妣庚」〈合集 1248〉的「妣己眔妣庚」、「登鬯于祖乙、小乙眔」〈屯南 657〉的「祖乙、小乙眔」。

（四）複合短語。

如：「辛卯酒河，燎三宰、沈三牛、俎牢？」〈屯南 1118〉的「燎三宰、沈三牛、俎牢」、「燎于河：五宰、沈十牛、俎牢、侑羌十？」〈合集 326〉的「（燎）五宰、沈十牛、俎牢、侑羌十」。

此外，兼語句如呼字句、令字句式並不能理解為複合詞。如：「勿呼執？」〈合集 176〉句，互參同版對貞的肯定句：「貞：呼婦好執？」，原是「王呼婦好執」的意思，不能將「呼執」視同並列的複合詞。若干原屬複句的句子，亦容易混同誤作為複合詞，如：「岳燎，卯二牛？」本屬二分句，其中的「燎卯」不能連讀為複合動詞。（相關句例討論，參朱歧祥《殷墟卜辭句法論稿》，1990 年。）

## 三、被動句

甲骨文的被動句並不明顯，可分作兩大類：一類是在語義上表示被動而並無任何被動形式的標誌，而主語是受事者居于施事的位置。如「亘執」〈丙 304〉，由同版的「雀追亘，有獲」句理解，再互較〈合集 6953〉的「雀弗其執亘」等相類句型，可知〈丙 304〉的「亘執」句是「雀執亘」的倒文省略，自亦可理解為「亘被執」的被動句意。此外，「受」字句意有被動語意的傾向。如常見的「受祐」〈合集 20384〉，固然可以理解為「帝授我祐」的省略，但亦可視作我為上帝所賜祐的意思。

另一類是用介詞「于」引進動作行為的施事者，如「王叡多屯，若于下乙？」〈合集 808〉，其中的詢問句「若于下乙」，似可理解為被動句，指接受下乙的若順。

## 四、省略句

「省略」是對貞或成套卜辭中句型變異最明顯的一類。對貞卜辭常態是正反對貞，其中以正句為主，反句為輔；正詳而反略，故省略句多見于對貞句的否定句中。「省略」的原因，是避免書寫的重複繁瑣，或示強調不省的部分，或相對的主觀認可不省的完整句內容。此外，若干對貞句為了強調否定句的句意，或突出占卜者對否定句意的祈盼，亦會在刻寫時以反句為主，正句則處于省略的輔屬位置。

對貞卜辭中省略句的句型，有：

（一）省主語。

王省从西？〈丙 139〉

勿省从西？

（二）省賓語。包括省略間接賓語、直接賓語和兼省雙賓語。

父乙壱王？〈丙 29〉

父乙弗壱？

貞：侑于父乙：宰？〈丙 590〉

勿侑于父乙？

侑奴于妣庚？〈丙 44〉

勿侑？

（三）省動詞。

貞：王叀人征？〈丙 26〉

王勿唯人？

（四）省形容詞。

□戌卜，賓貞：王入？〈合集 4357〉

貞：王勿衣入？

今日辛大啟？〈合集 30190〉

不啟？

（五）省介詞。

侑于母庚？〈丙 105〉

勿侑母庚？

（六）省時間副詞。

翌甲申其雨？〈丙 260〉

不雨？

（七）省語詞。

丙辰卜，㱿貞：其㞢羌？〈丙 7〉

貞：㞢羌？

戊戌卜，𠂤貞：來，唯若？〈丙 571〉

若？

（八）省方位詞。

貞：王往省？〈丙 333〉

勿省南，不若？

（九）省主、賓語。

妣癸壱王？〈丙 387〉

弗壱？

（十）省主、動詞。

己未卜，㱿貞：我于雉入𠂤？〈丙 3〉

貞：勿于雉𠂤？

（十一）省動、賓語。

貞：唯父乙禍王？〈丙 389〉

貞：婦好夢，不唯父乙？

（十二）省主、動、賓語。

禦于祖辛？〈丙 89〉

勿于？

（十三）省複句中的主句陳述句。

丁未卜，貞：戊申王其阱，擒？〈屯南 923〉

弗擒？

丙午貞：父丁歲，不冓雨？〈合集 32695〉

其冓雨？

（十四）省複句中的副句（或後句）詢問句。

戊寅卜，㱿貞：王弗疾，有禍？〈合集 6〉

貞：其疾？七月。

其征般庚、小辛，王受佑？〈屯南 738〉

弜征？

相關句例討論，參朱歧祥《殷墟卜辭句法論稿》，1990 年。

## 五、移位句

移位句是相對于常態句而言，因強調句中某一句子成分而顛倒原有語序的句子。移位的意義，不單在改變句子的原型，也是為了轉移或突出語意的重點。移位句有用語詞「叀」字帶出，視同移位的標誌。

移位句主要有：

①謂語前置句：「受年王」〈英 810〉，即「王受年」的移位。

②賓語前置句：「王叀土方征」〈合集 6442〉，即「王征土方」的移位；「婦姘年觀」〈合集 9596〉，即「婦姘觀年」的移位。

③兼語前置句：「王叀婦好令征夷」〈合集 6459〉，即「王令婦好征夷」的移位。

④介賓短語前置句：「于大乙告三牛」〈屯南 783〉，即「告于大乙：三牛」的移位。

⑤動詞前置句：「登多宁以鬯于大乙」〈屯南 2567〉，即「多宁以鬯登于大乙」的移位。

⑥時間副詞後置句：「雨今夕」〈屯南 2348〉，即「今夕雨」的移位。

⑦數詞移位句：祭祀卜辭常見「數—名」的語序，但亦有變異的「牛一」〈丙 613〉、「伐十」〈丙 631〉；田狩卜辭常見「名—數」的語序，但偶有變異的「卅鷹」〈丙 323〉是。

⑧否定詞後置句：「癸巳雨不」〈屯南 4356〉，即「癸巳不雨」的移位。

⑨代詞前置句：「帝不我降艱」〈合集 10171〉，即「帝不降我艱」的移位。

⑩形容詞後置句：「十宰黧」〈丙 286〉，即「十黧宰」的移位。

⑪連詞後置句：「其登鬯于祖乙、小乙眔（逮）」〈屯南 657〉，即「其登鬯于祖乙眔（逮）小乙」的移位。

相關句例討論，參朱歧祥《殷墟卜辭句法論稿》，1990 年。

以上，綜述甲骨卜辭的句子成分、複合詞、被動句、省略句、移位句等詞句實例。

# 第八章　論「成套卜辭」

殷人貞卜，除了個別用單一卜兆、用對貞的二兆對應成組外，亦有整體用成套的方式連串貞問，張秉權稱之謂「成套卜辭」。這種針對同一事例成套有系統依序貞問的卜辭，可提供我們了解甲骨同版和異版之間卜辭的關聯，和明白殷人的問神形式。先宏觀的掌握一版甲骨中卜辭之間的關係，才能正確的看待每一個甲骨文字在逐句逐辭中的字用功能。

成套卜辭的刻寫方式有三：（一）同版同套。（二）異版同套。（三）同版異套。分別舉例說明如次。

## （一）同版同套

### 1.〈丙 5〉

（1）庚子卜，爭貞：西史旨亡囚（禍），叶？（一）
（2）庚子卜，爭貞：西史旨其㞢（有）囚（禍）？（一）
（3）貞：西史旨亡囚（禍），叶？（二）
（4）西史旨其㞢（有）囚（禍）？（二）
（5）貞：旨亡囚（禍）？（三）二告
（6）旨其㞢（有）囚（禍）？（三）
（7）旨亡囚（禍）？（四）
（8）其㞢（有）囚（禍）？（四）不牾
（9）旨亡囚（禍）？（五）不牾
（10）其㞢（有）囚（禍）？（五）

按：本版屬第一期武丁卜辭，卜辭右左反正對貞，由上而下兩兩成組，正反各貞問了五次，詢問同一人事的禍否。（1）（2）辭文字完整，其下四組互見省略書寫，全屬於同一套的卜辭。

2.〈丙 7〉

（1）丙辰卜，㱿貞：其攺羌？（一）
（2）貞：于〔庚〕申伐羌？（一）
（3）貞：攺羌？（二）
（4）貞：庚申伐羌？（二）
（5）貞：攺羌？（三）
（6）貞：庚申伐羌？（三）
（7）（四）　二告
（8）（四）　二告
（9）（五）
（10）（五）

按：本版屬武丁卜辭。卜辭由上而下右左對應書寫，是選擇性對貞，卜問四天後的庚申日殺羌人以祭，是用擊殺方式的攺，抑或是砍首方式的伐。選貞連問了五組十次。（1）（2）辭文字較完整，其中的（1）辭命辭省句首時間詞，（2）辭省前辭的「干支卜，某」，其下的四組選貞互見省略，最後兩組甚至全省卜辭。由全甲對應的兆序，知五組十辭分別是選貞關係，整體而言是針對殺牲方式一事的成套卜辭。

3.〈丙 8〉

（1）〔丙〕辰卜，㱿貞：我受黍年？（一）（二）（三）（四）（五）
（2）丙辰卜，㱿貞：我弗其受黍年？四月。（一）（二）（三）（四）二告（五）

按：本龜版屬武丁卜辭。卜辭右左正反對貞。卜兆由上而下對應正反各貞問五次，整體言是一整套的關係，但卜辭只正反各書寫一辭，以涵蓋其餘。其中的（2）辭兆序（四）橫紋下見兆語「二告」，屬肯定語氣的判斷兆紋的用語，鬼神似在十次卜問中認同此兆所卜的內容。二辭的占辭見甲背左甲橋，即〈丙 9〉的「王固（占）曰：吉。〔受〕㞢（有）〔年〕。」見殷王武丁總的判斷此套問卜的結果是好的，我們能得到鬼神保佑，種植的黍可以豐收。

## （二）異版同套

1.〈丙 12〉

(1) 辛酉卜，㱿貞：今春王从望乘伐下危，受㞢（有）又（佑）？（一）
(2) 辛酉卜，㱿貞：今春王勿从望乘伐下危，弗其受㞢（有）又（佑）？（一）
(3) 辛酉卜，㱿貞：〔王〕〔从〕〔沚〕〔戠〕？（一）
(4) 貞：王勿从沚戠？（一）
(5) 〔辛〕酉卜，㱿貞：王叀〔沚〕戠从？（一）
(6) 辛酉卜，㱿貞：王勿隹（唯）戠从？（一）
(7) 貞：㞢（侑）犬于父庚，卯：羊？（一）
(8) 貞：祝以之（此）疾齒，鼎贏？（一）
(9) 疾齒，贏？（一）
(10) 不其贏？（一）

2.〈丙 14〉

(1) 辛酉〔卜〕，〔㱿〕貞：今春王从望乘伐下危，受㞢（有）又（佑）？（二）
(2) 辛酉卜，㱿貞：今春王勿从望乘伐下危，弗其受㞢（有）又（佑）？（二）
(3) 辛酉卜，㱿貞：王从沚戠？（二）
(4) 辛酉卜，㱿貞：王勿从沚戠？（二）
(5) 辛酉卜，㱿貞：王叀沚戠从？（二）
(6) 辛酉卜，㱿貞：王勿隹（唯）〔沚〕〔戠〕从？（二）
(7) 貞：㞢（侑）犬于父庚，卯：羊？（二）
(8) 祝以之（此）疾齒，鼎贏？（二）小告
(9) 疾齒，贏？（二）
(10) 不其贏？（二）

3.〈丙 16〉

(1) 辛酉卜，㱿貞：今春王从望乘伐下危，受㞢（有）又（佑）？（三）
(2) 〔辛〕酉卜，㱿貞：今春〔王〕勿从望乘〔伐〕下危，弗〔其〕〔受〕㞢（有）又（佑）？（三）

（3）貞：王从沚戠？（三）
（4）貞：王勿从沚戠？（三）
（5）辛酉卜，㱿貞：王叀沚戠从？（三）
（6）辛酉卜，㱿貞：王勿隹（唯）沚戠从？（三）
（7）貞：㞢（侑）犬于父庚，卯：羊？（三）
（8）祝以之（此）疾齒，鼎贏？（三）
（9）疾齒，贏？（三）
（10）不其贏？（三）

4.〈丙 18〉

（1）辛酉卜，㱿貞：今春王从望乘伐下危，受㞢（有）又（佑）？（四）
（2）辛酉卜，㱿貞：今〔春〕〔王〕勿从望乘伐下危，弗其受㞢（有）又（佑）？（四）
（3）辛酉卜，㱿貞：王从戠？（四）
（4）〔貞〕：〔王〕〔勿〕〔从〕〔戠〕？（四）
（5）辛酉卜，㱿貞：王叀沚戠从？（四）
（6）〔辛〕〔酉〕〔卜〕，〔㱿〕〔貞〕：〔王〕〔勿〕〔隹〕〔沚〕〔戠〕〔从〕？（四）
（7）貞：㞢（侑）犬于父〔庚〕，卯：羊？〔四〕
（8）祝以之（此）疾齒，鼎贏？〔四〕
（9）疾齒，贏？（四）
（10）〔不〕〔其〕〔贏〕？〔四〕

5.〈丙 20〉

（1）辛酉卜，㱿貞：今春王从望乘伐下危，受㞢（有）又（佑）？（五）
（2）辛酉卜，㱿貞：今春王勿从望乘伐下危，弗其受㞢（有）又（佑）？（五）
（3）貞：王从沚戠？（五）
（4）貞：王勿从沚戠？（五）
（5）辛酉卜，㱿貞：王叀沚戠从？（五）
（6）〔辛〕酉〔卜〕，㱿貞：王勿隹（唯）沚戠从？（五）
（7）貞：㞢（侑）犬于父庚，卯：羊？〔五〕

（8）祝以之（此）疾齒，鼎贏？〔五〕
（9）疾齒，贏？〔五〕
（10）〔不〕〔其〕〔贏〕？〔五〕

按：以上〈丙 12〉、〈丙 14〉、〈丙 16〉、〈丙 18〉、〈丙 20〉五塊大龜版，卜辭位置全同，內容基本一致，每版的差別只是兆序序數不同。五版屬成套的關係。（1）（2）、（3）（4）、（5）（6）三組為正反對貞，（7）辭單獨貞問，（8）（9）（10）辭為一組，其中的（9）（10）辭又是正反對貞。五版為同時同事貞問的內容，可供互較。

6.〈丙 34〉

（1）甲辰卜，〔㱿〕貞：王勿〔衣〕〔入〕，于利入？（一）
（2）甲辰卜，㱿貞：王入？（一）
（3）貞：王咸酌登，勿賓羽（翌）日？（一）
（4）甲辰卜，〔㱿〕貞：王賓羽（翌）日？（一）
（5）〔乙〕卯卜，㱿貞：王立黍？（一）
（6）貞：王勿立黍？（一）

7.〈丙 35〉

（1）〔甲〕〔辰〕〔卜〕，〔㱿〕〔貞〕：〔王〕〔勿〕〔衣〕〔入〕，〔于〕〔利〕〔入〕？〔二〕
（2）〔甲〕〔辰〕〔卜〕，〔㱿〕〔貞〕：〔王〕〔入〕？〔二〕
（3）貞：王咸酌登，勿賓羽（翌）日？（二）
（4）甲辰卜，㱿貞：王賓羽（翌）日？（二）
（5）乙卯卜，㱿貞：王立黍，若？（二）
（6）貞：王勿立黍？（二）

8.〈丙 36〉

（1）甲辰卜，㱿貞：王勿衣入，于利入？（三）
（2）〔甲〕辰卜，㱿貞：王入？（三）

（3）貞：王咸酢登，勿賓羽（翌）日上甲？（三）
（4）貞：王衣賓羽（翌）日？（三）
（5）貞：〔王〕立黍，若？（三）
（6）貞：王勿立黍？（三）

9.〈丙 37〉

（1）甲辰卜，㱿貞：王〔勿〕衣入，于利入？（四）
（2）甲辰卜，㱿貞：王入？（四）
（3）〔貞〕：王咸〔酢〕登，勿賓羽（翌）日？（四）
（4）貞：王賓羽（翌）日？
（5）乙卯卜，㱿貞：王立黍？
（6）貞：王勿立黍？（四）

10.〈丙 38〉

（1）甲辰卜，㱿貞：王勿衣入，于利入？（五）
（2）甲辰卜，㱿貞：王入？（五）
（3）貞：王咸酢登，勿賓羽（翌）〔日〕？（五）〔二〕告
（4）貞：王衣賓羽（翌）日？（五）
（5）乙卯卜，〔㱿〕〔貞〕：王〔立〕〔黍〕？（五）
（6）貞：王勿〔立〕〔黍〕？（五）

按：以上〈丙 34〉、〈丙 35〉、〈丙 36〉、〈丙 37〉、〈丙 38〉五塊龜版諸卜辭屬異版同套的關係。五版中卜辭位置全同，文字基本上相同，個別辭例可以互補，彼此只有卜序的差別，各辭在異版中先後貞問了五次。其中的（1）（2）辭反正對貞，（3）（4）辭反正對貞，應是同日所卜，而（5）（6）辭是在甲辰日後 11 天所卜的另一組正反對貞。由此可知，成套一般是指同事在不同兆序順次之間的關係，也見於不同事在相對應甲骨順次的關係。

## （三）同版異套

〈丙 49〉

（1）壬申卜，爭貞：父乙㞢羌甲？（一）（二）二告（三）（四）（五）（六）（七）（八）（九）（十）（一）（二）（三）（四）（五）（六）（七）〔八〕（九）（十）（一）（二）

（2）壬申卜，爭貞：父乙弗㞢羌甲？（一）（二）（三）（四）〔五〕〔六〕（七）（八）（九）〔十〕〔一〕〔二〕（三）（四）（五）（六）〔七〕〔八〕（九）（十）（一）（二）

（3）父乙㞢祖乙？（一）（二）（三）（四）〔五〕（六）（七）（八）（九）（十）〔一〕〔二〕（三）（四）

（4）〔父〕〔乙〕〔㞢〕〔祖〕〔乙〕？（一）（二）（三）（四）〔五〕（六）（七）（八）（九）〔十〕（一）（二）（三）（四）

（5）父乙㞢南庚？（一）（二）（三）（四）（五）（六）（七）（八）〔九〕

（6）父乙弗㞢南庚？（一）（二）（三）（四）（五）（六）（七）二告（八）（九）

按：本版屬武丁時期的龜甲。三組正反對貞分別刻於龜甲的上中下三段，（1）（2）辭在右左前甲上方，兆序在下由內而外讀。（3）（4）辭在右左甲橋，兆序在內向外排列。（5）（6）辭在右左後甲兩側，兆序亦是由內向外排列。三組對貞分別詢問先後祭祀父乙（小乙）和羌甲（沃甲）、祖乙、南庚的吉否。（1）（2）辭正反各貞卜了22次，自成一套。（3）（4）辭正反各貞卜了14次，自成一套。（5）（6）辭正反各貞卜了9次，亦自成一套。在同一版龜甲上，分見獨立的三套成套卜辭。

甲骨成套卜辭中，以「同版同套」為正規，整版甲骨只就一事用一套的方式呈現。「異版同套」和「同版異套」形式複雜，都是在不同的甲版上刻寫各不同套的卜辭。

# 第九章　殷墟龜甲正反面卜辭的對應關係——以《殷虛文字丙編》（一）為例

## 一

一般研讀甲骨文，注意力都偏重在甲骨正面刻寫的卜辭內容，以至卜辭之間對貞、成套等句型關係，對於甲骨反面鑽鑿處的文字卻往往忽略，研究甲骨正反面文字之間的關係，顯然就更少人做了。龜甲的腹甲正面朝外，反面朝內。反面上的甲骨文字，大多是一些固定的記事刻辭，有出現在甲橋邊或甲尾屬於甲骨整理者的簽署人名，和某人某族來貢入貢若干甲骨的記錄，也有在甲骨靠中軸千里線處刻寫簡單的占辭，可與正面的卜辭連讀。至於在反面甲骨刻寫問卜的卜辭，基本上是特例，一般釋文也只作單獨的考釋，罕見進一步考察與正面卜辭的互動關係。

中央研究院歷史語言研究所發行的《殷虛文字丙編》（簡稱《丙》），是張秉權綴合整理殷墟 YH127 坑較完整的甲骨版面的成果，宜是綜論甲骨正反面文字的絕佳材料。本文就《丙》上輯（一）冊收錄的王卜辭龜甲為例，查核正反面卜辭對應的內容和行款，嘗試說明殷人刻寫反面甲骨卜辭的特例內容。

## 二

細審《丙》上輯（一）95 版甲骨，剔除一些固定的記事刻辭，具備正反面卜辭相互關係的特例，可以歸納如下五類表達方式：

### （一）正面命辭和反面占辭相對應。

這是較容易看出來而常見的正反面卜辭對應現象。一條完整的卜辭，包括前辭、命辭、占辭和驗辭四部分。四部分理論上是連貫書寫，呈現在甲骨的正面。殷人有將卜辭中問神的前辭、命辭部分刻寫於正面甲骨的卜兆旁，而刻意將屬於殷王觀兆判斷語的占辭抽離的轉寫在反面。相對於正面命辭慣常以對貞的方式寫在甲骨的左右兩側，反面的占辭位置往往是單辭的書寫在靠甲中間千里線旁；也有刻寫在正面對貞中主觀預選的肯定句或否定句的正背面。如：

1.〈丙 45〉（1）壬申卜，㱿貞：興方以羌，用自上甲至下乙？ 一二三四五六
（2）☐九☐，不𠕋？ 一二三四五六七八九
〈丙 46〉（1）王固曰：吉。勿𠕋。

按：〈丙 45〉正甲只有（1）、（2）二辭，分別見於右左甲橋的中間位置，朝內直行書寫。但由二辭的內容和兆序看，應是兩條各自獨立貞問的卜辭。〈丙 46〉是〈丙 45〉的反面，只有一條與卜辭有關的占辭，刻寫於反面中甲下端靠千里線的左右兩旁。占辭朝向正面左邊（2）辭方向書寫，由辭例看也應是屬於正面（2）辭相接的占辭。兩辭位置正反面相對應，同屬否定句，但命辭用「不」，占辭則用較明確否定語氣的「勿」。二辭動詞亦相同，只是前者增从口，後者省口。由正面句意看，〈丙 45〉（2）辭的詢問內容是得到上位者認可，不進行稱冊或冊貢一事是好的，殷王武丁在占辭中表達強烈認同。

2.〈丙 61〉（3）癸未卜，賓貞：茲䨺不降𡆥？十一月。
（4）癸未卜，賓貞：茲䨺隹（唯）降𡆥？
〈丙 62〉（1）王固曰：吉。☐降𡆥。

按：〈丙 61〉（3）（4）二辭屬正反對貞，見於右左兩邊甲橋的上端，朝內書寫。張秉權釋作䨺的字，學界有釋作雹，有理解為雨字異體，但不管如何，都是在卜問此天象會降禍否。反面的〈丙 62〉，在與甲橋平行的中軸千里線位置始，分二行直行刻寫。在第二行「降𡆥」前的「王」字左旁只容許一字位置的殘缺，可能是「不」字。占辭朝向正面右邊（3）辭方向書寫，而就句意言，也是作為屬意、認同於（3）辭卜問「不降𡆥」的占辭。

3.〈丙 5〉（1）庚子卜，爭貞：西史旨亡𡆥，古？ 一
（2）庚子卜，爭貞：西史旨其㞢𡆥？ 一
〈丙 6〉（2）王固曰：其隹（唯）丁弘𢦏。

按：〈丙 5〉是成套卜辭，全版十條卜辭分五組右左正反對貞，不斷反覆的卜問西史旨其人無禍否，叶（協）王事。（1）辭在右上甲外沿向內刻寫，（2）辭在左上甲外沿向內刻寫。反面的〈丙 6〉只有在左上甲外沿向內刻寫的（2）辭，位置恰好在正面〈丙 5〉（2）辭的背面，而正反面二辭都屬肯定的句意，可見刻手將占辭刻在反面，是要與正面主觀認同的一條對貞相靠的。由此可見，〈丙 5〉（1）（2）辭對

貞，問卜者認同的是（2）辭肯定句的內容，西史旨在這次協助王事中將有禍害。反面的（2）辭占辭透過殷王的判斷，推測會在丁日（七天後的丁未日）有重大的戰災。

4.〈丙 8〉　（1）丙辰卜，㱿貞：我受黍年？　一二三四五

（2）丙辰卜，㱿貞：我弗其受黍年？四月。　一二三四上吉五

〈丙 9〉王固曰：吉。受㞢（有）年。

按：〈丙 8〉為成套的農業卜辭，正面只刻有（1）（2）二辭正反對貞。（1）辭命辭是肯定句，刻於右甲橋沿邊向外書寫。〈丙 9〉為反面，只見「王固曰」一辭刻於左甲橋向外書寫處，位置恰好在正面〈丙 8〉（1）辭的背面。二辭同屬肯定句式。殷王武丁判斷兆是吉兆，所種植的黍將會承受鬼神的保佑，得以豐收。

以上四例，前二例正面命辭見於龜甲左右兩側，反面的占辭處於龜甲中軸千里線上位置；後二例反面的占辭則刻於正面相同句意的對貞句背後。彼此句意正反面相承，互補完整，並不難解讀。但有若干正面卜辭和反面占辭的系聯，則需要對辭意有較全面和深入的考釋，才能明白二者的連接關係。這些正反面卜辭的系聯，其版面的價值就更顯珍貴。如：

〈丙 26〉　（1）貞：王从沚戠伐印？

（2）王勿从沚戠伐印？

（3）王往出？

（4）王勿往出？

（5）翌乙巳㞢（侑）祖乙？

（6）貞：降？

〈丙 27〉　（1）貞：㞢于祖辛：五伐，卯三宰？

（2）㞢母己[illegible]㞢卯宰？

（3）疾身，不知（禦）妣己，龍？

（4）貞：王叀人正（征）？

（5）王勿隹（唯）人？

（6）王固曰：㞢戠。

按：〈丙 27〉是〈丙 26〉的反面，據張秉權〈丙編考釋〉稱可能是用淡褐色的朱書和墨混雜書寫，文字局部不清，不易查核。目前只好據張的釋文，僅供參考。〈丙 26〉理論上是三組對貞，彼此區隔明瞭。（1）（2）辭在右甲橋上和左前甲上方，是征伐卜辭；（3）（4）辭在後甲下靠甲尾的左右兩側，是出巡卜辭；（5）（6）辭在甲正中千里線的左右側，是祭祀卜辭。而〈丙 27〉的（1）（2）（3）三條卜

辭見於前甲下由左而右分書，屬祭祀卜辭；（4）（5）辭正反對貞，位於甲正中千里線的左右側，屬征伐卜辭；（6）辭為占辭，單獨見於左後甲至甲尾直書。〈丙27〉的（1）（2）（3）辭祭祀祖辛、母己和妣己，與正面〈丙 26〉相同位置的（1）（2）辭征伐印方並無明確的語意關係，彼此應是各自獨立問卜的卜辭。〈丙 27〉的（4）（5）辭為殷王征伐人方，與正面〈丙 26〉相同位置的（5）（6）辭祭祀祖乙和先祖降臨似乎亦無對應的關係。唯獨〈丙 27〉單一的（6）辭占辭「㞢戠」，與正面〈丙 26〉在相背位置的（3）（4）辭可能有關。戠，字从戈和倒懸解下的戈頭，我隸作戢，字由藏兵、止息干戈，引申有暫停、不行動的意思。（文參〈殷墟花園莊東地甲骨文、字、詞選釋〉，《亦古亦今之學——古文字與近代學術論稿》第三章，頁 69-71。萬卷樓圖書有限公司，2017 年 12 月。）「㞢（有）戢」，指殷王暫不動武意。

細審卜辭「戢」的用例，常與「入」、「征」、「出」、「步」、「歸」、「復」等移動類動詞相接。如：

〈合集 5165〉　乙亥卜，爭貞：生七月王勿衣入，戢？

〈合集 32956〉　庚寅卜：王弜入，戢？

〈合集 15508〉　貞：伐勿，戢？

〈合集 5068〉　☐卜，㱿☐王勿出，戢？二月。

〈合集 16230〉　己卯卜，賓貞：勿步，戢？十一月。

〈合集 16102〉　貞：勿衣歸，戢？

〈合集 34445〉　弜复（復），戢？

因此，〈丙 27〉（6）辭應是承接〈丙 26〉（3）（4）辭的占辭。〈丙 26〉（3）（4）二辭卜問殷王武丁「往出」否，其中的（3）辭「王往出？」為肯定句，〈丙27〉（6）恰好位於正面（3）辭右甲尾的一邊，亦呈現屬肯定句的占辭，正反面句意相承，得知殷王判斷語是針對此行「往出」言有暫停的必要。這種正反面文意系聯，讓我們對是次對貞有更完整的理解。

本版反面所刻文字，有獨立成組的對貞和單獨貞問的卜辭，與正面文字全不相涉，但亦見有與正面對貞句意相連的占辭，可見當日占卜者用龜的靈活和刻手書寫的自由。

## （二）正面卜辭和反面卜辭相對應。

甲骨正反面同出現卜辭，但許多都是各自獨立問卜，儘管正反書寫的位置相合，但語意上卻看不出任何的關連。如：

1.〈丙 39〉（2）貞：咸（成）賓于帝？
（3）貞：咸（成）不賓于帝？
（4）貞：大甲賓于咸（成）？
（5）貞：大甲不賓于咸（成）？
〈丙 40〉（1）貞：乍其來，茲龍正？

按：〈丙 39〉整版是賓迎鬼神的卜辭，兩兩正反對貞。卜辭由侑祭父乙（小乙）開始，「某近祖賓迎某遠祖」，咸即成湯，迎神活動上溯至上帝。〈丙 40〉為〈丙 39〉的反面，只見中甲位置的（1）辭，在中央千里線的右甲直行往左甲書寫。〈丙 40〉（1）與正面〈丙 39〉的（2）（4）辭位置相靠，但內容「乍其來」語意不詳，或指卜問某行動的禎祥否，這與正面祭祀迎神的辭例似無必然的關聯。

2.〈丙 63〉（5）甲辰卜，佣貞：翌乙巳其雨？
（6）貞：翌乙巳不其雨？
〈丙 64〉（3）貞：燎牛？
（4）勿燎？

按：〈丙 63〉（5）（6）對貞，位於甲正中央千里線的右左兩側，屬卜雨卜辭，〈丙 64〉為〈丙 63〉的反面，在正中央相同位置的（3）（4）辭，為對貞的祭祀卜辭。正反面二組卜辭占問的內容或有因承關係，燎祭與求雨有關。但單由本版觀察，仍無確證。

然而，有若干正反面卜辭之間卻是具有明顯相承或互補的作用，這足以幫助拓大對卜辭語意的理解。可惜這些辭例的系聯研究一直遭到忽略。如：

3.〈丙 1〉（12）辛酉卜，㱿：翌壬戌不至？一
〈丙 2〉（1）辛酉卜，㱿貞：我亡須？
（2）辛酉卜，㱿貞：□〔不〕□〔𡆥〕？

按：〈丙 1〉中對應諸前辭，見占卜干支日的順序是「壬子」（49）、「癸丑」（50）、「庚申」（57）、「辛酉」（58）、「癸亥」（60）、「乙丑」（02）、「丙寅」（03）。其中的「壬子」日、「癸亥」日卜辭屬大字書寫，其餘卜辭屬小字書寫。而每天的占卜都是用對貞或成套的方式呈現，唯獨（12）辭「辛酉」日只見一單辭，獨立書寫於右甲橋的下端，朝外沿直書。反面〈丙 2〉只見左右甲橋垂直書寫的（1）（2）辭，且同屬小字字形，其中的（1）辭與正面〈丙 1〉同位置的（12）辭正反面相靠。

〈丙 1〉整版是征伐卜辭。（1）（2）「壬子」災冑，（3）（4）「癸丑」災

胄，（5）（6）「庚申」伐不，（7）（8）「庚申」獲缶，（13）（14）「癸亥」災缶，（17）「乙丑」獲先，（18）「丙寅」祟权。但唯獨（12）「辛酉」一詞卜問次日「壬戌不至」否，張秉權據（5）（6）內容在這「不」字釋文下畫一專名號，將「不」理解為族名，可備一說。然而，〈丙 1〉卜辭都是以殷商立場為主語卜問討伐外邦的，其中命辭句首見用第一人稱的「我」、「余」、貴族「子商」、附庸將領「雀」、職官「我史」、「多臣」等是，對比（12）辭如理解「不至」為敵對外邦的「不」至於某地，在語義上明顯是突牾的，「不至」一詞的「不」常態用為否定詞，同版復見「弗」、「毋」的否定詞用例，是以這裡作為外族名的用法自然也是罕見的。對比反面〈丙 2〉是在同一日「辛酉」貞卜的命辭，主語是「我」。因此〈丙 1〉（12）辭自可解讀為「辛酉卜，㱿貞：翌壬戌我不至？」的省主語句。「辛酉」日占卜的事自然是在「庚申」和「癸亥」之間，其時殷王武丁正聚焦在征伐「獲缶」一事上，因此，（12）辭的「我不至」，句意可釋讀為卜問武丁不用親赴缶地臨場督師宜否。而反面〈丙 2〉同日詢問的（1）「我亡須？」和（2）「□不□囚？」二辭，也應與是次征伐缶地有關。須，象人頤下毛。《說文》：「須，面毛也。从頁从彡，會意。」字即鬚的初文，借讀為盨，待也。朱駿聲《說文通訓定聲》需部第八 284 頁引《漢書．翟方進傳》的「下車立盨」句，與卜辭的「立須」〈合集 816〉（反）用例全同。由此，可推知〈丙 2〉（1）辭的「我亡須」，是卜問武丁在伐缶一戰役中不用久候嗎？(2)辭的「□不□囚」，可能是「我不其囚(禍)」一句之殘，意即卜問武丁在此戰役中不會有禍害嗎？此版甲骨見正反面卜問的句意相承，同日連續的查詢武丁在此役中「不至」「亡須」和「不其禍」，顯見是次征伐是輕而易舉的完成的。

4.〈丙 3〉　（11）貞：我其㞢囚？
　　　　　（12）貞：我亡囚？
　　　　　（15）今夕雨？
　　　　　（16）今夕不其？
〈丙 4〉　（1）翌辛酉其㞢？
　　　　　（2）其㱿？

按：〈丙 3〉〈丙 4〉為龜板的正反面。〈丙 3〉（11）（12）辭在甲中軸千里綫的左右兩側向外刻辭，正反對貞卜問我有禍否。反面〈丙 4〉的（1）辭刻於甲中軸千里綫的左側，恰好在正面（11）辭的正後面，明顯見〈丙 4〉（1）與〈丙 3〉（11）（12）有關，二者句意互補，正面卜問「我」有禍否，反面進一步強調卜問是在明天「翌辛酉」日有禍否，省略句末「囚」字。二辭結合，完整卜問句意應是：「貞：

翌辛酉我其㞢（有）囚（禍）？」。另一種解讀，是〈丙 4〉（1）用為〈丙 3〉（11）（12）對貞的占辭，屬省略句。完整的讀法是「王固曰：翌辛酉其㞢囚。」目前看，似以後一種理解較為常態。

〈丙 3〉（15）（16）二辭在（11）（12）的正下方，屬正反對貞，卜問今夕雨否。（16）辭應是「今夕不其雨？」一句之省「雨」。反面〈丙 4〉的（2）辭刻於正面（16）辭的稍上方背後，據句意宜是〈丙 3〉（15）（16）一組對貞的互補句。〈丙 4〉的「其攴」的「攴」字，即「啓」字，有放晴意。「啓」與「不其雨」語意相同，正反甲面相對應。細審卜辭中「雨」和「啓」常前後相承，見於同辭。如：

〈合集 20990〉　　戊申卜：己其雨不雨，攴少䢔？

〈懷 1496〉　　戊子卜，余：雨不？庚大攴？

〈屯 744〉　　癸卯卜：甲攴不攴？冬（終）夕雨。

因此，〈丙 3〉（15）、（16）和〈丙 4〉（2）正反面互補的完整卜問句意，應是「今夕不其雨，其攴？」

以上〈丙 3〉〈丙 4〉正反面卜辭辭例，見兩組文字刻寫位置和內容均相互牽連，其中的前一組屬單句句意互補，第二組屬兩分句句意互補。此外，透過正反面卜辭的互補，〈丙 4〉（1）辭命辭明白點出是卜問次日「辛酉」我有禍否，另參（3）辭的禦祭「妣己」，可證〈丙 4〉諸辭省略的前辭干支應是「己未」日。這和正面卜辭如（1）（19）所見「己未」日的貞卜時間是相同的。

5.〈丙 12〉（7）貞：㞢犬于父庚，卯羊？一

〈丙 13〉（3）隹（唯）☐？

（4）不隹（唯）父庚？

按：〈丙 12〉屬殘甲，其中（1）（2）、（3）（4）、（5）（6）三組正反對貞分別刻在龜版左右兩側，由上而下書寫，同屬王从附庸出征的征伐卜辭，（8）（9）（10）三辭為問齒疾卜辭，唯獨（7）辭位於右前甲下靠中軸線處，單一的作為祭祀卜辭，侑祭父庚。反面的〈丙 13〉（3）（4）二辭亦位於前甲下方中軸綫兩側，其中的（3）辭與正面的（7）辭正反面相靠，二者均用為肯定句。如此，〈丙 12〉和〈丙 13〉正反面句意相連，先是在〈丙 12〉（7）先用單句卜問侑祭父庚宜否，接著是〈丙 13〉的（3）（4）用正反對貞方式再一次詢問可否祭祀父庚。〈丙 13〉（3）（4）辭句末應省祭祀動詞「㞢」（侑）。

再對比相關的〈丙 12〉（正）、〈丙 13〉（反）（成套：兆序一）；〈丙 14〉（正）、〈丙 15〉（反）（兆序二）；〈丙 16〉（正）、〈丙 17〉（反）（兆序

三）；〈丙 18〉（正）、〈丙 19〉（反）（兆序四）；〈丙 20〉（正）、〈丙 21〉（反）（兆序五）等五版成套卜辭，由完整甲版的〈丙 15〉、〈丙 17〉互參，見反面卜辭的內容應是具備四組正反對貞：

（1）隹（唯）父甲？

（2）不隹（唯）父甲？

（3）隹（唯）父庚？

（4）不隹（唯）父庚？

（5）隹（唯）父辛？

（6）不隹（唯）父辛？

（7）隹（唯）父乙？

（8）不隹（唯）父乙？

其中的「父甲」是陽甲，「父庚」是盤庚，「父辛」是小辛，「父乙」是武丁直系父親小乙。由此可見，〈丙 13〉殘甲的完整內容，亦同樣包括上述四組正反對貞，分別卜問用侑祭祭祀陽甲、盤庚、小辛、小乙四個父輩先王宜否。這是純針對正面其中一條卜辭的內容，在甲後面擴大占卜的實例。

## （三）對貞正面肯定句和反面否定句相對應。

一般王卜辭的對貞句，習慣在龜甲左右兩邊對稱書寫。但居然有卜辭將對貞分書於同版龜甲的正反面，儘管文字仍是刻在相背的位置。這種特例原因不詳，可能與刻寫的空間受限有關。例：

〈丙 65〉（1）王申卜，𡧊貞：帝令雨？ 一二三四五六七八九

（4）貞：及今二月靁？

（7）□□卜，韋貞：王往从之？ 一二三四五

〈丙 66〉（1）貞：帝不其（令）〔雨〕？

（4）貞：弗其令二月靁？

（5）王固曰：帝隹（唯）今二月令靁，其隹（唯）丙不（令）雪，隹（唯）庚其吉。

（9）貞：王勿隹（唯）往从之？

按：〈丙 65〉為一特別的右背甲。（1）辭在右背甲左邊靠中間千里線的前甲位置。反面的〈丙 66〉（1），恰好在〈丙 65〉（1）的正背後，二者正反面相貼為正反對貞。〈丙 65〉（4）辭見於右背甲靠左邊的中間位置，其背後靠內邊的〈丙 66〉（4），

二者為正反對貞；〈丙 66〉（5）辭在〈丙 65〉（4）辭的正背後，應是〈丙 65〉（4）辭連讀的占辭。〈丙 65〉（7）辭位於右背甲左邊下沿，與〈丙 66〉（9）辭正反面完全相貼，二者為正反對貞。張秉權釋文誤將〈丙 66〉（9）辭與正面右側的第（8）辭「貞：王勿往𠂤？」一句對貞，是不對的。由此可見，這塊半背甲沿中側的上、中、下分三組的正反面對貞，理解時應分別的正反面相互參看。這無疑是一版通讀甲骨對貞順序的特例。

## （四）正面命辭和反面驗辭相對應。

王卜辭常態將問卜的結果驗辭接連著刻於命辭之後，但亦見特例轉刻於甲骨的反面。如：

1.〈丙 41〉（1）弓芻于𩂈（誖）？
（2）貞：収（登）人乎（呼）伐？
（3）勿乎（呼）伐？
（4）壬戌卜，爭貞：旨伐，𢦏？
（5）貞：弗其𢦏？一二三
（20）㞢于妣己？一二
（21）勿㞢于妣己？一二
〈丙 42〉（1）王固曰：吉。
（2）我允其來。
（3）㞢于母庚？
（4）勿取。
（5）王固曰：吉。𢦏。隹（唯）甲，不叀丁。

按：張秉權《丙》上輯（一）釋文 76 頁〈丙 42〉的考證：「第（1）辭是正面第（2）（3）兩辭的占辭。第（5）辭是正面第（4）（5）兩辭的占辭，說是破薛的日子在甲日，而不在丁日。」對應〈丙 41〉〈丙 42〉正反面卜辭內容，〈丙 42〉（1）辭刻於左骨甲邊沿向內書寫，位置與〈丙 41〉（2）辭正反面相當，且均屬肯定句的內容。可見〈丙 41〉（2）（3）辭對貞卜問登召眾人呼令某征伐外邦薛族宜否，〈丙 42〉（1）辭殷王是就此組對貞親自判斷兆象，說是吉祥的。二者是正反面命辭和占辭的相承關係。

〈丙 42〉（5）辭刻於左甲橋下靠內向外沿書寫，位置與〈丙 41〉（4）辭正反面相當，且均屬肯定句內容。〈丙 41〉（4）（5）辭對貞卜問旨攻伐薛族的災否，

〈丙 42〉（5）辭則是殷王就此組對貞判斷，說是吉祥，有施災禍於對方，至於行災的時間預測是甲日，不是丁日。

以上兩組甲文的對應，屬反面占辭承接補充正面卜辭的內容。

〈丙 42〉（3）刻於後右甲中間靠千里線位置，向外書寫，處於正面〈丙 41〉（21）的稍上方背後，二者均屬侑祭。〈丙 42〉（3）辭這一單辭卜問侑祭母庚，可能是承接〈丙 41〉（20）（21）一組對貞侑祭妣己之後的接連貞問，而〈丙 42〉（3）卜辭原有的卜兆，似乎是在正面〈丙 41〉（21）辭上方的一組兆序（一）（二），其位置與〈丙 42〉（3）恰好正背面相對。

〈丙 42〉（2）辭的「我允其來。」一句，由「允」字常態用法，此句宜是驗辭；張秉權釋文作卜辭命辭看，可商。對應正面〈丙 41〉只有右左甲橋上下方的「來羌」用例可以相對，因此，〈丙 42〉（2）可理解為〈丙 41〉（6）「丙子卜，㱿貞：今來羌，率用？（一）」，（7）「貞：今來羌，率用？（二）」，（8）「貞：今來羌，率用？（三）」，（9）「丙子卜，㱿貞：今來羌，勿用？〔一〕〔二〕〔三〕上吉」四辭的驗辭。這四辭的前三辭本身是成套關係，與第四辭又是正反對貞的關係。

至於〈丙 42〉（4）辭單獨出現的「勿取」二字，處於（3）辭「㞢于母庚」一辭的正下方，與正面卜辭似乎無任何對應關係。但細審辭例，殷人有習用「取芻」、「取芻于某地」的句例，如：

〈合集 108〉　　⧄取竹芻于丘？

〈合集 110〉　　庚辰卜，賓貞：乎取扶芻于□？

〈合集 112〉　　甲戌卜，扶：[illegible]角取屰芻？

〈合集 113〉　　丁巳卜，爭貞：乎取冘芻？

因此，〈丙 42〉處於最下方的（4），應是正面〈丙 41〉最上方左首甲單獨占卜的（1）辭「弓芻于誖？」一句的驗辭，意即弓勿取芻於誖地。張秉權釋文理解〈丙 42〉（4）為命辭，可商。

由上文分析，〈丙 42〉一版反面甲骨，內文悉數可以對應正面甲骨的卜辭。其中反面的占辭，位置完全對應正面的卜辭，但作為驗辭的（2），見正面是在左右兩旁卜問而反面驗辭刻在中下方；驗辭的（4），見正面的卜問在左首甲上方而反面驗辭卻刻在相反的後甲下方。由此可見，正反面辭例刻寫的位置，命辭和占辭是緊密相靠的，而命辭和驗辭卻有是上下相向的。

正反面句例中，偶又因強調驗辭內容的重要，有將正面的驗辭記錄重複的再書寫於反面甲骨上。如：

2.〈丙 59〉（1）〔癸〕（未）卜，爭貞：翌甲申易日？之夕，月出食。翟，不雨。（二）上吉。
（2）〔貞〕：（翌）甲申（不）其易日？
〈丙 60〉　之夕，月出食。

按：〈丙 59〉為一小龜版，上下殘缺。（1）（2）辭為正反對貞，見於右左前甲的兩邊沿向內書寫。〈丙 60〉為〈丙 59〉的反面，在〈丙 59〉（1）辭的正背面見「之夕，月出食」五字，是（1）辭驗辭月蝕內容的重複書寫。

## （五）正面兆序和反面卜辭相對應。

卜辭的刻寫一般會依附在相關卜問的卜兆旁，而連續卜問的次數記錄：兆序亦多見於卜兆裂紋的上方。因此，卜兆、兆序和卜辭三合一，固定的成為完整的一套。但由特殊的正反面關係，發現兆序有先常態的刻在正面龜版，而相對的卜辭卻罕見的寫在背面。如：

1.〈丙 49〉（12）一二上吉三四五六七
（13）一二三四五六七八
〈丙 50〉（1）貞：钔于父乙？
（2）勿钔〔于〕父乙？

按：〈丙 49〉（12）（13）二辭只見兆序，分佈於右左甲尾處。（12）辭兆序（二）下見兆語「上吉」（依張秉權釋文，字用為正面的語意功能，但字从屮，是否為吉字仍有討論空間。我隸作「二告」，是一正面意義的兆語。我理解為「此一卜兆是通過龜卜和蓍草的二次問神。」）。（12）（13）的兆序數字和兆語字形明顯與同版面大字書寫而字溝粗獷的風格不同，但與反面〈丙 50〉的文字相同。〈丙 50〉（1）（2）屬正反對貞，刻於前甲靠中間千里線處，（1）辭在左邊，字由內而外刻；（2）辭在右邊，字由內向外刻。（1）（2）辭的兆序見於正面，（1）辭兆序是〈丙 49〉同在右甲的（12），（2）辭兆序是〈丙 49〉同在左甲的（13）。正反面甲骨見卜辭在反面前甲，兆序在正面甲尾，彼此上下對應。

2.〈丙 51〉（1）貞：令若歸？一二三四
（2）一二三四
〈丙 52〉（1）貞：乎龍以羌？
（2）勿乎龍以羌？

按：〈丙 51〉（1）為一單辭貞問，見於右前甲邊沿直書。而原釋文在句末附的兆序，卻見於右首甲由中間千里線向外的四個卜兆上。這四個兆序與左首甲的四個兆序相互對稱排列，但左首甲的周遭並無任何刻字。細審拓片，（1）辭的兆序應是靠在卜辭中下方左側的另一套：（一）（二）（三）。原來在首甲的右左兩組兆序（一）（二）（三）（四）所問卜的卜辭，應是見於反面〈丙 52〉首甲相同位置的（1）（2）辭。此例見卜兆和兆序在正面，卜辭則在兆序的正背面對應書寫。因此，〈丙 51〉正反面的正確釋讀，應該是：

〈丙 51〉　（1）貞：令若歸？一二三

〈丙 52〉　（1）貞：乎龍以羌？一二三四

　　　　　（2）勿乎龍以羌？一二三四

## 三

根據上文分析，殷龜甲正反面卜辭的對應形式，可清楚的區分為五類：（一）命辭與占辭，（二）命辭與命辭，（三）對貞肯定句與否定句，（四）命辭與驗辭，（五）兆序與卜辭。

過去研治甲骨只注意第一類命辭和占辭的關係，而長期忽略了第二至第五類的關連性。正反面卜辭內容的系聯互參，具因承和互補句意的功能，有助於較全面的了解卜辭的真相。今後閱讀甲骨和應用甲骨釋文時，應重視正反面文字的對應和串連關係。

# 第十章　對貞卜辭「其」字句的語意探討

## 一

其，象箕形，借為虛字的語詞用法。甲骨文一般用在動詞之前，也有在變異句型的省略、移位或名詞當動詞用的特例句中，置於名詞之前。字有增強其後用字語氣的功能，多見於命辭，偶出現在占辭，但不見用於驗辭。字有將然、冀盼的語氣。

早在 1974 年的《通報》60 期，美國華盛頓大學的司禮義教授提出正反對貞卜辭的其中一辭用「其」，而另一辭不用，則用「其」的那條卜辭卜問的事，一般都是貞卜者所不願意看到的。如求雨卜辭的「有雨」和「亡其雨」對貞，因為貞卜者希望下雨，不希望不下雨；可參。這說法似乎符合一些對貞句的理解，很快就為大陸學者如裘錫圭等接受，並被甲骨學界普遍推奉為「司禮義的其字規則」，廣為應用。一直至 2001 年華南師範大學的張玉金在《殷都學刊》1 期首先質疑司禮義的說法，但學界對司禮義認同的態度並沒有改變，如黃天樹、沈培等學人在 2020 年《中國語言學論文集》13 期中，依然支持司禮義說法的可信。目前看，這個問題仍是一具爭議的課題。

## 二

平情而論，司禮義的說法只是一偏之見，並不應以偏概全。以下選取《丙編》中的 42 版對貞卜辭為例，發現其中有大量無法以此一「規則」釋讀的「其」字句，分三點說明：

（一）對貞卜辭的正反句兼用「其」，足見「其」字並不存在貞卜者願不願意看到的問題。如：

1.〈丙 28〉

（1）戊寅卜，㱿貞：沚戠其來？三

（2）貞：戠不其來？三

（3）戊寅卜，㱿貞：雷其來？三

（4）貞：霰不其來？三

對比（1）（2）、（3）（4）辭兩組對貞句，都在卜問外邦附庸的「來」殷都否，而對貞的正反句動詞之前同樣帶有一「其」字，這明顯和貞卜者所謂的意願並無關連。互較龜版反面〈丙 29〉的占辭：

（1）王固曰：戠其出，叀庚其先戠至。

（2）王固曰：鳳其出，叀丁。

二占辭分別判斷附庸戠和霰鳳（〈丙 30〉見「霰鳳」連用不省例）將在庚日和丁日出，占辭的動詞之前同樣先用一「其」字帶出。「其」字在正反面的命辭和占辭的功能是一致的，都只有強調將要發生的語氣，並無個人「意願」選擇的問題。

2.〈丙 47〉

（7）貞：其㞢來齒？四

（8）貞：其亡來齒？四

對比（7）（8）辭正反對貞，命辭正反句之前都有一「其」字。正反二句之間自然無主觀偏好「意願」或「選擇」的問題。

3.〈丙 63〉

（3）甲辰卜，㣇貞：今日其雨？一二三四五

（4）甲辰卜，㣇貞：今日不其雨？一二三（二告）四五

（3）（4）辭正反對貞，正反句都用「其」，自然不會有「意願」的問題。而否定句兆序（三）有肯定態度的兆語「二告」，該是貞卜者贊成、肯首的一兆。本版的（5）（6）、（7）（8）辭也都是正反對貞，同樣卜問次日的「其雨」和「不其雨」：

（5）甲辰卜，㣇貞：翌乙巳其雨？一二三四

（6）貞：翌乙巳不其雨？一二三四

（7）貞：翌丁未其雨？一二三

（8）貞：翌丁未不其雨？一二三（小告）

正反句中都有用「其」，明顯見「其」字用法只有強調未來待發生事件動作的語氣，而不會在對貞句中有選擇其一或否定其一的功能。

4.〈丙 120〉

（15）貞：王其逐兕，獲？弗亞兕，獲豕二。一

（16）弗其獲兕？一（二告）

（15）（16）辭右左甲正反對貞。命辭先述王其逐兕，接著卜問「獲」抑或「弗

其獲」。（15）辭命辭首句陳述句用「其」，（16）辭在省略剩下的後句詢問句也用「其」。這裡無法理解正反句都具備有「不願意看到」的語氣。

5.〈丙 124〉

（15）己未卜，㱿貞：缶其來見王？一月。

（16）己未卜，㱿貞：缶不其來見王？

（15）（16）辭正反對貞，二辭命辭均用「其」，顯然「缶」的來不來見（朝見或貢獻）王，不可能都理解為「占卜者所不願意看到」的狀況。「其」字只呈現將要發生的語氣。

6.〈丙 141〉

（11）庚申卜，爭貞：旨其伐㞢（蠱）羅？一二

（12）旨弗其伐㞢蠱羅？一（二告）二

（11）（12）辭正反對貞，命辭都用「其」字。

7.〈丙 166〉

（13）貞：今日其雨？

（14）不其雨？

（13）（14）辭正反對貞，命辭正反句都有用「其」。

8.〈丙 202〉

（9）貞：雨？

（10）不其雨？

（11）其雨？

（12）不其雨？

本版屬龜甲的反面，卜辭在左右前甲由千里線向外正反對貞。（9）（10）、（11）（12）二組對貞上下相接，連續為同一事例正反卜問。其中的（9）辭肯定句無「其」，但（11）辭肯定句卻有用「其」。互較兩組同時同事卜問的對貞，見「其」字的書寫是可有可無的，應是刻工隨意增省書寫的結果，字並不存在占卜者主觀的意願選擇與否。

9.〈丙 227〉

（3）壬辰〔卜〕，□〔貞〕：〔㚘〕其（來）（五）十羌？一（二告）二三四五六七〼

（4）〼㚘不其來五十羌？一二三四五六七（二告）八九

（3）（4）辭正反對貞，二句動詞之前都有用「其」。

10.〈丙 261〉

（8）甲子卜，爭：雀弗其呼王族來？一二

（9）雀其呼王族來？一二

（8）（9）辭在左後甲上方內外正反對貞，二辭都有用「其」。

11.〈丙 265〉

（1）貞：王其逐廌，𡆥？一二

（2）貞：□〔勿〕其〔逐〕廌？一二

（1）（2）辭在右左後甲上千里線的兩側，正反對貞。二辭命辭的前句陳述句都用「其」，否定句省後句詢問句「𡆥」。

12.〈丙 296〉

（5）貞：其㞢來？一二三四五

（6）貞：亡其來？〔一〕〔二〕三四五

（5）（6）辭在右左前甲的外側，正反對貞。二辭都有用「其」。

13.〈丙 306〉

（12）貞：戠其取？一二

（13）貞：戠弗其取？三四

（12）（13）辭在右後甲上方，並列向外書寫。二辭正反對貞，但兆序前後相承接，屬特例；或屬成套的兩組對貞書寫。正反句都有用「其」。

14.〈丙 309〉

（7）壬申卜，㱿：翌乙亥子汏其來？一

（8）子汏其唯甲戌來？一

（7）（8）辭在殘甲靠千里線上下選貞，卜問子汏將是乙亥日抑甲戌日來。（8）辭時間詞後移至句中。二辭均有用「其」。

15.〈丙 323〉

（1）丙戌卜，王：我其逐廌，獲？允獲十。一

（2）丙戌卜，（王）：不其獲廌？一月。一

（1）（2）辭在右左前甲的兩側，向內相對正反對貞。（1）辭有肯定句在前句陳述句有「其」字，（2）辭否定句省前句，在後句詢問句中亦見用「其」字。我們無法理解，此會是占卜者不願意逐廌，又不願意獲廌的矛盾卜問。對貞的驗辭言果

然捕獲鷹十頭。相同的句例，又見於同版的（10）（11）、（18）（19）兩組對貞句：

（10）乙丑卜，王：其逐鷹，獲？不往。二

（11）乙丑卜，王：不其逐鷹？不往。二

（18）癸酉卜，王：其逐鷹？□

（19）癸酉卜，王：不其獲鷹？一二（二告）

二組對貞的正反句中，都有用「其」字。

16.〈丙 330〉

（10）乍不其來？一

（11）貞：乍其來？一

（10）（11）辭在右左後甲反正對貞，正反句均有用「其」字。

17.〈丙 364〉

（1）壬戌卜，內貞：之其凡？一

（2）貞：卜其凡？一

（3）唯之其（凡）？二

（4）不唯之其凡？二

（1）（2）辭在右左前甲的外側、（3）（4）辭在右左後甲的外側，兩兩正反對貞。兩組對貞句意相同，應是成套的關係。兩組正反句都有用「其」字。

18.〈丙 398〉

（1）己丑卜，㱿貞：即以芻，其五百隹六？一

（2）貞：（即）以芻，不其五百隹六？一二

（1）（2）辭在右左首甲向內刻寫，正反對貞卜問即其人進貢芻的隹數。二辭命辭的後句詢問句中都用「其」。

19.〈丙 400〉

（11）丙寅卜，〔㱿〕貞：來（乙）亥（不）其易（日）？〔王〕固曰：吉。乃茲易日。

（12）來乙（亥）其〔易〕〔日〕？一

（11）（12）辭在左右後甲上方靠千里線，向外書寫。二辭正反對貞，正反句都用「其」字。

20.〈丙 405〉

（1）〔丙〕午卜，賓貞：翌丁未子安其俎易日？〔一〕〔二〕三四（小告）五六七

（2）貞：翌丁未不其易日？十一月。〔一〕二（二告）三四（小告）五〔六〕〔七〕

（1）（2）辭在右左甲邊由上而下刻寫，二辭正反對貞，正反句都有用「其」。

21.〈丙 423〉

（1）☒其狩擒？壬申允狩擒，獲兕六、豕十㞢六、麑百㞢九十㞢九。一二

（2）□未☒壬申王勿狩，不其擒？壬申狩擒。

（1）（2）辭在殘甲右左前甲，由外而內對應刻寫。二辭屬正反對貞，命辭詢問句都有用「其」。

22.〈丙 436〉

（1）貞：聽，唯其㞢出自之？一二

（2）聽，亡其㞢〔自〕之？一〔二〕

（1）（2）辭在殘甲中間的千里綫右左兩側，向外書寫，屬正反對貞。正反句都有用「其」。

23.〈丙 447〉

（8）貞：其雨？

（9）不其雨？

〈丙 447〉是〈丙 446〉殘甲的反面。（8）（9）辭在千里線左右兩側，正反對貞，二辭都有用「其」。殷人卜問雨否，而下雨既不是「貞卜者能掌握的」（黃天樹語），更不能用此判斷正句抑反句是「占卜者所願意的」（司禮義的說法）。

24.〈丙 513〉

（10）貞：其禦彪？〔一〕〔二〕三四五六

（11）貞：彪不其禦？〔一〕〔二〕三四五六

（10）（11）辭在右左甲橋上，向內書寫。二辭是正反對貞，卜問禦祭用母鹿宜否。（11）辭屬賓語前置。正反句都用「其」。

25.〈丙 515〉

（1）癸未卜，爭貞：之一月帝其弘令靁？一二三四（五）□

（2）貞：之一月帝不其弘令靁？一二三四五六

（1）（2）辭在右左甲尾外側向內書寫，屬正反對貞。二句都用「其」。

26.〈丙 527〉

（7）己酉卜，韋貞：其雨？一二三

（8）不其雨？一二三

（9）庚戌卜，韋：其雨？一二三

（10）不其雨？一二三

（7）（8）辭在殘甲右左甲橋下方，屬正反對貞。（9）（10）辭在右左後甲中間千里線的兩側，屬正反對貞。兩組對貞的正反句都有用「其」。此足見卜問將要下雨否，在對貞中並無任何主觀「意願」的問題。

27.〈丙 538〉

（1）甲申卜，𣪊貞：翌乙酉其風？一二三〔四〕五六

（2）翌乙酉不其風？一二三四五六

（1）（2）辭在小龜甲的右左兩邊沿，向下書寫。二辭正反對貞，二句都有用「其」。

28.〈丙 621〉

（25）貞：允其㱿妹？

（26）貞：不其㱿妹？

（25）（26）辭在左右後甲中間的千里線，向外書寫。二辭正反對貞，二句都有用「其」。

以上多達 28 版句例，正反對貞卜辭的正反句都一致有用「其」，足見「其」字並沒有於兩辭之間含取捨選擇的用法，自然不會有「不願意」其一的主觀意思。

（二）由對貞句的語意理解，見「其」字與占卜者的意願並無必然關係。如：

1.〈丙 100〉

（8）貞：王其舞，若？

（9）貞：王勿舞？

（8）（9）辭上下對貞，（9）辭命辭是「王勿舞，若？」的省後句詢問句例。（8）（9）辭正反卜問「殷王將進行舞祭，順利嗎」和「殷王不進行舞祭，順利嗎」的句意選擇。（8）辭前句陳述句中的「其」，是強調王「將要」進行舞祭的語氣。這種指示未來的語氣用法，在否定句中是可以省略的。「王舞」是一種常態的祭祀行為，不存在占卜者「願意」或「不願意」看到的問題。

2.〈丙 102〉

（1）翌癸卯其焚，擒？癸卯允焚。獲（兕）十一、豕十五、虎□、麑廿。一〔二〕〔三〕

（2）翌癸卯勿（焚）？一二三

（1）（2）辭正反對貞，卜問焚燒田林逐獸，擒否。（2）辭命辭省詢問句「擒」字。由驗辭見殷人果然在次日癸卯進行「焚」此一燒林活動，而具體的獲捉動物若干。驗辭的記錄是在「癸卯」日事畢之後才刻上去的。（1）辭動詞「焚」之前增一「其」字，是強調明天將要發生的事，在語義上不存在「不願意看到」的意思，而事實上明天果然是做了此事。對比同版的（3）（4）、（5）（6）兩組對貞：

（3）貞：于甲辰焚？一

（4）勿于甲？一

（5）于甲（辰）焚？〔二〕

（6）〔勿〕于〔甲〕焚？〔二〕

又見（1）（2）辭和（3）（4）、（5）（6）辭是同樣卜問焚田逐獸一事。（3）（4）、（5）（6）為成套卜辭，卜問的活動時間較（1）（2）辭晚一天，故用介詞「于」字帶出與（1）（2）辭作區別的時間，而對貞的正反句都不書寫「其」字。以上三組對貞，是同版同時卜問同一事的活動，差別的只是在時間的前一天和後一天。後兩組對貞省略了詢問句的「擒」否，而前一組對貞（1）辭的「其」字在使用上是可有可無的。

3.〈丙 117〉

（20）翌癸卯帝不令風？夕霍。

（21）貞：翌癸卯帝其令風？

（20）（21）辭反正對貞。上帝令與不令風，是屬於神權，占卜者自然無權過問，（21）辭肯定句增一「其」字，只有修飾次日將然的冀盼語氣，與占卜者的「願意」否無關。

4.〈丙 119〉

（3）辛巳卜，㱿貞：雀叀亘、我？二

（4）辛巳卜，㱿貞：雀弗其叀亘、我？二

本版龜版全屬征伐卜辭，其中的（1）（2）辭正反對貞，卜問呼雀敦擊桑和壴二外族，（5）（6）辭正反對貞，卜問呼雀攻伐㚇族，但二組對貞的正反二辭都沒有用「其」。相對的，（3）（4）對貞卜問雀叀亘和我二外族的吉否；叀，似有擊敗意，字通敗，動詞，內容與（1）（2）、（5）（6）辭用「敦」、用「伐」字意相近。因此，殷武丁將領雀攻打外族，本是習見的占卜事件，殷人用正反方式卜問雀此役的安否順否。戰爭事項本身並無願不願意看到的問題，實無由增一「其」字來表達這種意願的心態。「其」字在句中可有可無，只是一強調未來事情的語氣詞。

5.〈丙 386〉

（5）貞：方其𢦏我史？〔三〕

（6）貞：方弗𢦏我史？三

（7）貞：我史其𢦏方？三

（8）貞：我史弗其𢦏（方）？三

（5）（6）辭在右左甲橋上向外書寫，正反對貞；（7）（8）辭在右左甲橋下向外書寫，正反對貞。兩組對貞句主賓語互易，詢問的是外邦災禍我史，或是我史災禍外邦。二對貞的肯定句都有用「其」，如字是代表占卜者不願意看到的意思，二句卜問明顯是相互矛盾的。而（7）（8）一組正反句都用「其」，更可證「其」字並無意願選擇的問題。

以上 5 版句例，由對貞句前後語意的理解，都無法解釋「其」字有「不願意看到」的暗示。

（三）由對貞同版他辭互較，見「其」字與占卜者的主觀意願無涉。如：

1.〈丙 7〉

（1）丙辰卜，㱿貞：其𢼀羌？一

（2）貞：于庚申伐羌？一

（3）貞：𢼀羌？二

（4）貞：庚申伐羌？二

（5）貞：𢼀羌？三

（6）貞：庚申伐羌？三

（7）四（二告）

（8）四（二告）

（9）五

（10）五

本龜版（1）（2）辭屬選貞關係，卜問四天後庚申日要發生的事，卜問內容是殺羌人的方式是用敲擊的𢼀抑或是砍首的伐。其中的（1）辭命辭句首省時間詞而句中增一「其」。語詞「其」自然含有將然、未來的語氣。對比同版（1）（2）和（3）（4）辭，屬成套卜辭，（3）（4）辭選貞分別不用「其」和介詞「于」，這類同事成套而在行文中出現增省的句子，見「其」字在句中是可有可無的。「其」和「于」

只突出將要發生時、事的語氣用法，「其」字修飾動詞，「于」字帶出時間詞。二者在承接詞性的作用有差。互較（1）（2）、（3）（4）、（5）（6）、（7）（8）、（9）（10）五組選貞，是依據卜問同一事例順序而下，貞卜的內容是全同的，卜辭句中「其」字的或增或省，只是刻手隨意抄寫的結果，並不代表具有占卜者任何意願的功能。對比（7）（8）選貞一組，兩句只剩下兆語「二告」和兆序。「二告」是一肯定用語，見占卜者和判斷卜兆的史官都認同選貞在第四組成套卜兆的內容，即「㱿羌」和「伐羌」的殺牲方法都是吉的好的。這樣看來，更可以證明占卜者並沒有「不願意」㱿羌的主觀心態。

2.〈丙 76〉

（3）貞：方其𢦏我史？二

（4）貞：方弗𢦏我史？二

（5）貞：我史其𢦏方？二（二告）

（6）貞：我史弗其𢦏方？二

本版（3）（4）、（5）（6）分別為正反對貞。（3）辭用「其」，（4）辭不用「其」，固然可以理解貞卜人不希望看到「方災我史」的事實，但（5）（6）辭主賓語易位，卻見（5）（6）辭都有用「其」，難道其間是不希望「我史」施災害於敵對外邦的「方」嗎？在語意上是完全不合情理的。況且，（5）（6）辭同時兼用「其」字，自然更沒有任何意願選擇可言。

3.〈丙 124〉

（11）戊午卜，㱿：我[illegible]冑，𢦏？一二

（12）戊午卜，㱿：我其呼[illegible]冑，𢦏？一二三四

[illegible]，或為敦字異體，有正面攻伐意。（11）（12）二辭在右後甲上下相對，卜問的內容為同日同事。（11）辭卜問我敦伐外邦冑一事能災禍對方否。（12）辭卜問我將呼令敦伐外邦冑一事能災禍對方否。因此，（12）辭的增一「其」字，與（11）辭的沒有用「其」，在語意上是無差別的。二辭占問的內容完全相同，更談不上占卜者同意一辭不同意另一辭的問題。

4.〈丙 219〉

（5）〔貞〕：〔庚〕辰不其易日？

〈丙 220〉

（1）己卯卜。

（2）貞：翌庚辰其雨？

（3）翌庚辰不雨？

〈丙 219〉和〈丙 220〉是龜甲的正反面。〈丙 219〉（5）辭在左甲橋上端，其前辭在背面，即〈丙 220〉（1）辭的「己卯卜」。此辭卜問次日庚辰「不其易日」否，即不會放晴有烈日嗎？〈丙 220〉（2）（3）辭在首甲中間千里線的左右兩側正反對貞，卜問次日庚辰日將會下雨抑或不會下雨。龜甲正反面兩組卜辭，應是同時緊接卜問同一天庚辰日的天氣。如果命辭中的「其」字是有「不願意看到」的意味用法，這裡的占卜者既不願意次日不放晴，又不願意次日下雨，在語意上是明顯相矛盾的。由此可見，「其」字只有強調未來的語氣，並不會有任何選擇意願的傾向。

5.〈丙 273〉

（1）☑〔貞〕：〔甾〕〔正〕〔化〕〔𢦏〕𢀛鳴？〔一〕〔二〕三四〔五〕

（2）貞：甾正化弗𢦏？一二〔三〕四五

（3）☑（甾）正化𢦏𢀛眔鳴？一〔二〕三（二告）〔四〕五六〔七〕

（4）貞：甾正化弗其𢦏？一二三四五六七

（1）（2）辭在右左前甲外側，正反對貞；（3）（4）辭在右左甲尾外側，正反對貞。兩組對貞針對同一攻伐事件用正反方式卜問，應是同時連續占卜的記錄。其中前一組對貞的否定句用「弗災」，後一組對貞的否定句用「弗其災」。兩句的句意相同，意願本也應該一致，可見一用「其」一不用「其」，和占卜者的主觀願不願意沒有關聯。

6.〈丙 433〉

（1）庚子卜，永貞：翌辛丑雨？一

（2）貞：翌辛丑不其雨？一（二告）

（3）壬寅卜，永貞：翌癸雨？〔一〕〔二〕三四

（4）貞：翌癸卯其雨？一（二告）二三四

（1）（2）辭在右左前甲上方外側，向內刻寫，屬正反對貞；（3）（4）辭在右左甲橋上端，向內刻寫，屬正正對貞。（1）（2）辭是庚子日卜問次日辛丑日雨否，「其」字見於否定句；（3）（4）辭是接著的壬寅日卜問次日癸卯日雨否，「其」字在肯定句。二組對貞接連為同事而卜，如說前一天不希望不下雨，後一天卻不希望下雨，在情理上都是難以說通的。可見「其」字的用法，並無人為意願的選擇。

以上 6 例同版互較，明白看到「其」字只是客觀表達將然的語氣，字在句中都是可用可不用的。

## 三

透過上述《殷虛文字丙編》中的對貞句大量兼用「其」字、對貞語意分析和同版卜辭互較的三類句例，充份說明「其」字只有強調將然語氣的作用，而司禮義認為「其」字有「不願意看到」的選擇功能，事實上是並不存在的。

# 第十一章
# 由文例對比論卜辭「其—祭牲」的句意

研究甲骨文的語法，首先要掌握卜辭的相關常態句型，再審核與非常態的變異句型之間的差異，兩兩反覆互較，系聯彼此的關係，才能明白變異句型的真正意思。卜辭的變異句中有大量的省略、移位等特殊現象，我們面對這些變異句的語法分析，不能單獨只就句論句的比附其特殊性，應該要回歸到原有的常態句型來理解。由常態而論稀有，由綫而論點，這樣才能正確理解特殊句型的發生背景和來源。

其，象箕形，獨體，下从丌是後增意符。字借為虛字，一般用為語詞。王引之《經傳釋詞》卷五「其」字條整理文獻的用法[1]，有：「其，猶殆也；猶將也；猶尚也，庶幾也；猶若也；猶乃也；猶之也；猶寧也；語助也；擬議之詞也。」等用例。姚孝遂《甲骨文字詁林》第三冊「其」字條整理近人意見[2]，認為卜辭其字有用為「擬議未定之詞」（胡光煒）、「讀為該，有加重語氣的功能」（于省吾）、「表示該當、假設、決定、原因、將要」（趙誠）、「表示疑似之語」（姚孝遂）等意思。

細審殷商甲文句例，「其」字作為語詞，有加強語氣，強調將然發生的事，和修飾其後用語的功能。卜辭文例有「其—祭牲」例，始見於第二期祖庚、祖甲卜辭，而密集出現於第五期帝乙、帝辛卜辭。[3]字的用例簡而省，一般不明其所以然。如：

〈合集 22598〉　庚申卜，王貞：其五人？[4]

〈合集 35931〉　其牢又一牛？茲用。[5]

---

1　王引之《經傳釋詞》，華聯出版社，1969 年 1 月。

2　參《甲骨文字詁林》第三冊 2807 頁。中華書局。1996 年 5 月。

3　參姚孝遂、趙誠編《殷墟甲骨刻辭類纂》下冊 1080 頁其字條。中華書局。1989 年 1 月。甲骨文的斷代分期，依董作賓先生的五期斷代。

4　相對於同版牛骨的下面一辭：「庚申卜，王貞：翌辛酉十人其登？」，二者為選貞關係。本辭命辭應是「翌辛酉五人其登？」的省句，常態句應理解為「翌辛酉其登五人?」的意思。本版登字从阜从登，是登字繁體。登，升也，有獻祭意。

5　張玉金《甲骨文虛詞詞典》其字條 158 頁引〈合集 35828〉一辭「其牢用」，認為一般「其牢」句是省略謂語動詞「用」。然而，覆核原拓，〈合集 35828〉相關辭例的正確斷句是：「丙戌卜，貞：武丁丁（祊），其牢？茲用。」「癸巳卜，貞：祖甲丁（祊），其牢？用。」後一例的「用」字並

〈合集 36032〉　其牢又一牛？

〈合集 36354〉　其廾人，正（禎），王受又（祐）？

〈合集 36156〉　丙戌卜，貞：文武宗，其牢？[6]

對比句型內容，「其—祭牲」本屬一陳述分句，參看上引〈合集 36354〉卜問殷王禎祥否和王受祐否，前句「其廾人」自然是記錄這次祭祀的用牲和祭牲數量；〈合集 36156〉見祭祀的對象是文武宗，其後「其牢」一分句的用法也是作為祭牲來理解。但是整個句子在卜辭中是要表達什麼？中間又省略了些什麼用字？仍是不得而知。學界一般有直接將「其—祭牲」句視為甲骨常態的句型來分析，可能不是事實。

觀察以下〈合集 34428〉、〈合集 34626〉二例，「其—祭牲」句之前似可理解省略了「歲」字一類的祭祀動詞：

〈合集 34428〉　癸卯：歲，其牢？

〈合集 34626〉　癸丑貞：𠂤歲，其五牢？

這種歲祭句中出現的「其—祭牲」，其中的「其」字又是可以省略的。如：

〈合集 34301〉　☐又（侑）𠂤歲：十牢？

〈屯南 582〉　庚子貞：酢𠂤歲：伐、三牢？

對比以上句例，這裡的「其—祭牲」可理解為歲祭類用牲的內容，「其」字有修飾、帶出祭牲，強調是獨立作一分句的語氣功能，但在句中的性質並不是一定需要的。

卜辭習見用歲祭持斧戉殺牲以獻祭祖先神靈。常見的歲字句句例，有：

「歲—祖先名—祭牲」。例：

〈合集 22078〉　余㞢歲于祖戊：三牛？

〈合集 22092〉　乙卯卜：又歲于入乙：小宰？用。

〈合集 22093〉　丙午☐卜：㞢歲于父丁：羊？

〈合集 27164〉　辛未卜：其又歲于妣壬：一羊？

〈合集 27615〉　己未卜：其又歲于兄己：一牛？

〈合集 28109〉　戊子卜：其又歲于亳土：三小宰？

〈合集 32119〉　乙亥：又歲于大乙：牛？

〈合集 32448〉　甲寅卜：其又歲于高祖乙：一牢？

歲字句之前有彈性的增或省一「其」字。「其」字在這裡帶出全句，具有冀盼、將

---

非命辭，而是用辭，相對於前一例的「茲用」，可證應分讀。張書誤將「其牢用」三字放在一起理解句型，並不妥當。於此亦足見正確斷句在通讀甲文的重要性。例參張書，中華書局，1994 年 3 月。

6 卜辭習見「丁其牢」句例，整句句意其實是「某祖先丁（祊），其牢」的分讀。丁，讀為祊，即鬃，理解為置放祖先神主的櫃。對比本版的「文武宗」的「宗」，可證。

然的強調語氣的用法。「其」字作為句首語詞，也是可有可無的，並不影響整句的實意。

「祖先名—歲—祭牲」。例：

〈合集 19813〉反　庚寅卜，扶：示壬歲：三牛？

〈合集 23021〉　甲申卜，即貞：羌甲歲：二牛？

〈合集 27655〉　伊尹歲：十牛？

〈合集 23151〉　乙酉卜，□貞：毓祖乙歲：牡？

〈合集 23225〉　貞：父丁歲：牝？

〈合集 27188〉　祖乙歲：五牢？用。

〈合集 32454〉　癸卯卜：羌甲歲：一牛？

〈合集 32791〉　丁丑卜：伊尹歲：三牢？

〈屯南 1011〉　己丑卜：妣庚歲：二牢？

〈合集 23002〉　貞：翌辛丑祖辛歲：勿（犂）牛？

〈合集 23217〉　丙申卜，行貞：父丁歲：勿（犂）牛？在五月。

〈屯南 631〉　祖乙歲：三勿（犂）牛？

以上的「歲：勿牛」，又可寫作「歲，其勿牛」，理解為兩個分句。如：

〈合集 23363〉　己卯卜，旅貞：翌庚辰妣庚歲，其勿牛？

〈合集 23367〉　庚子卜，□貞：妣庚歲，其勿牛？

「其」字的用法，在這裡明顯又是可有可無的。

「歲—祭牲—祖先名」。例：

〈合集 22088〉　癸未卜：㞢歲牛于下乙？

這是祭牲前置的句例，應是第一類常見的「歲—祖先名—祭牲」的移位句。歲字作為祭祀動詞的常態句，往往用介詞帶出祖先，再接祭牲。而這種將祭牲前置接動詞的句例並不多見，屬於變異句型。這一類移位的歲字句，雙賓語緊密相接，並不見有加插虛字「其」的句例。

「歲—祖先名，叀祭牲」。例：

〈合集 27340〉　庚戌卜：其又歲于二祖辛，叀牡？

〈合集 27572〉　壬午卜：其又歲于妣癸，叀小宰？

〈屯南 175〉　其又歲于祖戊，叀羊？

〈合集 27392〉　戊子卜：其歲于中己，叀羊？

這種歲字句後，祭牲另獨立成一分句，並用一「叀」字作為強調的標誌語詞帶出。「叀祭牲」的性質有轉成為詢問句，卜問用某牲可否。「叀祭牲」在句中的功能，與「其祭牲」用例基本相同，這裡改用「叀」字，或與以上諸例命辭中的前句都已先用「其」字帶出的避複心理有關。

「祖先名—歲，叀祭牲」。例：

〈合集 22775〉 癸酉卜，行貞：翌甲戌外丙母妣甲歲，叀牛？

〈合集 22853〉 ☐貞：祖戊歲，叀羊？

〈合集 27487〉 父己歲，叀羊，王受又？

〈合集 27485〉 戊子卜：父戊歲，叀牛？

〈合集 27583〉 壬申卜：母戊歲，叀牡？

〈合集 27485〉 貞：父戊歲，叀牛？

〈屯南 1011〉 壬辰卜：母壬歲，叀小宰？

〈英 2406〉 己亥卜：母己歲，叀牡？

〈合集 27441〉 父甲歲，叀三牢？

這種歲字句的祖先名移前於句首，「叀祭牲」則獨立作為一詢問句。以上句例命辭的前句都不見用「其」。

以上五類歲字句句型，見祭祀動詞「歲」與祖先名常態緊接，其後的祭牲一般附列於句末，或逐漸獨立成句。而句末用的「某牲」與「其某牲」和「叀某牲」之間，隱隱有一定的用意關連。

有時候，歲字句之後並不需要記錄祭牲和祭牲數的，如：

〈屯南 1126〉 丙戌貞：父丁其歲？

〈合集 27384〉 歲又（侑）中己，王受又（祐）？

〈合集 32064〉 庚午貞：叀歲于祖乙？

可見殷人書寫歲祭時，有只作一統稱的陳述，並不一定需細部強調所用祭牲為何。殷人進行歲祭，主要目的是冀求時王的禎祥和王的受祐。如：

〈屯南 613〉 于祖丁歲，又（有）正（禎），王受又（祐）？[7]

或冀求不降雨。如：

〈合集 24879〉 ☐酉卜，逐貞：王賓，歲，不冓大雨？

〈合集 32410〉 甲寅貞：又丩歲大乙，不冓雨？

〈合集 34248〉 丙午卜：丁未又歲，不雨？

〈合集 32140〉 癸亥貞：歲上甲，不雨？

〈屯南 761〉 乙卯貞：又歲于祖乙，不雨？

或冀求無禍害。如：

---

7 將本版對比〈合集 36354〉的「其廾人，正，王受又？」一句，正可見後者的「其廾人」，與歲祭某祖的句意相互承接。

〈合集 23339〉　戊戌卜，旅貞：王賓妣戊，歲：宰，亡尤？

殷人在歲祭後附記祭牲時，偶有增一「其」字作為區隔、強調的語氣。這種句例，和本文探討的「其─祭牲」形式恰好相同。如：

〈合集 22573〉　□未卜，旅貞：祖乙歲，其又（有）羌？在六月。

〈合集 23364〉　庚申卜，□貞：妣庚歲，其牡？在七月。[8]

〈合集 25190〉　□未卜，旅貞：歲，其牡？在八月。

〈合集 27336〉　癸巳卜，晅貞，翌日祖甲歲，其宰？

〈合集 32476〉　丁丑卜：其十牛，大甲歲？[9]

〈合集 33662〉　☐未☐歲，其二牢？

〈合集 34428〉　癸卯：歲，其牢？

以上這些由第二至第四期的卜辭用例，明顯見歲字句後的祭牲之前固定增一「其」字，且漸趨獨立應用，遂與前句歲祭的陳述內容相區隔，並轉而作為詢問句的性質。上引〈合集 32476〉呈現的移位句，見「其十牛」整個分句的前置，更充份證明「其─祭牲」在句中應該分讀，獨立成句。

透過以上大量文例的客觀對比，可印證歲字句句型是由早期卜辭中常態的單句型「歲─祭牲」的陳述用法，經過「歲，其祭牲」例，區隔為二分句，作為一過渡型階段，其後的主流演變為「歲，叀祭牲」的常態詢問句型，固定卜問歲祭時用某牲宜否；另外又由於習慣的省略書寫，形成了若干表面只直接卜問「其─祭牲」的省例。檢視卜辭的「其─祭牲」句，其中的「其」字作用，有強調將然的語氣，帶出祭牲，並有和前面原本的歲字句作區隔、切割的獨立功能。後來，「其─祭牲」句的用法漸為「叀─祭牲」句所取代。

因此，單獨看這種晚期卜辭的「其─祭牲」句，正確的解讀是在其前面省略了歲字類句意的歲祭某祖，後面又省略了卜問祭祀宜否的語氣，或卜問時王安否、不雨否等的詢問內容，只保留著中間的一段「其─祭牲」的陳述分句形態。這是目前所見卜辭中的「其─祭牲」一變異句型的演變歷史。

文末，將上述討論的「其─祭牲」句型在祭祀卜辭中的流變過程，表列如下：

---

8　本版骨條上一辭作：「貞：牝？在七月。」，彼此屬選貞關係，其中的命辭「牝？」實為「妣庚歲，其牝？」之省。這句不但省略前句的「歲妣庚」，亦省略後句的虛字「其」。

9　對比同時的〈合集 32475〉的「丁丑卜：大甲歲：十牛？」、〈合集 32479〉的「癸酉卜：大甲：十牢？」，前一辭是常態句，祭牲前不書「其」；後一辭是省略句，同時省略動詞「歲」。二者命辭都可視作一繫句來看。〈合集 32476〉的「其十牛」的「其」，明顯有強調作為一獨立用句移前的功能。

歲：祭牲，王受佑？

歲：祭牲，不雨？

⇨ 歲：祭牲？ ⇨ 歲：其祭牲？

⇗ 歲，叀祭牲？

⇘ 其祭牲？

# 第十二章　甲骨文字組類研究的重新評估——讀崎川隆《賓組甲骨文分類研究》爲例

## 一、前言

甲骨學的建立，理論上是自甲骨四堂的董作賓科學挖掘殷墟開始的。董作賓透過研究大龜四版中貞人系聯的啟示，早在 1932 年 3 月完成了《甲骨文斷代研究例》一經典著作[1]，拓大應用貞人、世系、稱謂、坑位、方國、人物、事類、文法、字形、書體等十個斷代準則，區分殷墟的甲骨為五個時期，提供歷史學的資料來研究盤庚遷殷以迄帝辛滅亡的 273 年歷史：

盤庚、小辛、小乙；武丁：第一期（二世四王）

祖庚、祖甲：第二期（一世二王）

廩辛、康丁：第三期（一世二王）

武乙；文丁：第四期（二世二王）

帝乙；帝辛（紂）：第五期（二世二王）

該書不朽的發明，是確立研治甲骨十個多元而系統的客觀方法，至於置諸多少個階段分期則只是方便斷代之間的定位對比。然而，後人強調董作賓的成就卻都偏重在甲骨五期斷代的畫分。這種依據殷商王世的「分期」無疑主導了甲骨斷代長達數十年，廣泛的為研治殷商史、甲骨文的學界所遵從。十個斷代方法準則，自然也成為研究甲骨的總方案。

及至 1949 年陳夢家的〈甲骨斷代學〉[2]，將董作賓發明的貞人集團改稱作「卜人組」，拓大為甲骨斷代的另一個研究平台。陳夢家當年同樣是依據董作賓的思路，參考卜人、稱謂、文例、坑位、字體等多角度的系聯，另發明𠂤組、賓組、出組、

---

1　董作賓：〈甲骨文斷代研究例〉，《慶祝蔡元培先生六十五歲論文集》上冊；又列於中央研究院史語所專刊之五十附冊。1933 年 1 月。

2　陳夢家：〈甲骨斷代學〉甲編，《燕京學報》第 40 期，1951 年 6 月。文章又擴大發表於 1956 年出版的《殷墟卜辭綜過》第四章〈斷代〉上、第五章〈斷代〉下，中華書局 1988 年 1 月版，第 135-204 頁。

何組、子組、午組等卜人群「組」的概念，用以區分甲骨，企圖取代董作賓的五期「時間」的斷代；但可惜陳夢家分的「組」未曾貫徹到底，其中對於沒有貞人或無法成組系聯的，如實的直接用王名廟號稱述，其中有關「武文卜辭」、「康丁卜辭」、「乙辛卜辭」的名稱，仍是依照董作賓的「期」的觀念來命名。直至 1981 年李學勤發表〈小屯南地甲骨與甲骨分期〉[3]，將殷墟甲骨卜辭總分為九組，才算全面的應用「組」的觀念取代「期」的分法。

1984 年林澐首先發表〈小屯南地發掘與殷墟甲骨斷代〉[4]一文，強調字體分類在甲骨斷代的重要意義，及至 1986 年，林澐更明確的在〈無名組卜辭中父丁稱謂的研究〉[5]中，再三提到甲骨的分類出發點，「只能按字體盡可能細地分成小類」、「科學分類的唯一標準是字體」、「分類只能依據字體」。林澐將陳夢家建構的卜人的「組類」研究，轉化為字的「組類」研究。這種單一應用字體、字形分類來整理甲骨的態度，隨即為首都師範大學黃天樹的《殷墟王卜辭的分類與斷代》（2007）[6]、東北師範大學張世超的《殷墟甲骨字蹟研究——自組卜辭篇》（2002）[7]、中國社會科學院劉義峰的《無名組卜辭的整理與研究》（2014）[8]、吉林大學博士崎川隆的《賓組甲骨文分類研究》（2011）[9]等甲骨著作認同，並加以落實字體的「精確化」[10]分類。其中的黃天樹、張世超在行文中討論字體的分類，仍有注意字體與傳統斷代分期的關係和步驟；但至稍後劉義峰、崎川隆的著作，討論字體則大多只偏重在特徵字體筆畫的細部差別區隔之上。然而，這種單純據字體細分組類的研究，卻構成今日學界需面對甲骨字形類別繁瑣不清的困境：

黃天樹將殷墟王卜辭區分為 A、B 兩系，A 系有 13 類，B 系有 7 類，總共分出多達 20 類：

「自組肥筆 AⅠ、自組小字 AⅡ、㞢類 AⅢ、自賓間 AⅣ、[illegible]類 AⅤ、賓組一類 AⅥ、典賓組 AⅦ、賓組賓出類 AⅧ、出組賓出類 AⅨ、事何類 AⅩ、何組一

3　李學勤：〈小屯南北甲骨與甲骨分期〉，《文物》1985 年第 5 期，第 28 頁。文中將武文卜辭對應為歷組，康丁卜辭對應為無名組，乙辛卜辭對應為黃組。

4　林澐：〈小屯南北發掘與殷墟甲骨斷代〉，文見《古文字研究》第 9 輯，中華書局 1984 年版，第 111-154 頁。

5　林澐：〈無名組卜辭中父丁稱謂的研究〉，引文見《古文字研究》第 13 輯，中華書局 1986 年版，第 30-31 頁。

6　黃天樹：《殷墟王卜辭的分類和斷代》，科學出版社，2007 年 10 月。

7　張世超：《殷墟甲骨字蹟研究——自組卜辭篇》，東北師範大學出版社，2002 年 12 月。

8　劉義峰：《無名組卜辭的整理與研究》，金盾出版社，2014 年 11 月。

9　崎川隆：《賓組甲骨文分類研究》，上海人民出版社，2011 年 12 月。

10　語見崎書前的林澐序言。

類 AXⅠ、何組二類 AXⅡ、黃類 AXⅢ；𠂤歷間 BⅠ、歷一類 BⅡ、歷二類 BⅢ、歷草體類 BⅣ、歷無名間類 BⅤ、無名類 BⅥ、無名黃間類 BⅦ。」

然而，黃天樹在書的第一章緒論末，已明白點出不同組類之間的字體可以並存、時代可以重疊的無奈：

> 類與類、組與組之間在時代上的相互關係，往往出現相互參差、相互疊合等錯綜複雜的局面。……我們認為𠂤組卜辭很可能自𠂤組小字類開始，並一直延伸到武丁晚期，與𠂤賓間類、典賓類同時並存。[11]

張世超將屬於武丁前期的𠂤組卜辭，按字體細分為 7 大類：

「NS1（𠂤組肥筆類）、NS2（[illegible]類）、NS3（𠂤組小字 A 類）、NS4（𠂤組小字 B 類）、S1（𠂤歷間 A 類）、S2（𠂤歷間 B 類）、N1（𠂤賓間 A 類、𠂤賓間 B 類）。」

張世超的字體分類，比較黃天樹的𠂤組分類又多分出了三個 B 類。而在張書前附表二中，張世超亦客觀的說出組類畫分的困難，無法作為明確甲骨時間的判斷：「處於這一序列最前位置的 NS1，和 NS2 字迹卜辭，是否當武丁早期，目前尚無確證。」[12]

劉義峰針對屬於廩辛以迄帝乙、帝辛時期的無名組卜辭，按字體細分多達 11 類：

「歷無名間類、闊吉類、左纖吉、左典吉、何無名間類、右健吉、右瘦吉、右矮吉、右勁吉、雙吉、無名黃間類。」

諸類字體的時限卻有大量重疊的狀況，彼此並不容易清楚區隔。劉書在第七章討論諸類字體的時代，總括的指出「歷無名間類」橫跨祖甲、廩辛、康丁、武乙時期，闊吉類「與左典吉、右健吉有共版」，左纖吉「與左典吉關係密切」，左典吉「與闊吉、右瘦吉、何組有共版現象」，何無名間類「與左典吉、左纖吉共版」，右健吉「與闊吉、右瘦吉、右勁吉等共版」，右瘦吉「與右健吉、右勁吉等共版」，右矮吉「與右瘦吉共版」，右勁吉「與右健吉、右瘦吉、雙吉共版」，雙吉橫跨康丁至帝辛，「與無名黃間類共版」，無名黃間類由文丁以至帝辛，「與雙吉共版」等繁雜而交錯的結論[13]，彼此如由系聯的角度看，似乎是無所不通、互有關連。

---

[11] 參黃書第 9-10 頁。

[12] 語見張書表二第 2 頁。

[13] 參劉書第七章〈無名組卜辭的時代〉，第 210-211 頁。

崎川隆將同屬於武丁時期的賓組卜辭，就字體細分為四個典型類型、兩個非典型類型、三個過渡類型；合計共九大類 14 個小類：

「典型師賓間類、非典型師賓間類、過渡 1 類、典型賓一類、過渡 2 類、典型典賓類、過渡 3 類、典型賓三類、非典型賓三類。」

而其中的非典型師賓間類再細分 A 至 E 五小類，非典型賓三類又細分 A、B 二小類。較諸黃天樹的賓組卜辭類又多分出了 5 個類別。崎書研究的目的，是「實現賓組分類的細化和定量化」，「確立字體分析的客觀方法」[14]，並未嘗試進一步將字體組類的成果進行甲骨時限的判斷。

上舉諸專書都是針對甲骨字體盡可能的細分，應已合乎林澐所謂的「精細化」要求，將字體作為甲骨分類的「唯一」、「絕對」的標準。學界對此迄今似乎沒有任何明顯反對的雜音，應用甲骨的同道好像也絕大部分接受了這種字體的分類方法。然而，這些號稱「科學的分類」方法看似進步，但無論在分類標準、名稱用例上卻都不統一，細分後字體的組類名目瑣碎難辨，不同組類之間又見全同的形體疊出，字形區隔不清，應用起來其實並不方便，連上述分類的著者本人亦嘗歎息：理論的字體全面分類並不容易落實，更惶論其他的外行人了。董作賓當年創立的甲骨「分期」，是要方便「活用」「實用」的，他在意於「把每一塊甲骨上所記的史實，還他個原有的時代」[15]。分期是為了用在區別甲骨的時間上，從而了解期與期之間甲骨的種種異同，目的是要能夠提供文字縱線前後對比研究之用。董作賓後來有所謂新派、舊派的「分派」構想，也是源於發現期與期曆法制度的不同因革而來的[16]。然而，目前所謂「組」這一觀念的提出，其實是站在「期」的成果分類言的，原本也是由貞人系聯借來，只是將「期」的一條簡單的五段縱線前後對比，改變為多個不同時期組別之間的不同時空對比，但這樣的調整，一般人已經不容易單由組名來分別卜人群的組與組的差異，反而失卻了原先以「期」為斷代的簡明優勢。及至後來林澐另從字體差別的「類」的展開，原則上仍是站在卜人「組」的分類之中再作檢核。可是，字「類」和人「組」本不是處在同一個基準面的兩種分類。同時，所謂純由文字字體「精細」的分「類」，導致目前的王卜辭至少區分多至 20 組類，其中又再將𠂤組細分為 7 類、無名組細分為 11 類、賓組細分多達 14 類。這種由細微的字體差異入手，純屬組類內部的細微區隔，其結果能突出怎樣的具體收穫？它的實用性能否全面合理開展？仍有待後人的評估。只是將甲骨文字獨特的分類稱呼為

---

14 參崎書第一章〈賓組字體分類研究的意義〉，第 18 頁。

15 參見董書第 1 頁。

16 董作賓由發現甲骨不同時期的曆法、禮制的差異，嘗試進行新舊兩派的研究。參董著〈甲骨學六十年〉，文見《中國現代學術經典・董作賓卷》，河北教育出版社，1966 年 10 月，第 244-259 頁。

「非典型賓三 A 小類」、「NS4𠂤組小字 B 類」、「賓組賓出類 AⅧ」、「歷無名間類 BV」、「右瘦吉類」、「雙吉類」等怪異用語，會比董作賓簡單直接介定的「第一期」、「第二期」、「第三期」等分類來得清晰明白嗎？如何讓字體的組類名稱可以簡明而一致，容易使用，恐仍有討論的空間。

過去學界認為董作賓用貞人系聯作為王世分期準則的缺點，是因為貞人所處的時間可能是跨王的。貞人的壽考與時王自然並不全同，同一貞人占問的甲骨又可能有跨王世而定位在不同的王世之中，是以貞人的斷代不能精準的等同於王世的分期。因此，才會有後來的陳夢家改用卜人的分組企圖取代王世的分期，這似乎可以避免了以「期」分的定性不清的地方。但是，「組」的形成確立仍是以貞卜人的集團為單位，因此「組」所涵蓋的時間依然是跨王的，而且仍舊同樣是要仰賴卜辭中的稱謂、世系、貞人名、事例等多元系聯為基礎，根本無法僅由一個字形標準就能進行全面斷代。近代學人將貞人「組」群的觀念再靠字體為單位進行內部細分，只是在同一堆相對時段的材料中作單一平面的切割分類，無論怎樣細分，其類別也仍是處於一相對時段的位置之中，其實也解決不了判別某版甲骨必然是屬於某一王世的縱線斷代「用」的問題。況且，甲骨文書寫的刻手和貞卜人是「分工」而不全然相對等的[17]，目前研究刻手文字書體的組類，卻是先依據「卜人組」的系聯為基礎來畫分，在方法論上自然並不盡然可靠，也難怪研究成果會有大量不同組類的文字字體全同和同一組類而字體卻不相同的困擾現象。由於「人組」不等同於「字組」，嚴格而言，從事字體的組類研究只能先就字形逐版重新歸類，但這種字體字跡的細分充其量只能推斷出總的甲骨文刻手合計有若干人。字體仍只能作為決定甲骨時期的相對參考。同時，字體是隨著文字自然演變規律漸進的，每一個字體發生的起迄點各異，字體發展的縱線時間又都參差不同，長可以跨越多個組類，短可以在同一組類中出現不同字體。如此，不同組類的字體可能是一樣的；而同一個刻手，由於書寫的自由，字形沒有嚴格規範，加上避複美觀的心態，同版同刻手又可能隨意書寫出不同類別的字體。因此，字形本身顯然並不能作為「絕對的」斷代標準。由此看來，單純由「字體」異同機械的一刀切分組分類，是否客觀科學？字體的細分，可否都能作為斷代或分域的清楚界線？實是值得商榷。

---

17　參陳夢家《殷墟卜辭綜過》第一章〈總論〉第 15-16 頁。甲骨同版中有不同貞人的卜辭，而書寫字形卻都是相當的。

## 二、談崎川隆字體分類的問題

崎川隆的《賓組甲骨文字體分類研究》，是吳振武指導 2009 年的吉林大學博士論文，2011 年 11 月在上海人民出版社修訂出版。該書是貫徹林澐字體分類的理念，純由字形的書風、結構和用字習慣來分類甲骨[18]的一部重要著作。書中對於甲骨字形特點的分析，細微要求到筆畫之間的距離、長度、傾斜度、折轉角度、寬度等布局的差異，可謂已達至「無以尚之」的極致地步。是書復將其區分的字形組類成果投射到所有賓組多達近二萬片甲骨之中，全面逐版評估字形的類別。這無疑是字體分類的一大「窮盡性」的驗證場所。作為一個外國朋友，能夠完成如此艱鉅富挑戰的任務，這份毅力和堅定的心力讓人由衷的欽佩。我在這裡要討論的，無意挑戰崎川隆的研究成果，也不是要否定前人建構的「卜人組」的斷代。我只是嘗試利用崎川隆的字體分類標準，循著他的思路再一次檢視他對於《甲骨文合集》中賓組卜辭字形類別的定位，觀察是否真的如實正確無訛，並提供一些個人讀後對字體分類的粗淺看法。由於時間和撰文篇幅的不容許，本文只是審閱《甲骨文合集》前一千版的甲骨，權充本文分析和對比字體組類的基本用例。以下，分項說明。

### （一）同版異形

《甲骨文合集》中收錄了許多同版同字而異形的字例，可見不同字體基本上是可以共存於同一時期的同一塊甲骨之中。甚至由對貞是同時同事貞卜的角度來看，若干同版的異體字無疑是出自同一刻工之手。因此，如單憑用字體作為分組分類的標準，甲骨的組類所屬不見得都能分辨清楚的。這個現象，又衍生出字體的不同類別，可以見於同一版甲骨，彼此有互相平行演變的關係，林澐遂再提出「聯類」的觀點[19]，帶出所謂「間組」的字體類別，企圖解決這個字體跨組的問題。然而，由「聯類」而「間組」的想法，是先驗的假定「組」與「組」是直線相承的關係，而「間組」字體一定會落在「組」與「組」之間相承接的時段。事實上，「組」與「組」的大量時段可以是重疊的，中間如何能合理而清楚的擠出一個間類的空間呢？試想「間組」甲骨的特徵字形不見得就恰好處發生於前組之後和後組之前的過渡交接時段，如果某版中「聯類」共存的字形是流通於前組的早期，或者是在後組的晚期，這種「間組」就不可能出現，或可能涵蓋的時段勢必會拉得很長，與前或後組字形

---

[18] 參林澐上引二文，《古文字研究》第 6 輯第 268-271 頁；第 9 輯第 147 頁。

[19] 語見崎書前林澐序，第 3 頁。

演變構成無法相互分別的尷尬狀況。況且，一版「聯類」甲骨中出現的特徵字體可能不只一個，如此，這種「間組」字例時段問題的確立就顯得更為複雜了。由此可見，「間組」的成立必須要先確定甲骨版面的時間定點，可是，以目前斷代的條件言卻又是極不容易的事。組類字體之間的混同如何能清楚區隔，這顯然是字體一再細分類別之後需要面對的難題。

粗略的檢視《甲骨文合集》[20]，同版中同字異形的例子多見。如《合集》版號：

12 （貞）：貞字朝中央內收的四刀斜筆有相互接合、有不相互接合。

32 （从、㱿）：同版从、比字體正反書不分。㱿字从南外側二豎畫一作弧形連筆向下，一作曲筆而下。

52 （貞）：貞字上下二組斜筆有相接合、有不相接合。貞字上鼎耳一般作尖形，亦一見作方形。

93 （貞）：貞字中的二組斜筆有相接有不相接，二外豎筆下有明顯直線突出，亦有與斜筆相接成尖狀。

95 （祖）：祖字中間有从一橫或从二橫畫無別。

110 （賓）：貞人賓字从宀，同版另見上起筆有增一短豎的寫法。

122 （夢、𡆥、執）：夢字从爿同版中有省二短豎筆。𡆥（禍）字上有从一橫和从二橫無別。執字从幸中有橫畫和無橫畫不分。

137 （㞢、告、艱）：㞢字中間常態作一橫筆，又見分書二刀作牛角形部件，告字中間一般無橫畫，同版背後卻見增从一短橫例。艱字从壴的中間另有增短橫的字例。

139 （亥）：亥字豎筆的中上方附有一短橫筆，與無橫筆字例見於同版。

140 （吿）：兆語吿字上从幺，或省作一小圓形。

152 （于）：于字中豎有作斜撇狀，亦見筆直書寫的字體。

160 （隹）：隹字首筆有作橫畫的隹首，封口書寫，另有作斜畫突出於隹頭的字體。

171 （㱿、望）：㱿字从南外圍二垂筆有作弧形和作斜角形書寫。望字从人有朝前、亦有反向書寫。

177 （叶）：叶字中豎有穿口，亦有作不穿口。

179 （不）：不字三刀下垂作弧形，或作直筆而下。

235 （隹、告、貞）：隹字正書反書無別，隹身鳥毛筆畫多寡無別，第一刀的出頭與否亦無別。「上告」例的告字从口、从井形無別。貞字中間的斜筆相接與否

---

[20] 胡厚宣總輯《甲骨文合集》共 13 冊。中華書局。1982 年 10 月。其中的第一至六冊，即崎川隆書所整理的賓組卜辭，總 19753 號甲骨。本文僅就《合集》前一千版甲骨進行檢視。

無別、斜筆相連否亦無別。

248（貞、伐、于、祖）：貞字中間二組斜筆相接與不相接並見。伐字从戈上短橫可與下直豎筆相接成直角，又或獨立書寫見于同版。于字兩橫作平齊和作一短一長形同出。祖字中間有从一橫从二橫互見。

257（貞）：貞字形一修長、一寬橫，同版並出。

261（貞）：貞字外側的二豎筆有與中間斜筆相接合，另有修長作突出的書寫。

268（酉、用）：酉字的二橫筆有突出、有平收無別。用字上方的短橫有作斜筆、有作橫畫。

271（貞）：貞字中有增獨立一橫畫的特例寫法。

272（禦、祖）：禦字从卩的手形有畢直下垂，有作拋物線狀書寫。祖字中間从一橫、从二橫並見。

277（賓）：賓字字形一見修長，下部件突出，另一作寬而方正的書體。

300（禦、百）：禦字从卩的手形一直筆下垂，一作拋物線書寫。百字上有具橫筆、有缺橫筆。

309（貞）：貞字體一作長形、一作方形。

339（賓、㞢、宰、牛）：賓字內部的人形部件上有从圓點、有从橫畫。㞢字中豎筆往上推出，有長有短互見。宰字从宀上有作一橫畫平齊，有从二刀中分尖頂。牛字的雙角有向外拓張，有朝內修窄並見。

340（貞）：貞字上下斜筆有相接、有分開書寫。

376（巳、其）：巳字象子的手形有作橫筆，有作斜筆。其字象箕形的兩旁短橫有穿、亦有不穿直豎。

387（牛）：牛字的牛角形中有作單一橫畫，有作二斜畫朝內收筆。

408（祖）：祖字中間有从一橫、二橫筆不分。

418（帝、伐）：帝字中央有从H、从口形並見。伐字从戈上的短橫有省有不省。

419（貞）：貞字中央二組斜筆有相接、有不相接。

421（貞）：貞字二側豎筆下端有出頭、有不出頭。

423（翌、不、其）：翌字羽形中从二斜筆、从三斜筆無別。不字三垂作直筆、弧筆不分。其字上二短橫有與二直筆相接成直角、或分書。

424（貞、用）：貞字中間二組斜筆有連有不連。用字形體有長有方，上从的短筆有橫有斜。

438（庚、妣）：庚字中豎有長而向下突出，有短而與兩側平齊。妣字从短筆相接弧筆的位置有上有下。

454（翌、隹）：翌字中間橫筆有从一畫、有从二畫。隹字鳥毛筆畫有多有寡。

466（羌）：羌字从人，另有在冠飾下增豎筆拉長人首形。

501（羌、貞）：羌字有下增从土形。貞字中間兩組斜筆有接有不接。

505（其、羌）：其字象箕形底部有平齊作一橫筆，有尖底分書兩刀。羌字从冠飾有寬扁形、有方窄形。

506（羌、執）：羌字上冠飾有上揚，有下垂筆畫超過人身。執字从卒中間有短橫和無短橫互見。

511（貞、羌）：貞字中的兩組斜筆有接合有不接合。羌字从人有作折角書寫，有从弧型彎曲的身形。

518（羌）：羌字从人膝處彎曲斜出，有从人身折角書寫。

526（貞）：貞字上斜筆分書，另有交錯作相接形。

540（寇）：寇字从人持杖，有附虛點，或無附虛點者。

542（酉）：酉字中橫筆有突出、有不突出互見。

545（其）：其字上二短橫與直豎相接處，有穿有不穿。

547（多、寇、貞）：多字从二肉形的橫筆有長有短互見。寇字从人持杖，中間有增虛點和無虛點。貞字二組斜筆有相接有不相接。

553（用）：用字中間的短畫有作橫筆，有作斜筆。

557（翌）：翌字中間一作簡省的二橫筆獨體，一作繁體的五橫筆並增从日旁。

558（貞、寇、用）：貞字二組斜筆有接有不接。寇字从人一作首身連筆、一作首手連筆，字中的虛點位置亦不相同。用字內二橫筆一處字中、一往下拉至底部。

559（戌）：戌字从戈下面的短畫一有一無。

583（允）：允字从厶的筆順一正一反。

585（子）：子字體三見，頭形有作方形、有作多角形，雙手處一作橫筆，一分兩刀由內向外斜出，一先作曲筆斜入後連筆橫書。

586（貞）：貞字有省漏中間的二組斜筆。

590（賓）：賓字中間靠豎畫的短橫一有一無。

591（亘）：亘字一朝左向、一反朝右向。

593（不）：不字中豎下方一與左右側的兩刀平齊，一畢直突出。

595（不）：不字左右一作兩直筆斜向外分叉，一作兩曲筆下垂。

614（伐）：伐字从戈上的短橫一作獨書，覆蓋豎筆，一與豎筆直角相接。

643（其、巳）：其字箕形底部一作橫筆，一分二刀呈尖底狀。巳字子形下雙手一从橫筆，一从斜筆。

655（不、易、貞、來、㞢）：不字上有增从一橫筆，有省。易字中間弧筆有突出有不突出。貞字二組斜筆有相接有不相接。來字从兩入形有對稱有不對稱。㞢字中間一橫畫有單筆直書，有分兩刀向內斜入。

667（㲄、貞、告、祖、其、賓）：㲄字从南中間有从二短橫、有从三短橫，从殳手中持杖處有作直筆有作曲筆。貞字二組斜筆有相接有不相接。告字中豎向上有突出有不突出。祖字兩側豎筆有作直筆封口，有呈弧筆而底部橫筆突出。其字底部有作一橫畫，有分二刀作尖底狀。賓字从宀，上有增短豎起筆特例。

673（不）：不字中間一豎筆有分書獨立刻寫的特例。

702（好、父）：好字从子有與女旁平齊書寫，有移於女旁的右上方。父字从手持杖的杖形，一在手中的中指起筆，一夾在三指中間的位置。

709（戌、疾、骨、其、禦）：戌字从戈一作上下各有短橫筆，一則全省。疾字从爿一外有二短豎，一則全省，从人部件一作首身連筆，一作首與手連筆。骨字一見上骨臼突出，中間有斜筆，一骨臼與骨扇面筆畫相接，中間並無斜筆。其字底部一作單筆橫書，一分作二刀呈尖底狀。禦字从午上一增長豎筆，一則省。

712（父、乙）：父字从豎杖形一長一短並見。乙字作曲筆向下，角度一斜一直同版。

721（酌）：酌字从酉中間分別見一橫、二橫畫字例。

724（曹）：曹字从冊一具二橫筆作竹簡穿線狀，一則省略二橫畫。

766（亘、㞢、巷）：亘字有正反書，又見有省上方的短橫。㞢字中間豎筆朝上有作穿越橫畫，也有不穿者。巷字从止，一朝上一朝下互見。

775（人、巷）：人字筆序一作首身連筆，一作首手連筆。巷字从止一朝左一朝右，而从止第一刀有作獨立的橫筆，有作弧形連筆而下。

776（㲄、㞢、祖、隹）：㲄字从南二側豎筆有獨立起筆，有由上部順筆相連而下。㞢字中豎有向上突出書寫，有僅貼於橫筆而止。祖字中間有从一橫、从二橫筆互見。隹字首筆有橫書，亦見先斜筆向下。

787（苜）：苜字下橫目眼球有突出和只在目中成八字形，字上羊角處有分書二刀和合成一縱豎之別。

801（貞）：貞字上下斜筆分開和相連二形互見。

809（隹）：隹字鳥首下垂筆畫，斜出的角度一寬一窄，鳥毛筆畫亦有多有寡。

816（㞢）：㞢字中豎有穿、有不穿越橫畫。

838（往）：往字从止从土之間，有增作二分叉斜筆，亦有省略。

892（亥）：亥字中間有旁出一短橫豎交錯的部件，亦有見省略的字例。

893（宰）：宰字从羊，其中有省漏二斜筆（羊耳）例。

894（酌）：酌字从酉，中間有增一橫筆，亦有省略例。

900（年）：年字上从禾形一朝前一向後，禾與人形相接處一有長豎一則無。

902（比、其、令、𣪘）：比字从二人首筆一作直豎連人身，一作斜筆。其字底部有作橫畫平書，有分二刀作尖底。令字从倒口从卩二部件有緊密相合，有稍作分開，中間復增一衍文的橫畫。𣪘字从殳上有省圈形的特例。

903（亥、隹、苜、㞢）：亥字豎筆中間有一短橫畫，一般則無。隹字首刀向下斜出，一作長直筆突出，一作短筆與另一斜畫相接。苜字從橫目處一作突眼狀獨立書寫，一分書作二對稱抽象弧筆。㞢字中豎一穿出橫畫、一不穿出。

905（㞢）：㞢字中豎亦見有穿有不上穿橫筆字例。

908（卅）：卅字合文下有見橫畫作平底，有分二筆斜作尖底。

914（來、𡆥、戠）：來字底處有作常態的三叉根部，有省作入字形。𡆥字上有从一橫、二橫並見。戠字从戈下有短橫，亦有省略短橫。

924（子、𠭯、用）：子字手形有作一橫直筆，有作一高一低的曲筆書寫。𠭯字从冊有省兩旁的短豎例。用字下有从二長橫，亦有只作一長橫。

940（賓）：賓字从宀上有增从短豎筆的特例，與一般的宀形互見。

941（伐）：伐字从戈下有短橫、無短橫，見於同版。

以上，僅就《甲骨文合集》前一千版甲骨羅列出其中的89版153組同版異形字例。這種異形共存，以至有純屬於同一人書寫的異體字量，不可謂不多。異形的字例，包括：部件的增省改易、點畫位置調整、筆畫的長短多寡、出頭不出頭、對稱不對稱、起筆收筆角度的差異、圓筆直筆弧筆曲筆的不同、字體大小長寬的出入，以至不同的筆序、書體等，由此證明同時以至於同一刻手所書寫的字形結構並不全然是固定的。如果單獨以字體來區分組類，無疑不會也不應該是一個絕對的標準。

字體的分類，理論上是根據常態習見字體的寫法差異來分類，剔除例外的、特別的、偶發的字例，從而可以整理出某刻手或者某時段刻手群本身對常態字體、部件的書寫習慣。然而，常態字例書寫應用的時間往往是拉得很長，遂失卻作為對比和區隔的功能。況且，不同時段的常態字體按理是有相同的，亦有可能不同。因此，無法截然二分的去判斷在不同時段一定存有不一樣的字體。由於文字書寫是自然漸進演變的，亦不容易只據字體就可以作清晰的斷代分期。目前由貞卜人組來區分刻手群的字體，二堆材料的性質理論上就是不對口，同組中的刻手群的書體本來已是有同有異，不同組類刻手群的書體，同異的現象就顯得更複雜了。因此，目前組類字體的盡量細分，是否即能呈現客觀的平面時段之合理切割或縱線分期的真相？目前看，似乎只能聊備一格而已。

## （二）崎川隆字體分類的矛盾

崎川隆對於字體分類的標準，自然是以文字的結構和書體來判斷。他是站在黃天樹、張世超等的研究基礎上，「嚴格的」透過對比字體或部件筆畫的差別特徵，決定字體的類型所屬。如：

1. 眾字：崎書所定的規範字例典賓類作 34、37；賓三類作44、35。二類字體的差別判斷，不在從人作、筆序的差別，而是在從日形上下二橫筆的直曲上。典賓類從日作二橫畫平齊，賓三類從日的二橫卻分成三四刀的菱形書寫。
2. 禦字：272 版的禦字作、作，崎書都定為過渡 2 類。由字體的特徵標準言，字从卩的手形可作拋物線和直筆書寫同版無別，關鍵的只能是從午上起筆處同具短豎來看。
3. 得字：崎書師賓間類作519、520，相對於典賓類的518，可見字體在師賓間類判別的準則，不在於從又的手形位置，而是在貝形上兩側起筆的省略。
4. 貞字：558 版的貞字作、作，一修長、一方正，中間斜筆有相合有不相合。崎書定本版為典型典賓類。字的特殊性顯然不在上下兩組斜筆的碰合不碰合，而應該是強調兩側二豎筆下方的拉長字形。
5. 羌字：506 版的羌字作、作，羌首的冠飾對稱有上揚、有往下垂。崎書定本版為典型賓一類。字體的組類標準不在冠飾的長短，關鍵是在從人身側形的折角筆直的書風。

然而，可惜崎書字體分類中列舉的標準字例太少，一般每類只羅列出 8 至 10 個特徵字例，不足以支應判斷近兩萬片甲骨的分類。同時，崎書對於若干甲骨版面的組類判別，其中的字體理論並不充份明確，反而考量的準則卻似是另依據習見的文例詞彙而來。如：

1. 奉羌。503 版殘片只見完整的「奉羌得」三字，崎書定為過渡 2 類，其中的奉字作、羌字作、得字作。504 版殘片也只見完整的「于奉羌得」四字，崎書亦定為過渡 2 類，但其中的奉字作、羌字作、得字作；三字字體與 503 版全不相同。二版俱判定同為過渡 2 類的標準顯然不是字形，而是在於相同的文例。對比 499、500 二版同樣評定為過渡 2 類的理由，與版中的「伞羌」一詞用法亦可能有關。
2. 伐𢀛。537、538、540 諸版在崎書同視為典型典賓類，537 版殘片，只見「貞：乎寇伐𢀛」五字，貞字作、乎（呼）字作、寇字作、伐字作、𢀛字作；538 版殘片又見「貞：勿乎寇伐𢀛」例，其中的貞字作、寇字作、伐字作，字形與 537 版互有出入。540 版亦見「貞：乎多寇伐舌」例，其中貞字作、乎字作、寇字作、舌字作，字形與 537 版也有差異。三版視為同一組類的關鍵，似應是「乎寇伐舌」此一共同用語。

3. 㞢伐。900、901、902 版在崎書中同列作過渡 2 類，其中都有「㞢伐」一詞，字形基本上都是一致的。只是 900 版作「㞢（侑）伐于上甲十㞢（又）五」、901 版作「㞢（侑）伐上甲十㞢（又）五」、902 版作「㞢（侑）于大甲伐十㞢（又）五」，三者的句型語序互有出入。因此，語法詞位的差異也不是崎書區分組類的標準，「㞢伐」一詞才是三版認定屬於同組類的關鍵因素。

4. 卒芻。127、126、122 版在崎書同列過渡 2 類，都有「卒芻」一詞，其中的 127 版屬殘片，只見「卒芻」一完整文例，卒字作，上下三角形中有一豎筆、芻字作，从二屮。126 版殘片僅三字，亦只見「卒芻」的完整用法，卒字作，上下三角形無豎筆、芻字作，从二木，字形與 127 版全不相同。122 版見「𢍰雍芻」例，𢍰字作，明顯為卒字繁體，增雙手。三版作為同組類的關係準則，顯然不是字形而是在用詞。

崎書在附錄的〈字體分類總表〉中，復列舉若干同版互見兩組類字體的特例。如：590 版是賓一類與過渡 2 類同版、709 版是賓一類與過渡 2 類同版、940 版是賓一類與過渡 2 類同版是。這種互見現象，是屬於同版同一刻手自由的異體書寫，抑或是源自兩類不同的字體，而經二人的手筆，實在不好說明。但正因為林澐以降學界對字形抱著「能分則分」的精細區隔要求，崎川隆復提出再細分而增添的「過渡」類型，反而讓字體、書體就更不容易區分清楚。由於不同文字各自的字體傳承發展的線長短本不一，同一時段同一字例會有不同的字體，而相同的字體亦可能不限在同一時段之內。文字字體、書體變化的上下時限本就不可能單純的一刀切作分類。甚至有些是非文字的因素而改變了字體慣常的書寫狀況，如：30 版的「方」，字作、作，一修長、一壓縮筆畫作方形，主要原因是甲右的「方」字下邊已先畫有界畫，擋著此一「方」字的正常書寫，字體中豎部件才會不得已往上推形成方形的寫法。崎書將此二字形同定為賓三類字，但恐非一常態的字體分類。702 版過渡 2 類的「好」字二形，二部件一作左右對稱，一將其中從「子」部件向上抬。細審原因也是由於後一字靠貼於圓鑽位置，書寫空間受到限制，部件被迫上移，遂成為一上一下的異形特例。這些種種特殊書寫現象，崎書並沒有說明，處理手法並不算周延妥貼。

以下，分項舉例一些崎書判斷矛盾的甲骨版面，提供今後甲骨字體分類研究的進一步參考。

A. 不同的甲骨版面，字體相同而崎書判讀為不同類者。如：

1. 22、23 版。二版的文例：「己酉卜，爭貞」、「廾眾人」、「乎从叀」、「叶王事」都相同，特別的字形如酉字簡化，二橫畫突出；人字先豎筆連身而下；乎字上三短豎平齊；貞字二組斜筆相接合；爭字下作誇張的手形等，字體基本相互一致。但崎書將 22 版置於典型賓三類、23 版卻定在典型典賓類中。
2. 26、27、28、30 版。四版文例有見「令𠂤氏眾伐𢀛方」一用例，字形亦相當，特別是「眾」字所从三人，首人形直筆起筆，後二人形作斜筆起筆，版 28、30 寫法全同。但崎書將前三版評定為典型典賓類，後一版卻另置於典型賓三類。二者的字形與字用都不容易區別。
3. 50、51 版。二版屬殘片，都見「其喪眾人」句例。崎書 50 版定為過渡 2 類，51 版放在典型賓三類。但細審字形，50 版的眾字、人字形，均見於典賓類，如 40、43 版字是；貞字與典賓、賓一類亦同。51 版的眾字屬典賓類，貞字斜筆相接，亦可列入典賓類。此二版卻一在過渡 2 類、一在賓三類，未審何據？
4. 97、98、99、100 版。崎書定 97、98 二版為賓一類，二版都有「氏（以）骨芻」一句，字體相同。崎書定 99、100 二版則為過渡 2 類。其中的 99 版殘片，只有「骨芻」二字，「芻」字形與 97、98 版的賓一類字全同，而「骨」字則在骨形中增一斜筆，崎書可能因此判定是稍後的過渡 2 類。但檢視 100 版殘片僅有的「氏侯芻」三字，字形與 98 版中所見全同。崎書則將 100 版置於過渡 2 類而不入賓一類，恐並無足夠的證據。
5. 143、144 版。崎書定 143 版為過渡 3 類，版中命辭見「八殺芻奠」一句。崎書定 144 版為典型典賓類，此版殘片只見「八殺芻」三字，字體與 143 版全同，特別是「八」字二筆的一上一下，「殺」字从殳上獨立作圓圈的寫法，和「芻」字从又的直角刀刻，都明顯見出自同一刻工之手。崎書卻判斷二版為不同的組類，原因不詳。
6. 156、158 版。崎書定 156 版為典型典賓類，158 版為過渡 3 類。二版都有作「貞多羌不其獲」字句，其中的「多」字从二肉橫書，上下二肉都獨特的分作四直刀刻畫，「羌」字从人的人身與人腿脛一筆成直角書寫，「不」字上从短橫，二斜筆與中豎交匯於一點，「其」字的箕形作平底狀，「獲」字从隹的首筆特別斜出。以上兩版的字體和書風全同，未審崎書為何將 158 版獨自標列為過渡一類？
7. 244、257、322、372、434-438、466-432-436 版。244 版見「來羌」一例，「羌」字的寫法獨特，在字首冠飾與人相連處有一特別的短豎筆，「來」字上有增一斜筆。崎書定為典型賓三類。而其餘的 257、322、372、434 版均有這一「羌」增短豎的字形，都統歸諸典賓三類，但是在 438、466 二版也具有相同的羌字字體特例，卻另定為過渡 2 類，432 版則定為待考，436 版又屬於非賓組。可見崎書將同一特殊字形，分別放置於不同組類之中。

8. 257、258、260 版。這三版殘片都有「氏（以）羌」例。三版的「氏」字都是从人直首側身，持包狀物呈扁圓形與手直接相連。而「羌」字在 257 版見冠飾下拉長有一短豎，與一般从冠飾从人側形寫法稍異，崎書大概以此特殊字例判斷為典型賓三類，但同版中的「亥」作，與崎書所舉標準字例賓三類的「亥」字作卻不相同。同版的「貞」字，字形一長一寬互見，在書風上亦有差異。258 版「氏羌」的「氏」字，與 257 版相同，但被定為師賓間類。260 版殘片中完整的字形只有「貞」「氏」「羌」三字，「氏」字的寫法與上二版全同，「羌」字中間沒有豎筆，寫法與 258 版亦無別，但崎書則列於賓一類中。三版同辭，字形相當而分置於不同組類，似有商榷的空間。

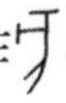

9. 267、249、181 版。267 版貞人賓字作，寫法獨特，從宀上增一小短豎，中間人形上有一小點。崎書斷為過渡 2 類。同版有「氏羌」句例，「氏」字從人手中持物成菱形，與 259 版（定為賓三類）同，「羌」字從人冠飾下垂，與 263 版（定為典賓類）同。249 版的賓字作，亦斷為過渡 2 類，但由此見宀上有豎無豎無別。181 版賓字同作形，但崎書卻另放在典型典賓類。

10. 277、279 版。二版都屬小字，均有「氏羌」句例，字形基本一致。二版的貞字中間斜筆亦特別的交錯成二直畫。崎書將 277 版定為典型賓三類，但 279 版卻放在典賓類，二版辭同字同但組類明顯矛盾。

11. 289、291 版。289 版屬殘片，只見完整的「用」「羌」二字，羌字从冠飾下垂過人身，寫法獨特，崎書定為典型典賓類。291 版亦屬殘片，只有「爭」、「氏」、「羌」三字，其中的羌字與 289 版全同，但崎書卻放在典型賓三類。

12. 272、300 版。272 版見禦字从卩的手形有作拋物線狀、有作直豎筆，从午部件上則多一短豎，崎書定為過渡 2 類。300 版亦見禦字的這兩個異形，字體全同，但崎書另置於典型典賓類。

13. 313、317 版。313 版見「卅羌」例，「卅」合文作尖底形，「羌」字的冠飾半垂，人身成直角書寫。崎書定為典型賓三類。317 版亦見此二字，且字形全同，但崎書卻定在典賓類。

14. 318、326 版。318 版俎字从二肉朝向下方，與一般左右向不同。同版亥字作。崎書定為典賓類。326 版同樣見俎字的二肉朝下形，但崎書則定為典型賓三類。崎書考量此二版的差異，似乎並不自這個特殊字例入手。

15. 349、431 版。349 版殘片只見一辭：「貞：十羌，卯十牛？」，字例普通，特別的是「牛」字上从牛角豎筆由內向外斜出書寫，崎書定為典賓類。431 版殘片亦見「牛」字上牛角先收後張的相同寫法，但崎書改定為典型賓三類。

16. 354、339 版。354 版殘片，只有「子」「卜」「羌」三字，唯一特殊的字例是地支「子」字上的中豎突出書寫，崎書定為典型典賓類。相對的，339 版亦見地支「子」字這種強調中豎的字形，但卻定為典型賓三類。這裡的差異出發點不在於 354 這版殘片，而應是 339 版的字數眾多，崎書可能轉而考量其他字體作為組類判別的標準。
17. 319、338、368、469 版。以上諸版均見一「羌」字體特例，字从冠飾下垂及身，人的側形身腿成曲折狀。但崎書定 319 版為典型賓三類，338 版為典型典賓類，368 版則為過渡 2 類，469 版亦為過渡 2 類。如此看來，崎書標準字例的標準變得模糊不清了。
18. 492、493、494 版。492 版殘片見「𢀛往追羌」例，其中的「追」字从𠂤上下兩端回筆中間有一很寬的距離，从止作曲筆向上勾，寫法獨特，崎書定為過渡 2 類。493 版屬牛臼殘片，亦見「𢀛往追羌」句，追字形與 492 版全同，崎書改定為典型典賓類。494 版屬小片甲骨，僅有「𢀛」「追」「羌」三字，字形略小，但寫法與前二版亦全同，崎書卻置於賓一類。
19. 529、530、531 版。三版都有「才𡧊羌」句，羌字从人身腿作曲筆寫法。崎書將 529、531 版定為典型典賓類，而 530 版殘片中只有此三字，字形與其他二版基本相同，崎書卻定為典型賓三類。原因不詳。
20. 573、546 版。二殘片都有「執寇」用例，字形都同作「」「」，只是後者在寇字上有增小虛點。崎書將 573 版定為過渡 3 類，而 546 版定為典型典賓類。二版的歸類不同。
21. 596、597、598 版。596 版殘片，較完整的文字只有一個寇字，字从宀从人持杖，持杖處見手形；597 版殘片，完整字亦只有一個寇字，字从宀从人持杖，但不見手形，人四周有增三虛點。崎書定此二版同為過渡 2 類。598 版也屬殘片，亦只見一「寇」字，字从宀从人持杖，具三虛點，字形與 597 版相當，但崎書另定為典型賓三類。
22. 627、628 版。二版基本都有「多臣往羌，卒」句例，只是字溝一細一粗，但字形全相同，如「午」字上有增直豎、「卒」字中有橫畫、「往」字从止直筆斜出、「羌」字从人手下垂是。崎書定 627 版為典型典賓類，而 628 版則另置於過渡 2 類。
23. 716、718、719、720 版。以上四版均見「𣞤（冊）𡰥（奴）」例，四版的「𡰥」字形相同。716 版「𣞤」字从冊中具三直豎筆，兩邊常態示束繩的小短豎則省，718 版「𣞤」字中从三直豎，兩旁亦具束捆形的小短豎。崎書將此二版都定為過渡 2 類。719 版「冊」字中从三豎筆，兩旁省小短豎，與 716 版字同，崎書則將此版改定為典型典賓類。720 版的「冊」字形基本與 718 版同，从冊多增一直豎，但崎書卻定為賓三類。

24. 843、858、860 版。三版都屬殘片，共同出現一「往」字作，下从土但不見常態的橫畫，字形特別。崎書分別將 843 版定為賓一類、858 版定為典型典賓類，而 860 版定為過渡 2 類。

以上 24 例，見甲骨有共同的字體用詞，但卻在崎書中分屬於不同的組類。這些版面字形字用相關的分類離合標準，恐有重新審定的必要。

B. 不同的甲骨版面，字體不相同而崎書判讀屬於同類者。如：

1. 122、126、127 版。三版見「執芻」例，但字體全然不同，122 版作「」、126 版作「作」、127 版作「」；執字 122 版从卒單筆書寫，从雙手，126 版从卒作複筆書寫，从雙手，127 版从卒複筆，上下三角中見直豎筆，兩旁不見从手。三字字形全然不同。芻字 122、127 版从二屮，126 版从二木，寫法亦異。特別是 126、127 二版都屬於殘片，版中單獨只見此一文例，無法再考量他字作出判別標準。而崎書將此三版都同納入過渡 2 類。
2. 131、132 版。131 版殘片，只見：「貞：往芻，不其得？」一辭，其中的「往」字作，从止的腳趾向上回勾，从土下無橫畫，止和土之間夾有二斜筆；「不」字作，下垂三豎作波浪形。崎書定為典型典賓類。132 版殘片，亦見「（貞）：往〔芻〕，不☐？」句，往字作，从止斜筆直出向上，从土下有一橫畫；「不」字作，下垂兩外豎折筆而下。崎書亦定為典型典賓類。
3. 165、166 版。165 版殘片，見「獲羌」例，特殊字形如酉作、貞作、獲作、羌作。崎書定為典賓類。166 版殘片，亦見「獲羌」例，但相對字例的酉作、貞作、獲作、羌作。由酉字二橫筆有出有不出、貞字二組斜筆有接有不接，二側豎筆有出有不出、獲字隹頭斜筆有長有短、羌字从人身有直角有不直角而下；諸字體的寫法全然不同，但崎書亦定 166 版同為典賓類。
4. 237、238、241 版。三版殘片都有「來羌」例，崎書都定為賓三類。但 237 版作「」、238 版字作「」、241 版字作「」，字形明顯各異。其中的「來」字象麥形上邊垂穗處有對稱有不對稱的寫法，「羌」字分別作人側身直角形、人首有增短豎筆、人身向外斜出而冠飾下垂的不同寫法。
5. 262、263 版。二殘片同見「亥」「貞」「𦎫」「羌」字例，262 版「𦎫」「羌」字殘，無法對比，「亥」字作、「貞」字作；263 版的「亥」字作、「貞」字作，二版明顯屬於不同字體，但崎書都定為典型典賓類。

6. 267、93 版。267 版貞人賓作，寫法特別，从宀上起筆處有一短豎，中間从人形在人首處見一小圓點。崎書定為過渡 2 類。反觀 93 版同判定為過渡 2 類，但賓字作形，从宀上無豎筆，从人上只見橫筆。二版的貞人賓字形明顯不同。
7. 283、289 版。283 版殘片，所見四字只有一「羌」字完整，作，冠飾內收，从人側成直角，手往外揚的寫法。崎書定為典型典賓類。289 版亦屬殘片，三字只有「用羌」二字完整，羌字則作，冠飾誇大外垂，人手往下垂的寫法。崎書同定為典型典賓類。
8. 293、294、295、296、297 版。崎書將這五版都列入賓三類（其中 294 版為賓三，餘皆定為典型賓三類），諸版均有「三百羌」例：293 版作「用三百羌于祊」，其中「用」字作，「百」字省橫畫作，「羌」字作，「于」字作；294 版作「三百羌于祊」，其中的「百」字作，「羌」字作，「于」字誤作；295 版作「三百羌用于祊」，其中「三百」合文作，「用」字作，「于」字誤作，「羌」字作；296 版作「三百羌于口」，其中「百」字省作，「羌」字作，「于」字二橫平齊作；297 版作「羌三百于祖」，其中「羌」字反書面背作，「百」字省作，「于」字二橫畫一短一長作。以上諸句例中的「百」、「于」、「用」、「羌」字體都不相同，「三百」一詞分書、合書組合形式不一，句型位移有別，但崎書都列為同一類。
9. 324、337 版二版有「羌十人」用例，崎書都定為典型賓三類。324 版「人」字作，人首與人身連筆而下；337 版殘片，只見「羌十人」「九月」二詞，「人」字作，人首卻與人手相連而斜出。二版「人」字形的筆序明顯不同。
10. 399、400、401、402 版。崎書將四版都定為典型賓三類，399 版見「羌三人」，「羌」字作，从人身曲膝斜出，「人」字作，人手折筆向外書寫。400 版見「羌三人」，「羌」字作，人身拋物線弧形而下，「人」字作，人首手直書而下。401 版見「羌三」，「羌」字作，冠飾與人中間有一短豎。402 版見「三羌」，「羌」字作，人身折角而下。以上四版文例在字形、詞位和具量詞否都互有不同，但卻被歸諸同一組類。
11. 496、498 版。崎書同定為典型典賓類，都有「𡴘羌」用例。但 496 版「𡴘」字枷鎖形上下三角的橫畫夾在二斜筆之間，而 498 版「𡴘」字上下三角的橫畫突出，二斜筆刻在橫畫之上，字體明顯不同。
12. 503、504 版。崎書將二版同歸諸過渡 2 類。503 殘片，只有「𠦪羌，得」三字，「𠦪」字作，「羌」字作，「得」字作；504 版殘片亦只見「于𠦪羌，得」四字，「𠦪」字作，「羌」字作，得字作，二版對應的三個字例形體都不相同，但卻定為同一組類，崎書的標準似乎在詞而不在字。

13. 537、538 版。二版殘片都見「貞：呼寇伐舌」句例，崎書同定為典型典賓類。但二版的貞字分別作、（甲背後有作），寇字分別作、，伐字分別作、，舌字分別作、。寫法都互有輕微的出入，特別是「伐」字从戈起筆的一刀，明顯見二部件的筆序差異。
14. 580、581 版。二版殘片都有「刖寇，不囚」用例，崎書都定為典型典賓類。但 580 版刖字作，从刀刖足，511 版刖字則作，从大刖腿處增短畫示意，另从止以示完整的腳，刖腿的工具改呈排齒狀，與刀不同。二版的寇字从人持杖，其中 580 版的杖作倒勾形，字體亦略有不同。
15. 591、595 版。591 版殘片為骨臼刻辭，貞人亘字作、作，字上面固定有一橫畫，595 版版亦為骨臼殘辭，貞人亘字卻作，字上並沒有橫畫。但崎書書同定為典型典賓類，明顯這個貞人字形的差別並不成為崎書字體判別的標準。
16. 629、630 版。二版均屬殘片小字，都有「鬳小臣」一特殊句例，崎書定為相同的典型賓三類。但「鬳」字，629 作，兩器耳置器身之外，630 版作，兩器耳內收器中。「臣」字，629 版豎立作，630 版則橫寫作。兩版的貞字，前者作，兩組斜筆不相接合，後者作，兩組斜筆中間相接，兩側豎筆更朝下突出，彼此都不相同。
17. 804、805、806 版。三殘片都有獻奴牲告祖的「執」字，崎書同定為典型賓三類，但 804 版「以執」的字作，字強調人頸係繩索，805 版「告執」的字作，字強調人首上的回形綑束，806 版「告執」的字作，字強調人首係於枷鎖之上。三版字形甚至文例都有明顯差別，但卻列於同組類。
18. 839、841、846、855 版。四殘片都有「往」字，崎書同定為典型典賓類，但字形互異。839 版作，止下增三角形，字可能受㚔字的寫法影響，841 版作，止下有二斜筆，土下有橫畫，846 版作，止下直接與土相連，855 版作，土下沒有橫畫。
19. 838、848 版。本組二殘片與上例相同，都出現「往」字，但崎書卻同定為過渡 2 類的字體。838 版字作、848 版版字作，土下一增一省橫畫，二形各異。
20. 889、891 版。崎書都定為賓一類，二版都有「卅伐」一詞，但 889 版作「」，「卅」合文字尖底，「伐」字从戈省下一短畫，上一短畫緊接豎筆的開端，从人首身連筆而手部分書。891 版作「」，「卅」合文字底平齊橫畫，「伐」字从戈具下短畫，上一短畫則靠貼著豎筆的左側，从人首手直書。二字形有明顯的差異。
21. 900、901、902 版。三版都有「㞢伐」例，崎書同定為過渡 2 類。但三版間字形和文例用法都有不同。如：「在」字，900 版作，豎筆中間不穿，902 版則屬普通的形。貞人「㱿」字，900版作，从殳旁左側上一刀連向下柄，901版作，从殳上作對稱菱形書寫，902版字有與900版同，亦有改殳為曲杖作。「其」字，900版下作平底橫畫，902版有作平底，又有作尖底書寫。同時，三版文例亦有出入，900版有「㞢伐于報甲十㞢五」句，901版作「㞢伐報甲十㞢五」，省介詞，902版作「㞢于大甲：伐十㞢五」，侑祭的伐牲移後。

22. 974、978版。974版為完整龜版，崎書定為過渡2類，978版為殘片，只有「乙丑卜，賓貞：㞢伐于☒」一辭，亦定為過渡2類。二者均見貞人「賓」字，然974版作常態的形，而978版字上增短豎作，字體明顯不同。978版「㞢」字上橫筆分二刀書寫，由外而內收筆，與一般過渡2類如916、952版單純作一橫畫不同。

以上22例，見甲骨之間字體相異，但在崎書卻都歸於同一組類。這些甲骨組類標準的審定，顯然和字體並無必然關係。

C. 同一甲骨版面的規範字形眾多，導致組類參差，崎書判斷流於主觀。如：

1. 47版。本版殘片僅「不㞢眔」三字，「不」字作，上作倒三角形，下三豎筆作波浪形，這種特殊的字形見於16、18版，被介定為典型典賓類。「㞢」字作，中間豎筆收縮，僅僅出頭，字形與過渡2類的808版、272版相同。「眔」字作，形體與典賓類的37版和過渡2類的50版亦相同。以上的字例歸類各不相同，崎書則將此版納入典型賓三類，未審主證為何？46版有「㞢眔」例，亦定為賓三類，但其中的「眔」字上从日二橫筆上下朝外突出，从三人的人形首手垂直往下書寫，字形卻明顯和47版字例不同。
2. 51版。本版殘甲見「其喪眔人」例，崎書定為典型賓三類，但對比字形相約，同見「其喪眔人」一句例的50版，卻定為過渡2類。細審51版的「眔」字，又與典賓類字相同，見43版；「人」字，與典賓類亦相同，見40版。崎書將51版判定作賓三類，未審何據？
3. 159 版。本版殘片只有「午」「多羌」三字，其中的「午」字上有一短豎筆，「多」字上稍殘，從二肉形橫置，橫筆突出並與中間短豎呈直角，「羌」字從人的身腿呈折角形寫法。對比崎書對於甲骨片的定位標準字例，「午」字與典型賓一類字形同，見96版，「多」字與典賓類字形同，見153、154、155版，「羌」字與典賓類字同，見153、154、156版，字又與過渡3類同，見158版。以上諸版，都見「多羌」的用法。如此，崎書判定159版屬於典型賓三類，未審何據？
4. 195版。本版殘片見「獲羌」例，崎書定為過渡1類，但其中的寅字作，豎筆突出，崎書第四章84頁〈字體分類〉的特徵字體將此字形列為非典型師賓間D

類字。子字作，手形由左上折曲斜下，與崎書 59 頁特徵字體所列的師賓間類字相同。獲字作，从隹第一刀橫書短畫，見崎書 93 頁過渡 1 類字，但亦見崎書 57 頁典型師賓間類字。如此，崎書如何將這 195 版判定為過渡 1 類？原因不詳。

5. 198 版。本版屬殘甲尾，只見「㞢獲羌」和「𢀛」四字。「獲」字从隹，首筆斜而突出，屬崎書的常態典型典賓類字，見 162、165、179、182 等版，又偶見典型賓一類，如 190 版。「羌」字从冠飾下垂及人身，字形亦見於典型典賓類，如 188、189 版。然崎書卻判定 198 版為新創的過渡 2 類字，與常態字類相違。

6. 202 版。本版殘片見「貞：㲋☒不其☒多獲☒」一殘辭。崎書定為過渡 2 類。然其中的「貞」字二組斜筆之間不相連接，兩側豎筆向下拉長突出，字形有見於典型師賓間（53）、典型典賓類（66、181、182、360）、過渡 2 類（192）、賓三類（432）等，恐無法作為判別標準。「不」字作，首筆短橫與二斜筆相接成小型倒三角，字形獨特，崎書 158 頁已定此字為典型賓三類，反查崎書 119 頁過渡 2 類的「不」字標準字例，無一例上有附橫筆者。「多」字从二肉橫畫，橫筆突出，字形見典型典賓類，如 153、154、156 版，又見典型賓三類，如 159 版。「獲」字从隹，第一刀作斜畫突出，常態見於典賓類，如 165、166、175、184、185、188、189 版是，但亦見於過渡 1 類如 160 版，過渡 2 類如 192、193 版，過渡 3 類如 171 版是。如此看來，崎書如何直接由字體判定 202 版為過渡 2 類？恐仍有待商榷。

7. 248 版。本版為一大龜版的腹甲，字多而有不少異體，如貞字作、、，伐字作、，㱿字作、，于字作、，祖字作、是。崎書定本版為過渡 2 類。但按崎書所定的字例標準，乎字作，原中間橫畫斜出，屬師賓類和典型賓一類；于字直豎，屬典賓類；㱿字分見典賓和賓一類的寫法；貞字形見師賓間、典型賓一類，字中斜筆交錯又見賓三類；伐字从戈上橫筆與直豎相接，屬典型典賓類和賓一類；不字作，常見於師賓間和賓一類；允字作，中具長豎筆，屬非典師賓 A 類，字又見賓一類（97）和典型典賓類（162）。如此複雜交錯並出的版面，字體組類由師賓類可以一直跨越至賓三類，崎書似乎是以賓一類和典賓類字為基礎，切出所謂「聯類」的過渡 2 類來。當然，這種由中間下刀切出的區隔，作為組類定位的方式是否合理，很值得評估。

8. 418 版。本版屬龜甲，崎書定為過渡 2 類。其中的「方帝（禘）」正反對貞，「帝」字一作、一作。前者崎書有定為典型典賓類，如 6270 版，有定為典型賓一類，如 14204 版，後者則定為過渡 2 類，如 368、405 版，但亦有定為典型典賓類，如 15956 版。「㱿」字作，从殳連筆而下，从南兩側不分段書寫，崎書 111 頁定為賓一類字。「申」字作，崎書 108 頁定為賓一類字，與 413 版師賓間類字形亦同，相對的崎書 120 頁過渡 2 類字表的「申」字都作強調電光對勾的形。「戌」字豎筆與上短橫相接，形與 417 版典型賓三類的「戊」字所从相同。「于」字中豎斜出，又與 415 版師賓問題相同。「其」字作單橫平底，兩側豎筆上具短橫，字見師賓間類，如 520 版，又見典賓類，如 508 版，但反觀定為過渡 2 類的 376 版，「其」字形卻分作兩刀的尖底狀。由此看來，本版字體繁雜紛紜，能判別組類的字例錯綜，崎書似只依據一「帝」字中作圈綑狀的字形判定為過渡 2 類，恐未為的論。

9. 424 版。本版殘骨崎書定為典賓類。其中的「其」字平底，由師賓間（520）以至賓三（431）都有這種寫法。「用」字中間二橫筆移下靠近底部，由典賓（299）以至賓三（293）都有這種字例。「于」字中豎筆直書寫，由過渡 2 類（376）而典賓（429）以至賓三（428），亦不是特例。地支「子」字上豎筆突出，由過渡 2 類（140）而典賓（303）與至賓三（645）都見有此形。本版字體可以涵蓋的組類太廣，似並無決定性的標準字。

10. 433 版。本版殘片僅「用」「羌」「丁」三字。崎書定為賓一類。細審字形，「用」字中間二橫筆靠於底部，形近典賓類（424），「羌」字从人身折體彎曲後傾，字同於賓三類（399、404），「丁（祊）」字扁平，見於典賓類（429）和賓三類（428）。由此看來，本版如何能判定為賓一類？似可斟酌。

11. 505 版。本版殘甲崎書定為過渡 2 類。版中「其」字分見單筆平底形和分兩刀尖出狀。前者與 518 版典型典賓類字同，後者又與 501 版典型賓三類字同。「奉奉」字从卒作，與同為過渡 2 類的 503 版作、504 版作並不相同，反而與被列為典型賓一類的 506 版作相近。「得」字从貝中間二短斜筆對稱，與過渡 2 類的 504 版「得」字从貝中間只作一長橫相接不同，反而與 509、510 版的典型典賓類字形相同。「不」字上不从橫畫，字形由師賓間類一直至過渡 2 類都有。本版靠甲尾處見「方帝」用例，「帝」字中从方形圈綑狀寫法，有見於過渡 2 類。這恐怕才是崎書判斷組類的一個關鍵考量用例。

12. 526 版。本殘片崎書定為典型典賓類。版中有「疾羌，其囚」例，其中的「羌」字冠飾下有增一短豎筆接人的側形，豎筆中間又見一斜畫。這種「羌」字冠飾和人形中間拉出一條短豎的寫法，有見於過渡 2 類（438）、賓三類（372），以至非賓組（436），而「羌」字冠飾下多出一斜筆以示項索的，有出現於師賓間類（519），亦有見於典型典賓類（440）中。本版「疾」「囚」字从人都作，人首筆直而下，中分人手和人身腿，字形與典型賓三類的 501 版全同，但與典賓類（496）的形寫法不同。本版「㞢」字中豎筆只突出於上橫畫一點，字形見於過渡 2 類（272）。本版「貞」字二見，而側豎筆突出，兩組斜筆一不相接、一作交錯形。這種互見異體例，又見過渡 2 類的 248 版。本版明顯沒有關鍵字例與典賓類相對應。

13. 564 版。本版殘骨臼崎書定在賓三類。版中見「多寇」例，崎書一般置於典型典賓類，如 540、542 版。「寇」字从人持杖，杖首呈倒鉤狀，相同字形見於典型典賓類（537、538）字。本版「午」字上有直豎筆，亦屬典型典賓類（515）寫法。本版另一辭「戠寇」，亦見定為典型典賓類的 563 版。崎書將本版定為賓三類，可能只是依據版中「令」字的倒口形和从卩略作分書的寫法來判斷。

以上 13 例，見在同一甲骨版面中的字例眾多，組類參差，將有待推論組類的時間都拉得很長，並不容易掌握關鍵的標準字體。可見，崎書對這些甲骨的分類判斷並沒有很堅實的理論基礎。

D. 同一甲骨版面字體少而殘，崎書的判斷與習見的字體分類不同。如：

1. 251 版。本版殘片只有「來羌」二字，作，寫法普通。字形和用例與過渡 2 類（235、248）、典型典賓類（243）和典型賓三類（239）都相同。目前崎書判定為典型典賓類，判斷標準不詳。
2. 252 版。本版殘片見「其㞢來羌」句，骨旁有「不𠭰蛛」。「來羌」一辭和字形與典型典賓類的 251 版全同，「不」字上短橫成倒三角形，以崎書的標準應作賓三類字。但本版崎書則定為過渡 2 類，判別標準並不明顯。
3. 278 版。本版碎片只有「𠂤氐（以）」一辭，完整的字形只有一個「氐」字。崎書定為過渡 3 類。氐字形先直筆人首身，再寫人手，最後才分書回勾作手攜物的筆序，與過渡 2 類（275）、典賓類（268）和典型賓三類（257）的字體都同。崎書對本版字體的判斷，似乎沒有充份的證據。
4. 317 版。本版殘骨崎書定為典賓類。版中見「羌卅」，其中的「羌」字从人身腿呈折角寫法，「卅」合文作尖底狀。對比 321 版同為典賓類的這兩字，「羌」字卻从人身背弧筆而下，「卅」字的底部平齊作橫畫書寫，明顯全不相同。反觀「卅」合文作尖底狀字例，如 313、314、315、319、322 諸版甲骨，都常態定為賓三類。因此，317 版崎書判斷為典賓，似有可商榷處。
5. 338 版。本版殘片崎書定為典型典賓類。版中見「羌十人」一辭，「羌」字冠飾下垂，人側形彎曲書寫，字形崎書見屬典型賓三類（319、399）的寫法。「人」字首筆直豎，人首手相連，第二筆才刻上人的身腿，這種筆序與定為典型賓三類的 337 版全同。因此，崎書將此版定為典賓類，無疑與「羌」、「人」字體的類別所屬不一致。

6. 407 版。本版殘片僅「三羌」二字，崎書定為過渡 2 類。羌字冠飾對稱下垂僅及人首，人側形呈折角書寫，字形與典賓類的 408 版和賓三類的 402 版全同，崎書未審如何定為過渡 2 類？
7. 415 版。本版殘片見「一羌」用例，崎書定為師賓間類。羌字見中間人首處拉長，呈一短豎的寫法。這種特例字形常見於典型賓三類，如 257、269、401、434 版是。崎書將本版定為師賓間類，顯然違背原書中對「羌」字體常態的判斷。
8. 433 版。本版殘片只有「用」「羌」「丁（祊）」三字，崎書定為賓一類。其中的「用」字二橫筆靠近字的底處，字形與典賓（424）和賓三（293）類字相同，「羌」字从人的身腿向後折出，字形與賓三類，如 399、404 版字同。「丁（祊）」字扁平而拉長，與典賓（429）和賓三（428）類全同。因此，崎書判定本版為賓一類，未審何據？
9. 596、597、598 版。三版殘片都只見一「寇」字屬完整字形，596 版作，強調手指持杖形，崎書定為過渡 2 類，但相同的字形卻見於典型典賓類，如 540、546、583 版。597 版作，強調幾點虛點，字與 598 版基本相同，但崎書定 597 版為過渡 2 類，598 版則為典型賓三類。然而，這相同的字形卻又見於典型典賓（563）。因此，這三版字體判定標準為何？似乎並沒有清楚的區隔。
10. 607 版。本版殘片左邊只見一「寇」字作，崎書定為賓一類。但字體與典型典賓（595、604）、過渡 2 類（597）、典型賓三（598）基本都相同，未審為何判定本版為賓一類。
11. 648 版。本版殘片只見一「奚」字，崎書定為典型賓三類。「奚」字作，字又見於 647 版（賓一類）、649 版（典賓類）。三版字體組類的區別準則為何？無法判斷。
12. 735 版。本版殘片只有「㞢（侑）𠬝（奴）」二字，崎書定為賓一類。其中的「㞢」字方正，中豎向上突出許多，但與 728 版（典型賓一類）的「㞢」字中豎僅上露出一點不同，反而與 723、724 版定為典賓類的寫法相近。「𠬝」字从人跪，手形作拋物線向外投而下，形與典型典賓類的 724、729 版全同。崎書將本版置於賓一，恐無充份的證據。

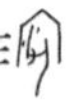

以上 12 例，見同版面殘甲中的文字不多，而崎書組類的判斷卻與字形所定的常態分類並不一致。

E. 同版甲骨有大字、小字的刻寫，崎書不以文字的大小來考慮組類。

1. 139 版。崎書定為典型典賓類。本版屬牛肋骨殘片，文字由下而上刻，其中的干支記錄，最下的「戊辰」屬大字，字溝深而寬，往上的「癸卯」「癸丑」「癸亥」「癸酉」字形稍小，字溝細而窄。再往上的「癸未」「癸巳」又屬大字，字溝又是深而寬。大小二類字跡應出自同一人之手，特別是「癸未」（大字）和「癸酉」（小字）的「癸」字，右上短斜橫的終筆處恰好與中間交叉的斜筆起點相接，大小字形寫法全同。

2. 376 版。崎書定為過渡 2 類。龜版的兩旁乙丑日對貞和左甲橋的占辭屬大字，中間和下邊卜辭屬小字。本版小字「乙巳」日的「巳」字作、作，「其」字作平底的、尖底的、尖底而兩豎筆穿頭的，「隹」字作、作。可見本版異體、正反書與文字的大小並無必然關係。

3. 446 版。崎書定為典型典賓類。本版殘片分二行直書，一行見細長字溝：「〔㱿〕貞：㞢〔羌〕」，一行屬寬長字溝：「〔貞〕：戉受」，細字和寬字的「貞」字，都見兩外側豎筆拉長書寫，恐是出自同一人之手。

4. 456 版。崎書定為過渡 2 類，黃天樹定為典賓類。本版龜甲上沿的左右對貞，屬大字，中間和下邊的卜辭，屬小字。對比大、小字類的「貞」字作、作，兩側豎筆一突出一接斜筆；「用」字作、作，兩橫筆一靠近底部，一分成四橫畫交錯書寫；「未」字作、作，中豎在字上一平齊一突出。大小字體的字形不相同，可能是屬於不同刻工的手筆。

5. 655 版。崎書定為賓一類，黃天樹認為兼具賓一和典賓類字。本版龜甲中間的卜辭是字溝寬大的粗字，甲上和下的卜辭為細字溝的細字。二者明顯屬刻寫工具有差別，而大、小字形分別見「不」字作、作，前者增一短橫，為賓三的標準字，後者見賓一、典賓和過渡 2 類。「貞」字作、作，兩側豎筆向下一突一不突，前者見賓一，後者早可提至師賓間。大小字似是不同組類別刻工所書。再對比大字類的「亥」字作，見右側的豕形咀外突出，屬常態賓三類字形，如 24、320 版是，反而賓一類的標準字是，與本版不同。同時，小字類的「卅」合文作，底部作一橫筆，字見典賓（321）和過渡 2 類（500）；「俎」字从單肉作，字見於過渡 2 類（376）；「隹」字作，隹首第一刀斜推向上，字見典賓、過渡 2 類。因此，本版大字屬賓三類，小字屬典賓或過渡 2 類的字體才對。字的出現是先寫小字，再書大字。但這與黃天樹所指的賓一和典賓同出亦不同。主要原因是黃天樹等認為「賓組三類」（又名「賓組賓出類」）是沒有卜人「㱿」[21]，所以才將本版大字類出現的「㱿」字作形的拉至賓一類去。其實，這種「㱿」字从殳上作圓圈形狀的，字體又見典賓類（305）；

---

[21] 參考崎川隆書 156-157 頁，引黃天樹、彭裕商說。

反而作呈兩刀分書形的，崎書 111 頁才定為賓一的標準字形。本版大小字體的組類交錯複雜，仍有討論的空間。

6. 903 版。崎書定為過渡 2 類，黃天樹由大小字同版認為是兼具賓一和典賓類。本版中間乙卯日正反對貞屬大字，其他上下方和背面的卜辭都屬小字。大小字的字形有同有異，由相同看，大小字的「㱿」从殳上一部件都作特別的兩刀書寫，「乙」字作曲筆下垂，「不」字上不从橫畫，寫法都相同。由相異看，大小字的「亩」一作、一作，「亥」字一作、一作，「隹」字一作、一作。寫法各異。大小字又似出自同時而不同刻工之手。

以上 6 例，見同版甲骨有大小字的區別，二者有為同一刻手所為，亦有分屬兩個不同組類的刻工。後者如 456、655 版這種可以視作不同刻手書寫的字形，見於同版，字不但有大小之別，更有部件的差異，在字體類別區隔上應謹慎分開說明，不宜一視同仁的統一處理。由此看來，大小字的差別有提供組類區別標準的可能性，崎書只籠統的置於單一組類，可能並不是事實。

F. 崎書開創的「過渡」型字體分類，標準含混不清。

崎書在賓組甲骨中，設計於師賓間類和賓一類之間，增列出過渡 1 類；於賓一類和典賓類之間，增列出過渡 2 類；於典賓類和賓三類之間，增列出過渡 3 類。這種過渡類型，是前後兩典型類型的「混合體」[22]。但在嚴格檢視區隔每一組類特徵字體之間的差別時，這種「過渡」類型卻往往變得曖昧不清，成為可上可下、搖擺不定的一種分類障礙。如：

195 版的「獲羌」例，崎書定為過渡 1 類，但「獲」字从隹的第一刀作橫書，卻也是師賓間類（186）的標準字例。99 版的「骨芻」例，崎書定為過渡 2 類，但見與此二字形相當的 97、98 版，卻被置入賓一類中。116 版的「取芻」例，崎書定為過渡 2 類，其中的「取」字从耳增一短豎筆，寫法特別，但相同字形字用的 115 版，卻置於典型典賓類。143 版的「玟芻」例，崎書定為過渡 3 類，而相同字形字用的 144 版，卻另列於典型典賓類。522 版的「圉羌」例，崎書定為過渡 3 類，而相同字形字用的 524 版，卻改在典型賓三類中。

這些例子，都足見所謂「過渡」類型的加插，對字體組類的區分會引起更多糾結兩可的負面現象。這種過渡類型有否存在的必要，值得檢討。

崎書將前後兩個組類字體之間加插一層過渡類型，只要在任一甲骨版中同時出現前組類和後組類的字體，以崎書的標準則定為過渡類。但問題是字體的演變並不

---

[22] 語見崎書第三章 49 頁。

容易依組類的前後而可以一刀切的作平齊畫一的區別，許多字體都是跨組類的。因此，前、後組類的畫分本就不容易清楚區隔一版甲骨中所有字的字體，徒然在前、後組類中間再增列一所謂的過渡類，治絲益棼，過渡類和前組類，以及過渡類和後組類之間的切割標準同樣也是模糊的，並不能解決眾多字體參差不齊的跨組類的困擾問題。

以《合集》671 版為例。這龜版只見上下甲沿的左右兩組對貞。崎書判定為過渡 2 類。細審下甲沿的一組對貞：「庚寅卜，㱿貞：吳以角女？」、「庚寅卜，㱿貞：吳弗其以□？」，其中的「以」字从人持物，手持物部分先一刀下垂外包，另一刀獨立回勾相接。「女」字雙手交錯，膝跪坐的末刀呈尖角形。這「吳以角女」四個字形與 669、670 二版的「以女」、「吳囗角女」全同，而後二版崎書已定為賓一類。671 版上甲沿的另一組正反對貞：「貞：㞢虎？」、「貞：亡其虎？」，特別的是「其」字作，底部作弧形狀，與下甲沿對貞的「其」字作，底部用兩直筆朝中間相接作尖底不同。崎書將本版定為過渡 2 類，關鍵可能是針對這兩種不同的「其」字字形。崎書認為這版的兩種「其」字，是屬於稍後的典賓字形，因此版並見賓一和典賓的字例，才會判定為中間的過渡 2 類。另，505、667 版亦由於「其」字作尖底的、作平底的互見於同版，也因此而定為過渡 2 類。

事實上，如果單由「其」字形來觀察組類的關聯，問題顯得更複雜。下面是依據崎書中「其」字所屬字體組類歸納出的流變表：

| 平底「其」（ ） | 尖底「其」（ ） | 弧底「其」（ ） |
|---|---|---|
| 師賓間（520） |  | 師賓間 |
| 賓一（190） | 賓一（506） | （非典型 C）（423） |
| 過渡 2 類（454、418） | 過渡 2 類（376） | 過渡 2 類（674） |
| 典賓（518、529、424） | 典賓（515） | 典賓（885） |
| 賓三（431、451）↓ | 賓三（501）↓ | 賓三（58）↓ |

如果根據崎書的字體標準看，671 版上甲對貞「亡其虎」的「其」字，細審字下明顯為弧筆，而並非平底的直筆，此可理解為師賓間（非典型 C 類）開始使用的字，對應下甲對貞「以女」字形為賓一類字，因此，671 版亦可置入過渡 1 類之中，而並不一定要放在過渡 2 類。當然，這麼細微差異的區隔就可以將文字組類由過渡 2 類挪升至過渡 1 類，是否科學？是否合理？恐怕就很難完全服人了。

又，387 版「俎于義京」一文例，崎書定為過渡 3 類。而相同用法的 386、388 版，崎書則定為典賓類。崎書考量 387 版的字見於殘骨的正反面。正面的「人」字作，人的首手成直筆書寫，身腿則作折角形。這與 390 版典型典賓類字同，也與 447 版賓三類字相同。「牛」字分見正、反面，正面作，中間橫畫筆直書寫，字形一般不用於賓組卜辭，但卻與《合集》29520（第三期廩辛、康丁卜辭）的牛字、《合集》32054 和 34165（第四期武乙、文丁卜辭）的牢字从牛形全同；反面「牛」字作，中間牛角斜筆分二畫內收，字與 391（典賓類）和 501、414（賓三類）字均相同。正面的「俎」字从二肉朝下，與 318、388、391 等典賓類版的字相同。反面的「雀」字从隹形，突出爪形，屬賓三標準字例，如 644 版是。正面的「于」字作，直豎末作折筆形，一般也不見於賓組卜辭，但與《合集》34240 版（第四期武乙、文丁卜辭）的字形相約。以上字例，見同版組類的安排紛紜，而崎書似是由分見典賓過渡至賓三類的字體，中分的判定為過渡 3 類。但就字體而言，崎書忽略了甲版正面特殊的「牛」和「于」字形的時間安排，至於就文例言本來可以定在典賓類，如何又需往下調至過渡 3 類？下調標準恐仍難免主觀的認知。

我們再透過崎書與黃天樹區分組類的差異對比，發現有許多不同是出自崎書所增列的過渡類型，如下表，可知字體類型分得愈細微，主觀人為的考量愈多，並不見得是適切合理的。

| 《合集》版號 | 崎川隆 | 黃天樹 |
|---|---|---|
| 261 | 賓三類 | 典賓 |
| 387 | 過渡 3 類 | 典賓 |
| 423 | 師賓間（非典型 C） | 賓組戌 |
| 456 | 過渡 2 類 | 典賓 |
| 556 | 過渡 2 類 | 典賓 |
| 641 | 過渡 2 類 | 典賓 |
| 643 | 過渡 2 類 | 典賓 |
| 655 | 賓一類 | 賓一/典賓 |
| 734 | 過渡 2 類 | 典賓 |
| 800 | 賓一類 | 典賓 |
| 874 | 典賓類 | 賓三 |
| 896 | 過渡 2 類 | 典賓 |
| 899 | 賓一類 | 師歷間 B |
| 900 | 過渡 2 類 | 賓一/典賓 |
| 903 | 過渡 2 類 | 賓一/典賓 |
| 969 | 過渡 1 類 | 賓一 |

上表僅是以《甲骨文合集》前的一千版為例，崎書提出與黃天樹判別組類不同的版例，共計 16 版，而其中又多達 10 版是因為崎書提出新增所謂過渡類型的「間組」觀念而產生的矛盾。因此，過渡類型的畫分，並沒有把字體組類的區別弄得更清楚，反而變得更複雜、更混淆。標準字體就更不容易作出正確組類的設定。

## 三、字體組類研究的省思

透過以上對崎川隆研究賓組卜辭字形組類的一段檢驗，我們得出如下幾項判斷字形的態度：

1. 字形並非甲骨斷代的「絕對」證據，更不是完全沒有問題的分類方法。
2. 貞人和刻工原則上是兩個不同的概念。學界應用貞人（卜人）系聯，作為研究刻工字體組類區分的基礎框架。二者標準不同，先天上就有相互不對等的嫌疑。
3. 貞人斷代分期有瑕疵，而字形組類的確立同樣不能解決王與王之間「斷」代的問題，反而將問題複雜化了。
4. 甲骨字體出現跨類組書寫，是一自然現象。因此，應用字體區分的跨度本宜從寬而不應從窄。
5. 賓組刻工書寫的字，是武丁時期王室集團的正規字形，其中分類再多再細，也還是賓組。由斷代分期的實用功能考量，字體區分至賓組其實已經足夠。
6. 賓組字體的內部討論，可以拉出：「師賓間→賓一→典賓→賓三（賓出類）」一條縱線，對於賓組文字流變的理解已經充足，實不宜加插再一次跨組類隔間的過渡類型。
7. 文字組類的區隔，自然是以字體形構異同為考慮核心，但面對組類的系聯，亦需配合文例，充份掌握句型、詞彙，作為字的組類分合的參考。
8. 組類的判別，關鍵的標準字不在於一般常態的字例，而在於個別獨特書寫的字形。
9. 同一甲骨版面會有出現不同的獨特字體，彼此設定的組類參差不同。因此，同一甲骨有機會容納不同的組類。此外，我們可透過各文字的字體縱線長短互較，排比出一段最大公約數的時間上下限，提供決定字體組類所屬分期的參考。

崎川隆對於處理賓組甲骨字體分類所存在的矛盾，自然需要重新評估，崎書標榜的「過渡型」組類，恐怕更不容易掌握明確的組類劃分。但這並不代表崎書研究成果的不重要。相反的，崎書將《甲骨文合集》中近兩萬片賓組卜辭通盤整理，提供研究第一期武丁甲骨的全面分類藍圖，是值得學界肯定的。而崎書這種窮盡式的細微分類，也幫助我們未來建構甲骨字形縱線流變的重要參考和出發依據。以下，嘗試就《甲骨字合集》前一千版的內容，舉例表列出特殊字例的絕對或相對的組類定位，從而落實應用在甲骨斷代分期的實證上。當然，崎書整理《甲骨文合集》版號的賓組類是否全然正確，仍待進一步的驗證。特別是對於表中字形縱線中斷的狀況，我們應用時要特別小心。例：

1. 庚

| | 師賓間 | 過渡① | 賓一 | 過渡② | 典賓 | 過渡③ | 賓三 |
|---|---|---|---|---|---|---|---|
| a. | 117 | | 371 | 113、235、438 | 169、334 | | 337 |
| b. | 186 | 574、585 | 110、717 | 14、438、466、903 | 20、279、479、779 | | 319、337、432、629 |
| c. / | | | | 32、768、775、905、965 | 137、593、987 | | 460、557 |

a 形屬賓組常態字形，三豎筆平齊，兩側斜出弧形而下。字形由師賓間而賓一而過渡②而典賓而賓三。b 形亦屬常態字形，中豎筆明顯向下突出。字形同樣由師賓間而過渡①而賓一而過渡②而典賓而賓三。c 形兩肩側向中成筆直的橫畫，甚至兩側作獨立豎筆書寫。字形晚出，只見由過渡②而典賓而賓三。其中的 a、b 形在過渡②和賓三，都曾見於同版。這些同版的異寫字理論上是共時並出的字。c 形可以作為賓組偏中晚期才出現的獨特斷代字例。

2. 申

| | 師賓間 | 過渡① | 賓一 | 過渡② | 典賓 | 過渡③ | 賓三 |
|---|---|---|---|---|---|---|---|
| a. | 117、186、957 | | 118、891 | 201、466、556、904、973 | | | |
| b. | | | | 32 | 137、169 | | 372 |
| c. / | | | | 14、113 | | | |

a 形屬賓組早中期常態字形。申象電光，左右閃電支幹呈短豎狀。字形由師賓間而賓一而過渡②為止。b 形屬賓組中晚期常態字形，左右閃電支幹呈直角回勾狀。字形由過渡②而典賓而賓三。c 形屬特例字體，左右閃電形的其中一組有省略筆畫，字形只見於賓組中期，是 a、b 形中間的寫法，可視為賓組中期的獨立斷代字例。本字例見賓一、過渡②和典賓之間一段關係密切，相互系聯成一獨立大類。

3. 丑

| | 師賓間 | 過渡① | 賓一 | 過渡② | 典賓 | 過渡③ | 賓三 |
|---|---|---|---|---|---|---|---|
| a. | 72 | 536 | 190、738 | 93、116 | 94、137、154、180 | | 319 |
| b. | | | | 504 | 174、426、444、511、561、562 | | 13、24、239、241、261、294、331、339、420、417、578 |
| c. | | | | | 495 | | 451 |
| d. | | | | | | | 402 |
| e. | 423 | | | | | | |
| f. | | | | | | | 82 |

a 形屬常態字形，象手形三指朝內呈反曲狀。字形遍見師賓間而過渡①而賓一而過渡②而典賓而賓三。b 形手上前二指反曲，末指則直接下垂。字形集中在賓組中晚期，愈晚愈普遍。c 形三指回勾處獨立作短豎筆，是 a 形的變形，只見典賓和賓三。d 形手的上二指回勾獨立書寫，末指下垂，是 b 形的變形，僅見於賓三。e 形的手背作弧形，末二指呈橫筆，回勾處則獨立作短豎狀。字僅見師賓間的賓組早期字例。f 形先書三指，再連筆接臂肢。字僅見賓三。其中的 c 至 f 形，都屬獨特字形，可以作為甲骨判定不同時期的標準字例。

4. 辰

| | 師賓間 | 過渡① | 賓一 | 過渡② | 典賓 | 過渡③ | 賓三 |
|---|---|---|---|---|---|---|---|
| a. | | 191 | 110 | 226、419、466、892 | 139、540、583 | | 319、377 |
| b. | | | | 438 | 591、879 | | 428、429、430、451、483、817 |

a 形屬常態字形，象貝殼下二筆作斜筆狀。字形由過渡①而賓一而過渡②而典賓而賓三。b 形貝殼下二筆改作橫筆狀，字在過渡②後才出現，為賓組中晚期字，普遍見於賓三。

5. 巳

| | 師賓間 | 過渡① | 賓一 | 過渡② | 典賓 | 過渡③ | 賓三 |
|---|---|---|---|---|---|---|---|
| a. | 382 | 585 | 371、672、945 | 113、152、376、419、905、924、938 | 40、41、137 | 643 | 6、25、280、339、401、430、638 |
| b./ | | 536、908 | 110、810、895 | 469、924 | | | |
| c./ | | 585 | | 903 | 223、279 | | 428 |
| d. | | 585 | | 376、454、456、819、892、914、924、973 | 21、130、169、180、181、369、379、408、459、559、561、595、613、779 | 335、712 | |

a 形屬賓組常態字形，象子形而雙手呈一直斜筆。字形由師賓間而過渡①而賓一而過渡②而典賓而過渡③而賓三。b 形雙手呈一高一低狀，主要見於賓一前後。c 形雙手上揚，字形散見不同組類，用量不多，且並未系統相連，原因不詳，仍有待更多材料檢驗修正。d 形雙手作直橫筆，主要落在過渡②和典賓。其中的 a、c、d 形在過渡①同版，a、b、d 形在過渡②同版。四形體明顯在過渡②之前可相互混用。

6. 午

| | 師賓間 | 過渡① | 賓一 | 過渡② | 典賓 | 過渡③ | 賓三 |
|---|---|---|---|---|---|---|---|
| a. | | 160、574、585 | 96、371、776 | 491、628、916、926 | 130、174、223、464、474、495、515、627 | 143 | 159、265、324、420、489、564 |
| b. | | | | | 142 | | 324 |

a 形屬常態字形，上有一明顯豎筆突出，由過渡①開始，主要見於典賓和賓三。b 形並沒有明顯豎筆，屬賓組中期偏晚的獨特字例。

7. 亥

| | 師賓間 | 過渡① | 賓一 | 過渡② | 典賓 | 過渡③ | 賓三 |
|---|---|---|---|---|---|---|---|
| a. | 519 | 913 | 672 | 376、634、643、667、892、897、939、974 | 139、183、299、303、357、360、378、390、441、475、478、485、792、970 | 522 | |
| b. | | 746 | 894 | 902、903 | 139 | | |
| c. | | | 582 | 738、892 | 67、263、583、584、649 | 473 | 102、315、460 |
| d. | | | 190、880 | 639 | | | |
| e. | | | | | 301、594 | | 24、46、227、269、331、448、962 |
| f. | | | | | | | 266、320、421 |
| g. | | | | | | | 313 |

a 形屬常態字形，由師賓間一直至過渡③，但不見於賓三。c 形亦屬常態字形，由賓一至賓三，但不見於早期的師賓間和過渡①。b、d 形見於賓組中期，而 e、f、g 形則集中在賓三，是賓組晚期的獨特字例。其中的 a、c 形在過渡②和典賓都見於同版。a、b 形在典賓亦見於同版。

8. 賓

| | 師賓間 | 過渡① | 賓一 | 過渡② | 典賓 | 過渡③ | 賓三 |
|---|---|---|---|---|---|---|---|
| a. | | | 110、940 | 32、93、152、201、721、974 | 181、223、293、299、475、553、586、627 | | 13、59、241、253、306、339、578、817 |
| b. | | 203 | 110、590、722、940 | 978 | | | |
| c. / | | | | 192、249 | 527、826 | | 339 |

| | | | | | | | |
|---|---|---|---|---|---|---|---|
| / | | | | 、267、938 | 、955 | | |
| d./ | | | 118、590 | | | | |
| e. | | | | 904 | | | |

a 形屬常態字形，但主要見於賓一至賓三。b 形从宀上增短豎，主要見於賓一。c 形改从人或从人上有小圓點，主要見於賓組中期的過渡②和典賓，偶見於賓三。d 形从亥上側增一短橫，只見於賓一。對比 a 形，這種上增短豎筆的字形主要是屬於賓一字例。e 形从亥有短橫旁復增短豎筆，只見於過渡②。對比 d 形，這種从亥的訛變寫法主要在賓一至過渡②才出現。其中的 a、b 形和 b、d 形見於賓一同版。可見 a、b、d 形屬於同時有系聯關係的字形。a、c 形又見於賓三同版。貞人賓的所有字形不見於早期的師賓間。同時，字例又見賓一、過渡②和典賓形成一密切系聯大類，與前面的師賓間和後面的賓三明顯相區隔。

9. 㱿

| | 師賓間 | 過渡① | 賓一 | 過渡② | 典賓 | 過渡③ | 賓三 |
|---|---|---|---|---|---|---|---|
| a. | | 913 | 506、655、738 | 376、418、454、639、656、671、679、892、903、914、916、924、974 | | 171、573 | |
| b. | | | 110、490、590、795 | 32、93、270、271、628、893 | 154、166、174、177、178、180、303、305、367、498、515、540、542、559、560、562、584、608、729、861、970 | 171、550 | |
| c./ | | 536 | 717、776、895 | | | | |

| d. | | | | 267 | 369、826、879 | | |
|---|---|---|---|---|---|---|---|

a 形屬常態字形，从南兩側弧形下垂，从殳上圓形分兩刀書寫。字主要見於賓一至過渡②。b 形亦屬常態字形，从南兩側連筆下垂，从殳上作對稱的圓圈狀。字主要由賓一而至過渡③。c 形从南上作二斜筆，與兩側直豎分書。字主要見於賓一。d 形从殳作曲柄狀。字主要見於典賓。其中的 a、b 形在過渡③見於同版。貞人㱿的字形不見於早期的師賓間和晚期的賓三。

10. 不

| | 師賓間 | 過渡① | 賓一 | 過渡② | 典賓 | 過渡③ | 賓三 |
|---|---|---|---|---|---|---|---|
| a. | 54、423 | 746 | 190、655、709、738、776、795、880、891、945 | 45、93、122、133、140、226、274、376、643、667、766、811、809、902、952 | 153、663 | | 324 |
| b. | | 203 | 110、590、709、717 | 267、273、376、454、838、892 | | | |
| c. | | | 655 | | | | |
| d. | | | | 202、252、635 | 16、18、131、154、174、176、179、217、221、222、223、440、580 | | 47、439、557 |
| e. | | | | | 95、131、158、175、181、183、185、593、595、627 | | 6 |

| | | | | | | | |
|---|---|---|---|---|---|---|---|
| f. | | | | | 595 | 673 | |
| g. | | | | | | | 59 |
| h. | | | | | | | 644 |

a 形屬常態字形，象爪形三垂中分，並呈波浪狀向下。字形由師賓間而過渡①而賓一而過渡②而典賓而賓三。字例集中出現於賓一至典賓之間。b 形的爪形二外側弧筆作一高一低狀。字形集中在賓一和過渡②。c 形上增橫畫，只見於賓一，屬獨特字形。d 形上增倒三角形，字形見於賓組中晚期，集中在過渡②至典賓。e 形二外側筆直折角而下。字形一般只見典賓，也是獨特字形。f 形應是 d、e 形的草寫，二斜筆筆直朝外，屬中晚期特例。g 和 h 形都屬特例字，僅見於賓三。其中 a、b 形在賓一見於同版；a、c 形在賓一見於同版；e、f 形在典賓見於同版。

11. 其

| | 師賓間 | 過渡① | 賓一 | 過渡② | 典賓 | 過渡③ | 賓三 |
|---|---|---|---|---|---|---|---|
| a. | 53、520、799 | 746 | 190、945 | 274、418、454、466、478、500、505、520、575、590、656、809、822、900、904、914、974 | 424、518、529、545、559、562、579、584、649 | | 431、432、451、471、694 |
| b. / | 423 | | | 671、674 | 885 | | 58 |
| c. | | | 506、709、795 | 505、671、816、892 | 495、505、511、515 | | 501 |
| d. / | | | | | 545 | | 805 |

a 形屬常態字形，象箕形而橫畫平底。字由師賓間一直沿用至賓三。b 形亦屬常見字形，但出現的量不多，象箕形而圓底。字由師賓間亦過渡至賓三。c 形屬賓組中晚期特例字形，尖底，集中在賓一至典賓之間。d 形屬特例，兩側豎筆穿頭，字僅見典賓和賓三，崎書把大量 a 形甲骨置於過渡②，不見得合理。其中的 a、c 形和 b、c 形在過渡②見於同版；a、d 形在典賓亦用於同版。本字例又見賓一、過渡②和典賓的關係密切。

12. 隹

| | 師賓間 | 過渡① | 賓一 | 過渡② | 典賓 | 過渡③ | 賓三 |
|---|---|---|---|---|---|---|---|
| a./  | | | 110、190、776 | 201、235、376、454、563、767、809、903、905、974 | 217、444 | | 557 |
| b.  | | | 655、709 | 93、235、376、500、892、995 | 591 | | |
| c.  | | 462 | 776 | | | | |
| d./   | | | | 32、113 | 214、225、614、885 | | 102、294、557、614、644、645 |

a 形屬常態字形，隹頭呈圓形一筆帶過。字形由賓一至賓三，密集出現在過渡②。b 形隹頭呈尖形直角，分二筆書寫。字形集中在賓組中期，過渡②前後。c 形首筆橫書，見於賓一，為特殊字例。d 形隹頭首刀鳥咀朝外明顯突出，另強調下方的鳥爪，屬賓組中晚期特例，字形多見典賓和賓三。其中的 a、c 形在賓一同版，a、b 形又在過渡②同版。本字例見賓一、過渡②、典賓之間用量密切。

13. 首

| | 師賓間 | 過渡① | 賓一 | 過渡② | 典賓 | 過渡③ | 賓三 |
|---|---|---|---|---|---|---|---|
| a./   | | | 728、776 | 903、947、918、965 | | | |
| b.  | | | | 419、456、787、808、903、952 | | | |
| c.  | | | | | 560 | | |
| d. | | | | | | 550 | |

a 形為常態字形，从羊狀冠首，中豎筆穿過橫目。字形集中在賓一和過渡②。b 形从橫目，僅見於過渡②，屬獨特字形。c 形从羊狀冠首，下从雙目。字只見典賓。d 形从目作倒三角形，僅見過渡③。b、c、d 形均屬特殊字例。其中的 a、b 形在過渡②同版。

14. 百

| | 師賓間 | 過渡① | 賓一 | 過渡② | 典賓 | 過渡③ | 賓三 |
|---|---|---|---|---|---|---|---|
| a. | | | | 267、952 | | | 306 |
| b. | | | | | 300、303、305、559、562 | | 294 |
| c. / | | | | | 300 | | 293、296、297 |

a 形中間作倒 v 形，字見過渡②和賓三。b 形較普通，多見於典賓，又見於賓三。c 形省字上一橫，多見於賓三。其中的 b、c 形在典賓同版。

15. 獲

| | 師賓間 | 過渡① | 賓一 | 過渡② | 典賓 | 過渡③ | 賓三 |
|---|---|---|---|---|---|---|---|
| a. | | 160 | 190 | 192、193、202、491 | 166、176、185、199、200、210 | 158 | |
| b. | 186、187 | 195、203、206 | | | | | |
| c. | | 191 | | | 162、165、170、177、178、179、181、183、189、196、205、208、211、214 | 171 | |

a 形屬常態字形，从隹頭首筆斜筆向上，字由過渡①至過渡③，主要集中在典賓。b 形隹頭首筆橫書，屬賓組早期特例。c 形隹頭首筆明顯拉長突出，主要見於典賓，屬賓組中期偏晚的特例。

16. 往

| | 師賓間 | 過渡① | 賓一 | 過渡② | 典賓 | 過渡③ | 賓三 |
|---|---|---|---|---|---|---|---|
| a. | 864 | | | | | | |
| b. | | | 843 | 133、513、838、860 | 855、858 | | |

| | | | | | | | |
|---|---|---|---|---|---|---|---|
| c. | | | | 838 | 131 | | |
| d. | | | | 848 | 512、840、846、859 | | 865 |
| e. | | | | | 132、508、841、861 | | |
| f. | | | | 152、492、787、914 | 493、614、861 | | |
| g. | | | | | 839 | | |

a 形中有橫畫，是師賓間的特例。b 形从止从土，字形由賓一延續至典賓，集中在過渡②前後，屬賓組中期獨特字例。c 型中具二斜畫亦屬賓組中期特例。d 形从土下增橫畫，集中在典賓。e 形混合 c、d 形，僅見典賓，也屬特例字形。f 形宜為常態字形，出現於過渡②而典賓。g 形从三角形，為特例，僅見於典賓。其中的 b、c 形在過渡②同版，e、f 形在典賓亦見同版。

17. 㞢

| | 師賓間 | 過渡① | 賓一 | 過渡② | 典賓 | 過渡③ | 賓三 |
|---|---|---|---|---|---|---|---|
| a. | 49 | | 776 | 252 | | | 320、339、501 |
| b. | 72 | 908 | 655 | 787、978 | 137 | | |
| c. | | 536 | 590、655、717、728、738、891、898 | 152、198、271、272、505、721、768、816、897、900、903、904、905、914、916、924、952 | 137、217、223、444、446、485、502、526、724、821、923 | 473 | 46、47、48、237、295、320、336、339、352、428、430、450 |
| d. | | | | | 321、429 | | |
| e. | | | 776 | 766、903、905 | | | |

a 形字上三豎筆平齊，字形由最早的師賓間，以至最晚的賓三都曾出現，只是量並不算多。b 形上直筆改為二斜筆，字形獨特，但涵蓋空間亦普遍，由師賓間至典賓

均見此字。c 形中間一豎收縮靠下，為常態字形，量多而普遍。字形集中在賓一至賓三。d 形整字拉長，僅見典賓，是特殊字例。e 形中豎不穿橫筆，只見賓一和過渡②。其中的 b、c 形在賓一、典賓都見同版，c、e 形在過渡②同版，a、c 形在賓三同版。

18. 羌

| | 師賓間 | 過渡① | 賓一 | 過渡② | 典賓 | 過渡③ | 賓三 |
|---|---|---|---|---|---|---|---|
| a. | 382、525 | 194 | 190、490、506 | 267、505、643、914 | 178、184、334、349、357、363、369、422、511、518、529 | 248、522 | 239、280、322、337、453、428、501 |
| b. | 186、187、413、534 | | 940 | 235、721 | 243、370、408、479、511、518、523、527 | 158、171、335 | 331、356、380、383、431、530、557 |
| c. / | 519 | | | | 526 | | |
| d. | | 191 | | 505 | | | 241、336 |
| e. | | | 506 | 226、270、273、375 | 333、509 | | 253、329、450、471 |
| f. | | | | 362、469、504 | 338、367 | | 319、399、404 |
| g. | 520 | | | | | | |
| h. | | | | | | | 501 |
| i. | | | | | | | 238、244、257、269、341、372、401 |

a 形屬常態字形，从冠飾从人側形。字由師賓間至賓三都出現。b 形亦屬常態字形，从人身腿呈直角狀。a、b 形字量都集中在典賓和賓三。c 形羌首增一橫畫，字屬特例，僅見師賓間和典賓。d 形冠飾張開書寫，只見過渡①、過渡②和賓三。e 形作垂冠狀，見於賓一以後至賓三。f 形人身彎曲作斜筆方向，只見於過渡②以後。g 形人

頸係繩索，字僅見師賓間，屬賓組早期特例。h 形下增土形，僅見賓三，屬賓組晚期特例。i 形冠飾與人之間增一短豎，僅見賓三，亦屬賓組晚期特例。其中的 a、e 形在賓一同版，a、d 形在過渡②同版，a、b 形在典賓同版，a、h 形在賓三同版。

19. 牛

| | 師賓間 | 過渡① | 賓一 | 過渡② | 典賓 | 過渡③ | 賓三 |
|---|---|---|---|---|---|---|---|
| a. | | | | 389 | 388、391、479 | 387 | 400、414、501 |
| b. | | | | | 349 | | 431 |
| c. | | | | | | 387 | |
| d. | | | | | | | 339、402 |

a 形屬常態字形，象牛首直角形，主要見於典賓至賓三。b 形雙角斜向內收，只是偶見典賓和賓三的特例。c 形雙角中間作橫筆，僅一見過渡③，亦屬特例，然此版黃天樹定為典賓。d 形雙角向外拓張，只見賓三，屬賓組晚期特例。其中的 a、c 形在過渡③同版。

20. 宰

| | 師賓間 | 過渡① | 賓一 | 過渡② | 典賓 | 過渡③ | 賓三 |
|---|---|---|---|---|---|---|---|
| a. | | | 728、776、898、899 | 718、767、897 | 300、779、923 | 473 | 339 |
| b. | | | | 905 | | | |
| c. | | | | 14 | | | 339 |
| d. | | | | | | | 806 |

a 形屬常態字形，从羊圈養於山谷中。字由賓一而過渡②而典賓而過渡③而賓三。b 形从羊省耳，僅見過渡②，屬獨特字形。c 形改从宀，僅見過渡②和賓三。d 形从羊字形拉長，僅見賓三，屬賓組晚期字例。其中的 a、c 形在賓三同版。

以上表列的 20 個賓組字例，包括：干支（例 1~7）、貞人（例 8~9）、虛字（例 10~14），動詞（例 15~17）、名詞祭牲（例 18~20）。字表形體由上而下鋪排出文字流變縱線，並就隨機抽樣字量和組類分布觀察，整理出其中的常態字形和特殊字形。常態字形粗略的掌握文字發生的上下限，僅供參考，每字形的上下限將會隨著窮盡式的整理和組類的重新調整而有所變化；而常用字的特殊字形才是賓組內部明確斷代的標準字。

總括的分析上述字例表，字形在過渡②作為賓一和典賓的間組，出現前後串連的頻率極高，反映賓一和典賓之間的關係密切，區隔模糊。反之，過渡①和過渡③

出現的字量稀少，可概見師賓間和賓一、典賓和賓三的字形區隔相對明顯，彼此並不易相混。由此看來，如剔除過渡的間組觀念，賓組卜辭的字形組類，其實可以單純的區分為三個時期：

早期（師賓間）、中期（賓一、典賓）、晚期（賓三）

## 四、結論

每一個甲骨文字，都深受著書手、字形和時空三方面的影響。殷商武丁時期甲骨刻工集團的多寡和相互間的學習或影響程度、賓組刻工的人數、習字的師承、刻工個人早晚的書風、刻寫過程的嚴謹要求或不自覺的個人隨意書寫、刻寫工具的改變，以致每一字體本身結構的緊密與鬆散、習見與稀有、繁雜與簡單筆畫、刻寫位置等主客觀因素，再加上文字自然發展的起迄點和字的長度各不相同，都在在影響三千多年前甲骨版面上任一字詞的書寫狀態。因此，如果只是在區區幾十年中的時空（武丁在位不過 59 年，更無論其他殷王了）中尋覓差異，一般尋常字形是不容易觀察出文字流變在斷代抑或組類中的客觀變化和分界的。

由此看來，甲骨字形組類的設置和細分研究，如果只是為分而分，它本身意義是不大的。組類的區隔，本應是站在文字縱線上提出客觀切割的一種對比的方法，可是，透過本文針對字形組類的檢視，目前的組類研究並非是絕對的或完全科學的，它在斷代分期的功能上只算是一種相對的參考依據。

當年董作賓發明十個斷代標準評估甲骨，區分殷墟甲骨為五個斷代分期。一般學界只強調討論五期區分的合理與否，而忽略了董作賓所提出的十個斷代切入點，才是真正展示一門科學研究的多元精神，這也是董作賓《甲骨文斷代研究例》的最重要貢獻。面對當代不斷出土的新甲骨材料，董作賓的十個斷代標準始終是研治甲骨文字的絕好和便捷方法。先以依殷王為區隔的五個分期為基礎，再配合貞人系聯所建構的字形組類，作為評估王與王過渡的相對準則，期中分組，組以跨期，讓斷代分期更趨於合理。五期斷代每一段分期中的字形組類，可考慮只需區分為早、中、晚期三個階段，其中的早階段可與上一分期的晚階段重疊，晚階段可與下一分期的早階段重疊。每期早、晚階段的字例，只能提供相對斷代的參考，而中階段的字例才可作為該分期絕對安全的組類用字。如此區分字類，以簡馭繁，可以整理出五個斷代分期中每期的正確而標準的規範字形。以此為原則，字形組類的實用層面才會真正彰顯，成為我們判別甲骨時間的既簡易而最合理的方法。因此，董作賓開創的甲骨五期斷代藍圖，今後應有重新肯定和拓大應用的必要。

# 第十三章　〈殷本紀〉的啓示

西漢司馬遷的《史記》〈殷本紀〉一文，敘述殷商王朝的歷史文明，是文獻中最早而完備的商王世系記錄。這篇「實錄」，有如實的反映三千多年前的歷史真相，但也混雜有後人的想像和附會，宜分別觀之。其中的開國傳說，由有娀氏之女，帝嚳次妃簡狄「見玄鳥墮其卵，簡狄取吞之，因孕生契」開始。這段吞鳥卵神話下接殷王世系，留下許多片面的歷史印象，可供後人深思：

一、殷始祖「契」的誕生，屬只知有母而不知有父的年代，相當於上古母系社會的階段。

二、殷民族的開國，與「玄鳥」有關，殷人是鳥圖騰民族的說法無疑是可靠的。

三、司馬遷《史記》以單線同源的史觀描述三代，其中契的時期跨越上古傳說的帝嚳、堯、舜、禹四個帝王，所謂「契與於唐、虞、大禹之際」，此說絕不可信。古史茫茫，司馬遷當日掌握的殷商史料已難確實。因此，〈殷本紀〉記載的自帝嚳、契、昭明、相土、昌若、曹圉、冥一段殷先公人事，並無鐵證，上述諸先公名號迄今仍不見於出土的甲骨文，恐有屬後人附會之嫌，不能盡信。

四、目前談論殷王世系，明確的只能由「振」一代先公開始。

王國維〈殷卜辭中所見先公先王考〉一名文，首先利用甲骨中祭祀的對象逐一印證〈殷本紀〉文本的先公先王名稱，從而肯定〈殷本紀〉是一篇可靠的信史實錄。〈殷本紀〉中的「振」，即甲骨文的「王亥」、《楚辭》〈天問〉篇的「該」，《世本》作「核」。甲骨文的「王亥」，又稱「高祖王亥」，其中的「亥」字有增从鳥形，可作為殷民族重視鳥符的佐證。至於〈天問〉篇的「該秉季德」一句，其中的「該」指的是王亥，而「季」是否即相當於〈殷本紀〉言振的父親「冥」？目前仍無法由字的形義系聯得知，也無任何文獻參考，並不能確證。

五、商王「振」之後的「報甲」至「主癸」一段先公名，實不可考，恐查無其人，疑是武丁以後上位者因應祭祀需要而虛擬的遠祖名。

「振」子「微」立，即卜辭中的「上甲」，〈殷本紀〉作「報甲」。甲文見祭祀這段先公的順序是「報甲」、「報乙」、「報丙」、「報丁」。王國維藉此修正司馬遷誤將「報丁」前置於「報乙」的次序。甲文讀「報甲」的報字作囗、報乙丙丁的報字作匚，相當於《說文》的鬃、祊字，分別取象置放神主之櫃的正形和側形。

此字形反映殷商宗廟中祖先神主固定置於木櫃中，其中的始祖之櫃安放在宗廟面朝門正中的位置，其餘列祖順序是處右左側朝向中間依序排列置放。此或即周人設置宗廟有所謂昭穆之制的來源。卜辭在報甲、乙、丙、丁之後，緊接的是「示壬」、「示癸」，即〈殷本紀〉的「主壬」、「主癸」。此可證「示」、「主」二字相通，同用為神主之意。卜辭另見「三匚二示」例，指的正是報乙、報丙、報丁和示壬、示癸五位先公。細審殷先祖名由「報甲」至「主癸」為一段落，此間的先公名始為甲乙丙丁，末為壬癸，恰好是十天干的一首一尾，巧合如此。疑因當日殷人對於祭拜「王亥」前後的遠祖名和具體人數業已模糊不清，但為求祭祀祖先周期的完整，故借用十天干的首尾兩部分命名，以涵蓋這階段的眾先祖之名。目前評估，商王「振」、「微」各有生稱私名，對應卜辭應確有其人。而「報乙」「報丙」「報丁」和「主壬」「主癸」一段，則恐為遷殷之後卜人或主祭者虛構的古代殷王先公名。

六、「主癸卒，子天乙立，是為成湯」。

「天乙」，卜辭作「大乙」；古文字中的天、大、太三字同源。卜辭又見祭祀「唐」、「成」、「咸」，也都是指「成湯」的異稱。卜辭對成湯之私名「湯」和以天干「乙」為名，都同用為祭祀時的稱呼。但自太丁以後，始一律改定只以天干作為祭拜先王的名稱。卜辭中祭祀殷先公的順序，多見「報甲」之後馬上緊接「大乙」（或「成湯」、或「唐」），此可推測自「報甲」始的一段為虛擬的遠祖，以「成湯」始的另一段才是可靠實錄的近祖。當日殷人的認知，「成湯」在祭拜大宗中具有開宗立國的崇高位置。例：

〈合集 22722〉　癸亥卜，行貞：王賓▨自大乙至于后，亡尤？

〈合集 32113〉　甲子貞：有伐于上甲：羌一、大乙：羌一、大甲：羌一？

〈合集 32385〉　□未卜：桒自上甲、大乙、大丁、大甲、大庚、大戊、中丁、祖乙、祖辛、祖丁十示，率羋？

〈合集 248〉　翌乙酉有伐于五示：上甲、成、大丁、大甲、祖乙？

〈合集 6947〉　桒于上甲、成、大丁、大甲、下乙？

〈合集 1240〉　貞：上甲龢眔唐？

七、「伊尹」。

伊尹為成湯時的賢臣，卜辭也書作「伊尹」、又書作「寅尹」；其人有屬於殷人祭祀的對象。成湯之後，伊尹相繼擁立太丁，復立太甲，文獻有言伊尹先放逐太甲於桐宮，後又還政於太甲。此間伊尹攝行殷商政權，其地位等同於周初的周公姬旦。〈殷本紀〉：「伊尹名阿衡。」〈索隱〉：「阿衡為官名。」瀧川龜太郎《史記會注考證》引「崔適曰：尹亦官名，周之師尹，楚之令尹，義即本此。曰：尹、曰：阿衡、曰：保衡，皆以官名名之，而其人名則曰摯也。」，董作賓《甲骨文斷代研究例》：「伊尹，亦作寅尹。王靜安先生謂古讀寅為伊，其說甚是。今以時期證之，作寅尹多在武丁之世，至（第四期）武乙時則書伊尹。」卜辭的「寅尹」的「寅」字，或與文獻所稱的「阿衡」的「衡」字相通，字由「寅」而增从行旁訛書為「衡」。

八、「上白」。

〈殷本紀〉言成湯時殷人尚白，此似屬附會戰國後陰陽五行的思想。殷人祭牲所用的顏色，除白色之外，有騂、幽、黑、黃、戠（赤）諸色，是知當日或無以「白」為專的認知。然而，殷墟見獨特的白陶製品，花東甲骨有專以「白豕」為祭牲，白色或為殷族一風尚之色采亦未可知。

九、「湯崩，太子太丁未立而卒」。

文獻的「太丁」，卜辭都作「大丁」。卜辭中見祭祀「大乙、大丁、大甲」的順序，知「大丁」理當生而繼位。如：

〈合集 22725〉　癸卯卜，王貞：自大乙、大丁、大甲？

又，〈合集 32285〉一版明白點出殷王十個大宗的順序，是「上甲、大乙、大丁、大甲、大庚、大戊、中丁、祖乙、祖辛、祖丁」，可見「大丁」必曾繼位為殷王。司馬遷言「太子太丁未立而卒」一說，並非事實。

十、「立外丙之弟中壬」、「太宗（太甲）崩，子沃丁立」。

目前所見卜辭的祭祖順序，並未發現「中壬」、「沃丁」二先公相關之名，史遷之說存疑備考。

十一、「帝太戊立，……殷復興，諸侯歸之，故稱中宗。」

〈殷本紀〉和鄭玄《詩・烈祖》箋，均以「中宗」為太戊。及王國維據甲骨文和《太平御覽》83 卷引《竹書紀年》，論證中宗為祖乙，而並非太戊（卜辭作大戊）。卜辭辭例：

〈合集 26991〉　埶其用自中宗祖乙，王受有佑？

〈合集 27239〉　其至中宗祖乙祝？

〈屯南 746〉　☐大乙于中宗祖乙？

十二、〈殷本紀〉「太宗（太甲）崩，子沃丁立」、「沃丁崩，弟太庚立」、「帝太庚立，子帝小甲立」、「帝小甲崩，弟雍己立」、「雍己崩，弟大戊立」。

文獻記載諸先王的順序，是：太甲—沃丁—太庚—小甲。但反觀卜辭呈現真實的祭祀順序，卻是在「大甲」之後接「大庚」，再接「大戊」，再接「中丁」：

〈合集 32385〉　☐未卜：桒自上甲、大乙、大丁、大甲、大庚、大戊、中丁、祖乙、祖辛、祖丁十示，率𤘘？

〈合集 27168〉　叀今日酌大庚、大戊、中丁，其告祭？

〈合集 1403〉　　侑于成、大丁、大甲、大戊、中丁、祖乙☑？

由此可見，「太甲」之後繼位的大宗，該是「太庚」，「太庚」之後繼位的大宗，又該是「太戊」。其中的「太庚」是「太甲」之子，「小甲」、「雍己」、「太戊」之父，並非如〈殷本紀〉所言的弟及「沃丁」。以上，都能據卜辭反證〈殷本紀〉文中可商榷處。

十三、「河亶甲崩，子帝祖乙立」。

「河亶甲」，卜辭作「戔甲」。郭沫若謂「河亶」是「戔」字的緩言；備參。「戔甲」庶出，並非大宗。卜辭祭祀順序見「仲丁」下一代的大宗是「祖乙」，可見「祖乙」當屬「仲丁」之子。例：

〈合集 1403〉　　侑于成、大丁、大甲、大戊、中丁、祖乙☑？

〈合集 32385〉　□未卜：桒自上甲、大乙、大丁、大甲、大庚、大戊、中丁、祖乙、祖辛、祖丁十示，率羌？

因此，殷王世系的正確排列，是：仲丁傳弟外壬，外壬傳弟河亶甲，河亶甲傳的是兄仲丁之子中宗祖乙。

十四、「自中丁以來，廢適（嫡）而更立諸弟子。弟子或爭相代立。比九世亂，於是諸侯莫朝。」

所謂「九世亂」，瀧川龜太郎《史記會注考證》引崔述曰：「自仲丁以後，有外壬、河亶甲、祖乙、祖辛、沃甲、祖丁、南庚至陽甲，正得九世。」然而，這種傳弟不傳嫡的改變，是早自太庚傳位其子小甲之後才開始。

殷王朝傳弟之習，可分五段：1、小甲傳弟雍己、雍己傳弟太戊。及太戊之後才傳其親子仲丁。2、仲丁又傳弟外壬、外壬傳弟河亶甲。而河亶甲才另傳位其長兄仲丁之子祖乙。3、祖乙傳子祖辛，祖辛又傳弟沃甲。至沃甲再傳位於其長兄祖辛之子祖丁。4、祖丁傳弟南庚，南庚又傳位其長兄祖丁之子陽甲。5、陽甲順序傳弟盤庚、小辛、小乙，至小乙才傳於其親子武丁。從此以後，王位兄終弟及，弟及之後再固定的傳位於弟之子，一直至殷商王朝滅亡為止。由此看來，所謂「九世之亂」，其中又記「帝雍己，殷道衰」、「河亶甲復衰」、「帝陽甲之時殷衰」，顯然都是強調衰亂與傳位該傳弟抑或傳子之紛爭、傳子又該傳親子抑或兄之子的衝突有關。

十五、「帝陽甲崩，弟盤庚立」。

「陽甲」，甲文作「虎甲」、「魯甲」、「彖甲」，字形並不固定。「盤庚」，甲文只書作「般庚」。盤庚以前，「不常厥邑」，應仍處於逐水草而居的遊牧階段。自盤庚渡河南遷都安陽，定名為「大邑商」、「中商」，再不遷都，這是殷民進入農業社會的一重大標的。

「殷道復興」，盤庚成為「作邑」定都後的第一任明主。卜辭祭拜先公先王，有分段進行的習慣，其中視盤庚為遷殷之後諸先王的始祖。而祭拜的對象中，又以盤庚和小辛、小乙三兄弟作為武丁父輩統一祭祀，唯獨三人的兄長陽甲則獨立分祭。這種分祭又有厚薄的不同，似乎暗示著殷人對於祖先的祭儀有親疏輕重的差異。相對於《尚書・商書・高宗肜日》，文中記錄祖己訓示武丁的「典祀無豐于昵」（經常的祭祀不要對父輩過度豐厚）一句，應反映一定的歷史實錄。

十六、「殷國大治」。

1925 年王國維在清華國學研究院開授「古史新證」一課，提出有名的「二重證據法」，以「地下之新材料」印證「紙上之材料」，從而推論〈殷本紀〉的內容為可靠的信史。王國維利用甲骨卜辭祭祀的人名，逐一印證〈殷本紀〉的殷王名號，認為是真實無訛。然而，司馬遷在〈殷本紀〉文中另外大量引述的殷商史事和用語，則仍是有待驗證的，不能因人名的正確而全然判定所有史事和用語都是殷商的實況。如文中的許多用語，充其量都只能代表西漢時期司馬遷或秦漢時人的手筆，如「百姓」、「殷國」、「其奈何」、「天神」、「長子」、「天下」、「賦稅」、「三公」、「征伐」、「無敵」、「天命」、「於是遂」、「衣其衣」等語句，都只是周以後甚至是兩漢才會出現的語言，而並不能直接視同為殷商用語，後人閱讀不可不察。

十七、〈殷本紀〉記載祖己訓示武丁的對話，有「降年有永有不永」一句，意即上天賜降豐年，有長久，有不久的（是要看下民的行為合乎義否）。

對比卜辭在第三、四期中有「降永」、「不降永」例，亦偶有作「不永」的用法。「永」字由久遠意，引申有順利的意思：

〈屯 723〉　　　〼來歲帝其降永？在祖乙宗。十月卜。

　　　　　　　　〼帝不降永？

〈合集 32112〉　乙卯卜：不降永？

〈合集 34713〉　癸丑貞：今秋其降永？

〈合集 26883〉　不永？

而第三至第五期卜辭又見「永王」例，意指使王順，但一般只出現於田狩卜辭。如：

〈合集 28496〉　王其田，叀乙湄日亡災，永王，擒？

〈屯 2542〉　　王叀斿麋射，弗悔，永王？

〈屯 1098〉　　王其田況，祉射大麓冢，亡災，永王？

由此可見，文獻的「有永」、「有不永」句例，是可上溯至殷商甲文。〈殷本紀〉文中抄錄的用語，自有反映殷商時期的一些真實語言，但亦有表面用其詞而實質已改變其內涵的。這裡文獻使用的「降永」、「降不永」，其用語背景是由原來常態針對的田獵內容而轉變為農業的豐收，降「永」的對象亦由「王」而改變為農作物。

顯然，西漢時期對於上古殷商用語已不能完全掌握或了解。

近代裘錫圭改釋「永」字為「侃」。裘錫圭利用林義光釋金文的[illegible]形為侃字作對應，認為卜辭的永字有增从口，亦可釋為喜樂意的侃。然而，永字的从口都是後增的文飾，此既非字的關鍵部件，而且甲文的「永」字增从口符都在字下，部件組合和金文「侃」字从口在上的固定位置也不相同。文獻的「降年有永有不永」句，指的已是上天賜降的豐年，自然沒有人的喜樂不喜樂的問題。因此，卜辭的「永」字實無法解讀等同為金文作為喜樂意的「侃」。

十八、「帝祖庚崩，弟祖甲立，是為帝甲。帝甲淫亂，殷復衰」。

有關祖甲的評價，屈萬里在《尚書釋義》〈無逸〉篇：「其在祖甲，不義惟王，舊為小人。作其即位，爰知小人之依；能保惠于庶民，不敢侮鰥寡。肆祖甲之享國，三十有三年。」一段注引馬融云：「祖甲有兄祖庚，而祖甲賢，武丁欲立之；祖甲以王廢長立少不義，逃之民間。故曰：不義惟王，久為小人也。」這些傳說，疑與伯夷、叔齊讓國，吳太伯之讓季歷故事相類，宜是司馬遷為了標榜「讓」國「讓」天下之史觀範例，不見得確有其事。但由《尚書》正面的表述祖甲為賢君，與《國語》〈周語〉稱「帝甲亂之」、《史記》書「帝甲淫亂」明顯相異。董作賓另據卜辭斷代分派，認為祖甲曾改革祀典，是新派興革之祖，可供參考。

十九、「大師、少師乃持其祭樂器奔周」。

司馬遷言殷商的精神文化至此盡喪。「祭樂器」，包括祭器和樂器。查陝西岐山周原出土的甲骨，有多版記錄祭祀殷王先公者。如：

〈H11:1〉　癸巳彝文武帝乙宗，貞：王其邵祭成唐鼐，禦奴二女，其彝血羊三、豚三，叀有正（禎）？

〈H11:84〉　貞：王其桒又（侑）大甲，哲周方伯盡，叀正（禎）？

〈H11:112〉　彝文武丁必，貞：王翌日乙酉其桒，爯肒⧄文武丁豊⧄卯⧄ナ（佐）王？

這批在周地出土的殷王卜辭，學界一直無法作合理的解釋。此或許是當日殷商官員攜至周地，而屬於與周人相關的殷祭物一類，藉此以供周人占卜的示例。

二十、「甲子日，紂兵敗」。

1976 年陝西省臨潼縣出土的周武王時器〈利簋〉，記載「武征商」、「甲子朝」、「夙有商」等實錄，與古文獻的周武王牧野興師伐紂一役全同。利用甲金文考證經史，此無疑是一重要實例。

# 第十四章　〈金縢〉對譯
# ——兼由繁句現象論《清華簡》（壹）〈金縢〉屬晚出抄本

## 一、前言

2008 年 7 月北京清華大學入藏一批戰國竹簡，2011 年 1 月公布第一冊九篇文字[1]，其中的〈周武王有疾周公所自以代王之志〉一篇共 14 支簡，內容大體與今本《尚書》〈金縢〉相同。學者一般稱之為清華簡〈金縢〉。這批竹簡文字成為了近十年間古文字學界研讀的熱點，許多同道已針對這 14 支簡的文字進行考釋和通讀工作。本文重點並不在於文字的個別釋讀，而是對比清華簡〈金縢〉與傳世的今本《尚書》〈金縢〉、《史記》〈魯周公世家〉的關係，企圖透過字詞句的客觀比勘，尋覓清華簡〈金縢〉的時間定點。今本《尚書》〈金縢〉，是西漢初年伏生所傳，依據目前學界的研究成果，原是春秋戰國時人述古的作品[2]。司馬遷的《史記》，成書時間則是西漢武帝末年，其中〈魯周公世家〉有大量謄抄今本《尚書》〈金縢〉篇的內容，並將個別字詞依漢人習慣用字和意思加以調整。清華簡一般學界認同是戰國中晚期楚系簡牘[3]，按理它的抄寫時間本應在今本《尚書》之後，而在《史記》之前。本文對比上述三種材料，發現清華簡〈金縢〉文字確實有大量逐字抄錄今本《尚書》的跡象。簡文總共 393 字中，扣除簡文有而今本無的 81 字、簡文殘缺的 8 字，簡文可茲對比總計有 304 字，其中與今本全同的多達 186 字，與今本有增省部件、同音或義近關係的有 65 字。換言之，簡文內容與今本《尚書》的密切度高達 82.6%。然而，透過本文的對譯互較，印證簡文並不是一個好的抄本，同時，這個簡文本的發

---

1　參《清華大學藏戰國竹簡》（壹），清華大學出土文獻研究與保護中心編，李學勤主編，中西書局出版。2010 年 12 月。

2　參屈萬里《尚書今註今譯》84 頁：「本篇文辭平易，不類西周的作品，殆春秋或戰國時人述古之作也。」；書見《屈萬里全集》第二輯第九冊。聯經出版事業公司。1984 年。

3　參考註 1 前言。另參李學勤《初識清華簡》，中西書局出版，2013 年 6 月。

生時間，竟可能在《史記》書成之後。至於後到甚麼程度，就無法辨識了。

以下，首先序列三種討論材料的釋文：1、清華簡〈金縢〉（簡稱簡文），取自《清華大學藏戰國竹簡》（壹）的原釋文[4]。2、今本《尚書》〈金縢〉（簡稱今本），用的是阮元嘉慶二十年重刊宋本《十三經注疏本》[5]，標點參考屈萬里先生的《尚書釋義》[6]。3、《史記》〈魯國公世家〉（簡稱〈魯世家〉），是用日人瀧川龜太郎《史記會注考證》本[7]。然後逐段逐句分析如次。

## 二、〈金縢〉對譯述評

1. 武王既克鼜（殷）三年（簡文）
2. 既克商二年（今本）
3. 武王克殷二年（魯世家）

清華簡文首句比今本增主語「武王」，而與〈魯世家〉用法相同。簡文「殷」字左上从戶，與殷字原从反身的固定寫法不同，字如確讀作殷，明顯是錯字。右上从支而不从殳，黃人二認為是誤寫[8]、徐富昌以為是減省[9]，都是猜測之辭。字僅此一見。1987年湖北荊門出土的包山楚簡有此从攴从邑的字，共六見，都只用為姓氏。字與殷商的殷無任何關聯。商的稱呼，早自甲骨文的「中商」、「大邑商」而後用為國名，卜辭用商而不用殷，《尚書》〈牧誓〉以周人的立場書寫，一致亦都稱「商」。

〈周書・牧誓〉：「王朝至于商郊牧野，……今商王受，惟婦言是用，……姦宄于商邑。」

《尚書》中亦有見商、殷字混用。如：

〈商書・微子〉：「今殷其淪喪，……殷遂喪。……降監殷民，……商今其有災，我興受其敗。商其淪喪。我罔為臣僕。」

〈周書・酒誥〉：「辜在商邑，越殷國滅無罹。」

然而，無論用商或殷，當字作為國名、朝代名時，字都不應該从邑。國名有增从邑，

---

4 《清華》（一）〈金縢〉原考釋負責人是劉國忠，由李學勤定稿。

5 阮元用文選樓藏本校勘。台灣宏業書局印行。

6 屈萬里《尚書釋義》，華岡出版部，1972年增訂版。

7 大安出版社，2000年12月版。

8 黃人二〈讀《清華大學藏戰國竹簡（壹）》書後（二）〉，見武漢大學簡帛研究中心「簡帛」網站，2011年1月。

9 徐富昌〈清華大學藏戰國簡《金縢》異文辨析〉，國立台灣大學中文系第311次學術討論會。2011年10月。文據黃澤鈞《清華大學藏戰國竹簡（壹）・金縢、祭公研究》16頁轉引。國立高雄師範大學經學研究所碩士論文，2013年1月。

似是春秋戰國以後才有的用法，如：匽→郾、奠→鄭、鼄→邾。戰國文獻一般稱商而少稱殷，即使稱殷，亦不會突兀的增从邑，如同絕不會書寫「周」从邑旁一般。這是普通用字的常識。簡文「殷」字从邑，無論在字形流變抑史實中的殷周關係言都值得商榷。簡文書手認為字上从戶，更是隸楷形近的錯誤。此外，由「克殷」用詞觀察，簡文用法與〈魯世家〉相同而與今本〈金縢〉的「克商」反而有別。

有關周武王克殷後二年崩逝的說法，對比《尚書》〈大誥〉篇可掌握史事的背景。〈大誥〉成篇時間較早，一般定為西周初年的文字[10]。〈大誥〉篇起首的「王若曰」，所指的「王」一般也都論定為「成王」。文中王自稱「洪惟我幼沖人，嗣無疆大歷服」，「已，予惟小子，若涉淵水」。這些言語，都概見成王在位時仍應年幼，而國事持續凶險不安。〈大誥〉篇中多贊言「文王」事。如：

「寧王遺我大寶龜，紹天明。」

「天休於寧王，興我小邦周；寧王惟卜用，克綏授茲命。」

這裡的成王一再強調文王開國功業的偉大，而對於剛逝去的父親武王，卻鮮少歌頌其功勳，實屬怪異：

「爾惟舊人，爾丕克遠省。爾知寧王若勤哉！天閟毖我成功所。予不敢不極卒寧王圖事。」

成王在朝政不穩定的當日，戒慎小心，是要延續文王的緒業。由此可見，武王在位的日子並不長，克殷即位不久而政權就轉移到年幼的成王身上，所以後人才會有周公攝政之說。如果一如簡文所言武王克殷「三年」之後才有疾患，武王的逝世自應是在位三載之後才發生的。君王掌權施政三年，理應有一定建樹規模，〈大誥〉篇不會只強調開國的文王而不及武王功業。又參《尚書・無逸》篇，《史記・魯世家》以為「周公恐成王壯，治有所淫泆，乃……作毋逸」，然篇中言長壽之君，於周但言文王而不及武王，亦可作為武王在位不久即早逝之證。因此，今本〈金縢〉記錄的武王「既克商二年」，隨即有疾而崩逝，似比簡文的「三年」接近史實。又，屈萬里《尚書釋義》注〈金縢〉篇：「史記謂武王克商二年，天下未寧而崩。鄭玄謂武王崩於克殷後四年（見詩豳譜正義）。」[11]清華簡文的「三年」，又似乎是截取文獻的「二年」「四年」平均之說而來。

1. 王不𤶣（豫）又（有）𡰥（遲）。（簡文）
2. 王有疾，弗豫。（今本）

---

[10] 參屈著《尚書釋義》70頁。

[11] 見屈著《尚書釋義》69頁註34。

3. 武王有疾，不豫。（魯世家）

清華簡文「瘵」字作，清華簡原釋文言「瘵，今本作豫。」簡文「瘵」字的啟發，無疑是由《說文》悆字而來。《說文》十篇下悆：「忘也，嘾也。从心余聲。周書曰：有疾不悆。」段玉裁注：「金縢文今本作弗豫，許所據者，壁中古文。今本則孔安國以今字易之也。」今本言武王有疾而弗豫（《尚書》孔疏：「不悅豫也。」，屈萬里注引《爾雅》：「豫，安也」，《說文》九篇下豫字：「象之大者，賈侍中說不害之物。」段玉裁：「侍中說豫，象雖大而不害於物，故寬大舒緩之義取此字。」），當周人剛克殷，武王即因患病而不安；上下文意通順。而簡文作「瘵」字，从疒余聲，似是由今本的「疾」意「豫」聲二字的總匯，併合而成一新創的「瘵」字。簡文原釋文引同書清華〈保訓〉篇理解字為「指身體不適」[12]。如此，句末增「又（有）巳（遲）」，明顯是贅筆。巳，原釋文認為是遲字的或體所從，並引《廣韻》：「久也」解釋。但帝王有疾患是何等嚴重的事情，如何會在武王生病而不舒息，要拖過了一段長久時間，才進行下文「二公告周公曰：我其為王穆卜」的求神降佑呢？因此，這裡的「又（有）巳（遲）」一句理解為「有久」，在情理上都是可疑的。近人朱鳳瀚釋瘵為除而為癒，謂武王有病而不康復，已有相當一段時間[13]；蘇建洲理解為病況加重，延遲好轉[14]，都是增字解經，未言疾而言癒，未言病而言加重，未足為訓。對比《清華》（一）的「余」字有作，〈皇門〉六見；作，見〈尹至〉、〈耆夜〉、〈金縢〉、〈祭公〉。字形差別如此，足見這裡的刻手至少有二人。而〈保訓〉篇首句「惟王五十年，不瘵（豫）」，據文意只是小病，固然可以理解為文王的「身體不適」。但〈金縢〉篇的武王「有疾，弗豫」，應是重病，才會讓眾臣懼怕。二文的語境並不相同。

《清華》（一）簡文〈祭公〉篇另有「我聒（聞）且（祖）不余（豫）又（有）巳（遲），余隹（惟）寺（時）逨（來）見。」一句，原釋文注：「此言不久於世。」對應今本文獻《逸周書》〈祭公〉，文作「我聞祖不豫有加，予惟敬省。」「豫」作豫悅意，簡文的「余」，無疑是文獻「豫」字的音同借用，但「余」字在這裡的理解，與簡文〈金滕〉所言有疾的用法，句同但一點字意關係都沒有；簡文〈祭公〉「又巳」又明顯是文獻「有加」的改動。如此，簡文〈金縢〉抄錄的「不瘵（豫）又（有）巳（遲）」，似是有參考〈祭公〉的「不豫有加」這一句型而來才是，但

12 見《清華》（一）下冊 143 頁註釋 1、159 頁註釋 2。

13 朱鳳瀚〈讀清華簡《金縢》兼論相關問題〉，簡帛、經典、古史國際論壇會議論文，香港浸會大學，2011 年 11 月。據黃澤鈞碩論轉引。

14 蘇建州〈《清華簡（壹）》考釋十一則〉，文見《楚文字論集》346 頁，台北萬卷樓圖書公司，2011 年 12 月。

增加的「有加」二字於此語意不詳，無法通讀。

簡文的「不痜（豫）」，對比今本的「弗豫」和〈魯世家〉的「不豫」，否定詞用法反與《史記》同。

1. 二公告周公曰：我其為王穆卜。（簡文）
2. 二公曰：我其為王穆卜。（今本）
3. 群臣懼，太公、召公乃繆卜。（魯世家）

今本「二公曰」文意已足，簡文增插入「告周公」一短語於「二公」和「曰」之間，句似參考並重複下文的「周公乃告二公曰」一句對應而來。簡文「曰」的內容與今本全同。二公，〈魯世家〉明白指出是太公、召公，簡文則是承今本的「二公」，但在其後增添了「告」「曰」的對象是「周公」，與下文「周公曰」相接，形成用詞繁冗重疊的感覺。「穆卜」，意即「敬卜」《尚書大傳》，簡文亦與今本同，而〈魯世家〉改為同音的繆。〈魯世家〉於句首復以意增「群臣懼」三字，串聯上下文意，得知武王病重，並點出二公的具體所指。二公進行敬卜祈神的動作，今本的「二公曰」可理解為二人相互的對話，而簡文則針對周公發言，三段文字語意有輕微的出入。簡文承今本，〈魯世家〉則拓張今本的意思。

1. 周公曰：未可以慼（戚）虐（吾）先王。（簡文）
2. 周公曰：未可以戚我先王。（今本）
3. 周公曰：未可以戚我先王。（魯世家）

慼字作，上从戈，戈上有固定川形，下从心。但對比「戚」字甲文作〈屯2194〉、〈合集 34287〉、〈合集 22496〉，戚斧形獨體，从戈，上下作齒牙狀對稱而不固定，《金文編》戚字僅收一見，作〈戚姬簋〉[15]，勉強隸作戚，用為國族名，但與兵器的戚字無涉。近人彭裕商以為簡文是省略兵器下排齒狀型[16]，但字的川形與戈未見接合，三波紋可否視作兵器齒突形亦未為的論。字形怪異，但字的詞位看自然應是為戚字。戚，傳統訓解本是靠近意。《尚書》孔傳：「戚，近也。……周公言未可以死近我先王。」孔疏引〈正義〉：「戚是親近之意，故為近也。」直至近人註解《尚書》，才據鄭玄訓戚為憂，再引申有「心動」「感動」的說法，如屈萬里《尚書釋義》是。《詩經・小明》：「自詒伊戚。」傳曰：「戚，憂也。」段注《說文》戚字：「度古只有戚，後來別製慽字。」簡文刻手字直接增从心，無

---

15 參容庚《金文編》卷 12，頁 831。中華書局，1985 年 7 月。

16 彭裕商〈讀《郭店楚墓竹簡》劄記〉，《古文字研究》第 24 輯 394 頁，中華書局，2002 年 7 月。

疑已是懂得將字理解為屬於心理狀態一類的後起字形。

簡文「虗（吾）先王」，領格用吾，與今本和〈魯世家〉作「我先王」不同。先秦文獻作為領格的用法，一般都是用「我」。如：

〈周書・金縢〉：「我無以告我先王」。

〈商書・盤庚〉：「汝曷弗念我古后之聞」、「汝共作我畜民」、「丕乃告我高后」、「用降我凶德」、「上帝將復我高祖之德」、「念敬我眾」。

〈商書・西伯戡黎〉：「天既訖我殷命」、「非先王不相我後人」。

〈周書・大誥〉：「天降割于我家」、「反鄙我周邦」、「肆予告我友邦君」、「興我小邦周」、「其考我民」。

〈周書・康誥〉：「用肇造我區夏」。

西周金文亦沒有用「吾」作為第一人稱代詞置於賓語的用法。「吾」字用為賓語領格，一般只能上溯戰國，且都是特例，如：

〈孟子・公孫丑〉：「我善養吾浩然之氣」。

〈𩛥鎛〉：「保盧（吾）兄弟」。

同屬於戰國楚簡的郭店簡，亦有用虗作為吾例，與清華簡文合。但郭店簡虗字總 14 見[17]，其中 1 例用為人名，3 例用為語話詞「乎」，作為「吾」的只有 10 例，而當中 8 例都用為主語名詞，1 利用為主語領格，僅有 1 例〈14、50〉用為賓語領格。相對的，《清華》（一）用「虗」為「吾」亦僅見〈金縢〉此一例。由此可見，「未可以戚虗（吾）先王」的用法，亦屬罕見。

1. 周公乃為三坦（壇）同䡳（墠），（簡文）
2. 公乃自以為功，為三壇同墠，（今本）
3. 周公於是乃自以為質，設三壇，（魯世家）

清華簡文在句首比今本增添一「周」字，與〈魯世家〉用法相同。然上文已言「周公曰」，此皆接言周公事，再書「周公」，明顯又是一繁冗之詞。

簡文缺「自以為功」一句，在上下文意明顯唐突。因為二公的敬卜未能感動先王，所以周公才會親築三壇祭拜大王、王季和文王。而設壇祭拜的訴求，是要承擔代生病的武王獻身，奉上一己的生命，把此事當作自己的任務。司馬遷轉引此文，理解為以自己的生命作為贄獻之物，換取武王的生命。今本〈金縢〉在文意上是比較完整的，下句才自然帶出「為三壇同墠」一句。今本「乃自以為功」五字在《尚

---

17 參張光裕編《郭店楚簡研究》第一卷〈文字編〉358 頁。藝文印書館，1999 年 1 月。

書》原刻本至漢代仍保留著，司馬遷引用時，是以「於是」釋「乃」，但又將二者重複並排書寫；另又以「質」代替「功」，才會翻譯成：「於是乃自以為質」句。反觀簡文引錄此文時，於此不抄「自以為功」諸字，但將此句故意挪移於下文「周公乃內（納）亓（其）所為社（功）自以為弋（代）王之敓（說）于金�（縢）之匱。」一長句中，分開為「為功」「自以」書寫。由單純的轉抄引述角度看，這種複雜的切割文句，實在無是道理。

簡文將墠字寫作鉭，从尔坦聲，屬一新創字例。

壇，古音定母元部：dan，屬舌頭音開口一等。[18]

墠，古音禪母元部：zian，屬舌面音開口三等。

坦，古音透母元部：t'an，數舌頭音開口一等。

墠本音善，見孔傳；與壇、坦古音韻部相同，但聲母有別，一三等不同。清華簡書手自創从尔从坦聲的新字，是認為墠音當直接讀與彈獼同，而不知墠字原該讀為善。

1. 為一坦（壇）於南方，周公立攵（焉）。（簡文）
2. 為壇於南方，北面、周公立焉。（今本）
3. 周公北面立。（魯世家）

簡文「為一坦（壇）」，是對比上文的「為三壇」言。依今本「為壇」增數詞「一」。古文獻一般不書單數的「一」，以示行文簡潔。兩兩相對，簡文增的「一」字明顯是贅筆。簡文另省「北面」一分句，周公在南邊祭壇朝北拜祭三壇，今本語意無疑是完整周延的。《史記》見司馬遷當日徵引《尚書》原本時確有「北面」二字，《史記》將「北面，周公立焉」二分句合書為一繁句「周公北面立」。由今本而〈魯世家〉，可見一由古而今的句型演變，將複合句調整作繁句句式。而簡文如確為戰國抄本，亦應見有「北面」二字才是，書手在此徒然增添一些不必要的冗詞，但又刪除關鍵不可少的文句，實不可解。

簡文的語尾「攵」，从女，右下从一點一撇。清華簡原釋文讀「焉」，用為句末助詞。《清華》（一）除〈楚居〉篇 9 見此字外，僅此〈金縢〉1 見，字形相同[19]。對比郭店簡「安」字作〈1.1.19〉、作〈10.27〉、作〈6.6〉、作〈6.28〉、作〈10.19〉諸形。特別是末一字例與清華簡文相當。可見从女字下的斜筆部件或即宀形的演變。兩兩相對，清華簡安讀焉字形趨於統一書寫，清華簡文的書手必然在郭店簡書手之後。王引之《經傳釋詞》卷二焉字條：「案《禮記》〈三年問〉：

---

18　這裡的上古擬音，參考郭錫良《漢字古音手冊》，北京大學出版社，1986 年 11 月。

19　參《清華簡》（一）下冊字形表。

『先王焉為之立中制節』，荀子〈禮論〉篇『焉』作『安』。『安』『於』一聲之轉。」[20]焉字用為語尾，一般見於《左傳》、《禮記》、《論語》，絕少見於今本《尚書》，除〈金縢〉篇外，亦僅一見於〈秦誓〉篇的「其心休休焉，其如有容」。然〈秦誓〉的成篇時間已至秦穆公[21]，《史記》定此篇為秦穆公36年，在崤之敗役後三年。簡文用南方體系文字的「安」書寫焉字，承接今本〈金縢〉的句子，而〈魯世家〉於此則省。

1. 秉璧㞢（植）珪，（簡文）
2. 植璧秉珪，（今本）
3. 戴璧秉珪，（魯世家）

《尚書》孔傳：「璧以禮神。植，置也。置於三王之坐。周公秉桓圭以為贄，告謂祝辭。」，孔疏引鄭玄注：「植，古置字。言置璧於三王之坐也。周禮云：公執桓圭。」日人瀧川龜太郎《史記會注考證》引「易林旡妄之繇曰：載璧秉珪。」，言「載戴通用，載亦有置意。」

我曾撰〈「植璧秉珪」抑或是「秉璧植珪」——評估清華簡用字，兼釋㝬字本形〉一文[22]，申論璧琮作為祭器，敬天禮地，為象徵神靈的進出人間管道。在祭祀時會先豎立玉璧於祭壇上，或平置於琮口，璧琮內孔垂直相接，以示貫通天地，作為神靈進出人間的管道。「璧」在祭祀時是以靜止狀態平置或豎立於祭壇，以便神靈降臨，不可能亦不應該為主祭者所手執。因此，清華簡文「秉璧」一詞，絕不可解。而「圭」為瑞器，一如王公侯伯的權杖，形窄小而長，在禮儀進行時，行禮者都緊握執持於雙手之中，代表個人的身分表徵，不可能隨便放置安插。〈金縢〉的「秉圭」功能，是表達向上天神靈稟告的肅敬動作。清華簡文無故改作「植圭」一詞，反不可識。我在該文章註12提到大陸學者陳劍主將簡文的「植」讀戴，理解為「將玉璧頂戴在頭上，模仿犧牲之像」，這說法新穎，但實不可能。陳說將簡文原書的所謂「戴珪」轉移概念成「戴璧」，本已不妥，祭奠的玉璧巨型，肉多而孔小，如何能頂戴於牲首或活動的人首？玉珪長而窄，更無由有頂戴的道理。簡文此四字行文嚴重錯誤，書手完全疏忽相關古代祭禮的知識，才會故意或粗疏的顛倒二詞的動詞，又另創造出一新的「植」字。目前看，只能理解是簡文書手的憑空誤書，誤書原因不詳。

---

20 王引之著、孫經世補《經傳釋詞》，華聯出版社，1969年1月。

21 參屈著《尚書釋義》146頁。

22 見拙著《釋古疑今——甲骨文、金文、陶文、簡文存疑論叢》第十章207頁，里仁書局，2015年5月。

⿱止百，字从百从止聲，屬新創字，古音章母之部，屬三等字。字可以讀植、讀質、讀贄，但再轉讀載（精母）讀戴（端母）就很勉強了。

1. 史乃冊祝告先王曰：（簡文）
2. 乃告大王、王季、文王。史乃冊祝曰：（今本）
3. 告于大王、王季、文王。史策祝曰：（魯世家）

〈魯世家〉抄錄的資料來源，自然是今本〈金縢〉的內容。二者語序順讀一致。簡文引用今本時，於此省卻今本前句「告大王、王季、文王」一段，卻在今本後句中補上「告先王」三字，結合成一繁句。簡文語意含混，禱祝對象變得不明，遠不及原來今本《尚書》的完整。今本「曰」是直接帶出「冊祝」的祝辭內文，「冊祝」，本身就具有祭祖禱告於神靈的意思，常態如「冊祝」後連用禱告對象，亦只會書寫為「冊祝先王」、「冊祝某先王」，而無庸言「冊祝告先王」。因此，簡文「告先王」的加插反而是重複的冗辭。清華簡文於此刪不該刪，增卻無必要增的，在修辭上明顯是不妥的。

簡文祝字作，从兄朝外，與示相背向，字的組合怪異，與一般甲金文字習見从人張口朝上禱告於示前的會意結構並不相同。

1. 尔（爾）元孫發也，𧾷（遘）𥛚（害）䖍（虐）疾，（簡文）
2. 惟爾元孫某，遘厲虐疾。（今本）
3. 惟爾元孫王發，勤勞阻疾，（魯世家）

《尚書》孔傳：「元孫，武王。某，名，臣諱君，故曰某。厲，危。虐，暴。」簡文的「爾元孫發」直呼武王名字，與〈魯世家〉的「惟爾元孫王發」用句接近。簡文這兩句的首句近於〈魯世家〉，次句又與今本相接，似是參考兩個不同版本併合而成。首句句首刪發語詞「惟」，句末又增一語尾「也」，一增一省，又明顯是簡文刻意求異的發明。「也」字作為歎詞，置於名詞之後，用法罕見。對比確屬戰國楚簡的郭店簡文並無此種用例，先秦文獻亦罕見此習，但在清華簡文此篇中卻連續使用了兩次，很可怪異。

簡文的𧾷，屬新創字，於此對應讀為遘。原簡文釋文：「𧾷，㱿聲，在溪母屋部，讀為見母侯部之遘。」其實，此字形應切割為从力㱿聲。㱿，古音見母屋部（kok），與遘字古音見母侯部（ko），為陰入通轉的關係，就音讀言更吻合。然而，遘遇的遘字並非罕見的字例，殷商甲文、兩周金文早已遍見，如：〈合集 158〉、〈合集 30239〉、〈合集 28545〉、〈保卣〉、〈克盨〉是。清華簡文為何捨習見而另創此一新字，原因不詳。

簡文的遙，原釋文讀為害，與今本〈金滕〉的厲字相對。厲字意由厲石而冶鍊而勉力振奮，字與害意本來無涉，近人才有「厲害」成詞，本也是指嚴重的傷害，厲修飾害字，後來才成為對等的疊詞；但早在先秦文獻卻未之見。害字亦不能逆推出厲意。清華簡文用所謂「害」來取代今本的「厲」字，書手似乎已具有「厲」「害」意同的近世觀念。《尚書》的「厲虐疾」句，其中的「厲」「虐」都有劇烈意，二字本都是用來修飾「疾」字的。段玉裁《說文解字注》厲字：「厲有訓為惡。厲即烈之假借也。」[23]，《說文》虍部：「虐，殘也。」，但相對的，害字在古文獻中率多借為曷，段注害字：「〈周南〉毛傳曰，害，何也。」[24]，因此，簡文不管用害的傷創本意或借為曷，都不好理解視同修飾語來修飾「疾」字。同時，《清華》（一）簡文原釋的害字一見作〈保訓〉，一見作〈金縢〉，字从止从禹，或增辵旁，書手又似乎早已具備或接受近人解讀䖵、禼字為害的看法（裘錫圭說）[25]。然而，䖵（巷）字从蛇咬人足形，表意，引申有災禍的意思，其中从虫絕不作聲符，裘說是將䖵由音讀過渡為害，恐仍未為的論。況且，查核戰國郭店簡的害字一致作〈1.1.4〉、〈9.29〉、〈1.1.28〉三形，但絕無从止从禹者。簡文書手如何能跳接近人的研究成果，預早將害字寫作遙，又用此字形來切換本不相干的「厲」字？簡文發生的真正時間，恐有討論空間。

《清華》（一）簡文䖏字二見，一在〈金縢〉，一在〈尹至〉，用為特定的虐字。清華原簡文釋文以《說文》虐字古文作虐為證。但在《清華》（一）有另一虐字形，7 見分別在〈程寤〉、〈保訓〉、〈皇門〉諸篇，固定的只用為歎詞「嗚呼」的「呼」字[26]。二者字意並不相接。同時，據古音觀察：

呼，古音曉母魚部：xa，一等。

乎，古音匣母魚部：ɣa，一等。

虐，古音疑母藥部：ngiauk，四等。

呼、虐二字聲、韻皆遠，䖏字如从虐聲，在音讀上如何系聯作虐？仍要進一步說明。

1. 尔（爾）母（毋）乃有備子之責才（在）上。（簡文）

---

23 見《說文解字》九篇下厂部厲字段玉裁註。洪葉文化公司。1998 年 10 月。

24 參《說文解字》七篇下宀部害字段玉裁註。

25 參裘錫圭〈說䖵〉，文原載《古文字學論集》初編，香港中文大學出版，1983 年；又見《裘錫圭學術文集》第一冊，206 頁，復旦大學出版社，2012 年 6 月。有關此字从止从它的解讀，實與害字無涉，相關討論參拙文〈論巷、害二源〉，文見拙著《亦古亦今之學——古文字與近代學術論稿》第三章 41 頁。萬卷樓圖書公司，2017 年 12 月。

26 參《清華簡》（一）下冊字形表。

2. 若爾三王，是有丕子之責于天，以旦代某之身。（今本）

3. 若爾三王，是有負子之責于天，以旦代王發之身。（魯世家）

簡文句中增「毋乃」，原釋文：「反詰辭。」，並引《禮記》〈檀弓〉：「毋乃不可乎？」為證。然而，這種反詰語氣在句末多有一疑問語詞，可是簡文句末卻闕如。

簡文句首的「爾」後省「三王」，於此不知所指神靈是誰？相對的看，今本的「若爾三王」，語意用途清晰，明白帶出「爾」的對象。簡文未審為何在抄錄時刪去。

簡文「備子」一詞新出，如單由上下文看，全不知所指為何？對比今本〈金縢〉的「丕子」，歷來也是眾說紛紜，清華簡文原釋文已指出：「孔傳、馬融訓丕為大，謂天命爾三王有大子愛爾子孫之責。鄭玄讀為不，謂若武王死，則三王有不愛子之責在上。」[27]字無論讀丕，理解為大子；讀不，理解為不子愛，都勉強通讀。但簡文刻意改作「備子」，字又必須轉讀回同音的丕，才能進一步釋讀文意。書手這種迂迴用字替代的心態可怪。

簡文「爾」，今本之前本有一「若」字，如也，疑之之詞，帶出下文的擬測句，在語言上自然是比較合理。簡文「毋乃有」，今本作「是有」，即實有，具肯定語氣，強調三王在天之責是必然的。簡文「在上」，用泛指來取代今本具體的「于天」。「于天」的用法，本與下文的「于下地」相對。

簡文用一繁句，取代今本原有的二分句。今本末復多「以旦代某之身」一句，整段語意完整結束，〈魯世家〉也按今本照抄。整段文字謂「像你們三王，實在有照顧子孫的責任在天上，所以就用旦來代替某的身子吧！」，反觀簡文在言先王責任在上之後，文句即中止，先王之責如何能具體落實？在語意上是還未能滿足完成的。

整體而言，《史記》是據今本《尚書》謄抄，其中只是就司馬遷個人的文意調整作「負子」一詞，謂背棄子孫。正由於此詞是先由「丕子」而「不子」「負子」，遂衍生出不同的解讀。簡文書手似也是趁今本模糊的內容改寫為同音的「備子」，但在表達上就更不可解了。

1. 隹（惟）尔（爾）元孫發也，不若但（旦）也，是年（佞）若丂（巧）能，多忎（才）多埶（藝），能事槼（鬼）神。（簡文）

2. 予仁若考，能多材多藝，能事鬼神；乃元孫不若旦多材多藝，不能事鬼神。

27 參《清華簡》（一）下冊159頁註9。

（今本）

3. 旦巧能多材多蓺，能事鬼神。乃發不如旦多材多蓺，不能事鬼神。（魯世家）

以上三段文字，見司馬遷《史記》是根據今本〈金縢〉的內容順序抄錄，其中只調整了少數用字。簡文書手則同時整合今本和〈魯世家〉的內容，合併前後二段正反語意的句子為一。特別的是，簡文將今本的「乃元孫」、〈魯世家〉的「乃發」，合併為「爾元孫發」；將今本德目的「仁」，改為年，但字又需讀同為仁、為佞；將〈魯世家〉已改動今本「考」為「巧」的字，再省略作「丂」；將二文習見的「材」字，增从心作新創的「忎」，「鬼」字增从示，但作特殊的上下結構書寫；將一般固定的周公旦私名，改增从人的「但」；將今本的「藝」、〈魯世家〉的「蓺」，省為「埶」。特別的是今本「予仁若考」一句，本言周公旦強調自己的既仁而順父。若，順也。考，父也。「仁」字在《尚書》僅此〈金縢〉篇一見，本屬罕見而關鍵的字例。簡文書手若已能目睹今本〈金縢〉相關版本復又據而節取謄錄，但如何會用一僅音同而意全不相干的「年」字取代此一珍貴無比的德目用字？「仁」字在孔子之前，或尚無用作仁義等人心修為的核心用詞，因此，〈金縢〉中的「仁若考」句的仁字，如作為德目理解，此篇文字恐有屬孔子之後經調整過的文字。俞樾《群經平議》卷 5「予仁若考」條，謂「『仁』當讀為佞。『予仁若考』者，予佞而巧也。『佞』與『巧』義相近。《史記・周本紀》：『為人佞巧』，亦以『佞巧』連文，是其證也。」[28]俞樾是站《史記》的釋讀角度來理解「仁」和「考」。程元敏〈尚書周書金縢篇義證〉一文仍訓仁，作敦厚意，謂「仁讀為佞，借仁為之，於古音有據。『佞與巧義近』、『連稱』，是『予仁若考』為『予巧而巧』，《平議》失解！」[29]無論字該讀作仁、作佞，今本〈金縢〉的祖本之中，此處所書寫的無疑是「仁若考」一句，清華簡書手既能參考今本〈金縢〉內容，又故意將此一「仁」字改書為「年」字，自然是一不必要的動作；原因不詳。而司馬遷書〈魯世家〉，將「予仁若考」調整為「旦巧」，或斷為「旦巧能」，句與下句「能多材多藝」相接。「仁」「考」這兩個美德概念遂於此為一「巧」字取代，再沿巧思巧能的思路，配合下文的「多材多藝」。這是司馬遷調整字眼背後的一貫想法。簡文書手更進一步併合今本的「佞」和史遷的「巧」的意思，改動為「是年（佞）若丂（巧）能」，原釋文引江聲等意見，謂巧的古文作丂，句意謂「周人稱己有高才而巧能」[30]。再

28 俞樾《群經平議》卷五 11 頁，上海古籍出版社，2002 年 3 月。

29 程元敏《尚書周書牧誓洪範金縢呂刑篇義證》164 頁，萬卷樓圖書公司，2012 年 3 月。

30 參《清華》（一）下冊 160 頁註 10。

核對《清華》（一）的字形，「巧」字作，僅〈金縢〉一見，但「考」字作，已从老，如同冊〈皇門〉篇的寫法。這明白的見簡文書手是能清楚區分巧、考二字的。簡文的「巧能」，行文用字與〈魯世家〉所改動的居然全同。原因亦不詳。但其中的一個可能，是簡文書手已能參考或閱讀到〈魯世家〉的內文。

簡文將周公專名旦增人旁作但，此更可議。戰國時期儘管行文用字並不固定，但對人的名姓選用仍有講究。簡文刻手抄錄今本，自能認識周公旦其人，何庸再增一「人」旁？這與行文追求美觀、或書寫的隨意並無關係。「旦」為旭日初昇意，本屬一積極具正面意義的用字，作為周公私名，再適當不過。可是增人的「但」，用為虛字，只有文句語氣轉折的功能，並無實義。簡文刻手如何無端將周民族偉人周公的名字，胡亂改為一後起虛字？正常的書手絕無此理。

1. 命于帝猛（廷），尃（溥）又（有）四方，以奠（定）尔（爾）子孫于下陞（地）。（簡文）
2. 乃命于帝廷，敷佑四方，用能定爾子孫于下地。（今本）
3. 乃命于帝廷，敷佑四方，用能定汝子孫于下地。（魯世家）

〈魯世家〉全抄今本〈金滕〉，只更動了一個人稱代詞。簡文對比今本，句前省略一個副詞「乃」，中止了前後句承接的功能，語氣突兀。簡文的「廷」字下增皿，「敷」字又省作尃，「定」字則改為同意的奠。但奠字用法獨特，先秦文獻多作祭奠意。《說文》：「奠，置祭也。」，段玉裁注：「引伸為凡置之稱。」字的用法是由祭祀而安置而設定，作為定意反屬晚出「奠定」形成同意疊詞之後的用法。〈金縢〉於此上下文是用為「安定」意，與「奠」字在春秋戰國習見的祭奠用法本有一定的距離。簡文書手未悉如何會以一罕見用法的「奠」字取代習見的「定」字？簡文「地」字作，相對的郭店簡作〈1.1.23〉，《郭店》相關从阜偏旁的字都作，並無複筆作形書寫的習慣。同樣的，包山楚簡从阜也是作單筆的寫法。簡文「尔」字作，與今本作爾通，但與《史記》的「汝」用法不一。簡文「以」字，刻意取代今本的「用」字；二者用法相當。然而《史記》與今本相同。

1. 尔（爾）之訵（許）我=（我，我）則晉（晉）璧與珪。尔（爾）不我訵（許），我乃以璧與珪逯（歸）。（簡文）
2. 四方之民，罔不祇畏。嗚呼！無墜天之降寶命，我先王亦永有依歸。今我即命于元龜，爾之許我，我其以璧與珪，歸俟爾命；爾不許我，我乃屏璧與珪。（今本）
3. 四方之民，罔不敬畏。無墜天之降葆命，我先王亦永有所依歸。今我其即

> 命於元龜，爾之許我，我以其璧與圭，歸以俟爾命；爾不許我，我乃屏璧與圭。（魯世家）

《史記》基本上是照抄今本〈金縢〉，文句中偶然增添一兩個修飾用字。而簡文在前一段「四方之民」至「命於元龜」均從闕。其餘，則同樣是順著今本〈金縢〉的內文抄錄。

簡文「許」字增卩，屬新創字。《說文》：「許，聽言也。从言午聲。」，段玉裁注：「聽從之言也。耳與聲相入曰聽，引伸之凡順從曰聽。許或假為所，或假為御。[31]」簡文書手將「許」字改書作从卸（禦），或與段注所言「假為御」一段話不謀而合。今本的「不許我」，簡文則移位作「不我諮（許）」。

今本〈金縢〉的「以璧與珪」，以，用也；是用璧和珪祭獻先祖。「屏璧與珪」，是收藏璧和珪，以示不再祭拜的意思。古人言「植璧與珪」，是進行祭拜與鬼神溝通的儀式。璧置於祭壇之上，象徵神靈的進出口，常態存置於宗廟；珪是祭拜者所持的身份表徵，祭祀時持珪於宗廟拜祭，以示肅敬。本段上下文意指先王如答允我的請求（即同意讓我取代武王之身），我將用璧珪事神；先王如不答允，我就收藏璧珪，不再進行事神的活動。簡文改作「我則𥓇（晉）璧與珪」和「我乃以璧與珪歸」。𥓇，屬新創字形，原釋文謂「从石，𦤎聲，讀為晉或進。」，又稱「𦤎為𥓇之《說文》籀文：𦤎即奇字𣉻（晉）。」[32]，此註言可怪，《說文》晉字，篆文从二至，並無重文，更不會有奇字。金文晉字都从二倒矢，郭店簡一見，亦从二倒矢形〈3.10〉。不管如何，簡文是指將璧與珪一進獻、一收歸的對應意思。然而，古人一般祭獻的是用祭牲、祭品，而並不是用鬼神附寄的璧和祭拜者個人身份標誌的珪。祭拜時玉璧早先置於神壇，無所謂晉進與否，更不會持之而返。珪一般亦不會獻呈而不返。因此，簡文的逯（歸）字，似是參考今本〈金縢〉前文的「歸俟爾命」的「歸」字而誤置於此，但簡文這一進獻璧珪與攜之而返的說法，明顯與今本〈金縢〉文字和古人用璧珪迎送神靈的禮儀方式不合。

1. 周公乃內（納）亓（其）所為社（功）自以弋（代）王之敓（說）于金紎（縢）之匱。（簡文）
2. 乃卜三龜，一習吉。啟籥見書，乃并是吉。公曰：體，王其罔害；予小子新命于三王，惟永終是圖，茲攸俟，能念予一人。公歸，乃納冊于金縢之匱中。王翼日乃瘳。（今本）

---

31 見《說文解字》三篇上言部許字條段玉裁註。

32 參《清華簡》（一）下冊160頁註12。

3. 周分已令史策告太王、王季、文王，欲代武王發。於是乃即三王而卜。卜人皆曰：吉。發書視之信吉。周公喜，開籥乃見書。遇吉。周公入賀武王曰：王其無害。旦新受命三王，維長終是圖。茲道能念予一人。周公藏其策金縢匱中。明日武王有瘳。（魯世家）

對比以上三段文字，《史記・魯世家》自是以今本〈金縢〉為底本，有所發揮。而今本與《史記》自首句「乃卜三龜」以迄「能念予一人」一整段，在簡文中均刪掉不錄。〈金縢〉末句「王翼日乃瘳」，《史記》改為較淺易的「明日武王有瘳」，而簡文則省卻。簡文在周公納冊於金縢之櫃後，文句即結束。相對的看，今本〈金縢〉和〈魯世家〉都保留一句「王翼日乃瘳」（〈魯世家〉將今本的「翼日」改為較通俗的「明日」），點出周公祈禱求代武王之身後感動上天的結果。在語意上自然是比較周延而必須的。

簡文句中前後的「乃納」「于金縢之匱」二短語，是來自今本〈金縢〉的「乃納冊于金縢之匱中」一整句文字。而簡文二短語中間加插的「其所為功自以代王之說」一長句，是用來取代今本「納冊」的「冊」字，亦即〈魯世家〉改言「藏其策」的「策」。這一長句純粹是抄錄自今本後面的「乃得周公所自以為功，代武王之說」的兩句，再調整上下文合併而來。由行文看，簡文這裡改作「其所為功」、「自以代王」是不好理解的，前句沒有動詞，後句已言「代王」，自然是由自己來代，這裡用「自以」二字純屬冗辭。而「自以代王」這種奇怪說法，又不厭其煩的三度重見於簡文 14 條背面，且作為文章標題：「周武王又（有）疾周公所自以弋（代）王之志」一多達 14 字的長句。相對於《尚書》既有的篇題都只不過以 2 至 5 字名篇，這種用長句特例為題原因為何？真是不好解釋。

簡文將納字省作內，將一般習見的功字卻無端的改為示旁作社，形成一新創字，代字卻又獨特的省掉人旁作弋，說字則改言為攴作敓，縢字更為从糸从仌，都屬特殊的字例。對比今本〈金縢〉，這些字都似乎是人為「為改而改」的字例。簡文隸定的�字本作，僅二見於此〈金縢〉篇中。近人有釋作綾作緘作緗，都是形近的比附，並無確證[33]。且右部件實不類仌（冰）形。原釋文謂：「紟，仌聲，在幫母蒸部，讀為定母蒸部之縢。」[34]然而，字一屬幫母一等的 dəŋ，一屬定母三等的 piəŋ，聲母不同，介音有別，二者音讀仍有差異。此外，簡文「敓」字下右邊有一墨丁，似表示刻手認為此句於此斷開分讀，很可怪異。

簡文是源於祖本的一種節本，但截取過程中表現粗糙、刻意的選擇，讓一些常

33 參黃澤鈞碩論 149 頁轉引宋華強、蘇建洲、黃人二等先生的意見。

34 參《清華簡》（一）下冊 160 頁註 14。

態、重要的內容和句型，轉而為理解困難而特殊的句例，原因不詳。

1. 乃命執事人曰：勿敢言。（簡文）
2. （今本〈金縢〉並無此二句）
3. 誡守者勿敢言。（魯世家）

簡文一段文字在今本〈金縢〉篇無，〈魯世家〉則是接上下文意補。簡文的「執事人」一詞，是由今本〈金縢〉和〈魯世家〉下文的「百執事」改動而來，而命詞的「勿敢言」三字，與〈魯世家〉全同，二者關係密切。簡文這裡的「乃命執事人」，似乎也是參考〈魯世家〉的「誡守者」演變而成。《禮記》有「執事」一詞，金文〈秦公鐘〉亦見「于秦執事」一句，而「執事人」的用法，始見於包山楚簡。執字从文羊从丸从女，寫法與包山亦全同。

1. 𦍒（就）遂（後）武王力（陟），㞷（成）王由（猶）學（幼）才（在）立（位），官（管）弔（叔）返（及）亓（其）群㝁（兄）俤（弟）乃流言于邦曰：公𨟻（將）不利於需（孺）子。（簡文）
2. 武王既喪，管叔及其群弟乃流言於國，曰：公將不利於孺子。（今本）
3. 其後武王既崩，成王少，在強葆之中，周公恐天下聞武王崩而畔。周公乃踐阼，代成王攝行政當國。管叔及其群弟流言於國曰：周公將不利於成王。（魯世家）

今本此段先接言「武王既喪」，〈魯世家〉在句首增「其後」二字，淺易的連接上下文語意，簡文則改作罕見的「就後」二字；後二者或有因承的關連。

今本言武王「喪」，〈魯世家〉改為帝王專用的「崩」，而簡文則用一奇特的借字「力」，來形容武王逝世，原釋文認為字應轉讀為「陟」，文意顯得反而模糊了。〈魯世家〉於此增「成王少」一段，簡文的「㞷（成）王由（猶）學（幼）才（在）立（位）」，文字應是繼〈魯世家〉接踵增繁而來的。今本〈金縢〉簡述武王剛去世，管叔等隨即流言於國。〈魯世家〉在此增添「成王少，在強葆之中，……代成王攝行政當國」一段。而「強葆」之說，歷代註家都有意見，認為是時成王年幼，但有「十歲」（鄭玄）、「十三歲」（王肅）之說，而率皆以為成王在一、二歲的襁褓之說為非。[35]簡文書手應該是參考了《史記》引用的相關刊本，由強調「成王少」，進一步增列「成王猶幼在位」一句，但書手亦以為《史記》的「強葆」說為非，才沒有全錄。其後《史記》增述的周公攝政一說法，簡文亦不具引。

[35] 有關成王襁褓之說，參《史記會注考證》卷33〈魯周公世家〉中的〈考證〉，552頁。

簡文「群兄弟」一詞，明顯是依據今本〈金縢〉和〈魯世家〉的「群弟」一詞的增補。但對比《史記・管蔡世家》的「武王同母兄弟十人，……其長子曰伯邑考，次曰武王發，次曰管叔鮮，次曰周公旦，次曰蔡叔度，……」其中的伯邑考早卒，管叔其時已無兄長，簡文書手於此抄錄今本〈金縢〉，為何無端增一「兄」字？原因不詳。「兄」字增从𡉚，「弟」字增从人，這種奇特字形組合和「兄弟」成詞，都見於包山楚簡中。

簡文「公將不利於孺子」句，全抄今本，但與《史記》的改動又不相同。簡文的「孺」字復省關鍵的子旁而作「需」。此外，簡文將「猶」改為同音的「由」，將「幼」字改為从幽从子的特例，然此字只見於 1975 年才出土的〈中山王譻鼎〉中，字在此的出現，殊可怪異。將「成王」專名的「成」增土形，將「管叔」的「管」又省竹旁。這些重要的王侯名號，字形居然前後一增一省，隨意書寫如此，實有刻意與傳統習見的文獻區隔之嫌，原因亦不詳。

介詞「於」字，今本和〈魯世家〉連續二句都一致作「於」，寫法固定。簡文書手如已能閱讀今本〈金縢〉，為何又率性的出現「流言于邦」、「不利於需子」的混亂復矛盾寫法？令人不解。

1. 周公乃告二公曰：我之□□□□亡以復（復）見於先王。（簡文）
2. 周公乃告二公曰：我之弗辟，我無以告我先王。（今本）
3. 周公乃告太公望、召公奭，曰：我之所以弗辟而攝行政者，恐天下畔周，無以告我先王太王、王季、文王。（魯世家）

簡文首句無疑是全抄今本〈金縢〉的，其後殘缺四字。而〈魯世家〉也是據今本〈金縢〉加以拓充文意的句子，點出二公是太公和召公。今本〈金縢〉和〈魯世家〉的末句均同為「無以告我先王」，而〈魯世家〉只在句的前後加以拓充。簡文的否定詞由「無」改為「亡」，「先王」前增一介詞「於」，在句子中反成冗詞。

1. 周公石（宅）東三年，禍（禍）人乃斯旻（得），於遂（後）周公乃遺王志（詩）曰《周（雕）鴞》，王亦未逆公。（簡文）
2. 周公居東二年，則罪人斯得。于後，公乃為詩以貽王，名之曰鴟鴞；王亦未敢誚公。（今本）
3. ……管、蔡、武庚等，果率淮夷而反。周公乃奉成王命，興師東伐，作大誥。遂誅管叔、殺武庚、放蔡叔，收殷餘民，……二年而畢定。……東土以集，周公歸報成王，乃為詩貽王，命之曰鴟鴞，王亦未敢訓周公。（魯世家）

簡文的「三年」，似是根據《尚書大傳》的「一年救亂，二年克殷，三年踐奄」[36]而來，但今本〈金縢〉和〈魯世家〉均只紀錄為「二年」。

簡文首句從今本〈金縢〉，獨「居」字改為「石」字，清華簡原釋文讀為宅。而石字增从二橫筆，寫法怪異。字卻見於包山楚簡。第二句〈金縢〉的「罪人斯得」，簡文調整為「禍人乃斯得」，將通用的「罪人」改為特別的「禍人」，而「禍」字又从特殊的「骨」旁。簡文復將語詞「斯」增為「乃斯」，二語詞連用，語法奇怪，「斯」字形復作「其」。對比下句馬上接著「周公乃遺王志」，前後兩句都用虛字「乃」，在語法修辭上明顯是冗辭。〈魯世家〉則以今本〈金縢〉為底本，於此用大量文句內容增述罪人應得獲罪的經過。

今本「于後」，簡文改作「於後」，且在「後」字右下邊有一小墨丁，斷讀可怪。今本「公乃為詩以貽王」，〈魯世家〉省作「乃為詩貽王」，簡文則移位作「周公乃遺王志（詩）」，且上文已稱「周王」，簡文於此再重複書寫「周公」，明屬冗詞。

今本〈金縢〉言周公貽贈成王的詩是〈鴟鴞〉。鴟鴞為惡鳥一種，詩見〈豳風〉，《孟子・公孫丑》已引〈鴟鴞〉詩二章。簡文卻書作「周鴞」，詞不可解，原釋文讀周為雕，[37]但卻只能視同兩種鳥名，與原詩內文全不合。簡文書手的改動用字，原因不詳。

今本〈金縢〉的「王亦未敢誚公」，誚有責讓意。〈魯世家〉用淺近語言改為「王亦未敢訓公」，訓有斥責意，二者用法相承。簡文書作「王亦未逆公」，逆有不順、反抗意，在語意上卻全然不同。簡文下文須再次使用「逆公」一詞，用法與此處並不相同。

1. 是歲（歲）也，蘇（秋）大管（熟），未（獲）。天疾風以雷，禾斯妟（偃），大木斯（拔）。邦人□□□□兌（弁），大夫綵，以攸（啟）金紋（縢）之匱。王旻（得）周公之所自以為社（功）以弋（代）武王之敓（說）。（簡文）
2. 秋，大熟，未穫，天大雷電以風，禾盡偃，大木斯拔；邦人大恐。王與大夫盡弁，以啟金縢之書，乃得周公所自以為功、代武王之說。（今本）
3. 成王發府，見周公禱書。（魯世家）

這段文字，簡文直承今本〈金縢〉而來，而〈魯世家〉於此並不直接采用，只

36 語見《毛詩正義》國風・豳風・東山引《尚書大傳》。

37 參《清華簡》（一）下冊161頁註20。

是加插成王少時因病而周公祝神的一段雷同文字，其後才將今本〈金縢〉的這段內容推移到周公逝世之後，語意顯得更加自然和周延：

周公卒後，秋未穫，暴風雷雨，禾盡偃，大木盡拔。周國大恐。成王與大夫朝服，以開金縢書。王乃得周公所自以為功代武王之說。

三段文字基本上相同。如：今本〈金縢〉的「秋大熟，未穫」，〈魯世家〉省「大熟」，簡文卻全抄，只是改變個別字形。今本的「天大雷電以風」，〈魯世家〉省「電」字，並強調「暴風」而前置句首，簡文亦省「電」，與《史記》同，但另強調「疾風」而前移句首。今本的「禾盡偃，大木斯拔」，〈魯世家〉改用二「盡」字，簡文卻改用二「斯」字，基本上都是參考今本而來的。今本的「邦人」「弁」，〈魯世家〉改作「周國」「朝服」，簡本則全依今本。今本的「以啟金縢之書」，〈魯世家〉改「啟」為「開」，簡文則改「書」為「匱」。細審〈魯世家〉言「禱書」、「金縢書」，都用「書」字，可知司馬遷抄錄《尚書》原文所開啟的是「書」而不是「櫃」。簡文這裡是按上文再轉謄一次，因此用字才會與今本不一樣。此外，今本的「乃得周公所自以為功代武王之說」，〈魯世家〉全抄，文字全用，可見當日的《尚書》本文句確屬如此。簡文書手則在「所」字前增「之」，「代」字前增「以」，刻意用語詞來斷開句意。

簡文「邦人」後字殘，清華簡原釋文註：「第十簡上缺四字，據今本可補『大恐，王□』。」[38]但相對於今本〈金縢〉作「邦人大恐，王與大夫盡弁」，〈魯世家〉翻作「周國大恐，成王與大夫朝服」，簡文前補「大恐，王」三字自然沒有問題，但餘下的一個空格如何滿足的補上「與大夫盡」的句意？於此恐不好說明。

簡文這裡的歲字改从月，秋字增从舺日，熟字改从竹亯，穫字改作新創的从皀从攴，拔字改从廾戈从冃止，偃字省从口女，功字改从示，代字省作弋，說字改从攴代言，都是奇怪的結構，字形並沒有常態文字流變的依據。

1. 王䎽（問）執事人，曰：「訐（信）。殹（噫），公命我勿敢言。」王捕（布）箸（書）以瀴（泣），曰：「昔公堇（勤）勞王冡（家），隹（惟）余謟（沖）人亦弗返（及）智（知），今皇天違（動）畏（威），以章（彰）公悳（德），隹（惟）余謟（沖）人亓（其）親逆公，我邦冡（家）豊（禮）亦宜之。」（簡文）
2. 二公及王，乃問諸史與百執事。對曰：「信。噫！公命，我勿敢言。」王執書以泣，曰：「其勿穆卜。昔公勤勞王家，惟予沖人弗知；今天動威，

---

38　參《清華簡》（一）下冊161頁註25。

以彰周公之德；惟朕小子其新逆，我國家禮亦宜之。」（今本）

3. 二公及王乃問史百執事。史百執事對曰：「信有。昔周公命我勿敢言。」成王執書以泣，曰：「自今後，其無繆卜乎。昔周公勤勞王家，惟予幼人弗及知。今天動威，以彰周公之德。惟朕小子其迎，我國家禮亦宜之。」（魯世家）

就語句看，〈魯世家〉是直接順著今本〈金縢〉，幾乎全抄，只有個別字詞增省調整，加以潤飾。簡文句子也是句句承接今本〈金縢〉，只是改動若干字形。如：

今本的「諸史與百執事」，簡文省作「執事人」。

今本的「惟予沖人弗知」，簡文增作「惟余沖人亦弗及知」。

今本的「今天動威」，簡文增作「今皇天動威」。

今本的「以彰周公之德」，簡文省作「以章公德」。

由此可見，今本用字繁，簡文則刪簡之；今本用字簡，簡文則增修飾語。簡文的書寫，無論用詞或字體，都是針對性的與今本略同而有稍異。增省的只是一些修飾用語，並不影響句子的主要意思。書手逐句微調改動的心態不詳。

簡文的「余沓（沖）人」，連用三次，顯示書手的詞貧，在修辭上自然是遜於今本〈金縢〉和〈魯世家〉分書的「予沖人」和「朕小子」。簡文將單純的「問」字改書作「聞」，再轉讀為問，書手轉折的心態可怪。「執書」一詞，簡文改作「捕（布）箸（書）」，用法亦怪異。

1. 王乃出逆公至鄗（郊）。是夕，天反風，禾斯記（起），凡大木斎=（之所），蹩（拔），二公命邦人隶（盡）逿（復）笙（築）之。戢（歲）大又（有）年，蘇（秋）則大豰（穫）。（簡文）

2. 王出郊，天乃雨。反風，禾則盡起。二公命邦人，凡大木所偃，盡起而築之，歲則大熟。（今本）

3. 王出郊。天乃雨，反風，禾盡起。二公命國人，凡大木所偃，盡起而築之，歲則大孰。（魯世家）

對比三段文字，今天〈金縢〉最先出，文字最乾淨，成為後二者的範文。〈魯世家〉全抄今本，只配合漢初的語言，善意的調整了一二用字，讓行文更淺易明瞭。簡文也是據今本而來，但個別文字的增易，反而讓淺易文句變得複雜粗糙，讓簡單的字形變得深奧，書手故意改字的動機不良，這種心態背後的原因不詳。如：

今本〈金縢〉的「王出郊」，簡文增文作「王乃出逆公至鄗（郊）」，「逆公」一詞是重複上文的「其親逆公」句。至於簡文改動的「鄗」字。對比《左傳》魯文公三年，秦伯伐晉，「取王官及郊」句，《史記・秦本紀》轉引此文作「取王官及鄗」。簡文書手似已知悉郊、鄗同字，而「鄗」字作郊的用法始見於《史記》。

今本的「大木所偃」，簡文改作「大木之所拔」，句是承上段「大木斯拔」而來，改「斯」从今本的「所」，前復加虛字「之」，用字繁冗而無實意。大木偃倒，所以才接言「起而築之」，可是大木已「拔」，如何能復築？簡文改「偃」為「拔」，在語句上明顯是較不恰當的。

今本的「歲則大熟」，簡文改為「歲大有年，秋則大穫」，其中的末句是上承「秋大熟，未穫」一句而來，在此再重複書寫。「大有年」和「大穫」語意亦相當，如此增文，對行文意義不大。

以上，是將清華簡〈金縢〉篇的內容，逐段逐句的與今本〈金縢〉和《史記·魯周公世家》作對譯分析。簡文無疑是一個拙劣的抄本，文字是以今本作為底本，個別用字亦有參考〈魯世家〉的可能。如：「武王克殷」、「不豫」、「元孫發」、「巧能」、「勿敢言」、「其後」、「成王少」等用詞用意，簡文都類同於〈魯世家〉而不是源於今本。至於簡文和〈魯世家〉二者發生時間的孰先孰後，恐有再商榷的必要。

此外，簡文中大量有問題的字形（如：殷作殹、戚作慼、墠作䢃、旦作但、仁作年、成作城、管作官等）、用詞（如：秉璧植珪、遘害虐疾、備子、周鴞等）和不必要的冗詞（如：有遲、冊祝告、大年大穫等），都足見簡文並不是一個單純的抄本，書手刻意的改動今本，將簡單的文句用字翻轉為繁複深澀甚至不可通讀的字句，動機為何？恐仍是一個難解的謎團。簡文中若干字詞又與 70 年代出土的中山王器、80 年代出土的包山楚簡相吻合，簡文書手或有機會目睹以上兩批地下材料的可能。

## 三、清華簡〈金縢〉出現繁句的訊息

古漢語的演變，一般有由單句拓展語意，發展為繁句。對比已有客觀斷代的今本〈金縢〉和《史記·魯周公世家》，一在戰國，一在西漢初年，二者發生的時間先後已無爭議，而〈魯世家〉自然的抄取今本〈金縢〉的句子，基本上是依文順錄，偶爾只是增添主語或調整一些意近而淺易的動詞，整體句型變化並不多見。但其中有一個特殊現象，是今本原屬兩個單句的行文，至〈魯世家〉偶有濃縮為一個繁句，以求簡潔的例子。這反映出一種句型演變的不自覺習慣。如：

(1) 今本〈金縢〉：「北面、周公立焉。」

〈魯世家〉：「周公北面立。」

〈魯世家〉將「北面」一獨立短語作補語的方式加插於「周公立」句中。

(2) 今本〈金縢〉：「公歸，乃納冊于金縢之匱中。」

〈魯世家〉：「周公藏其策金縢匱中。」

〈魯世家〉將原屬兩分句的行文，刪併為一繁句。

這種將二短語或分句刻意合併抄寫的現象，至〈魯世家〉有但不多見，反而在清華簡〈金縢〉中卻是異常普通的組合。如：

(1) 今本〈金縢〉：「二公曰」

簡文：「二公告周公曰」

簡文在原今本的「二公曰」句中，加插「告周公」一分句。

(2) 今本〈金縢〉：「公乃自以為功，為三壇同墠。」

簡文：「周公乃為三坦（壇）同錙（墠）。」

簡文將今本首句的「自以為功」抽掉，然後合併前後句為一繁句。相對的，〈魯世家〉於此仍是承今本的二句寫法。

(3) 今本〈金縢〉：「乃告大王、王季、文王。史乃冊祝曰：」

簡文：「史乃冊祝告先王曰：」

簡文將今本首句的「大王、王季、文王」統言為「先王」，並將「告先王」句組置入後句中。相對的，〈魯世家〉於此仍是全抄今本。

(4) 今本〈金縢〉：「若爾三王，是有丕子之責于天」

簡文：「尔（爾）母（毋）乃有備子之責才（在）上」

簡文將今本首句的句首語詞和「三王」剔除，改用反詰的語氣將前後句合併為一。相對的，〈魯世家〉仍全抄今本。

(5) 今本〈金縢〉：「歸俟爾命」「我乃屏璧與珪」

簡文：「我乃以璧與珪逯（歸）」

簡文將前句動詞「歸」字單獨抽取，接於後句之末，形成一繁句獨立出現。相對的，〈魯世家〉仍是全依今本抄寫。

(6) 今本〈金縢〉：「公乃為詩以貽王，名之曰鴟鴞。」

簡文：「周公乃遺王志（詩）曰周（雕）鴞。」

簡文將今本的二句直接合併為一繁句。相對的，〈魯世家〉於此仍承今本的二句書寫。

簡文這種合併書寫的方式，不但多見於兩個分句的整合，也用在兩小段文字的歸併上。如：

今本〈金縢〉：「予仁若考，能多材多藝，能事鬼神；乃元孫不若旦多材多藝，不能事鬼神。」

簡文：「隹（惟）尔（爾）元孫發也，不若但（旦）也，是年（佞）若丂（巧），
能多忎（才）多埶（藝），能事鬼神。」

簡文將今本一正一負的兩段文字，抽取其中的「元孫」「不若旦」置於句首，整合成一段文字。相對的，〈魯世家〉仍依今本作兩段落的書寫。

歸納以上句例，《史記・魯周公世家》是單純的抄錄今本〈金縢〉篇的內容，句型仍接近今本，只有一二例自然演變為繁句的整合；而清華簡書手在抄錄今本的過程中，不自覺的或刻意的大量進行文句的省併，無疑是一種不正常而求異的複雜抄錄心態。兩兩相對，《史記》的成篇時，是不會亦不可能看到過清華簡這個版本的〈金縢〉，反而清華簡〈金縢〉的書手，是很有可能閱讀到《史記・魯周公世家》的字詞文句的。由句子的演變過程看，《史記》仍因承著《尚書》，而清華簡的句型規律已在《尚書》、《史記》之後。簡文的發生時間理論上應在〈魯周公世家〉之後，而不是在戰國中晚期。其原因為何？目前不好進一步說明。

## 四、結語

本文透過字、詞、句的分析，排比今本〈金縢〉、《史記・魯周公世家》和近出清華簡〈金縢〉的關係程度。三個本子的發生，似是先今本〈金縢〉，繼而是〈魯世家〉，最後才是清華簡文。〈魯世家〉基本上是全抄今本，只作出極少數用字的調整，而調整原因是方便漢人的理解和部分呈現司馬遷個人對史料的看法。清華簡文主要也是抄錄今本，而用字有參考《史記》的可能。但簡文冒出的新創字、假借字例都不曾見於今本〈金縢〉和〈魯世家〉，加上眾多併合的繁句現象，簡文是一模倣今本但又與今本和〈魯世家〉不屬於同一體系的文本。簡文並不是好的抄本，書手的謄抄水平不高，且存在刻意同中求異（今本字形繁則改簡，簡則易繁）的不自然心態。目前只能說，清華簡文不排除是一批漢代以後的好古者仿古求新的作品。

本文多次的敘述簡文「用例可怪」、「不好理解」、「原因不詳」、「殊可怪異」、「刻意調整」、「改作罕見」、「不好說明」、「奇怪結構」等，針對每一個字詞句的討論，都可以集小證為主證，從而推斷簡文〈金縢〉篇有人為偽作的可能。

# 第十五章　《清華簡》（七）〈越公其事〉的兩章文字校讀

## 一、前言

簡帛文字研究，是近年學術界的顯學。戰國竹簡更是一批緊接一批的被發現，由古董市場回流到學術殿堂。大陸高等院校甚至掀起一股入藏竹簡的時髦風氣，視同一種具備悠久文化潮流的表徵，一時之間，浙大簡、北大簡、中大簡、清華簡、安大簡……等，好不熱鬧，各據山頭。無數的學位論文和研究計畫，都聚焦在竹簡文字上，戰國竹簡無疑是近代學子學術攻堅的主流。

然而，並不是每一宗傳世流通的材料都是確鑿無訛的。特別是作為學術研治的基本材料，我們必需要獨立的謹慎評估再三，才能安心使用。過去我曾撰文質疑浙大簡[1]、北大簡[2]、香港中文大學簡[3]的可靠性，對於清華簡亦嘗提出若干疑點[4]。我無意逐一挑戰傳世材料的真偽，單純只破不立的文章亦非我的志趣，戰國文字更不是我所規劃的研究方向。這些文章的撰寫，只是源於一點求真的好奇，權作為我平日閱讀審視材料的自我訓練。舉凡任何資料的本身或資料在客觀流變的線上有出現特殊的異同矛盾，對我來說，都會產生一種警惕和生疑之心。

---

1　〈由字形、文句通讀評估浙江大學《左傳》簡〉，文見朱歧祥《朱歧祥學術文存》241-252 頁，藝文印書館，2012 年 12 月。

2　〈由字詞的應用質疑北京大學藏《老子》簡〉，文見朱歧祥《釋古疑今——甲骨文、金文、陶文、簡文存疑論叢》143-186 頁，里仁書局，2015 年 5 月。

3　〈香港中文大學文物館藏〈緇衣〉楚簡字形商榷〉，文見前註 2 書 293-302 頁。

4　〈由金文字形評估《清華大學藏戰國竹簡》（壹）〉、〈「植璧秉珪」抑或是「秉璧植珪」——評估清華簡用字，兼釋禦字本形〉、〈由「于」、「於」用字評估清華簡（貳）《繫年》——兼談「某之某」的用法〉、〈談清華簡（貳）《繫年》的「衛叔封于康丘」句意矛盾及相關問題〉、〈談〈說卦〉、〈大一經〉和京房〈納甲〉的關聯——兼評估《清華簡（肆）》的人身卦象圖〉、〈由形構異同討論《清華簡》（壹）至（肆）輯的書手人數——兼談《清華簡》與《上博簡》的書手同源〉。以上諸文參見前註 2 書 187-292 頁。〈質疑《清華簡》的一些特殊字形〉，文見朱歧祥《亦古亦今之學——古文字與近代學術論稿》315-354 頁，萬卷樓圖書公司，2017 年 12 月。

以下，我應用點線的兩個角度互較，來過濾《清華簡》（七）〈越公其事〉的兩段文字，從而撰寫一些不成熟的看法，供同道參考。

## 二、對比觀察的資料

《清華大學藏戰國竹簡》（簡稱《清華簡》）第七輯[5]共收錄竹簡四篇文章，最後一篇整理者命名為〈越公其事〉，記載以勾踐滅吳為主題的越國史事。全篇據簡文所附墨丁區分為十一章，簡文內容與《國語・吳語》關係密切，其中的第十、十一章大部分內容與《國語・吳語》的篇末兩段文字敘述幾乎全同。《國語》現存宋刻明道本、公序本及《四部備要》排印清代士禮居翻刻明道本，均一卷到底，不分章節，近人註本、校點本[6]才逐卷分段註文。《國語》卷十九〈吳語〉末兩段恰巧與簡文的分章狀況相同。

以下，透過不同角度逐字逐句核對簡文和《國語》文獻內容，嘗試分析簡文可能出現的時間背景。首先，為便於下文核對討論，引錄簡文第十、第十一章和對應的《國語・吳語》文章內容如下：

簡文第十章（10：59～68）（即 10 章 59 簡至 68 簡；下同）

> 王監雩（越）邦之既苟（敬），亡（無）敢徸（躐）命，王乃犾（試）民。乃鼢（竊）焚舟室，鼓命邦人救火。舉邦走火，進者莫退，王愳（懼），鼓而退之，死者三百人，王大喜。……吳王起帀（師），軍於江北。雩（越）王起帀（師），軍於江南。雩（越）王乃中分亓（其）帀（師）以為左軍、右軍，以亓（其）厶（私）卒（卒）君子六千以為中軍。若明日，牆（將）舟戰於江。及昏，乃命左軍監（銜）梡（枚）穌（溯）江五里以須，亦命右軍監（銜）梡（枚）渝江五里以須，夜中，乃命左軍、右軍涉江，鳴鼓，中水以須。吳帀（師）乃大戜（駭），曰：「雩（越）人分為二帀（師），涉江，牆（將）以夾〔攻〕〔我〕〔師〕，〔乃〕〔不〕須旦，乃中分亓（其）帀（師），牆（將）以御（禦）之。雩（越）王句戔（踐）乃以亓（其）厶（私）卒（卒）六千鼢（竊）涉，不鼓不喿（躁）以浸（侵）攻之，大亂（亂）吳帀（師）。左軍、右軍乃述（遂）涉，戉（攻）之。吳帀（師）乃大北，

---

5 《清華大學藏戰國竹簡》（七），清華大學出土文獻研究與保護中心編，李學勤主編。中西書局。2017 年 4 月。

6 《國語》標點本參台灣九思出版公司蔪新校注本《國語》，1978 年 11 月九思叢書第 58 本。

疋（旋）戰疋（旋）北，乃至於吳。雩（越）帀（師）乃因軍吳，吳人昆奴乃內（入）雩（越）帀（師），雩（越）帀（師）乃述（遂）閺（襲）吳。」

《國語・吳語》

於是吳王起師，軍於江北，越王軍於江南。越王乃中分其師，以為左右軍，以其私卒君子六千人為中軍。明日將舟戰於江，及昏，乃令左軍銜枚泝江五里以須，亦令右軍銜枚踰江五里以須。夜中，乃令左軍、右軍涉江鳴鼓中水以須。吳師聞之大駭，曰：「越人分為二師，將以夾攻我師。」乃不待旦，亦中分其師，將以禦越。越王乃令其中軍銜枚潛涉，不鼓不譟以襲攻之，吳師大北。越之左軍、右軍乃遂涉而從之，又大敗之於沒，又郊敗之，三戰三北，乃至於吳。

※　　※　　※　　※

簡文第十一章（11：69～75）

□□□□□閺（襲）吳邦，回（圍）王宮。吳王乃思（懼），行成，曰：「昔不穀先秉利於雩（越），雩（越）公告孤請成，男女▨不羕（祥），余不敢䜌（絕）祀，許雩（越）公成，以至于今。今吳邦不天，得罪於雩（越），雩（越）▨人之敝邑。孤請成，男女備（服）。」句戔（踐）弗許，曰：「昔天以雩（越）邦賜吳，吳弗受。今日以吳邦賜邚（越），句▨，句戔（踐）不許吳成。乃使人告於吳王曰：「天以吳土賜雩（越），句戔（踐）不敢弗受。殹民生不劢（仍），王亓（其）毋死。民生地上，寓也，亓（其）與幾可（何）？不穀亓（其）牆（將）王於甬句重（東），夫婦三百，唯王所安，以屈盡王年。」吳王乃辭曰：「天加禍（禍）于吳邦，不才（在）前後，丁（當）役（役）孤身。女（焉）述（遂）達（失）宗宙（廟）。凡吳土地民人，雩（越）公是盡既有之，孤余奚面目以見（視）于天下？」雩（越）公亓（其）事。

《國語・吳語》

越師遂入吳國，圍王宮。吳王懼，使人行成，曰：「昔不穀先委制於越君，君告孤請成，男女服從。孤無奈越王先君何，畏天之不詳，不敢絕祀，許君成，以至於今。今孤不道，得罪於君王，君王以親辱於弊邑，孤敢請成，男女服為臣御。」越王曰：「昔天以越賜吳，而吳不受。今天以吳賜越，孤敢不聽天之命，而聽君之令乎？」乃不許成。因使人告於吳王曰：「天以吳賜越，孤不敢不受。以民生之不長，王其無死！民生於地上，寓也，其與幾何？寡人其達王於甬句東，夫婦三百，唯王所安，以沒王年。」夫差辭曰：「天既降禍於吳國，不在前後，當孤之身，實失宗廟社稷。凡吳土地人民，越既有之矣，孤何以視於天下！」夫差將死，使人說於子胥曰：「使死者無知，則已矣，若其有知，君何面目以見員也！」遂自殺。

## 三、篇題並非篇題

整理者題名為〈越公其事〉的竹簡總共有 75 支，據簡文墨丁區分為 11 章。每章的客觀書寫狀態如次：

（一）1～8 支。末支寫到一半，文末有墨丁。竹簡下邊有半支空簡。

（二）9～15 支。末句在第 15 支簡的上半，句末有墨丁。其後中空有三字的距離。

（三）15～25 支。末句在 25 支簡的一半，句末有墨丁，下有半支空簡。

（四）26～29 支。末句在 29 支簡的下方，句末有墨丁，下小半支保留空簡。

（五）30～36 支。末句在 36 支簡的上半，句末有稍長墨丁，下半殘闕。

（六）37～43 支。末句在 43 支簡的下半，句末有稍長墨丁，下半殘闕。

（七）44～49 支。末句在 49 支簡的末端，句末有稍長墨丁。

（八）50～52 支。末句在 52 支簡下方，句末有稍長墨丁。

（九）53～59 支。末句在 59 支簡上半，句末有墨丁，下端空有三字的距離。

（十）59～68 支。末句在 68 支簡下半，句末有墨丁，其後仍有空白約二字的距離。

（十一）69～75 支。末句在 75 支簡下半，句末有墨丁，在「孤余奚面目以視于天下雫公其事」之後，仍有約八字的空間距離。

其中的第十、第十一章簡文，對應的恰好正是《國語・吳語》篇末的二段。文字在《國語・吳語》中屬於同一件史事記錄，原是不分段敘述，至近人註本才分作二段，而簡文又恰巧的清楚用墨丁區隔為第十、第十一兩章。

簡文整理者所謂的〈篇題〉：「越公其事」，此四字見於第十一章簡文的篇尾，與在同一支簡之前正文連接無間隙，中間亦無墨丁區隔。對比本冊整理的前三篇簡文：第一篇的〈篇題〉：「子犯子餘」四字，獨立出現於第一支簡的背後；第二篇無〈篇題〉，現擬〈篇題〉的「晉文公入於晉」，是取自該篇第一支簡的第一句簡文；第三篇亦無〈篇題〉，現擬〈篇題〉「趙簡子」，也是取自該篇第一支簡的第一句前三字。因此，相對的第四篇簡文末四字並不應視同於〈篇題〉。就文義擬題，此組簡文〈篇題〉亦應是「越王句踐伐吳」一類的意思。如此，簡末直承正文的「越公其事」四字所指究孰何事？四字於此又是什麼意義？簡文整理者在第十一章註 11 謂：「文義與上下文不相連屬，當是概括簡文內容的篇題」，此言的前一句見整理者的細心謹慎，這四字在文意上確與上文並不相干，但將之概括為「篇題」，恐無實據。「越公其事」四字的語意本不完整，與全篇簡文內容的越王攻伐吳國一軍事行動談不上「概括」的意思，且四字本與上文緊密銜接，應同屬正文的內容無疑，不宜獨立的判定為所謂〈篇題〉。

尋查《國語・越語上》篇末，發現另有敘述吳王夫差請降於越王句踐的一段對話，對話的最後夫差說：「寡人請死，余何面目以視於天下乎！」，文末接著旁白以「越君其次也，遂滅吳。」一小段文字作結。次，舍也；此言越王句踐不答允夫差的請和，即入駐吳地，於是消滅了吳國。相對於簡文 11 章篇末言的「孤余奚面目以視于天下？越公其事。」，二者敘述的上下文恰好相同，簡文的「越公其事」一句，其實正是《國語・越語上》文末的「越君其次也」一句的傳抄譌誤，以「事」字取代聲音近似的「次」字[7]，而復漏書了末句「遂滅吳」三字。當然，好端端的一個抄本，簡文抄手對應的謄錄了《國語・吳語》的一大段，但到最後的一句轉而貼上前編《國語・越語上》篇末中的四個字，卻又沒有抄完全句，導致句意無法正常通讀。當日這抄手竟然反復和疏漏如此，其心態會是什麼？就不好說明了。

無論如何，這批簡文並無所謂〈篇題〉，整理者將第十一章正文的末四字抽離出來理解作為〈篇題〉，恐不是事實。

## 四、雜會式的抄本

細審《清華簡》（七）〈越公其事〉最後第十、第十一章的簡文內容，居然與古文獻中的《呂氏春秋》、《墨子》、《韓非子》、《國語・吳語》、《國語・越語》等文獻內容逐一可相呼應。這種分段嵌入的抄寫方式，很可怪異。兩章簡文可

---

7　「聲音近似」是指現代音而言。儘管事、次二字在古韻一屬之部，一屬脂部；並不相當。而古文獻的用法，事字有用作職、作勤、作力、作為、作用、作任、作役、作立，又借為使、為治，但並無作「次」的用法。參朱駿聲《說文通訓定聲》124 頁事字條。宏業書局，1974 年 11 月版。

與古文獻對應的句例，如：

10：59「王乃犾（試）民」一句，「犾」字罕見，整理者讀為習見的「試」字。句意同於《呂氏春秋・用民》：「句踐試其民於寢宮，民爭入水火」。其中的「試民」一詞用法冷僻，二者正相吻合，用例背景亦同。

10：59～60「乃竊焚舟室，鼓命邦人救火」一句組，語意相同於《墨子・兼愛中》：「昔越王句踐好士之勇，教馴其臣，和合之，焚舟失火，試其士。」，孫詒讓《墨子閒詁》註：「和合之此三字，疑當作私令人，屬下讀。……舟非藏寶之所，《御覽》〈宮室部〉引《墨子》作『自焚其室』，疑『舟』當為『內』，內謂寢室。……內舟形近而譌。〈非攻〉中篇『徙大舟』，舟譌作內；與此可互證。」、《太平御覽》引《墨子》：「越王好士勇，自焚其室，曰：『越國之寶悉在此中。』王自鼓，蹈火而死者百餘人。」、《韓非子・內儲說上》：「越王焚宮室而吳起倚車轅」，「越王……於是遂焚宮室，人莫救之。乃下令曰：人之救火者死，比死敵之賞。」、《呂氏春秋・用民》言句踐焚「寢宮」以試民……等多段周秦古籍文字。而簡文中的「焚舟室」一句，似即上引諸文獻中的「焚舟」、「焚其室」、「焚宮室」、「焚寢宮」等的綜合體，即「焚舟」加上「焚室」併合而成；或據孫詒讓說，簡文的「焚舟室」即「焚內室」之譌誤。另，句踐擊鼓命邦人救火的「救火」一詞，與《韓非子》行文正相合。用例背景亦相同。

10：63～68「吳王起師、軍於江北。越王起師，……乃至於吳。」的一整段，與《國語・吳語》：「於是吳王起師，軍於江北。……乃至於吳。」文字幾乎全同。二者行文用字和描述順序基本上一致，彼此的謄錄，宜有密切的因承關係。

11：69～75「……襲吳邦，回王宮。……孤余奚面目以視于天下？」一整段，與《國語・吳語》：「越師遂入吳國，圍王宮。……吾何面目以見員也！」幾乎全同。二者用字和行文順序基本上一致，彼此有明顯的相承謄錄的痕跡。只是簡文將一般包圍意的「圍」字改作音近的「回」字，再理解為圍意；將第一人稱的「吾」，改為極罕見的「孤余」連用；將受詞由有針對性的「伍員」改為泛指的「天下」。簡文最末的一句「孤余奚面目以視于天下？」，又或另與《國語・越語上》的「余何面目以視於天下乎？」一句關係密切。

11：75 簡文最末的「越公其事」四字，意與《國語・越語上》末句的「越君其次也，遂滅吳」相當。而簡文四字的出處，應是將後者的前句四字截取，復調整音近用字，並省略語尾的結果。

以上，見簡文短短的兩章文字內容，分別逐詞逐句的與五、六種古籍的段落用字相吻合。這種對應現象的可能形成原因，一是先有簡文的內容，然後其中的用詞和文意再分裂散落在各不同時空文獻之中，為各不同文獻所模仿；二是在原有各不同的文獻本中敘述，簡文抄手先蒐集各相關文獻段落，並按文意先後，採組裝的方式，東拉一句、西入一組，遂呈現目前竹簡的併合記錄。前者擬測應不太可能；如屬後者，當日抄手的抄錄動機實不單純，為何需要如此巧妙復麻煩的選字錄句，但又抄寫得並不高明，的確是耐人尋味。

## 五、特別的字形

〈越公其事〉一組簡文，有許多屬於寫法奇特和誤書的字例。如：

僕字作（22 簡）。字兼從人從臣，應是《說文》僕字篆文與古文的混合體。這種獨特的寫法，僅一見於郭店楚簡〈1.1.18〉樸字一條，唯字形亦有差別。

鼓字作（59 簡）。字從二屮，明顯是從壴部件的譌筆。

句字作（58 簡）。字從丩，形與篆文合；但同時居然另有寫作隸楷筆畫者，如敬字作（59 簡）、作（58 簡）。這種句字字形，一如《清華簡》（六）「〈子儀〉篇兩見理解作『禮』」的「豊」字字形，上竟有從楷書的「曲」一樣，如何會在戰國時期就已出現這種楷書寫法？值得深思。

成字作（44 簡），但居然有上增短橫筆作（如 9、56、62、71、72 諸簡）；戍字亦見上增短橫的（57 簡）。這種特別的筆畫，無疑是受到楷書書風的影響，與浙江大學疑偽竹簡的「武」字上增從短橫無異。

此外，這兩章簡文中的：試字從犬、舉字從止、來字从止、侵字从水、仍字从二乃、奚字从糸、襲字从重衣从門、協字只作二力、旋字單獨作疋、圍作回、種作住、挑作舀、東作重等，都屬罕見的用法或誤書，字形自然都不是一般常見楚系文字的寫法。

## 六、兩章簡文的修辭用法特色

簡文第十章的部分和第十一章的絕大部分內容都與《國語・吳語》相當，但其中的若干詞組和稱謂語用法混亂，句子復多繁冗不可解。現分章重點討論如次：

### （一）第十章

1.用字遣詞雜亂曲折，語意不詳。例：

(1)「王監雩（越）邦之既苟（敬）」（10：59）

本章前半段是以越國「王」者的口吻，記錄越王句踐磨勵士氣，但自 10：63 簡始，則見「吳王」「越王」、「吳師」「越師」的對稱書寫，行文轉作中性客觀的敘述越伐吳一事。單純的一段文字書寫，前後敘事的出發立場不同，很可怪異。章首的第一句主語的「王」是指越王，行文如按常態書寫，理應先書作「越王監邦之既敬」，或省作「王監邦之既敬」即可，前者是在句首先標示文首的王為「越王」，讓讀者確知主事者為誰；後者的省略書寫則是文章因承上文，本已知悉「王」與「邦」的所指，不言而喻，故皆可省略，文章顯得乾淨有力。但現存簡文卻只在受詞之前增加一無特殊意義的「越」字。王監察自己國家的人民恭敬戒慎，何需獨特的標示出是「越」國？因此，「越」字於此句中反成冗詞。

對比文獻中《國語・吳語》「於是吳王起師」一段之前的三小段文字，句首作：「王乃入命夫人……」、「王乃之壇列……」、「王乃命有司大徇於軍……」，起首都是以「王」字來作為越王的用法，這可能是簡文抄手於此參考套用，遂以「王」一字開展下文的借鑑來源。

本章由 10：59 至 10：62 簡的「王監雩（越）邦」、「王乃試民」、「王懼」、「王大喜」、「王卒君子六千」、「王卒既備」等句例，行文都是站在越王身份為敘事出發的口吻，用「王」如何如何來帶出書寫。一直至 10：62 簡的「雩（越）王句踐乃命邊人」一句，轉以客觀的旁白身份，用「越王」一全稱稱謂來描述王接著的行動。到了 10：63 簡全引《國語・吳語》「吳王起師」一段時，則改稱王為「越王」：「雩（越）王起師」、「雩（越）王乃中分其師」。但及至 10：67 簡的「雩（越）王句踐乃以其私卒六千」一句，又增私名為「越王句踐」的全稱用法。過渡到第十一章，文中的越王又直接單呼其名為「句踐」：「句踐弗許」、「句踐不許吳成」。到了整段最末的 11：75 簡，王未死卻改稱「越公」：「雩（越）公其事」。區區兩段文字，對於越王的稱謂，竟有用作：「王」、「越王」、「越王句踐」、「句踐」、「越公」等五種不同方式，抄手對於國君專名的書寫，隨意不穩定如此，原因不詳。

特別值得注意的，是十、十一兩章簡文習見的國名「越」字，大都書作冷僻罕用的「雩」字（這種字形在文獻多用作句首語詞，一般不見用於金文，但僅出現於 70 年代出土的戰國中山國銅器中），但在十一章 72 簡中，卻又偶一見常態的「郕」字寫法。同一個專有名詞在同一段文字之中，竟然可以分別用兩種截然不同的形體，能不教人費解？

(2)「王乃犾（試）民，乃竊焚舟室，鼓命邦人救火。……王懼，鼓而退之，死者三百人。」（10：59～60）

簡文中的「舟室」一詞罕見。對應同文，在《墨子・兼愛中》言「焚舟失火」、

《太平御覽》引《墨子》作「自焚其室」、《韓非子・內儲說上》則是「遂焚宮室」。簡文的「焚舟室」這一特別用例，似是文獻中的「焚舟」與「焚室」二詞的併合體。組裝原因不詳。

簡文復言越王「試民」，「鼓命救火」，「鼓而退之」，相對於同文的《墨子・兼愛中》：「昔越王句踐好士之勇，……越王親自鼓其士而進之。……越王擊金而退之。」，足見古文獻中越王好「士」之勇，故培訓和測試的對象是「士」而並非泛指老百姓的「民」。此其一。古人用武，早有鳴金收兵之例，簡文卻言越民鼓進而又鼓退，恐與史實不符。此其二。簡文語意可商。同時，試字从犬，屬新創製的字；二鼓字前後異體，一譌从二中，一上增人形、下从口形，均屬罕見的結構，似非常態戰國楚系字形。

此段文字末明確言「死者三百人」，相對的文獻未之見。《墨子・兼愛中》僅謂「死者左右百人有餘」，《墨子・兼愛下》稱「伏水火而死有不可勝數」，《太平御覽》引《墨子》則是「蹈火而死者百餘人」，皆只言「百人」。簡文所謂的「三百人」之數，似是受下文第十一章的「夫婦三百，唯王所安」一句的數目所影響。

(3)「若明日，牆（將）舟戰於江。」（10：64）

對應《國語・吳語》，文作「明日將舟戰於江」。簡文句首平白的增添一「若」字，似有比附句首語詞的「粵」、「越」類字的功能。然而，「若」字一般不會用作句首語詞，如金文只見作「王若曰」、「若言」、「是若」等用例是；且就句意言，於此單句句首時間詞之前，實無增置一句首語詞的必要。

本句的介詞用「於」，但在第十一章中又三見用「于」。「于」「於」二字本屬古今字，在此卻居然混用無別。原因不詳。

(4)「及昏，乃命左軍監（銜）梡（枚）鮇（溯）江五里以須」（10：64）。

《國語・吳語》同文作「及昏，乃令左軍銜枚泝江五里以須」。「銜枚」一詞，常見用於古文獻，古今沿用，並沒有改變；簡文則刻意改寫作同韻部而不成文意的「監梡」二字，又再轉讀回「銜枚」意。原文獻的「令」字，簡文又改作一晚出的同意字「命」。抄手如此轉折書寫，原因不明。

(5)「亦命右軍監（銜）梡（枚）渝江五里以須」（10：65）

《國語・吳語》於此作「亦令右軍監銜枚踰江五里以須」，文字與簡文基本相同。「踰江」的踰字从足，才有渡、越意，簡文改从水旁作渝，《說文》渝：「渝水，在遼西臨渝東出塞。」，字由水名再以音同關係轉回作「踰」意。簡文抄手謄寫字形故意轉折如此，原因不詳。

(6)「〔乃〕〔不〕翌（待）旦，乃中分亓（其）帀（師）。」（10：66）

《國語・吳語》作「乃不待旦，亦中分其師」，與簡文基本相同。簡文前二字殘缺，但如對應文獻，恰應補「乃不」二字。可是，如此簡文的前後二句都是以「乃」字帶出，行文唐突重複，顯非正常該有的文句，原因不明。

(7)「吳帀（師）乃大北，疋（旋）戰疋（旋）北。」（10：68）

《國語・吳語》於此言「吳師大敗，……又大敗之於沒，又郊敗之，三戰三北。」彼此用字稍有出入。文獻中所謂「三戰三北」，是具體的指前文的笠澤、沒和城郭外之郊三地而言，明確有據。簡文則改作「吳師乃大北，疋（旋）戰疋（旋）北」，連用二「北」字形容戰敗，修辭唐突粗糙，語意重複。以疋字借讀為旋，用法亦罕見，且簡文作「旋……旋……」的句型，整理者註言為連詞，義為「一邊……一邊……」，但卻與上下文意言的三次交戰不能緊密相接。

(8)「雩（越）王句戔（踐）乃以亓（其）厶（私）卒（卒）六千竊涉」（10：67）

《國語・吳語》原文作「越王乃令其中軍銜枚潛涉」。對照簡文，簡文多出的「以其私卒六千」一句原是承上文「以其私卒君子六千人為中軍」的衍文。簡文的文字，無疑是抄襲自原〈吳語〉本的。

「潛涉」一詞，早見於《左傳》哀公17年的「越子以三軍潛涉」之中。而簡文改作「竊涉」，「竊」字在簡文同章上文處，已有用為偷竊意，但在此處又改讀為音近的潛字，取回文獻原有的語意用法。抄手用字轉折，原因不詳。

(9)「雩（越）帀（師）乃因軍吳，吳人昆奴乃內（入）雩（越）帀（師），雩（越）帀（師）乃述（遂）閡（襲）吳。」（10：68）

整段文字，未見於〈吳語〉，且文意可怪。因上文已敘述吳師大敗，又接著三戰三北，越師「乃至於吳」。按文理言，文章至此經已結束戰事，文意本該告一段落，〈吳語〉在第二段句首才會接言「越師遂入吳國」；但簡文在此卻平白的增文，冒出「乃因軍吳」的一句，語意不詳。整理者註言「因，就也。」但如何「就軍於吳」？仍無法清楚說明。簡文接著增列的第二句「吳人昆奴乃入越師」，是吳的奴隸詐降？是納貢？抑或是另有說解？在這裡都顯得句意不清。最後的一句為何需再增言「越師乃遂襲吳」？再一次偷襲的結果為何？上下文也無法說明。三個短句都加上副詞「乃」字，實無修辭文采可言。三句之間的句意無法串連，恍如不相干的三句話，切片式的硬裝併在簡文段末。抄手為何需要如此書寫，原因不詳。

2.大量冗詞贅語，增添於主文的前後。

簡文的行文並不乾淨，相對於《國語・吳語》，簡文句組中多處增添若干並不影響句意的繁冗用字。如：

(1)「吳王起帀（師），軍於江北。雩（越）王起帀（師），軍於江南。」（10：63） — 「吳王起師，軍於江北，越王軍於江南。」《國語・吳語》

本章簡文由此開始整段謄錄《國語・吳語》的內容，唯行文中用字遣句，明顯較文獻本繁瑣。《國語・吳語》在這段文字之前，已交待越王徙舍誓師出征等連串事誼，至此則言兩師對峙，行文簡潔流暢；反觀簡文中多冒出了一句「越王起師」，純屬贅語。越王師旅早「起」來犯，無庸在此因對句而再重複的交待。

(2)「雩（越）王乃中分丌（其）帀（師）以為左軍、右軍」（10：63）—「越王乃中分其師以為左右軍」《國語・吳語》

兩兩對照，簡文分言「左軍」和「右軍」，內容明顯比較累贅。

(3)「以丌（其）厶（私）卒（卒）君子六千以為中軍。」（10：64）—「以其私卒君子六千人，為中軍。」《國語・吳語》

簡文「以為中軍」增一「以」字，乃承上文「以為左軍、右軍」的文句而來。短短一句話中居然出現兩個「以」字，明顯為冗詞，反觀文獻用法直接有力。抄手如只是因循文獻抄錄，為何要在此另增一贅字，是刻意要與文獻略異？原因不詳。

(4)「雩（越）人分為二帀（師），涉江，牆（將）以夾攻□□。」（10：66）—「越人分為二師，將以夾攻我師。」《國語・吳語》

按文獻和簡文的上文都已明言越王令軍「涉江」，簡文此處實無必要一再重複交代「涉江」二字。

## （二）第十一章

1.第一人稱和對稱用法混雜。

簡文第十一章整段文字主要是敘述吳王夫差和越王句踐的對話，其中有關吳王夫差的自稱，有作「不穀」（11：69）、「孤」（11：69）、「余」（11：70）和「孤余」（11：75），繁雜如此，而其中的「孤余」二稱謂語連用，更是奇特僅見。越王句踐的自稱，則作「不穀」（11：73），或直呼「句踐」（11：72）。相對的，吳王特別的稱呼越王為「雩（越）公」（11：69），而越王稱呼吳王則為「王」（11：73），在用字上不單不對等，也屬奇特。簡文的抄手似乎對二諸侯王的稱謂用法，並沒有嚴格的注意，只是隨意變化書寫。

而簡文中對於「越」字專名的字體，有用「雩」（11：69），又有用「邚」（11：72），形體混亂如此。這種按常理不可能出現的矛盾，亦無從理解。反觀文獻《國語》中夫差自稱「不穀」、稱「孤」，而稱越王為「君」，前後用法基本一致和正常。兩相比較，簡文抄手知識水平的粗劣，行文的疏略，可見一般。

2.用字遣詞雜亂，語意不詳。例：

(1)「☐闋（襲）吳邦，回（圍）王宮。」（11：69） — 「越師遂入吳國，圍王宮。」《國語・吳語》

本句屬第十一章首句，上承第十章的內容。第十章末敘述越師數戰大敗吳師，殲滅吳的主力部隊，「至於吳」，進入吳國國境。可是，第十一章句首殘辭卻仍重複的言「襲吳邦」，未審何意？吳國國境既已平定，越大軍已控制吳地，何需再言「襲」？《國語・吳語》在此記錄越師「入」而「圍」王宮，語意次序完整；簡文卻言「襲」而「回」，「回」意不可解，故只好釋為同音的「圍」，文意理解顯得曲折。回字在一般古文獻的用法，有作轉、作繞、作曲、借為違、為邪，為徊、為不進之意，但絕無作圍的意思[8]。

(2)「吳王懼，行成」（11：69） — 「吳王懼，使人行成」《國語・吳語》

簡文的「行成」一詞，應是「使人行成」的省略。全句是指派遣使者求和的意思，參文獻〈吳語〉的「越王許諾，乃命諸稽郢行成於吳」、「吳王懼，使人行成」等句例，見一國家求和都是「命某行成」，或作「使人行成」，一般不會只省言「行成」。如以第一人稱身份直接言求和，則會直言「請成」，見〈吳語〉中的「君告孤請成，男女服從」、「孤敢請成」等用例是。此處簡文承「吳王懼」之後，卻接著單言「行成」，用法奇特。

(3)「昔不穀先秉利於雩（越）」（11：69） — 「昔不穀先委制於越君」《國語・吳語》

文獻中的「委制」，指託付政制，此言吳王夫差當年曾一度佔領越國，權力足以掌控句踐，這裡用「委制」一詞，屬客氣的謙語，意指吳王委託句踐暫代管越地政制。簡文於此則改作「秉利」，語意不詳。秉，持；利，利益。整理者註言「擁有戰勝越國之利」，此屬增字解經式的理解，況且，戰勝國擁有戰敗國的一切之利，本是不待言而自明的簡單道理，何需強調？而且這種意氣風發的口吻，如何會是在「吳王懼」請和時所說的第一句話？在語意上自遠不如文獻〈吳語〉中所言「委制」的戒慎小心。

(4)「今吳邦不天，得罪於雩（越）」（11：70） — 「今孤不道，得罪於君王」《國語・吳語》

上引〈吳語〉言夫差直叱自己無道，得罪於句踐；文意通順。相對的，簡文卻謂「吳邦不天」，「不天」一詞例罕見，簡文在本冊第一章註④引《左傳》宣公12年「孤不天」，亦只是針對王者一人而言，但此處講的卻是吳國整個國家，一個國家如何會「不天」無道？況且，「吳邦」又如何會舉國「得罪於越」？在上下文意

---

8 參見朱駿聲《說文通訓定聲》471頁回字條的用例。

言，簡文都是不好解釋的。

(5)「孤請成，男女備（服）。」（11：71） — 「孤敢請成，男女服為臣御」《國語・吳語》

文獻言夫差說自己斗膽的請求和解，平息戰事，國中的男女率皆服從，為臣為御；文意清晰暢順。反觀簡文無疑是文獻本的簡省截取，第二句只書作「男女備」，備字需轉讀同音的服，才有服從意。這種故意轉折而又省略的書寫，原因不詳。

(6)「不穀亓（其）牆（將）王於甬句重（東）」（11：73） — 「寡人其達王於甬句東」《國語・吳語》

〈吳語〉一句謂越王句踐將遣送吳王夫差置於甬句以東之地，韋昭注：「今句章東海口外洲也。」簡文卻用「將」字取代「達致」意，但「將」字訓送，古書亦屬很冷僻的用法。簡文又用「重」字代「東」，在這裡也只能視作抄手不小心的錯字了。

(7)「天加禍（禍）于吳邦，不才（在）前後，丁（當）伇（役）孤身。」（11：74） — 「天既降禍於吳國，不在前後，當孤之身。」《國語・吳語》

文獻謂老天降災禍於吳國，不在我之前，不在我之後，正好落在我一人身上。老天「降禍」，自然是由上而下，屬常見用語；簡文則改為「加禍」，「加」字屬對等施行的用語，顯然沒有用「降」字來得好。簡文的「丁役孤身」，指讓我為丁為役，在上下文意中是奇怪的。因為老天要降災滅國，其傷害自然不是只有區區讓國君淪為勞役而已，此處行文的更動，也沒有如文獻之言災禍不在前、不在後，只落在孤一人之身的意思好。由於國家滅亡是在我一人之時，才會導致下文所言的宗廟社稷俱失。

(8)「雩（越）公其事」（11：75） — 「越君其次也，遂滅吳。」《國語・越語上》

簡文章末「越公其事」四字，語意不可解，應是截取〈越語上〉篇末的「越君其次也，遂滅吳」中的「越君其次」四字，再調整「次」為音近的「事」。抄手為何只摘抄錄此四字，即中止行文作為結語？原因不詳。

3.增添冗詞贅語。如：

(1)「吳王乃懼」（11：69） — 「吳王懼」《國語・吳語》

(2)「余不敢抯（絕）祀」（11：70） — 「不敢絕祀」《國語・吳語》

(3)「昔天以雩（越）邦賜吳，吳弗受」（11：71） — 「昔天以越賜吳，而吳不受。」《國語・吳語》

(4)「今天以吳邦賜邚（越）」（11：72） — 「今天以吳賜越」《國語・吳語》

(5)「句踐不許吳成」（11：72）— 「乃不許成」《國語・吳語》
(6)「天以吳土賜雩（越）」（11：72）— 「天以吳賜越」《國語・吳語》
(7)「雩（越）公是盡既有之」（11：75）— 「越既有之矣」《國語・吳語》
(8)「孤余奚面目以見（視）于天下？」（11：75）— 「孤何以視於天下？」《國語・吳語》、「余何面目以視於天下乎？」《國語・越語上》

由以上諸對應文例，明顯的見簡文是依據文獻本的內容逐句增加主語、受詞或副詞等，在修辭言皆屬繁冗的贅筆。其中的「既」增作「盡既」，「孤」增作「孤余」，語意更是不通，甚至是錯誤的用法。簡文的第 8 例無疑是〈吳語〉和〈越語上〉二句的混合體，抄手為何刻意的要如此併合書寫？原因不詳。

## 七、結語

本文逐句逐字審核《清華簡》第七冊〈越公其事〉一組簡文中的第十、十一兩章內容，發現這兩章的行文內容，基本上都是依據現有的《國語・吳語》等文獻本謄抄，而刻意的有所增改。兩章文字的前後文句用字，有奇特不可解。簡文中所增添的，大多屬於無關要旨的冗詞贅語，或結構可商、語意不詳的文句；改動的又都是些轉折語意，甚或錯誤難解的用字。如第十一章內容本是直承第十章，但句首的殘辭語意矛盾，與第十章句末無法相連接。第十章末突牾的冒出「因軍吳」、「昆奴乃入」兩句，第十一章末又莫名其妙的拉入〈越語上〉篇末的一句作結，使文章前後無法平實通讀。

這兩章簡文的出現，嚴格而言對原《國語》文本的理解並沒有幫助，反而只是呈現一個不好的轉抄本。簡文中問題重重，本文討論多以無從解釋的「原因不詳」作結，基本上就是懷疑抄手本身的可靠性和真實時代的例證。簡文無論在用字、遣詞、行文、字形各方面，都與過去所見正常的戰國楚簡有明顯差別，目前仍不能排除是經近人據古文獻內容組裝作偽的可能。

# 第十六章　《逸周書彙校集注》與清華大學藏戰國竹簡

## 一、前言

1975 年河北平山縣中山王墓出土銅器、玉器、木器銘刻 118 件。

1978 年湖北隨縣擂鼓墩曾侯乙墓出土有字簡 240 枚。

1986 年湖北荊門包山 2 號墓出土楚簡 448 支，其中有字簡 278 支。

1993 年湖北荊門市郭店 1 號墓出土 730 枚有字竹簡，另有部分無字簡。

1995 年 12 月黃懷信、張懋鎔、田旭東合撰《逸周書彙校集注》，上海新華書店發行，李學勤審定。書前有 1994 年 10 月李學勤的序言。該書在 1994 年中應已定稿，書分〔彙校〕和〔集注〕兩部分，前者網羅晉元明清諸時期《逸周書》刊本的異同，兼錄各家校補語；後者輯錄前人各家注說。

2001 年 11 月上海博物館藏戰國楚竹書（一）出版。

2008 年 7 月清華簡二千三百多枚正式入藏清華大學，迄今（2020 年 5 月）已出版了九冊。

我早在 2010 年《清華簡》（一）出版的時候，曾將該冊竹簡的字形和金文逐一核對，「發現有若干在金文中的僅見字例與清華簡的字形相同，而這些字例並非來自楚金文，而絕大部分卻都見於河北平山縣出土的戰國中山國銘文。粗略的作分國統計，這些與清華簡文字相當的金文異體特例共有 39 例，率見於中山國器」。（文參〈由金文字形評估清華藏戰國竹簡〉，《朱歧祥學術文存》，藝文印書館，2012 年）如果清華簡的真偽確成問題，這批簡文的書手自然能夠先看到近出的戰國中山國銘文，而加以錄用。

《清華簡》（一）（三）（五）冊中的文字，有與《逸周書》中的〈命訓〉、〈程寤〉、〈皇門〉、〈祭公〉、〈芮良夫〉諸篇相關。1995 年出版的《逸周書彙校集注》，是一部搜集舊注周延的彙編，方便讀者使用。核對材料，我們發現清華簡中不同於今本《逸周書》的文字，卻分別有見於《逸周書彙校集注》一書中〔彙校〕的後人校改字；有見於書中〔集注〕的後人訓釋用字；亦有簡文改動而無法正常或合理通讀者。以上三項，讓我們存疑清華簡文的書手，在謄抄與《逸周書》相關的篇章時，或曾利用過《逸周書彙校集注》這部近人的彙編資料。

以下，我們對比清華簡文與《逸周書》今本的〈皇門〉、〈祭公〉、〈命訓〉三篇文字在〔彙校〕和〔集注〕徵引的22組材料，嘗試進行評論二者可能的密切關係。

## 二、〈皇門〉簡文與今本文句互校舉隅

1. 簡文：公格在庫門。

今本：周公格左閎門會群門。

簡文作「在庫門」的異文。

〔彙校〕：「王念孫云：周公格于左閎門（今本脫于字，據《玉篇》補）會群門。念孫按『會群門』三字義不可通，當為『會群臣』，後序云『周公會群臣于閎門以輔主之格言，作《皇門》』是其證。」

簡文認同或同於清人王念孫的校讀意見，直接刪除「義不可通」的「會群門」三字。簡文又與王念孫據《玉篇》增補介詞的「周公格于左閎門」一句的理念相合，但將「于」字改為另一介詞「在」。

天子有五門之說，最早見於鄭玄注《周禮》〈天官閽人〉和注《禮記》〈明堂位〉引鄭眾的話。《逸周書》今本亦不見「五門」的細目。簡文的「庫門」，與今本作「左閎門」不同。而「庫門」一詞卻恰見於《逸周書》〈皇門解第四十九〉之前的〈作雒解第四十八〉章的最末一句：「應門、庫臺玄閫。」的〔集注〕徵引後人訓釋的內文：「孔晁云：門者皆有臺，於庫門見之，後可知也。又以黑石為門陛也。」、「陳逢衡云：應門，《爾雅》謂之正門，蓋發政以應物，故謂之應門。庫臺者，謂庫門兩旁積土如臺，門之制，故曰庫臺。」、「朱右曾云：天子五門：皋、庫、雉、應、路。應門，正門也，其內為治朝，亦曰朝門。」以上三段後人訓釋的文字，其中有兩段都恰好提到「庫門」一詞。

根據《竹書紀年》，〈皇門〉一篇是記載「成王元年周公誥諸侯於皇門」一事。皇，大也；閎，大也。二字可通。今本〈皇門〉首句的「閎門」，當即「皇門」。今本〈皇門〉篇並無「庫門」一詞，印證《爾雅・釋宮》，天子五門中的正門、朝門，是「應門」，而並非離開內城遠在外朝的「庫門」。當年周公與諸侯會面，自當在治朝的「應門」。《禮記・明堂位》述魯諸侯王城位置：「大廟，天子明堂。庫門，天子皋門。雉門，天子應門。」亦見「庫門」是遠在外城，相當於天子的皋門，不可能是接見諸侯臣屬的場所。

簡文另出的「庫門」，見於〈皇門〉前章〔集注〕中的晉人孔晁舊注引文。簡文調整的用詞，為何會與今本前一章〈作雒〉篇末句中後人的注解用字「庫門」相同？原因不詳。但這現象讓我想到我曾校讀清華簡（七）〈越公其事〉一章的經驗，該章末視為篇題的「越公其事」四字，字義不可通，但文字卻是來自《國語・越語上》文末的「越君其次」一句的誤書抄錄，同樣的把〈越語〉末章的用字切割而跳接到下一章〈吳語〉史料的文字之中。（文參〈談《清華簡》（七）〈越公其事〉的兩章文字校讀〉，《龍宇純先生學術研討會論文集》，2018 年）這種故意跳接的書寫手法，在這裡又再一次出現。簡文的這段文字內容，很可怪異。

2.　簡文：我聞昔在二有國之折（哲）王則不共（恐）于卹。

今本：我聞在昔有國誓王之不綏于卹。

簡文作「哲王」、「不恐于卹」的異文。

〔彙校〕：「王念孫云：誓，與哲同。」、「引之曰：哲王之不綏于卹，文義不明。」、「莊述祖云：『誓王』當作『哲王』。」

簡文作「折王」，原釋文讀為「哲王」，同於王念孫、王引之、莊述祖的校勘結果。簡文的「折王」理解為「哲王」，自然比今本的「誓王」合理。

〔彙校〕：「引之曰：『之』疑當作『亡』。綏，安也。卹，憂也。哲王之憂乃其所以得安也。」

〔彙校〕引錄清儒王引之的意見，由於原上下文義不明，故認為今本的「之」為「亡」字之誤。因此，「亡不綏于卹」，即「無不安於憂患」，語意即肯定語氣的「安於憂患」。此段文字經王引之的校正，文意才正式得以通讀。簡文是認同或同於王引之這樣的理解，而將文意調為反詰的「不恐于卹」，即「不恐懼於憂患」。簡文用「不恐」，取代今本同義的「亡不綏（安）」（即「安於」的意思）。二者的語意恰好相合。

另，今本的「在昔有國」一詞，文意平順易明，但簡本的「昔在二有國」一句，文字前後移動增易，不但語法可怪，文意亦顯得突牾。

3.　簡文：迺隹（惟）大門宗子埶（邇）臣，楙（懋）昜（揚）嘉悳（德）。

今本：乃維其有大門宗子勢臣，內不茂揚肅德。

簡文作「懋揚嘉德」的異文。

〔彙校〕：「內，盧校從趙改作『罔』。」

〔集注〕：「潘振云：茂、懋通。」

今本的「內不茂揚肅德」一句的「內不」一詞，義不可解。〔彙校〕引錄清乾隆 51 年盧文弨校定抱經堂刻本中所從明萬曆河東趙標的輯佚，將「內不」改動為「罔不」，即否定的否定用法。簡文顯然是了解或吻合於這一後人校改的結果，才會忽略了今本的「內不」（或校改後的「罔不」）二字，直接書寫為肯定語氣的「懋揚嘉德」。

簡文作「懋」字，與〔集注〕引潘振認為茂、懋二字通用的意見居然全同。而簡文末的「嘉德」一詞，又恰好見於〈皇門〉篇上文的「維其開告于予嘉德之說」一句中。

4. 簡文：自壼（釐）臣至于又（有）貧（分）厶（私）子。

今本：其善臣以至于有分私子。

簡文作「自釐臣」的異文。

〔彙校〕：「盧文弨云：此句上疑本有『自』字，誤在上句注中，前卷中即有似此者。」、「莊述祖校此句上有『自』字。」

簡文句首有一「自」字，與今本清人盧、莊分別所疑和所校的全同。

今本的「有」，簡文省作「又」；今本的「私」，簡文省作「厶」；今本的「分」，簡文卻增一毫不相干的「貝」旁作「貧」（陳逢衡《逸周書補注》：「分，分土也。有分私子，謂有采邑之庶孽。」）。簡文書手在寫字時，明顯有刻意與今本字形作區別的意識。

5. 簡文：先王用又（有）雚（勸），以瀕（賓）右（佑）于上。

今本：先用有勸，永有□于上下。

簡文作「先王用有勸」的異文。

〔彙校〕：「王念孫云：先用有勸，引之曰：『先字於義無取，疑克字之誤。克用有勸者，克用有勸於群臣也。』《多方》曰：『明德慎罰，亦克用勸；要囚殄戮多罪，亦克用勸；開釋無辜，亦克用勸。』文義並與此同。上文曰『用克和有成』，下文曰『戎兵克慎，軍用克多』，亦與此克字同義。克與先草書相似，故克誤為先。」、「莊校『先』改『克』，闕處補『啓』。」、「陳逢衡云：空方疑是『格』字。」、「朱右曾闕處補『孚』。」

按本句是承上文的「百姓兆民，用罔不茂在王庭」，言老百姓萬民無不稱義於王所。如接王引之改「先」為「克」意，是言（萬民）能相互勸勉，永有保信於上天下地。在上下文自可通讀無訛。但簡文增字改為「先王用有勸」，主語突然改為「先王」，則無法承上文的文意讀。屈萬里《尚書釋義・多方》注：「乃勸，謂民乃勉於善也。」；可參。

有關今本闕的一字，陳逢衡補格致的「格」字，又與簡文的「瀕」字言降臨意的用法相同。

6. 簡文：乃隹（維）䛠䛠（急急）疋（胥）區（驅）疋（胥）教于非彝。

今本：維時及胥學于非夷。

簡文作「乃隹」、「非彝」的異文。

〔集注〕：「莊述祖云：夷，常。夷、彝通。」、「陳逢衡云：非夷，即匪彝。」、「孫詒讓云：夷、彝字通。」

〔彙校〕：「王念孫云：引之曰『及』當為『乃』，言後嗣不見先王之明法，於是乃相學於非常也。乃字不須訓釋，若及字則費解矣。」、「朱右曾依王念孫說作『乃』。」

簡文抄手顯然明白清人王引之改「及胥」為「乃胥」的結果，故直接呈現「乃胥」二字，但將此詞中的「乃」字前移於句首，「胥」的用法保留句中。

簡文將「非夷」一詞直接寫作「非彝」，又與〔集注〕所引莊、陳二人訓釋的通用字全同。

7. 簡文：以家相氒（厥）室，弗衈王邦王家，隹（維）俞（婾）悳（德）用。

今本：以家相厥室，弗衈王國王家，維德是用。

簡文作「隹俞德用」的異文。

〔彙校〕：「孫詒讓云：案惟德是用，『德』上當有一字，而今本脫之，此上下文所言者皆惡德也。」

〔集注〕：「于鬯曰：此德字與諸言德者異，諸言德者多為美辭，此德字非美辭也。蓋猶言任性行為耳。」

簡文將今本的「維德是用」調作「維婾德用」，「德」字之前補一負面意義的「婾」字，明顯是認同或證實清人孫、于等人的猜測「惡德」之意見。清華簡文釋文註作婾字，《說文》：「巧黠也」、《左傳》襄公三十年注：「薄也。」，並認為今本是由簡文「脫字而致誤」。但一般常態賓語前置的移位句，多作今本的「唯某是用」的句型，簡文於此是省作「唯某用」，在句法上反而顯得突牾。

8. 簡文：忞（媢）夫又（有）埶（邇）亡（無）遠，乃弇盍（蓋）善=夫=，莫達才（在）王所。

今本：媢夫有邇無遠，乃食蓋善夫，俾莫通在士王所。

簡文作「媢夫」、「弇蓋」的異文。

〔彙校〕：「王念孫云：引之曰：『媚當為媢字之誤也。』下『媚夫』同。媢亦妒也。案《五宗世家》索隱亦云：『媢，鄒氏作媚』。蓋隸書眉字與冒相似，故從冒、從眉之字傳寫往往譌溷。……『食蓋』二字義不相屬，食當為『弇』。《爾雅》：『弇，蓋也』。《字通》作『掩』。孔注云：『掩蓋善夫』，是其明證矣。」

今本「媚夫」，簡文作「悉夫」。悉，明母侯部，字可通於媢。此可反證簡文的理解與王引之所改正同。今本「食蓋」，義本不可通，簡文書作「弇蓋」，又巧合的與王引之的改動亦全同。清華簡原註釋的立場，則是認為由簡文得證清人校改的高明。

另，簡文用「達」取代了「通」，是以同義的複合動詞「通達」的後一字取替了前一字。〈命訓〉篇在簡文亦見此例。然而，一般上古文獻的用法，都是以「通」字涵蓋通達的意思。

9. 簡文：叚（假）余憲，既告女（汝）忨（元）悳（德）之行。

今本：爾假予德憲，資告予元。

簡文作「元德之行」的異文。

〔集注〕：「孔晁云：假，借；資，用也。借我法用德之告我，我大德之所行也。」

今本一句「資告予元」，本不可解，〔集注〕引孔晁訓釋「予元」為「我大德之所行」。簡文將今本的一「元」字，直接補寫作「元德之行」。「元」、「大」通用，整句用字居然與晉人孔晁訓釋作「大德之所行」的疏解內容文字前後相當。

以上的對比，見清華簡文與《逸周書彙校集注》一書中分別徵引自王念孫、王引之、莊述祖、盧文弨、潘振、陳逢衡、孫詒讓、于鬯、孔晁等魏晉以至清人的校改和訓釋意見之用字相同。

## 三、〈祭公〉簡文與今本文句互校舉隅

1. 簡文：朕（朕）之皇且（祖）周文王、剌（烈）且（祖）武王，乇（宅）下郕（國），复（作）戟（陳）周邦。

今本：朕皇祖文王、烈祖武王，度下國，作陳周。

簡文作「作陳周邦」的異文。

〔集注〕：「朱右曾云：度，居也。」、「俞樾云：『作陳周』三字義不可曉」、「劉師培云：陳當訓久。《詩・大雅・文王篇》：『周雖舊邦，其命維新』，序云：『文王受命作周也』，即此『作陳周』之誼，謂振新久故之邦也。」

朱釋意的「居」，與簡文改作的「宅」字意通。

簡文的「作陳周邦」，比今本多了一「邦」字。字義卻與近人劉師培解釋內容的「舊邦」、「振新久故之邦」的用「邦」字恰好相同。

簡文這裡見穆王稱呼自己的祖先為「周文王」，前無端增一國號「周」字，用法可怪。下文今本的「維文王受之」一句，簡文又增作「隹周文王受之」；亦同。

2. 簡文：寽（付）畀四方，用纏（膺）受天之命，尃（敷）餌（聞）才（在）下。

今本：付俾於四方，用應受天命，敷文在下。

簡文作「付畀四方」的異文。

〔彙校〕：「俾，丁改『畀』。」、「盧文弨云：沈云：『俾』當作『畀』。」

今本的「俾」字，清丁宗洛的《逸周書管箋》和《四部備要》本盧文弨引沈彤說，將字改為「畀」。簡文字恰恰亦作「畀」，與清人校改的刻本和解釋意見的用字完全相同。

3. 簡文：孳（茲）由（迪）遜（襲）季（學）于文武之曼悳（德）。

今本：茲申予小子追學於文武之蔑。

簡文作「茲由」、「曼德」之異文。

〔彙校〕：「丁宗洛云：『申』字，宜作「由」。」

〔集注〕：「孔晁云：言己追學文武之徵德。此由周召公分治之化也。（徵德，盧校作「微德」。丁宗洛云：不如作「徽德」。）」、「王念孫云：正文但言蔑，不言蔑德，與《君奭》之『文王蔑德』不同注。」、「于鬯云：『蔑』，疑本作『茂』。茂有盛大之義。茂功者，大功也。」

簡文的「茲由」，與道光刻本丁宗洛的《逸周書管箋》單純以意改動的文字相同。

簡文的「曼德」，即長德、大德。相對的今本只有一「蔑」（或作茂）字。曼、茂，音同。簡文用「曼德」二字，與孔晁、王念孫等註釋之後增一「德」字解經的想法又相同。

4. 簡文：亓（其）皆自寺（時）审（中）乂萬邦。

今本：尚皆以時中乂萬國。

簡文作「其自」、「萬邦」的異文。

〔彙校〕：「『國』字，莊校改『邦』。」

〔集注〕：「莊述祖云：《洛誥》曰：『其自時中乂，萬邦咸休。』」

簡文句首「其自」二字，均恰與莊述祖所引述《洛誥》的文字相同。簡文作「萬邦」，與莊述祖《尚書記》的校改更動又全同。

簡文的「皆」字處於語詞「其」之後、介詞「自」之前，詞位和理解都十分突㝵。

5. 簡文：昔才（在）先王，我亦不以我辟窽（陷）于戁（難）。

今本：昔在先王，我亦維丕以我辟險于難。

簡文作「陷于難」的異文。

〔集注〕：「孫詒讓云：險當讀為陷，古音近通用。《鐘鼎款識・簉敢》云：『女弗以乃辟臽于囏。』與此文義略同。」

簡文「我辟」後一字从宀从章欠，原釋文讀為陷。字與今本作「險」不同，但與〔集注〕引孫詒讓的訓讀作陷字全同。簡文書手無疑已先孫詒讓或讀過孫詒讓文字而有此相同的看法，並直接將「險」字改寫為同音的「陷」字。

以上的對比，見清華簡文與《逸周書彙校集注》一書中分別徵引自俞樾、劉師培、丁宗洛、盧文弨、王念孫、孔晁、于鬯、莊述祖、孫詒讓等前人的校改和訓釋用字相同。

## 四、〈命訓〉簡文與今本文句互校舉隅

1. 簡文：或司不義而隥（降）之禍＝（禍，禍）怢（過）才（在）人＝（人，人）口母（毋）諲（懲）虐（乎）？

今本：夫或司不義，而降之禍；在人，能無懲乎？

簡文作「禍過在人」的異文。

〔彙校〕：「〔在人〕上，唐增一『禍』字。」、「孫詒讓云：『在』上亦當有『禍』字。」

簡文「在人」之前增「禍過」一詞，與唐大沛《逸周書分編句釋》和孫詒讓《周書斠補》二書推測的文中增添一「禍」字完全相當。簡文「禍」字改从骨，明顯書

手已擁有近人「禍字在甲骨文單純取象卜骨之形」的知識。

2. 簡文：夫民生而佴（恥）不明，走（上）以明之，能亡（無）佴（恥）虖（乎）？

今本：夫民生而醜不明；無以明之，能無醜乎？

簡文作「恥不明」、「上以明之」的異文。

〔集注〕：「盧文弨云：無以明之，民不能自明也，在上者能無醜乎？」、「陳逢衡云：醜，恥也。言民生而為氣所拘物欲所蔽，舉凡可恥之事無以滌其舊染而明之，則必陷於罪矣，在上者能無激發其恥乎？」、「唐大沛云：君上能無彰善癉惡以明其醜乎？」

簡文較諸今本，改「醜」為「恥」，改「無以明之」為「上以明之」。這兩處改動，見與〔集注〕引清人盧文弨和陳逢衡的註釋全同。陳逢衡以「恥」意解釋今本的「醜」字，而簡文直接書寫作「佴（恥）」字。

盧、陳、唐各自增文訓釋謂「在上者」能無醜乎，簡文又直接將盧、陳、唐所提的「上」字坎入文章之中。簡文能預先掌握後人添補或發揮的訓釋文字，而復將之置諸正文，這種洞察和承接能力，實是難以想像。

3. 簡文：口方三述，亓（其）亟（極）鼠（一），弗智（知）則不行。

今本：六方三述，其極一也，不知則不存。

簡文作「不行」的異文。

〔彙校〕：「存，丁宗洛、朱右曾據孔注改『行』。」

〔集注〕：「孔晁云：一者善之謂也。不行善，不知故也。」

簡文作「行」，與今本的「存」字異，但卻正好與孔晁舊注的訓釋用字「不行」二字巧妙的相同。

此外，簡文的數詞「一」字从鼠从一，與70年代才在河北平山縣出土的中山王器銘文僅見的特殊字例原釋文相合。然而，中山王器銘是中原三晉地域的新創字，與南方楚簡文字如何能相合？中山王方壺的「一」字所从的動物形，上从兔形，學界後另有隸从昆，字不一定是「鼠」字；但簡文在此直接書寫作鼠，似與今人已具備某些先入為主的看法有關。簡文其後又接言「哀不至，均不鼠（一）」、「均一不和」等句例，見簡文書手的「一」字寫法，前後又並不一致。

4. 簡文：亟（極）福則民=彔=（民祿，民祿）迁=善=（干善，干善）韋（違）則不行。

今本：極福則民祿，民祿則干善，干善則不行。

簡文作「迂善違則不行」的異文。

〔彙校〕：「干，諸本或作于。郝懿行云：于，疑當作迂。」

〔集注〕：「唐大沛云：極福則民惟知有祿，將懷竊祿之心。干，求也。民既心繫于祿，必將違道以干譽，是干善也。」

簡文「迂」字和郝懿行所疑全同。簡文在末句中間平添一「違」字，居然又與唐大沛在訓釋行文的內文用字恰正相合。

5. 簡文：亟（極）罰則民多=虘=（多詐，多詐）則不=忠=（不忠，不忠）則無退（復）。

今本：極罰則民多詐，多詐則不忠，不忠則無報。

簡文作「民多詐」的異文。

今本言「極罰而民多詐」，由上下文意可通讀無礙。簡文將「詐」字改寫作「虘」，寫手應該已有「从虘聲，讀作詐」的認知或訊息。「詐」字的釋讀，早見於 1998 年出版《郭店楚墓竹簡》〈老子〉（甲）第一枚簡的「絕偽棄慮」一句，原注釋有裘錫圭按語：「从且聲，與詐音近。」其後一般學界都从裘說釋作詐。但事實上，此字對應郭店簡本身的字形用例，該釋作「慮」字，《郭店》〈語叢〉（二）有「慮（慮）生於欲」一句、〈緇衣〉有「言則慮（慮）其所終，行則稽其所敝」對文；可作參證。字本不能讀作詐，裘錫圭後來（2000 年）亦已承認字釋詐是錯誤的，並改釋此字為慮。然而，簡文書手似乎並沒有注意到近人對詐字考釋意見的轉變，仍將此从虘的字形對照《郭店》早期的釋讀視同「詐」字來書寫。按理戰國文字的「慮」字既然本是「慮」而非「詐」，簡文書手卻仍將此从虘聲的字形寫為「詐」字來理解，明顯是受到 1998 年才有的近人誤釋的影響。簡文字形和上下文字義互不相配，很可怪異。

另，簡文用「復」字取代同意的「報」，取的是常用同義複合動詞「報復」的後一字。

6. 簡文：凡此，勿（物）氒（厥）耑（權）之燭（屬）也。

今本：凡此，物攘之屬也。

簡文作「權之屬」的異文。

〔彙校〕：「潘振云：『攘』，當作『權』。」、「丁宗洛：『攘』改『權』。」、「唐大沛云：案文義『物』當作『勿』。」

簡文於此直接書作「權」的同音字，與清人潘、丁等的校改全同。簡文作「勿」，字與唐大沛以意改的全同。簡文的「氒」字作代詞，但置於「物」「權」字之間，用法亦可怪異。

7. 簡文：季（惠）而不忉＝（忍人）。

今本：惠不忍人。

簡文作「惠而不忍人」的異文。

〔彙校〕：「惠不忍人。王念孫云：當作『惠而忍人。』此反言之以申明上文也。」、「潘、陳二人亦言『不』字衍，丁徑刪。」

簡文在句中增「而」字，但又疑不能定，故奇特的書作「而不」連用。其中增一「而」字恰正與王念孫以意改動的意見相同。

8. 簡文：六亟（極）既達，九迁（間）具（俱）寊（塞）。

今本：六極既通，六間具塞。

簡文作「九間」的異文。

〔集注〕：「孔晁云：六中之道通，則六間塞矣。」，「陳逢衡云：六極既通，猶《堯典》所謂『光被四表，格於上下』也。《荀子・儒效》曰：『宇中六指謂之極』，楊倞注：『六指，上下四方也。』盡六指之遠則為六極。間，謂間隙，如天傾西北地缺東南之類也。」

今本作「六極」「六間」，一通一塞，前後互為關連，文意本甚通順。簡文改「通」為「達」，「達」字與「塞」字反而顯得疏遠了。「六極」一詞，明日的承上文六段言人民歸善，「則度至于極」一句六見，「極」意為至善，「六極」指六種讓人民至善盡善的法則，前後文意相銜接。「六間」，間有間隙意，非至善則謂之間。「六極」、「六間」用詞前後亦相對。簡文無端改作「九間」一詞，義反不可解。原釋文亦謂：「簡文『九迁』之義不詳。」

以上的對比，見清華簡文與《逸周書彙校集注》一書中分別徵引自唐大沛、孫詒讓、盧文弨、陳逢衡、丁宗洛、朱右曾、孔晁、潘振、王念孫等前人的校改和訓釋用字恰正相合。

## 五、結語

透過上述對應《逸周書》〈皇門〉、〈祭公〉、〈命訓〉三篇 22 組句例，發現清華簡文改動的文字，與《逸周書彙校集注》一書中徵引魏晉以迄清人，如王念孫、王引之、莊述祖、盧文弨、潘振、陳逢衡、孫詒讓、于鬯、孔晁、唐大沛、丁宗洛、朱右曾、俞樾、劉師培等多達 14 位學人的校注意見，個別可對應相合，甚至全同。簡文書手如何能夠廣泛的大量網羅並了解不同朝代後人的種種校定成果和訓釋文字，原因不詳。主張清華簡真實無訛的學者，自然傾向於由此而證明是後人校勘高明的一想法，但懷疑簡文作偽的學者，思路就很自然推測清華簡書手有機會翻閱甚或抄錄過《逸周書彙校集注》此一類彙編的可能。況且，《逸周書彙校集注》書中整理的〔彙校〕、〔集注〕是涵蓋不同時空、不同學人所提出的看法，這些晚出的知識成果，簡文書手似已能輕易的掌握和應用，誠屬異常難得。更何況若干只是後人隨文引申或發揮的用字，卻居然都可以一一置入於簡文的正文之中。這種巧合，就難以理解了。

此外，簡文書寫字形有刻意和今本區隔，強調彼此差異的嫌疑，再加上若干簡文的上下文義實不易甚至無法通讀，如《皇門》的「庫門」、《祭公》的「周文王」、《命訓》的从鼠从一的字、以「虘」作「詐」、「九間」等字詞用法，都明顯與常態史實和習慣用例大相違背。因此，我們有理由對清華簡某些簡文持續保持一存疑的態度。

# 第十七章　《清華簡》（六）〈管仲〉篇非《管子》佚篇

近出《清華大學藏戰國竹簡》（六）有 33 支簡，逕以〈管仲〉名命，簡文係以齊桓公問、管仲答的形式成篇。清華簡編者認為此與現存的《管子》一書有關：「《漢書》〈藝文志〉道家類著錄有《管子》一書，經劉向整理、刪除重複而成今存七十六篇，其餘十篇有目無書」，編者遂判斷清華簡〈管子〉與《管子》書「體例一致，思想相通，但內容完全不同，應當是屬於《管子》佚篇」。由於清華簡編者能接觸原簡實物，其發言具權威，足以引導學林。可是，當我閱讀這組〈管子〉簡一過，發現這 33 支竹簡與《管子》一書實無任何關連，更不可能是原《管子》書的佚篇。以下，由幾個角度說明我的想法。

## 一、有關「管子」的名稱使用

對應古文獻記錄齊桓公和管仲問答的相關資料，一般可以在《國語》〈齊語〉、《管子》、《史記》〈管晏列傳〉中覓得。諸文獻對管仲的稱謂用法，可排比如次：

1、《管子》〈巨乘馬〉、〈乘馬數〉、〈事語〉、〈海王〉、〈山權數〉諸篇敘述齊桓公和管仲的問答，每篇篇首都用「桓公問管子曰」一句帶出，諸篇篇中行文對管仲的稱謂，都一致寫作「管子」。而齊桓公問管子的內文，只逕用「請問」、「可乎？」、「可得聞乎？」等客套語帶出問政的內容，但並不具列「管子」的名稱。

2、《國語》〈齊語〉在敘述齊桓公和鮑叔、施伯談論治國人才，其中對於管仲的稱謂，有直言「管夷吾」，有客氣的稱作「管子」。而在同樣是齊桓公對管仲的問答內容，有親切的直呼管仲為「子」。

3、清華（六）〈管仲〉簡文一致的稱「筦（管）中（仲）」，而在齊桓公問答的內文，則特別的稱管仲為「中（仲）父」。

4、《史記》〈管晏列傳〉文首稱管仲連字帶名的作「管仲夷吾」，而文中一般直稱之為「管仲」。

由以上對「管子」的稱呼用法，見《管子》一書和《國語》〈齊語〉行文都禮稱「管子」，而清華簡和《史記》行文卻直呼「管仲」。因此，前二者和後二者大致可相區隔為二類。而齊桓公和管子的對話內容，《管子》一書全不作任何的稱謂語，《國語》則有專稱「子」，清華簡卻一律改作「仲父」，三種材料見桓公對管子的稱呼方式都不一樣，明顯是出自不同時期的人的手筆。對應有出土記錄的戰國中晚期楚簡郭店簡，其中的〈窮達以時〉一篇稱呼管仲為「完（管）寺（夷）虗（吾）」，與《國語》用法相同，但卻與清華簡的「管」字寫法和對其人的稱呼習慣明顯都不一致。

## 二、有關齊桓公和管子問答的描述

《管子》、《國語》〈齊語〉、清華〈管仲〉簡都有記載齊桓公和管仲的問答：

1、《管子》書齊桓公問政於管子，一般開首文句，都作「桓公問于管子，曰：」，又省作「桓公問管子，曰：」，或直接作「桓公曰：」。而管子的回應方式絕多用「對」字，作「管子對曰：」，只有一例省作「管子曰：」。

2、《國語》〈齊語〉的相關記載，一般作「桓公曰：」，偶省作「公曰：」，或作「桓公問曰：」。至於管子的回應，則一律用「對」字，作「管子對曰：」。

3、清華〈管仲〉簡的開首作「齊桓公問於管仲曰：」，或作「桓公或（又）問於管仲曰：」。而管仲的回話敘述，則用「答」字，作「管仲答曰：」，或作「管仲答：」。

以上三者的對比，無疑前二者《管子》和《國語》的敘述關係是緊密的。二書和清華簡的書手時代明顯不同，特別的是其中一用「于」、一用「於」；一用「對」、一用「答」，彼此壁壘分明，可見區隔。

細審先秦文獻資料，其中的《論語》用「對」字多達 39 次，一般都作「對曰」，如：《論語》〈憲問〉：「蘧伯玉使人於孔子。孔子與之坐而問焉，曰：『夫子何為？』，對曰：『夫子欲寡其過而未能也。』」，《論語》〈憲問〉：「子問公叔文子於公明賈，曰：『……』，公明賈對曰：『……』。」而用「答」字則僅見 1 次：〈憲問〉篇的「南宮适問於孔子，……夫子不答。」於此可見，春秋時期習用的對話用字是「問」和「對」相承接。周金文見大量的「對揚王休」例，西周成王器〈大保簋〉見「用茲彝對令」句，亦見「對」字有對應、回覆的意思。相對的，「答」字，《說文》無。字始見於《集韻》，釋作「補籬」，原即以竹補籬意。《說文》另有「荅」字：「小尗也。从艸合聲。」，段玉裁注：「叚借為酬荅。」荅、答為古今字。周秦文獻中的「答」字，一般只用為報答、回應的泛指，但罕有作為一問一答的說話問答意。如：《尚書》〈牧誓〉：「昏棄厥肆祀，弗答。」，孔傳：「答，當也。」，屈萬里《尚書釋義》：「答，報也，謂報答神恩也。」，《孟子》〈離婁〉：「禮人不答，反其教。」，《禮記》〈儒行〉：「上答之，不敢以款；上不答之，不敢以諂。」，《漢書》〈五行志〉:「禱於名山，求獲答應。」等例是。如此看來，清華〈管仲〉簡承齊桓公問政而通盤言管仲「答曰」的用法，無疑是清華簡文比《管子》和《國語》〈齊語〉兩種文獻更晚出的一實證。

## 三、有關齊桓公的詢問用語

1、《管子》書中多見齊桓公問政於管子，其中的詢問用語，多是客套恭謹的在句首提作「請問」，如〈巨乘馬〉、〈山權數〉、〈地數〉篇；或直言「何謂」，如〈乘馬數〉篇；或言「何如」，如〈海王〉篇；或在句末用「可乎？」，如〈地數〉篇；用「可聞乎？」，如〈事語〉篇；用「奈何？」，如〈山權數〉篇；用「為之奈何？」，如〈巨乘馬〉篇。詢問的內容中，絕無一言直呼「管仲」之名，更無親暱的尊稱如「仲父」者。

2、《國語》〈齊語〉中齊桓公詢問的句式，都有在句末增列疑問的「為之若何？」、「為此若何？」，或直接省作「若何？」。偶有作「其可乎？」。

3、清華〈管仲〉簡中，有關齊桓公詢問的句式，則作「為之如何？」，或省作「如何？」、「如之何？」。

上述三者的詢問方式不同，其中明顯出現了「若何」、「奈何」和「如何」三種截然不同而互不相混的用法。

若、奈、如三字在文獻中通用，而「若」字句出現的量最多，出現的時間亦最早。如《尚書》、《左傳》、《公羊》、《國語》、《莊子》、《荀子》、《禮記》、《考工記》、《呂氏春秋》、《戰國策》、《史記》、《漢書》、《文選》等，都見正文用「若」而漢以後的註疏釋作「如」。例：《左昭二十年傳》：「抑君有命可若何？」孔疏：「如何也。」，《左僖三十三年傳》：「以閒敝邑若何？」杜注：「如何也。」，《左莊十一年傳》：「若之何不弔」，《周禮》〈大宗伯〉注引作「如何不弔」。《禮記》〈檀弓〉：「吾欲暴尪而奚若？」注：「何如也。」。特別的是，《尚書》〈微子〉的「若之何其」句，至《史記》〈宋微子世家〉改書作「如之何其」，可見「若」「如」用法前後相承，先秦有用「若」，至漢以後改用「如」的習慣。

而「奈」字句出現的時間亦早，但用例卻不算普遍，如《尚書》、《老子》、《國語》、《禮記》、《楚辭》、《史記》、《漢書》，亦偶見正文用「奈」而漢以後的註釋只言通作「如」。例：《尚書》〈召誥〉：「曷其奈何弗敬？」王引之《經傳釋詞》卷六：「奈何，如何也。」，《禮記》〈曲禮〉：「奈何去社稷也。」疏：「猶言如何也。」，《史記》〈殷本紀〉：「有罪其奈何？」據上下文意，「奈何」亦即「如何」。

另外，「如」字句出現的用例亦多，但時間是愈晚愈普遍。「如」字句在先秦文獻集中在《左傳》、《論語》、《孟子》等書，亦偶有在《公羊傳》、《戰國策》、《儀禮》出現，及漢以後則多見於《漢書》、《文選》。在正文用「如」，後人的註解一般有釋作「若」，偶註作「奈」。例：《論語》〈先進〉：「如用之。」皇疏：「猶若也。」，《論語》〈子路〉：「如知為君之難也。」皇疏：「若也。」，《左定公八年傳》：「如丈夫何？」杜注：「猶奈也。」

以上「若何」、「奈何」、「如何」三組語詞，其中的前二詞都可理解為「又怎麼樣呢？」的意思，近似今言的「如何」。然而，唯獨末一詞的「如何」，在春秋戰國文獻中雖然有連用，但大都固定的作反詰語氣的「非某如何」句例：《左襄二十三年傳》：「非鼠如何？」，意即不是鼠而又是甚麼呢？《公羊宣六年傳》：「此非弒君如何？」，《公羊注疏卷十五校勘記》：「唐石經鄂本同閩監毛本改『而何』，按：『如』當讀『而』。」，《晏子》〈諫篇〉：「聾瘖，非害國家如何也？」，意即不是為害國家而又是甚麼？《戰國策》〈楚策〉：「非故如何也？」，吳師道《鮑本》補注：「如猶而。」審閱楊樹達《詞詮》卷五「如」字條，有定之為「轉接連詞」的用句，「如」與「而」同，又與今語的「卻」字相當。可見，其中的「如何」一詞的詞意，即相當於「而何」、「卻何」的意思。「如」字是連詞，「何」字是疑問代詞。先秦文獻中的「非某如何」句，意即「不是甚麼而是甚麼」、「不是甚麼卻是甚麼」的轉折意思，與晚出的一般單純只言「如何」，作為一不可切割的詢問用詞，表達「怎麼樣」的意思全不相同。如此看來，清華〈管子〉簡中的「……，女（如）何？」一獨立詞組，其發生的時間顯然不應該也不會太早。反觀明確定為戰國楚簡的郭店簡和包山簡，均不曾出現這獨立的「如何」一詞。

以下，再對比《戰國策》和《史記》二書的相關用例。

《戰國策》在陳述二人的對話過程，習見用「某曰」、「對曰」開首的應對方式，如：〈楚策〉：「王曰：『然則奈何？』，對曰：『……』。」，〈西周策〉：「王曰：『周君怨寡人乎？』，對曰：『不怨』。」，〈秦策〉：「王召陳軫告之曰：『……』，對曰：『臣願之楚』。」而《戰國策》的詢問句用語，則多見作「奈何」的反詰語句，如〈楚策〉：「安陵君曰：『然則奈何？』」，〈西周策〉：「魏王曰：『然則奈何？』」，或直接言「何也」，如〈楚策〉：「楚王曰：『何也？』」，〈秦策〉：「應侯曰：『臣不憂。』王曰：『何也？』」，或用「非某如何」的反問形式，如〈楚策〉：「（昭奚恤）曰：『請而不得，有說色，非故如何也？』」，翻成白話，是「不是故意而是怎樣呢？」，〈趙策〉：「郗疵曰：『韓魏之君無熹志而有憂色，是非反如何也？』」，翻成白話，是「不是造反卻又能怎樣呢？」以上，是《戰國策》描述對話的形式，代表戰國時期的一般使用習慣。

至於西漢司馬遷《史記》在書寫一問一答的對話形式，亦習慣沿用「某曰」和「某對曰」的傳統對應方式，帶出對話內容。如：〈高祖本紀〉：「高祖曰：『……』，高起、王陵對曰：『……』。」，〈蘇秦列傳〉：「燕王曰：『子所謂明王者，何如也？』，對曰：『臣聞明王……』。」，〈樗里子甘茂列傳〉：「向壽曰：『奈何？』，對曰：『此善事也。』」是。而《史記》的詢問單句的用語，見有作：「奈何？」〈甘茂列傳〉、「為之奈何？」〈項羽本紀〉〈李斯列傳〉〈刺客列傳〉〈留侯世家〉〈陳丞相世家〉、「為將奈何？」〈留侯世家〉、「將奈何？」〈刺客列傳〉、「何如也？」〈蘇秦列傳〉、「何如？」〈刺客列傳〉、「何也？」〈張儀列傳〉。顯然，《史記》中大量應用「奈何」和「何如」句。其中的「奈何」作為「怎麼辦」、「怎麼樣」的用法，是由戰國以迄西漢時期的一種習用語。

《史記》大量使用的「為之奈何」例，與《管子》一書的「奈何」、「為之奈何」用例全合。由此可反證《管子》一書的成書時間，下綫可延至西漢初期。然而，統觀《戰國策》和《史記》中的詢問句用詞，都罕有出現「如何」一詞。相對的，清華〈管仲〉簡習用的「如何」一獨立用語，不應是先秦至西漢時期的常態用法。

## 四、有關管仲的思想

歷來對管仲的思辨研究，是根據道家類《管子》一書而來。而《管子》一書，舊傳是春秋時齊國的管仲所撰，復由西漢末劉向編定。但據近人的研究，大率認為是春秋戰國時期管學後人的匯編，但文字的更動恐怕一直要過渡至秦漢時期。《管子》書中多見齊桓公和管仲的對話，答問之間語意層層相承，極具深度，於此可見管仲論政治國的理念系統。然而，清華簡中引述二人的對答內容，卻是簡單而粗淺，前後文未見系統。

其中，有關管仲對心性的看法，見於《管子》書中的〈君臣〉、〈心術〉、〈白心〉、〈內業〉諸篇，管仲的政治思想可就體用分，以心為道為體，四肢六道九竅為理為用。心即君位，四體九竅各屬臣職，互有獨立的專司。文見《管子》的〈心術〉：「心之在體，君之位也；九竅之有職，官之分也。心處其道，九竅循理，嗜欲充盈，目不見色，耳不聞聲。故曰上離其道，下失其事。」，〈內業〉：「定心在中，耳目聰明，四肢堅固，可以為精舍。」，〈君臣〉：「四肢六道，身之體也；

四正五官，國之體也。四肢不通，六道不達，曰失；四正不正，五官不官，曰亂。」，〈白心〉：「口為聲也，耳為聽也，目有視也，手有指也，足為履也，事物有所比也。」總括上文，見《管子》一書是以心為君，口耳目諸竅和手腳四肢並列為臣。

可是，清華〈管仲〉簡的管仲答齊桓公「從人之道」，曰：「止（趾）則心之本，手則心之枝，目、耳則心之末，口則心之竅。止（趾）不正則心卓（逴），心不靜則手躁。」其中，簡文的「止（趾）則心之本」一句，本中有本，明顯與《管子》書一貫強調的以心為人四體之本的觀念全相違背，甚可怪異。勉強為其解說，簡文的內容是順著末端的人民立場為出發講的，才會言以止為心本。但清華簡文接著居然介定人的身體是以止（趾）為本、手為枝、目耳為末，又只單言口為竅。這種混雜本末、枝幹、心竅的區隔形式，反不成體系，將同屬肢體的止與手分、將同為竅門的口和目、耳分，又絕非和《管子》書習見的「四肢六道」、「九竅循理」、「定心在中」的以心為本、以肢竅為用的單純二分的思想理論能相接相合。因此，就思辨架構言，清華〈管仲〉簡文和《管子》書的思想絕非同源。

## 五、結語

統觀上文針對清華〈管仲〉簡文的名稱、問答、詢問用語和思想分析，都與《管子》一書內容全然不同。二者的文字和發生時間都無任何的關連。清華簡的編者認為〈管仲〉簡是《管子》書的佚篇，恐怕並非事實。清華〈管仲〉簡的文字、用詞、編次、內容，率皆拙劣不純，應是一份漢以後才謄抄的竹簡本。由此推斷，清華簡文的書寫時間，不可能早到戰國時期。

# 第十八章　《清華簡》（拾）〈四告〉第一篇評議

## 一

2020 年出版的《清華大學藏戰國竹簡》（拾），其中有〈四告〉一篇凡 50 簡，文分四組，根據書前〈說明〉，是「記周公旦、伯禽父、周穆王、召伯虎四人的四篇告辭，其中的第一篇與〈書・立政〉相關。」

〈四告〉的第一小篇簡文告辭，是周公旦上告於皋繇之辭。文中先歷述周文王、武王的功業，並言周公輔佐成王的苦心，希望得到皋繇的福佑。相對的，《尚書・立政》篇是記述「周公告成王設官之道」（屈萬里《尚書今註今譯》語），文章並無記載周公和皋繇的關連。

核對〈四告〉第一小篇簡文的內容，發現有大量文句分別和古文獻及地下材料（金文、秦簡）直接相同。因此，這可能是一篇經後人併裝的仿古之作。

## 二

〈四告〉第一小篇簡文分別和文獻及地下材料相同的句例，羅列如次：

1「拜=（拜手）䭬=（稽首）」。（句例釋文參見原釋文；下同。）

周金文多見「拜手稽首」的用句，但並沒有作二詞合文的形式出現，且一般只見於銘文的句末，是作器者回應上位者誥命或賞賜之後的習用語。此詞組過去不見用在銘文的篇首，簡文卻用在篇首，句意和位置可怪。

2「者魯天尹」。

周金文多見「天尹」例，如〈作冊大方鼎〉有「皇天尹」的用法。皇，大也，用為修飾語；魯，亦有大意。但金文不見合用「魯天尹」，亦不見用「魯」字修飾官名。

3「配亯（享）茲䤵（馨）𦤎（香）」。

「配享」一詞，見《尚書・呂刑》的「惟克天德，自作元命，配享在下。」

「馨香」一詞，見《說文》香字引《春秋傳》曰：「黍稷馨香。」

4「赩（逸）憂（俯）血明（盟）」。

「血明」一詞，見睡虎地秦簡《日書》甲簡 104：「毋以卯沐浴，是謂血明。」

5「余又（有）周」。

「有周」一詞，見《尚書・君奭》：「我有周既受。」、《尚書・召誥》：「比介于我有周御事。」、《尚書・多士》：「我有周佑命，將天明威。」，《尚書》多見「我有周」例，但獨不見「余有周」的用法。

6「竭赩（失）天命」。

「遏佚」「天命」兩詞，分見《尚書・君奭》的「遏佚前人光在家；不知天命不易」前後兩句行文之中。「遏佚」用為前句動詞，「天命」屬後句兼句的主語。簡文似有抽取文獻內容而組合並書之嫌。

7「傎（顛）遳（覆）氒（厥）典」。

「顛覆厥某」一句用例，見《詩・抑》的「顛覆厥德，荒湛于酒。」

8「喬（驕）叢（縱）忘（荒）紿（怠）」。

「驕縱」一詞，見於《後漢書・袁紹傳》：「驕縱不軌。」

「荒怠」一詞，見戰國中山王方壺有「怠荒」的用法，可互參。

9「同心同悳（德）」。

「同心同德」一詞，又見《左傳》昭公 24 年的「余有亂臣十人，同心同德。」，用法全同。

10「暴㾊（虐）從（縱）獄」。

「暴虐」一詞，見《尚書・牧誓》的「暴虐于百姓」，又見《詛楚文》的「暴虐不辜」。而金文的〈盨簋〉（〈集成 4469〉）：「勿事（使）虣（暴）虐從（縱）獄」一句，文字與簡文全同。

11「上帝弗若，迺命朕文考周王」。

「上帝弗若」一句，例見甲骨卜辭命辭的後句詢問句中，但不會用為前句的陳述句。甲骨文有「上帝」合文例；另「帝弗若？」句，又見〈合集 14200〉、〈合集 14195〉等版。

「朕文考周王」句，用例奇怪，句中「朕文考」是第一人稱用法，「周王」則是客觀的第三人稱謂。周人對自己王的自稱，不可能也沒有必要稱作「周王」，更何況是周公旦對著自己父親「文王」的稱呼。

12「罷（一）戎又（有）殷」。

「罷」字字形罕見，見安徽壽縣出土的〈鄂君啟節〉（戰國中期）的「歲罷（一）返」。「一戎殷」一詞，則見《尚書・康誥》的「天乃大命文王殪戎殷」，《禮記・

中庸》的「壹戎衣而有天下」。

13「達又（有）四方」。

「達……有四方」句，見金文西周恭王時期〈牆盤〉的「綴圉武王，遹征四方，達（撻）殷畯民，永不攻狄盧」一段，和西周宣王時期〈逨盤〉的「丕顯朕皇高祖單公，……夾詔文王、武王，達（撻）殷，雁（膺）受天魯命，匍（溥）有四方。」一節。簡文這裡是將金文的「達（撻）殷」和「匍（溥）有四方」二詞組併合為一。

14「才（在）珷（武王）弗敢忘天戬（威）命明罰」。

「珷」，獨立一字作為「武王」的專名，用例見陝西臨潼出土的〈利簋〉（西周初期）。

「弗敢忘」，金文另有「非敢忘」例，如春秋晚期〈蔡侯紐鐘〉的「余非敢寧忘」〈集成 210〉句。

「威命明罰」一詞，見《逸周書・商誓》：「予來致上帝之威命明罰」，四字全同。

15「於（嗚）虎（呼）忞（哀）才（哉）」。

「嗚呼哀哉」一詞，見《禮記・檀弓》的「嗚呼哀哉尼父」一句中，此為秦漢以後的習用語。

16「秝（效）命于周」。

「效命」一詞，見《史記・魏公子列傳》的「此乃臣效命之秋也。」

17「迺隹（唯）余䚒（旦），……以討征不服，方行天下，至于海麃（表）出日，亡（無）不衒（率）卑（比）」。

周公名旦，簡文字增从身，此不見於文獻。

「不服」「方行天下，至于海表出日，無不率比」諸句，分別見於《尚書・立政》的「方行天下，至于海表，罔有不服」一段，和《尚書・君奭》的「海隅出日，罔不率俾」兩句。簡文的內容，無疑是參考〈立政〉和〈君奭〉篇文字的併接。

18「開（淵）胙（祚）繇（由）彔（繹）」。

「由繹」一詞，見《尚書・立政》的「克由繹之」句。

19「兌（允）氒（厥）元良」。

「元良」一詞，見《尚書・泰誓》中的「剝喪元良」一句。

20「以縛（傅）補（輔）王身，咸乍（作）右（左）右叉（爪）𤕤（牙）」。

「王身」和「作爪牙」連用，見金文西周晚期的〈師克盨〉（〈集成 4467、4468〉）：「干（捍）禦王身，乍（作）爪牙」二句。

21「丌（其）會邦君、者（諸）侯、大正、孛（小子）、帀（師）氏、禦（御事）」。

周金文見「邦君、諸侯、正」諸職官並列一組，如西周早期〈令鼎〉（〈集成

2803〉）的「有嗣眔師氏、小子卿（會）射」、西周晚期〈毛公鼎〉（〈集成2841〉）的「有嗣、小子、師氏、虎臣」。然而，金文中有「御」字用為職官名，長官稱「御正」。但「御事」一詞只單純為動賓詞組，有分言「御某事」，例：

「用御天子之事」〈洹子孟姜壺〉（〈集成9729〉）

「余老，不克御事」〈叔趯父卣〉（〈集成5428〉）

金文中不見「御事」此一官名，「御史」則更是秦漢以後的職官用法。

22「秉又（有）三畯（俊）」。

「三俊」一詞，見《尚書・立政》的「曰三有俊」、「克用三宅三俊」。

23「惠女（汝）尾（度）天心」。

簡文「尾」字亦讀作「宅」。「天心」一詞，見《尚書・咸有一德》的「克享天心」。郭店簡〈成之聞之〉的「宅天心」，三字與簡文全同。

24「畯（駿）保王身」。

「畯保」一詞，見西周晚期厲王親鑄的〈㝬鐘〉：「畯保四或（域）」一句。

25「惟乍（作）立正（政）立事」。

「立政立事」一句，見《尚書・立政》的「繼自今，我其立政立事。」然簡文由「惟作」二字帶出，用法可怪。

26「百尹庶師，卑（俾）臚（助）相我邦我或（國）」。

「助相我邦我國」一句，參《尚書・立政》的「其惟吉士，用勱相我國家。」勱，勉；相，助也。簡文倒作「助相」成詞，並非常態用法。

27「和我庶獄庶慎」。

「和我庶獄庶慎」全句，見《尚書・立政》的「相我受民，和我庶獄、庶慎。」諸字全同。

28「弅（阱）用中型」。

「阱型」「中型」用詞，分見金文的〈師同鼎〉（〈集成2779〉）：「弅（阱）畀其井（型）」和近出〈43年逑鼎〉的「母（毋）敢不中不井（型）」。簡文用字，似是二銘文的混合。

29「文子文孫」。

「文子文孫」一句，全見於《尚書・立政》的「文子文孫」。

30「宜尔（爾）者（祜）福」。

「祜福」一詞，為金文的習用語，如〈曾子伯誩鼎〉的「爾永祜福」〈集成2450〉、〈黃君孟匜〉的「子孫則永祜福」〈集成10230〉是。

以上順讀徵引的30組句例，見〈四告〉第一小篇簡文的用辭，分別和《尚書》

的〈呂刑〉、〈召誥〉、〈多士〉、〈君奭〉、〈牧誓〉、〈康誥〉、〈立政〉、〈泰誓〉、〈咸有一德〉、《詩經》、《左傳》、《逸周書》、《禮記》、《史記》、《後漢書》，以至甲骨文、金文、郭店楚簡、睡虎地秦簡一一都有相對應。如此龐雜而時空跨越如斯廣泛的語言文字的聯繫，甚至若干整句的全同，和文句的併合重新組裝，都足以教人懷疑〈四告〉這一小篇簡文的出處，並不單純，書手所掌握的文字，也並非單一的語言。

## 三

透過上述〈四告〉第一小篇簡文和文獻、地下材料的校對，我們可以歸納如下幾項認識：

1.《清華簡》（拾）〈四告〉（一）簡文的內字，有大量引用《尚書》〈立政〉篇的文字，而且大致是順著〈立政〉篇文本的先後次序，由上而下的選錄。簡文書手明顯是照著〈立政〉篇的內容，抽取其中的字詞來書寫。
2.〈四告〉（一）與文獻相關的用詞，多是整個詞組全抄的方式相對應謄寫。
3.〈四告〉（一）的字詞，有和西周以迄春秋戰國時期的金文內容恰好相同，特別是和一些上世紀 70 年代後才出土的彝器，如中山王壺、牆盤、逨盤等相對應。
4.〈四告〉（一）的文句組織，前後並不嚴謹。有分別抽取自不同出處的文獻和金文文句，再加以併湊組合的嫌疑。如：（1）「龏（一）戎又（有）殷，達有四方」句，是由〈康誥〉的「殪戎殷」和〈牆盤〉〈逨盤〉的「達殷」、〈逨盤〉的「有四方」三段行文的併合。「達」，讀為撻，有攻伐意。簡文併作「達有四方」，卻無法通讀前後文。（2）「討伐不服，方行天下，……羍皐」句，是《尚書》〈立政〉、〈君奭〉二文用句的併合。（3）「我邦我或」句。或，即域，《說文》：「邦也。」簡文的「我邦」，即「我域」，二詞詞意全同，實沒有必要重疊併合如此。
5.〈四告〉（一）的用詞，散見於不同的文獻中。這些用詞多屬二字或四字成詞的，如「顛覆」、「驕縱」、「元良」、「同心同德」、「立政立事」、「文子文孫」等，甚至有整句引用相同的，如「方行天下，至于海表」、「和我庶獄、庶慎」等是。這種成詞切割式的引用，特別是集中見於《尚書》諸篇之中，簡文書手是依著手邊諸文獻和地下材料的內容選錄雜抄，匯整成一篇。此應是當時簡文成文的具體狀況。

# 第十九章　《安大簡》（一）〈鄘風：牆有茨〉說疑

## 一

2019 年出版的《安徽大學藏戰國竹簡》（簡稱安大簡）（一）[1]，收錄《詩經》六國國風：〈周南〉、〈召南〉、〈秦〉、〈侯〉（相當毛詩的魏風）、〈甬〉（鄘）、〈魏〉（其中的〈葛履〉為毛詩的魏風，餘九篇為唐風）。每一國風詩篇的次序基本和現存文獻毛詩的篇章順序相同，大部分甚至連逐字逐句的順讀都是一致的。只是竹簡本大量使用借字或調整部件偏旁來取代文獻毛詩本的字。字的筆調存有楚簡書風，但亦有個別文字混淆不一、部件矛盾不可解、文詞刻意調整的特別現象。安大簡（一）嚴格言並非是一個好的《詩經》讀本。以上是粗略核對竹簡本內容的主觀體認。安大簡抄手無疑是有機會看過現今的毛詩本或其祖本，才會留下這份內容相互密切的竹簡本。

以下，僅就其中〈鄘風〉的〈牆有茨〉一篇章節來談談我的讀後。安大簡鄘風的「鄘」字寫作「甬」，共 13 支簡，簡下編號由 84 至 99。簡本的〈牆有茨〉寫在〈柏舟〉和〈君子偕老〉二章之間，順序和文獻毛詩本全同，前後用一粗黑墨丁區隔。

## 二

文獻毛詩本的〈牆有茨〉，共分三章如下：

「牆有茨，不可埽也。中冓之言，不可道也。所可道也，言之醜也。」
「牆有茨，不可襄也。中冓之言，不可詳也。所可詳也，言之長也。」

---

1　《安徽大學藏戰國竹簡》（一），安徽大學漢字發展與應用研究中心編，黃得寬、徐在國主編，中西書局出版，2019 年 8 月。

「牆有茨，不可束也。中冓之言，不可讀也。所可讀也，言之辱也。」

而安大簡本詩篇首作〈牆又（有）蝅螿〉，簡本原釋文也分三章如下：[2]

「牆（牆）又（有）蝅（蛈）螿（螀），不可敕（束）也。宙（中）㛸（冓）之言，不可譚（讀）也。〔所可〕譚（讀）也，言之辱也。」
「牆（牆）又（有）蝅（蛈）螀，不可毀（攘）也。宙（中）㛸（冓）之言，不可諹也。所可諹也，言之長也。」
「牆（牆）又（有）蝅（蛈）螀，不可帚（埽）也。宙（中）㛸（冓）之言，不可道也。所可道也，言之猷（醜）。」

這裡先重點舉例談談文獻和簡文在用字遣詞上的差異。

（一）文獻毛詩本的「茨」，安大簡本改作「蝅螿」和「蝅螀」。

茨，是有刺的植物名。〈毛傳〉：「茨，蒺藜也。」阮元〈毛詩注疏校勘記〉：「相臺本藜作蔾。今上有蒺蔾之草可證。」[3]《爾雅・釋草》：「茨，蒺藜。」郭注：「布地蔓生，細葉，子有三角，刺人。」[4]同時，在《爾雅》同書的〈釋蟲〉篇中另見「蒺蔾」一詞，作蟲名，郭注：「似蝗而大腹，長角，能食蛇腦。」《玉篇》亦作「蛈蟍」。對應的看安大簡本將「茨」字寫作从虫、从䖵的「蝅螿」和「蝅螀」，用詞與《爾雅・釋蟲》和《玉篇》相同。簡本寫手利用同音叚借，將一屬植物名、一屬蟲名的二詞串連起來理解，似已掌握《爾雅》書中此同詞異名的知識。安大簡此詩首句的「牆又（有）蝅螿」，如解讀為植物義，自是以同音假借的方法來過渡；如解讀為蟲名，像安徽大學程燕近作的〈《牆有茨》新解〉一文[5]，提出原詩本就當作簡文本的从虫从䖵。程文復徵引《廣雅》的「蝍蛆，吳公也」，推言蛈蟍就是蜈蚣。如此，現今文獻毛詩本的「茨」字，無疑就是後人的急讀而誤判和誤書所改動的了。然而，如程燕的新解要能成立，首先要釐清兩個問題：第一、詩在「牆有茨」之後接言的「不可埽（即掃）」、「不可襄（意即攘除）」、「不可束（綑縛）」的連續句意，當如何合理的說明白？一般常識，蜈蚣是夜行生物，畏光怕熱，習性在低窪草叢或陰濕狹窄的洞穴細縫中出沒，自然不會長期而固定的攀爬停留或暴露在牆上。如此，詩人怎能或需要在牆壁上掃除蜈蚣？何況「掃」字一般是針對固體

[2] 據《安大簡》128頁釋文注釋。
[3] 參《十三經注疏・詩經》阮元用文選樓藏本校勘669頁。宏業書局。
[4] 據余培林《詩經正詁》88頁注釋轉引。三民書局。2005年2月修訂二版。
[5] 參程燕〈〈牆有茨〉新解〉，《安徽大學學報》2018年第三期。

物品而言，勉強講是將蝍蛆掃掉也罷了，但已然掃清之後如何又需接言「除」或「不除」？而在除滅之後又如何再需要束綑死去或已無踪影的蝍蛆呢？詩文理解至此就更沒有任何意義了。因此，由詩句的上下文意看，訓讀茨為蟲甚或是蝍蛆，明顯都是有困難的。蝍蛆習性不會停留在垂直的牆壁上，亦不可能對牆本身有任何損毀。但相反的，傳統解讀「茨」為多刺的蒺藜，這類植物擅攀生在牆壁之上，一旦拔除會破壞牆上泥土[6]；或有認為這種多刺的植物，覆蓋在牆上有防盜或護牆的功能[7]。無論是站在正面或負面的理解，茨作為植物對於牆本身言是有一定的意義。相對於詩興體下段的「中冓之言，不可道也」而言，茨在於牆此一空間是強調負面的作用。詩言牆上攀附生長的茨草不可打掃、不可拔除、不可綑束，在語意上是有順序，復且合情合理的。第二、詩三百主要是西周迄東周流通在民間和殿堂的歌謠[8]，作為教科書是在春秋以降經孔子整理後才成為魯國通行的本子。及至目前流傳的毛詩本都作「茨」[9]，1977 年安徽出土的阜陽西漢簡《詩經》本亦單言「穧」[10]，即《韓詩》作「薺」。「茨」、「薺」同字，古音同屬從母脂部，字意理解一脈相承。無論如何，都是指植物名。一直到後來釋詩的《爾雅》，才將茨字明確的解釋作蒺藜，東漢鄭玄箋注亦承此意，但都理解為植物的異名。整體言，詩是由原文的茨字而解讀為蒺藜意。如何會在周以迄秦漢正常版本之間，詩由草名忽然出現一個簡本改作蟲名的道理？而我們又憑什麼單據此一「戰國簡牘」就可上推《詩經》最早的原文就是蟲名的蝍蛆呢？因此，程燕這一新解確有創意，但恐仍未為的論。

以上由字意分析、詩的上下相承文意和詩發生的流變看，都不足以說明此一詩篇牆上停留的原先會是蝍蛆或蟲名。而安大簡中的「蝨蝨」，無疑是一種後來書手所組合的用語，至於是否視同原「茨」字的同音叚借，就不好說明了。但如由常態的語言演變看，〈牆有茨〉一詩理論上是先作「茨」字，再經釋詞作蒺藜，復才會借為蝍蟍、蝨蝨的用例。但早在毛詩時都一直只有作「茨」，戰國抄手如何會將單純入樂唱吟的歌謠中的歌詞單字，更動為一複詞，就很難解釋了。

（二）文獻毛詩本的「中冓」，安大簡本改作「中𣧑」。

冓，有交會的意思。《玉篇》引《詩》作「𡫸」，增从宀。[11]《說文》：「冓，

6　〈毛傳〉：「茨，蒺藜也，欲埽去之反傷牆也。」

7　參程俊英《詩經注析》125 頁，上海古籍出版社，1991 年。

8　參屈萬里《詩經釋義》敘論三、詩經內容。華岡叢書。1974 年 10 月。

9　參程燕《詩經異文輯考》80 頁，安徽大學出版社，2010 年 6 月。

10　參胡平生、韓自強《阜陽漢簡詩經研究》，上海古籍出版社，1988 年。

11　參《安大簡》128 頁注③引文。

交積材也。」胡承珙《毛詩後箋》：「室必交積材以為蓋屋。中冓者，謂室中。」[12] 屈萬里《詩經釋義》：「冓、構義略同，構謂蓋屋也。」[13]對比《詩》中从冓字的常態用法，都有交錯、接觸意。如：覯，有見也、遭遇的意思。例：〈召南・草蟲〉：「亦既見止，亦既覯止」，〈邶・柏舟〉：「覯閔既多，受侮不少」，〈豳・伐柯〉：「我覯之子，籩豆有踐」，〈大雅・公劉〉：「迺陟南岡，乃覯于京」。媾，有婚媾意。例：〈曹・侯〉：「彼其之子，不遂其媾」。構，有交亂、遘遇意。例：〈小雅・青蠅〉：「讒人罔極，構我二人」、〈小雅・四月〉：「我日構禍，曷云能穀」。因此，「冓」、「寓」字用為建築房屋的交積木材，是可以理解的。「中冓」，意指「冓中」，傳統解作「宮中」[14]、「室中」[15]等建築物之內的意思。細審《詩經》習見的「中某」用法，絕多都可讀作「某中」。例：

1.〈周南・葛覃〉：「葛之覃兮，施于中谷」。
　「中谷」，即「谷中」。
2.〈周南・兔罝〉：「肅肅兔罝，施于中逵」、「肅肅兔罝，施于中林」。
　「中逵」、「中林」，即「逵中」、「林中」。
3.〈邶風・終風〉：「謔浪笑敖，中心是悼」。
　「中心」，即「心中」。
4.〈邶風・谷風〉：「行道遲遲，中心有違」。
　「中心」，即「心中」。
5.〈邶風・式微〉：「微君之故，胡為乎中露」。
　「中露」，即「露中」。
6.〈邶風・二子乘舟〉：「願言思子，中心養養」。
　「中心」，即「心中」。
7.〈鄘風・柏舟〉：「汎彼柏舟，在彼中河」。
　「中河」，即「河中」。
8.〈小雅・正月〉：「瞻彼中林，侯薪侯蒸」。
　「中林」，即「林中」。
9.〈小雅・小宛〉：「中原有菽，庶民采之」。
　「中原」，即「原中」。
10.〈小雅・信南山〉：「中田有廬，疆場有瓜」。

---

12 據余培林《詩經正詁》88頁注③。

13 參屈萬里《詩經釋義》35頁注③。

14 據〈毛傳〉：「中冓，內冓也。」鄭玄箋：「內冓之言，謂宮中所冓，成頑與夫人淫昏之語。」

15 參屈萬里《詩經釋義》35頁注③。

「中田」，即「田中」。

11.〈大雅・民勞〉：「惠此中國，以綏四方」。

「中國」，即「國中」，意指京師，為諸夏之根本。

12.〈大雅・桑柔〉：「哀恫中國，具贅卒荒」、「瞻彼中林，甡甡其鹿」。

「中國」、「中林」，即「國中」、「林中」。

由以上大量「中某」例，都須移位讀為「某中」，可作為北方文學《詩經》的常態用詞來看待。從而互證，毛詩〈牆有茨〉篇的「中冓之言」，自當理解為「冓中之言」的讀法。冓字又从宀，指的是宮中之室的「室中」意思，亦即現代人所言的閨房。相對的，安大簡在這詩寫作「宙㝗之言」，自然也應該理解為「㝗宙之言」才對。簡文原釋文注釋引用黃天樹〈殷墟甲骨文所見夜間時稱考〉一文[16]，指出「黃天樹認為（甲骨文）『中㝗』可能指夜半。『中㝗』即『中夜』。」並由聲音相通的現象，認為「冓（見紐侯部）聲字與彔（來紐屋部）聲字古音相近，『中冓』『中遘』『中篝』即『中㝗』。『㝗』是本字，『冓』『遘』『篝』皆借字。」[17]然而，見紐、來紐，一屬牙音清，一屬邊音濁；侯部、屋部，一作*ug、一作*ɔk，元音和韻尾亦有差別。聲母和韻母如能混同亦只能屬特例。至於甲骨文的「中㝗」是否必視為時間詞，仍無確證。黃天樹大文的結論也只言「可能」。相反的，甲骨文的「中彔」明顯有用為地名例，與「東彔」同版，彼此可理解作選貞〈合集 28124〉。〈屯南 2529〉另有「乙亥卜：今日至于中彔（麓）？」句，「中彔（麓）」用為地名，不可能理解為時間詞。審視黃文引用「中㝗」之例，亦只見殘辭一條：

〈合集 14103〉　☐隹☐中㝗☐亞☐妫？二日☐。（典賓）

然這條殘辭實不足以證明「中㝗」必屬「夜間的時稱」。而黃文另引的一條「㝗」字的合文例，見於干支「乙巳」之後：

〈合集 20964〉　癸卯卜貞：旬？四月。乙巳㝗雨。（𠂤小字）

上引二辭一見於典賓，一見於𠂤組小字，明顯斷代書體並非同時，卜辭文例亦不相同，甲骨的「㝗」和安大簡的「中㝗」更不見得一定是同詞。況且，殷商甲文距離春秋時期的鄘風詩篇已超過一千年，殷人活動地域在河南洹水之濱，而楚簡的出土卻又遠在南方的江淮流域。彼此時、地、人都差距甚大，「中㝗」、「中冓」二語言是否有關連，恐仍是一待考的問題。

再由詩「中冓之言，不可讀也」這一句句型來談。這種「某某之某」用句，普遍見於《詩經》。其中前者的「某某」一詞，一般都是名詞。有用為地名，如：

---

16　文見《黃天樹古文字論集》，學苑出版社，2006 年。

17　見《安大簡》128 頁注③。

〈召南・殷其雷〉：「南山之陽」
〈鄭・東門之墠〉：「東門之墠」
〈陳・宛丘〉：「宛丘之下」
〈唐・采苓〉：「首陽之顛」
〈衛・碩人〉：「東宮之妹」
有用為動植物名，如：
〈召南・羔羊〉：「羔羊之皮」
〈曹・蜉游〉：「蜉游之羽」
〈豳・東山〉：「果蠃之實」
〈唐・椒聊〉：「椒聊之實」
〈衛・芄蘭〉：「芄蘭之葉」
有用為人名的專稱或泛指，如：
〈大雅・思齊〉：「文王之母」
〈召南・何彼襛矣〉：「平王之孫」
〈衛・碩人〉：「衛侯之妻」
〈邶・靜女〉：「美人之貽」
〈鄭・將仲子〉：「諸兄之言」
〈召南・采蘩〉：「公侯之事」
但是，絕無一例是用作抽象的語詞，如時間詞。因此，理解毛詩原作「中冓之言」的「中冓」，仍應視為具體實物所指的「冓中」，意作地名泛指的「室中」用法，似乎是相對合理的。[18]至於簡文為何刻意改動作「审絭」？改動的標準為何？就無法由常態的字詞訓解的角度來說明了。

以上評估安大簡和毛詩在「茨」、「中冓」二詞用法差異的一些看法。此外，簡本中的牆字，原釋文將右邊部件隸作𩫖，一般都理解作郭、作墉，字如何與牆字相接；束字，原釋文隸作軟，右邊从欠；讀字，原釋文將右邊隸从士罒牛三部分，字如何通作讀？都是可以再商討的。本文就不逐一細說了。

18 《毛傳》下《釋文》：「冓本又作遘。古侯反。《韓詩》云：中冓，中夜，謂淫僻之言也。」但《韓詩》所謂「中夜」，是專指「中冓」的「中」而言；「冓之言」，則言室內男女間的親密語言。《韓詩》的解釋，並不以為「中冓」是一指夜半的時間詞。

## 三

詩的發生，原屬可供吟唱的作品，不但有固定的押韻，也多有固定的分段字數。由詩的慣常使用字數來看，〈牆有茨〉的首章，毛詩本作常態的「3，3 十語尾；4，3 十語尾」的句型。相同的句例，如：

〈摽有梅〉的「摽有梅，其實七兮。求我庶士，迨其吉兮。」

首句習見的「某有某」例，第一個某字之前可有增置修辭語，如：〈中谷有蓷〉的「中谷有蓷，暵其乾矣。有女仳離，嘅其嘆矣。」，首句增「中」字修飾「谷」。首句後一個某字之前亦偶有增修飾語例。如：〈野有蔓草〉的「野有蔓草，零露漙兮。有美一人，清揚婉矣。」，首句增「蔓」字修飾「草」。但詩三百中未嘗見首句的「某有某」句型有出現複合名詞，如「牆有蝾蟝」者。此簡文用字可怪之一。

〈牆有茨〉共分三章，每章的二、四、六句句末都用一「也」字語詞作結，予人迴蕩的音律美感。但簡本末章末句卻獨漏一「也」字，詩在吟唱至此明顯無法拉長誦讀，自然的聲音之美蕩然無存。此簡文用字可怪之二。

〈牆有茨〉全詩分三章，每章六句，形式複疊而語意因承相扣。這本是詩三百中習見的表達形式。如：

1.〈周南・關雎〉的：

「參差荇菜，左右流之」

「參差荇菜，左右采之」

「參差荇菜，左右芼之」

以上六句描述長短不一的水草，由「流之」的自由流動本性，而「采之」的遭受主動採摘的經過，而最後「芼之」的將水菜擇取的結果。三組六句句意一脈相承而下。

2.〈周南・芣苡〉的：

「采采芣苢，薄言采之」

「采采芣苢，薄言掇之」

「采采芣苢，薄言袺之」

以上六句描述採摘芣苡的流程，由「采之」的採摘，過渡至「掇之」的拾取，到最後「袺之」的用衣服盛載。三組六句句意前後相銜接。

3.〈召南・摽有梅〉的：

「求我庶士，迨其吉兮」

「求我庶士，迨其今兮」

「求我庶士，迨其謂兮」

以上六句描述冀盼庶士來迎娶的經過。首言「吉兮」是挑選吉日良辰來提親，次言「今兮」是女方焦急的要現今就好來，到末言「謂之」是當下馬上說一聲就好了。三組六句率真的表達女方渴望出嫁的心情，句組意思相連，一句比一句深入。

由《詩經》這種章節之間的連貫寫法，再審視〈牆有茨〉一詩前段興體和後段白描的敘述，在章節間同樣具有前後因承的特徵。詩的三章前段，依序是：

「牆有茨，不可埽也。」

「牆有茨，不可襄也。」

「牆有茨，不可束也。」

以上是毛詩本前段三組六句的內容。牆上攀生有植物的蒺藜，會毀損牆壁。由不可隨意的「掃開」而「拔除」而「綑束」乾淨，三組句意自然連貫而下，滴水相生。可是，安大簡本卻將文獻本的第三章和第一章位置互易，詩的順序遂成為「不可束也」、「不可𧧴（攘）也」、「不可埽（埽）也」的奇怪排列。品味三句的內容，既已稱先將植物或蟲綑縛，又如何會再言攘除？既已說攘除了，又如何需要言打掃、清掃呢？簡文一字之更易，前後詩意變得顛倒錯亂不堪，無法合理的順讀上下文。

接著看詩的後段，文獻毛詩分三章六句，依序是：

「中冓之言，不可道也。」

「中冓之言，不可詳也。」

「中冓之言，不可讀也。」

以上三組六句談的是閨中男女不足為外人道的私語。「道」，可以說的事，指說其大概；「詳」，是詳盡的說明；「讀」，抽也[19]，是逐字逐句的抽取檢視其細。詩意由「道」而「詳」而「讀」，敘述閨中密語由大概而廣而深，情感一層勝於一層，前後文從字順。但簡文卻又將前後二句組用字互易，無論是「中冓」（房中）或「中㝅」（夜半）之言，遂成為「不可讀」、「不可諹（揚）」（《韓詩》亦作張揚的揚）、「不可道」的順序，語意轉而為由細密說起，而泛言作終，剛好與文獻本相反，但在情感累層疊出的描述上就不好舒發說清了。

這種前後文句相互調換一個字例，看似隨意而稀疏平常，但卻嚴重的影響上下文的文意推演。此一現象過去在清華大學藏竹簡中亦曾發現。我在〈「植璧秉珪」抑或是「秉璧植珪」—評估清華簡用字，兼釋𤅊字本形〉一文[20]，評論《清華簡》（一）〈金縢〉篇中將今本〈金縢〉篇的一句「植璧秉珪」改寫作「秉璧植珪」，顯見竹簡寫手並不明白上古璧和珪二玉器的功能，植置於示前的是璧、秉持在手中

---

19 參《毛傳》：「讀，抽也。」鄭箋：「抽，猶出也。」

20 文見拙搞《釋古疑今——甲骨文、金文、陶文、簡文存疑論叢》第十章。里仁書局，2015年5月。

的是珪，二者用法本各不相同。由於寫手的誤書，遂讓周人祭天祭祖的儀式變得錯置不可解。一字之差，版本的優劣或真偽立判。同樣的，〈牆有茨〉一詩的安大簡本顛倒了第一和第三章，顛倒原因不詳，但結果卻是讓詩意前後互易，順讀的理解矛盾不通。此簡文用字可怪之三。

以上三點，宏觀的由《詩經》句型和句與句的文意因承關係看，安大簡的內容顯然都是不好解釋的。

## 四

由以上字、詞、句型和章節文意因承的互較，足證〈牆有茨〉一詩的文獻毛詩本確是一好的本子，而安大簡本的改「茨」為「蝅蛩」、改「中冓」為「中𩓾」，改易第一和第三章詩篇的位置，都是很不正常而且可以商榷的更動。安大簡抄寫的國風，整體順序和詩句都是與漢代以降的毛詩本相當，但在謄錄個別詩句時卻又有意的調整了上述的字、詞、句，原因為何？目前無法稽考。至於這個晚出的所謂戰國楚簡本是否牽涉到真偽的問題？相關討論就只能留待高明了。只是，參考過去瀏覽出土簡牘的經驗，舉凡可靠的地下發掘，往往對於嚴謹的學術研究或歷史真相，都有正面的、積極的貢獻。例如馬王堆帛書《老子》的發現，讓我們得知秦漢以前《老子》的祖本一度是德經在前、道經在後。郭店簡《老子》甲、乙、丙三本的出土，又讓我們明白《老子》道經和德經在戰國以前有不作二分的古本，而「仁」「義」等儒家德目並非《老子》原有強烈排斥的對象。但反觀來歷不明的一些簡牘，不管模倣再像，基本內容都是依樣葫蘆的謄錄現有文獻為底稿，刻意增刪改動個別字詞，前後句或前後章節的互易錯雜穿插，但都沒有提供明顯優越於文獻本的變動價值。就單純校勘對比而言，只是多了一份拙劣的抄本。學界在過濾這些新發現時，除了客觀仰賴科技儀器的探測數據外，無疑仍需要一貫的高度戒慎警覺，和多一份存疑的考量。

# 附圖一：甲骨文拓片

1.〈合集 6087〉

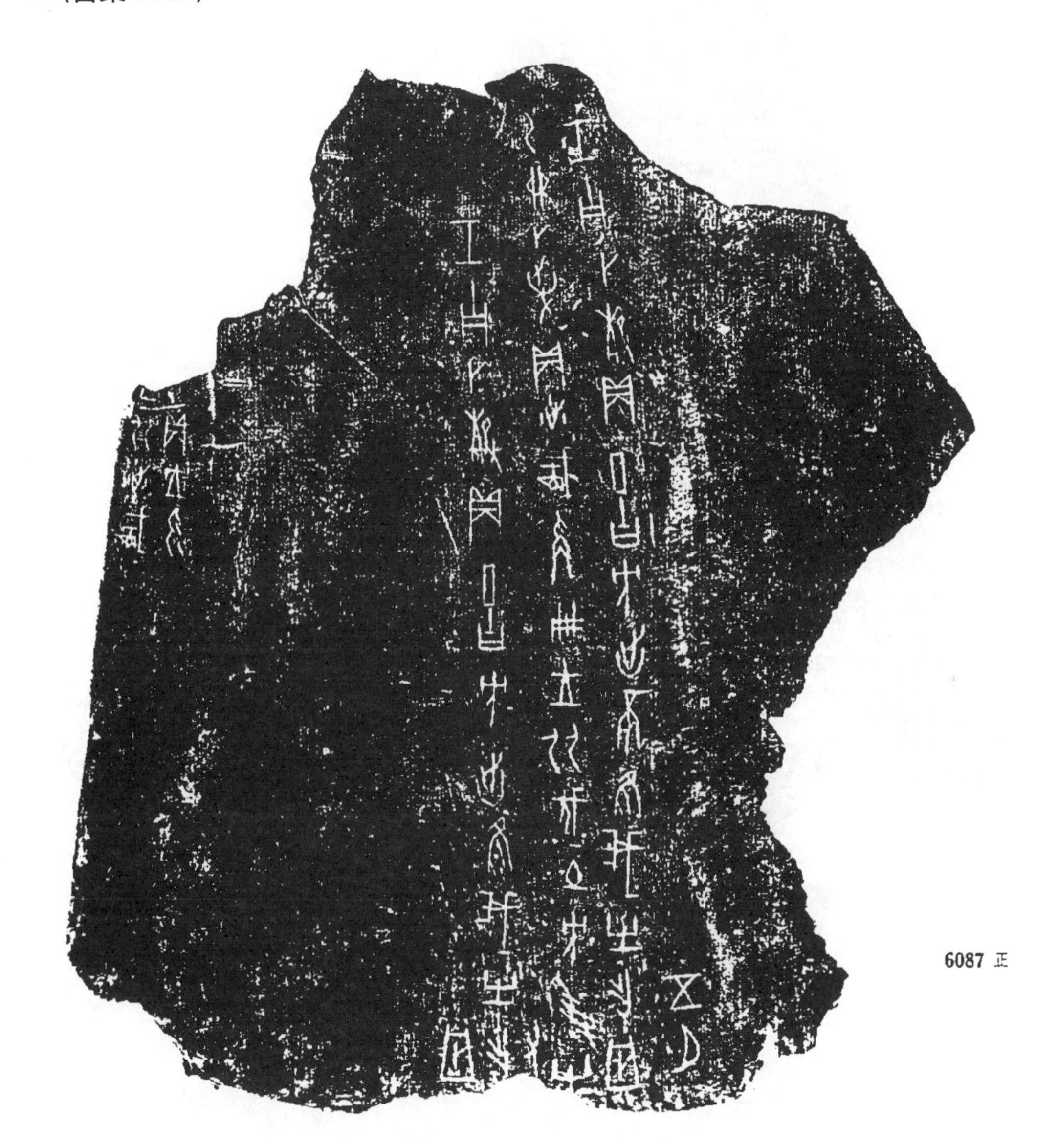

6087 正

2.〈合集 6498〉

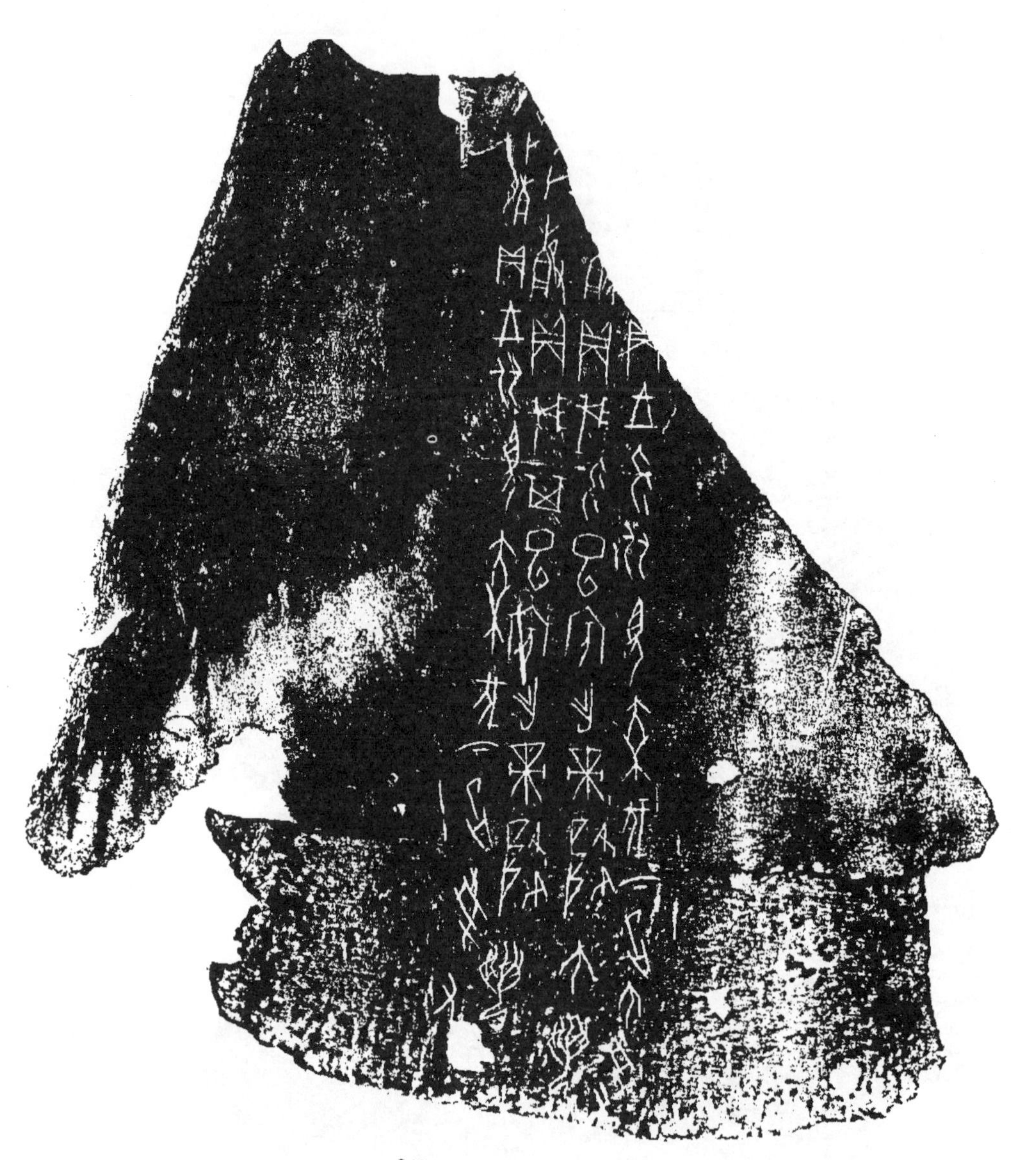

6498

3.〈合集 9173〉

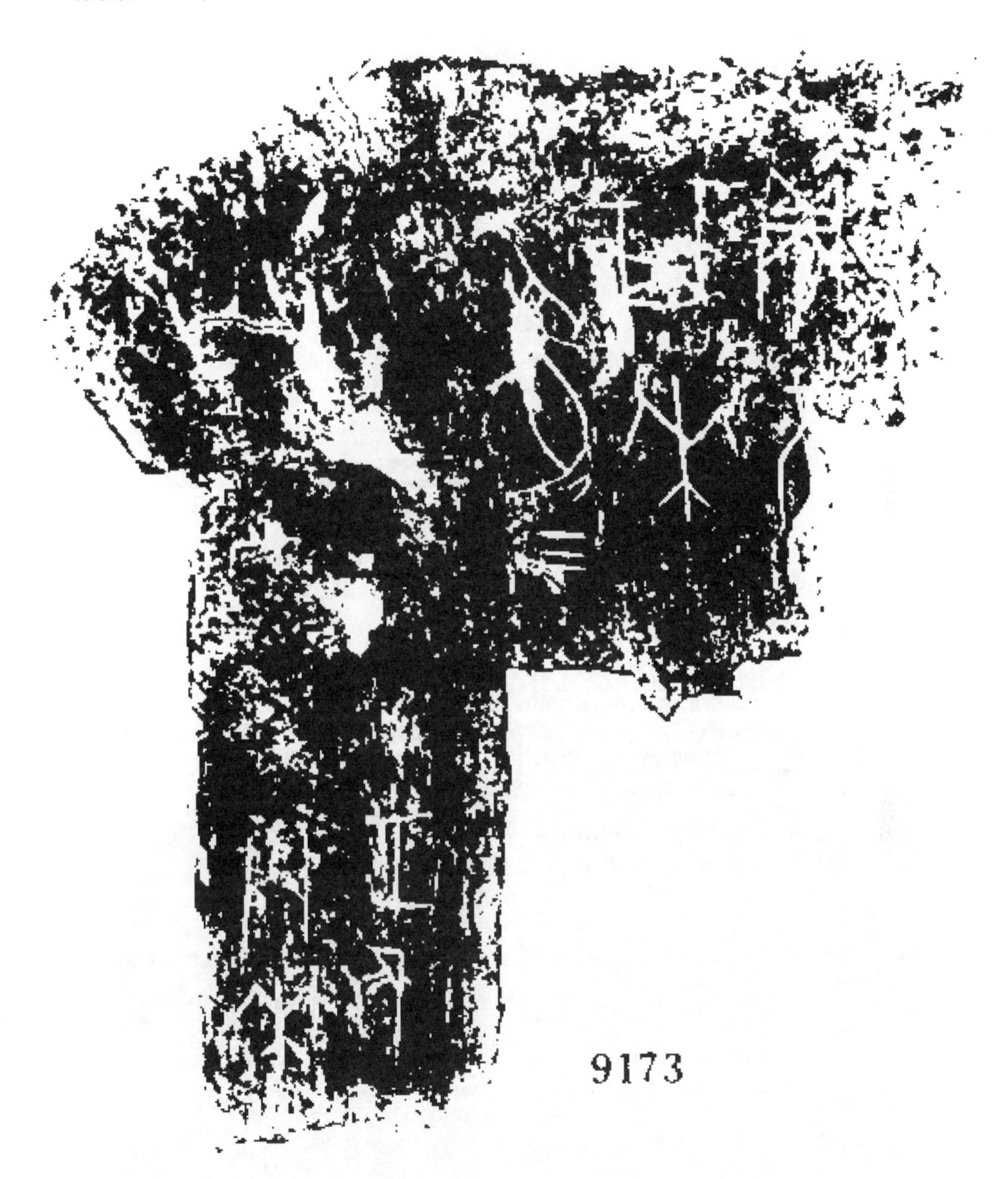

9173

4.〈合集 10405〉

10405

5.〈合集 10405〉反

10405反

6.〈合集 16197〉

**16197**

7.〈合集 16741〉

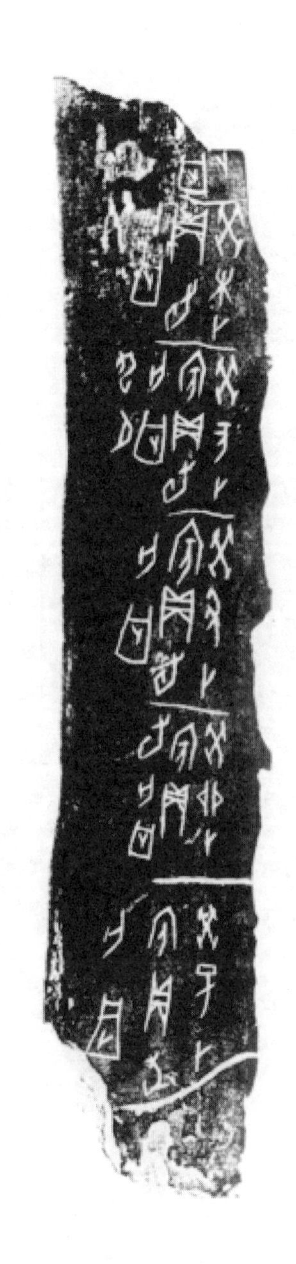

16741

8.〈合集 17573〉

17573

9.〈合集 24287〉

24287

10.〈合集 24359〉

24359

11.〈合集 26303〉

26303

12.〈合集 26910〉

26910

13.〈合集 29520〉

29520

14.〈合集 29548〉

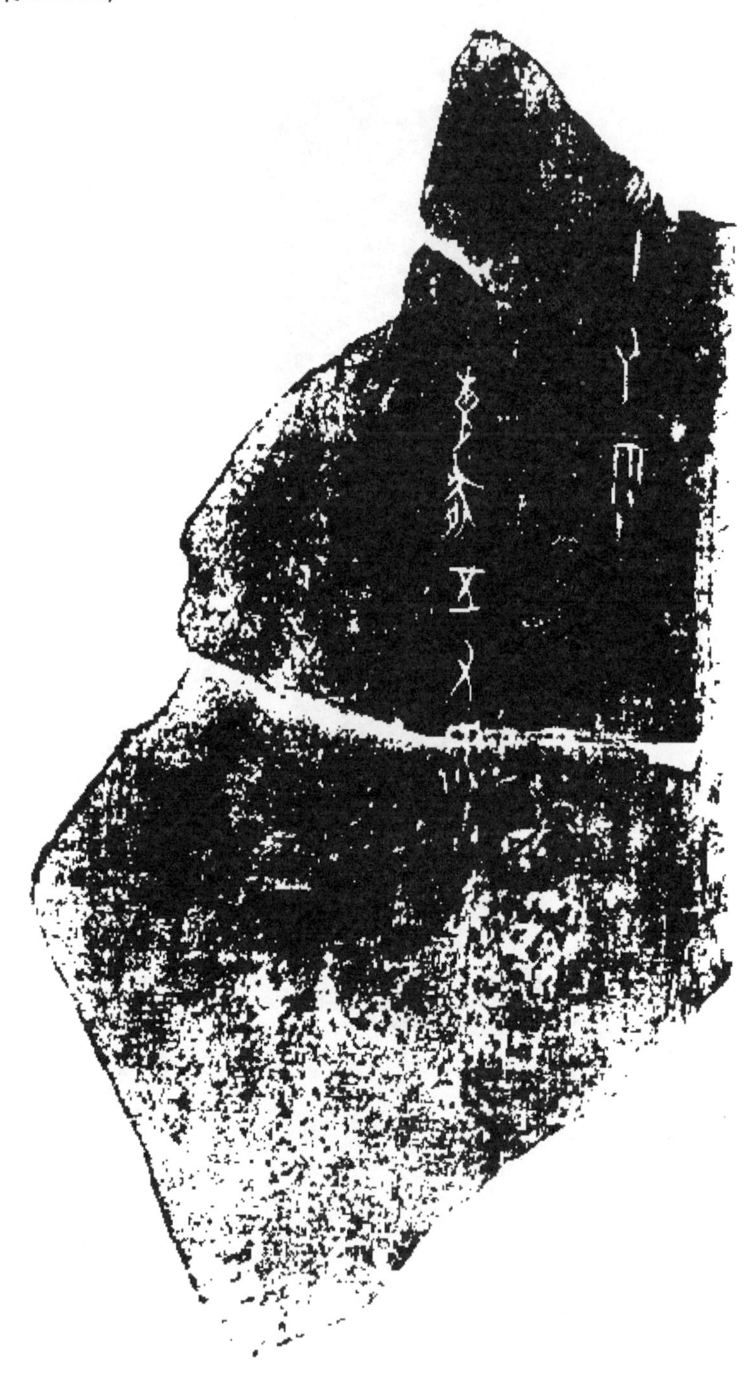

29548

15.〈合集 32054〉

32054

16.〈合集 34165〉

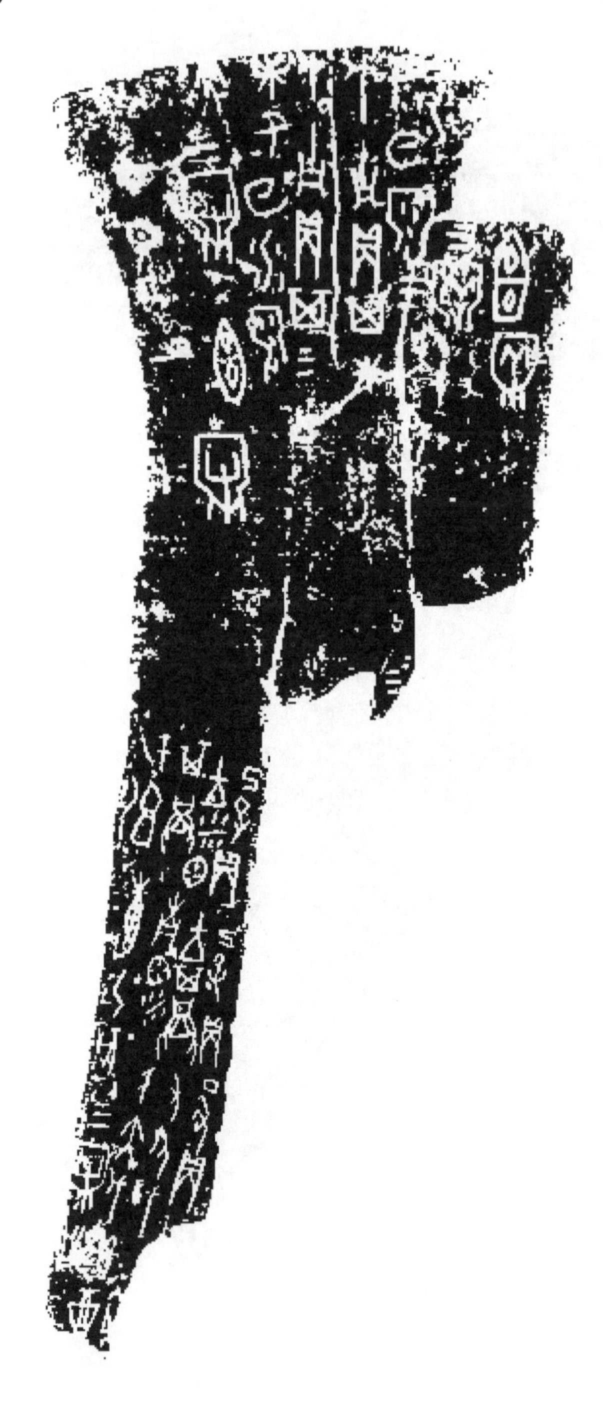

34165

17.〈合集 34240〉

34240

18.〈合集 36975〉

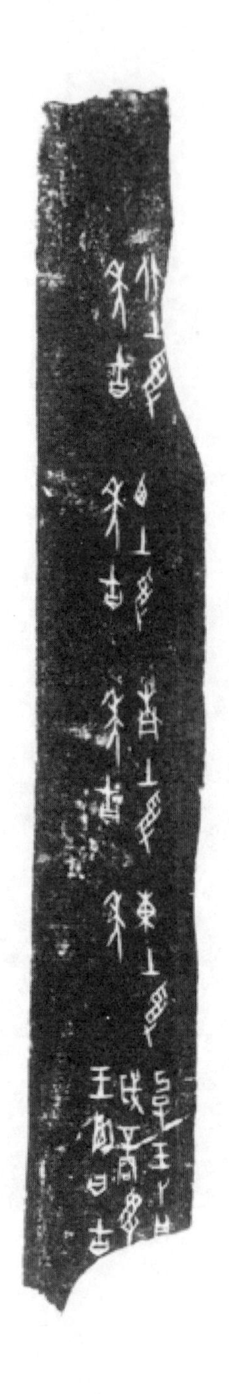

36975

19.〈合集 37953〉

37953

20.〈合集 38731〉

38731

21.〈合集 19798〉

19798

22.〈合集 19828〉

19828

23.〈合集 22062〉

22062 正

24.〈合集 20276〉

**20276**

25.〈合集 22426〉

22426

## 附圖二：金文拓片

### 1.利簋

2.𩰫方鼎

3.多友鼎

4.何尊

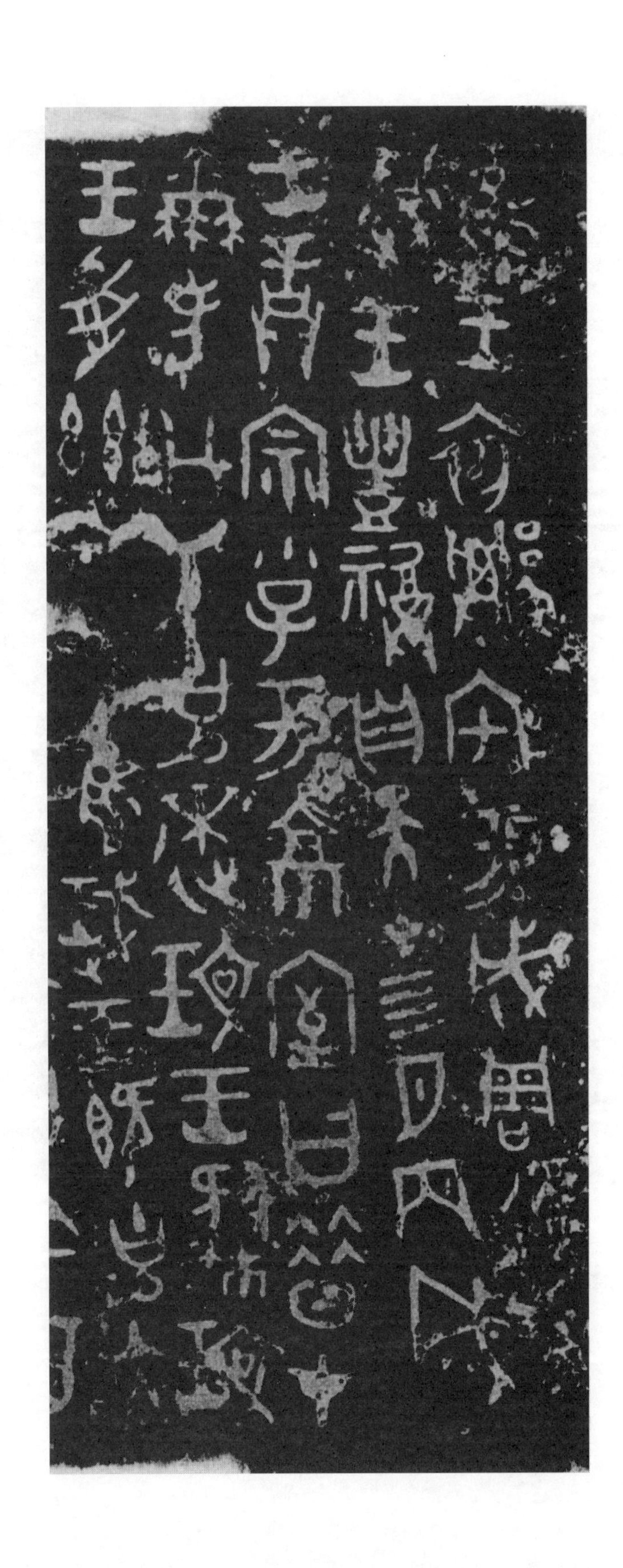

5.德方鼎

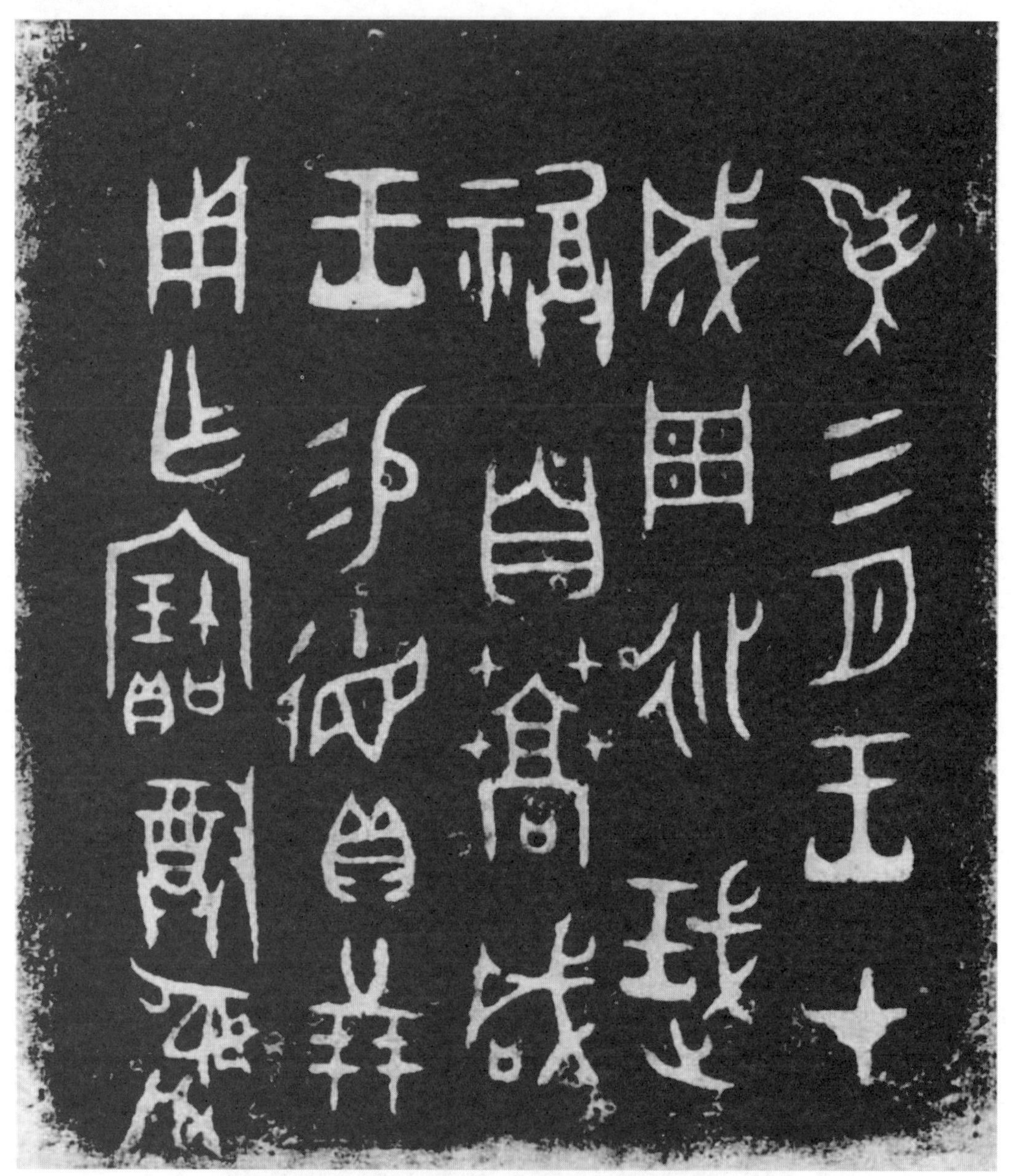

6.獻侯鼎

## 7.我方鼎

8.瘨鐘

## 9.仲枏父鬲

10.中方鼎

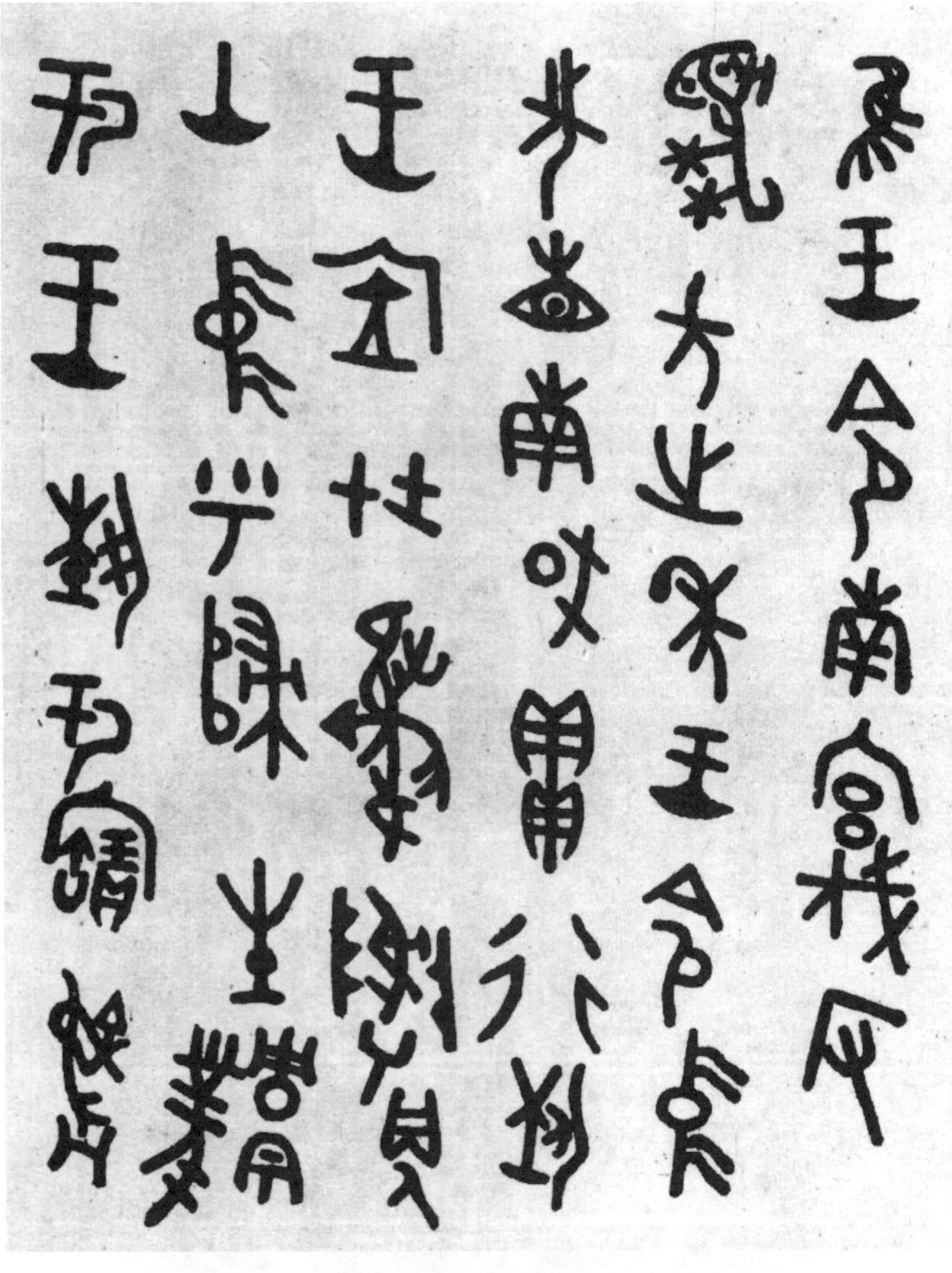

11.臣卿鼎

## 12.麥方尊

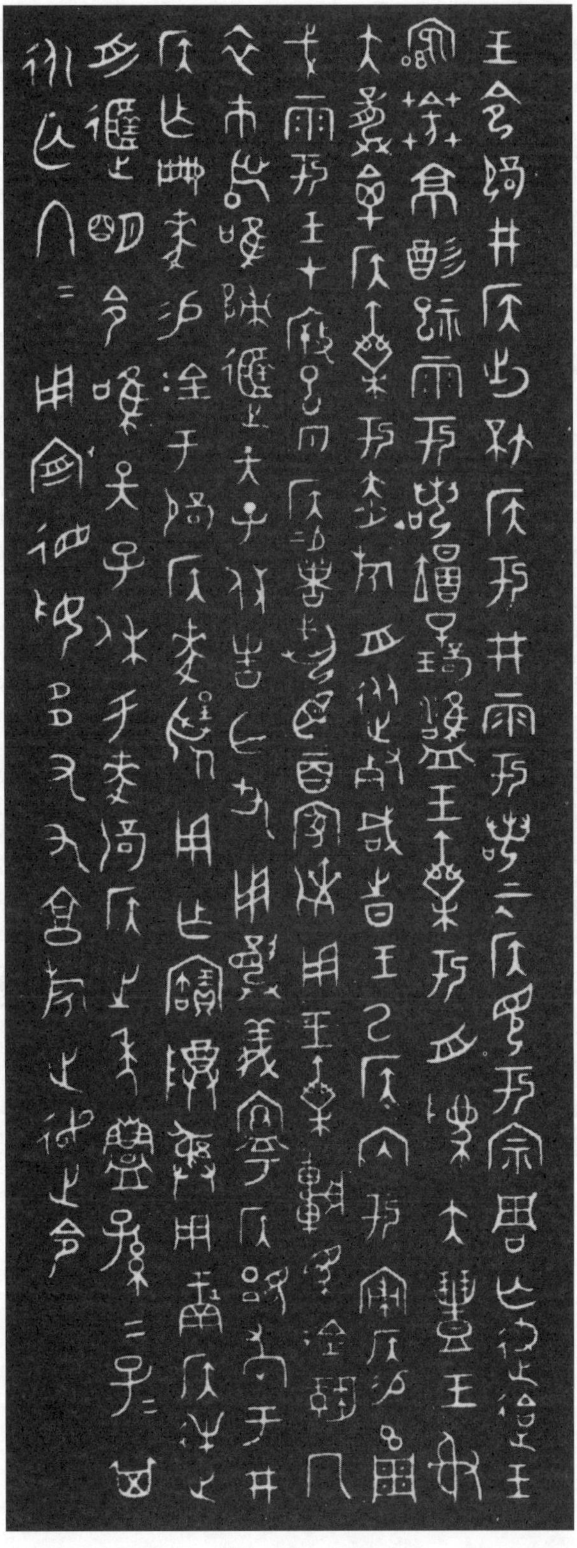

## 13.乖伯簋

14.作冊䰧卣

## 15.揚方鼎

16.瘋壺

17.十五年趞曹鼎

# 附圖三：竹簡文照本

《老子》64 章　〈1.10〉－〈1.13〉

〈3.11〉－〈3.14〉

國家圖書館出版品預行編目資料

古文字入門

朱歧祥著. – 初版. – 臺北市：臺灣學生，2021.09
面；公分

ISBN 978-957-15-1873-2 (平裝)

1. 古文字學 2. 中國文字

802.291 110015341

古文字入門

著作者 朱歧祥
出版者 臺灣學生書局有限公司
發行人 楊雲龍
發行所 臺灣學生書局有限公司
地址 臺北市和平東路一段 75 巷 11 號
劃撥帳號 00024668
電話 (02)23928185
傳真 (02)23928105
E-mail student.book@msa.hinet.net
網址 www.studentbook.com.tw
登記證字號 行政院新聞局局版北市業字第玖捌壹號
定價 新臺幣五〇〇元
出版日期 二〇二一年九月初版
ISBN 978-957-15-1873-2

80205 有著作權・侵害必究